中华传统文化国粹
经典文库

名家导读版

随园诗话

〔清〕袁 枚 ◎著

潘务正 ◎导读

中国民族文化出版社
北京

图书在版编目（CIP）数据

随园诗话 /（清）袁枚著；潘务正导读 . — 北京：中国民族文化出版社有限公司，2023.11（2024.1 重印）
（中华传统文化国粹经典文库：名家导读版）
ISBN 978-7-5122-1567-2

Ⅰ . ①随… Ⅱ . ①袁… ②潘… Ⅲ . ①诗话－中国－古代 Ⅳ . ① I207.22

中国国家版本馆 CIP 数据核字 (2023) 第 056107 号

随园诗话
SUIYUAN SHIHUA

作　　者	〔清〕袁　枚
导 读 者	潘务正
责任编辑	何敬茹
责任校对	李文学
装帧设计	宋双成
出 版 者	中国民族文化出版社　地址：北京市东城区和平里北街 14 号
	邮编：100013　联系电话：010-84250639　64211754（传真）
印　　装	三河市南阳印刷有限公司
开　　本	710mm×1000mm　16 开
印　　张	37
字　　数	610 千
版　　次	2023 年 4 月第 1 版
印　　次	2024 年 1 月第 2 次印刷
标准书号	ISBN 978-7-5122-1567-2
定　　价	52.80 元

版权所有　侵权必究

中华传统文化国粹经典文库

品文化经典　通古今智慧

李继勇

策划人、出版人、北京书香文雅图书文化有限公司董事长。专业从事图书策划，儿童文学、儿童阅读推广，国内文化交流等。已成功策划"儿童文学光荣榜"系列、"爱阅读课程化丛书"系列、"文学百年·名家散文典藏"系列、"科幻文学群星榜"系列、"绘本里的世界"系列、"童诗百年"系列等多种类型出版物。

于润琦

中国现代文学馆研究员、中国作家协会会员。总主编《插图本百年中国文学史》（3卷），主编《清末民初小说书系》（10卷）、《海派作家作品精选》（16册），校、注古典小说《型世言》《金屋梦》《中国古典文学海外珍稀本文库》30余种，参与编选《明、清、民国时期珍稀老北京话历史文献整理与研究》（30册）、《中国现代文学百家》（116册），以及《北京的门礅》《老北京的门楼》北京民俗著述多种。

（按姓名音序排列）

◎薄克礼
文学博士，天津城建大学教授。攻文史，好四书。

◎官铎
管子思想理论和应用资深研究学者。

◎李瑞兰
天津师范大学历史文化学院教授，曾任中国先秦史学会理事。

◎陈鹏程
历史学博士，天津师范大学文学院副教授。

◎关四平
哈尔滨师范大学文学院教授，博士生导师。主要从事中国古代小说及戏曲等研究。

◎李树果
资深《易经》研究者，中国散文诗学会理事，《中华时报》记者。

◎陈世旭
当代作家，曾任中国作家协会主席团委员、江西省文联主席兼作家协会主席。

◎韩小蕙
著名作家，中国作家协会会员，中国散文学会副会长，南开大学文学院兼职教授。

◎李硕儒
作家，著名编剧。合著长篇历史小说《大风歌》获重庆市"五个一工程奖"。

◎陈喜儒
作家，著名翻译家，曾任中国作家协会外联部副主任、中国外国文学学会日本文学研究分会会长。

◎侯忠义
北京大学教授，曾任北京大学图书馆古籍整理研究室主任。主要从事先秦两汉文学史、文言小说研究。

◎廉玉麟
天津中医药大学第一附属医院主任医师，教授。

◎冯蒸
首都师范大学文学院教授，博士生导师，北京国际汉字研究会理事、副会长。

◎李海涛
天津师范大学历史文化学院教授，天津市孙子兵法研究会荣誉会长。

◎林海清
天津师范大学国际教育交流学院副教授，天津市红楼梦研究会副秘书长兼理事，中国三国演义学会、中国水浒学会会员。

◎ **林 骅**
天津师范大学文学院教授，曾任古典文献研究所所长，天津市红楼梦研究会顾问。

◎ **马文大**
首都图书馆研究馆员、北京地方文献中心主任，北京史研究会副会长。

◎ **孟昭连**
南开大学文学院中国语言文学系教授，中国东方文化研究会理事。

◎ **宁稼雨**
南开大学英才教授、博士生导师，2017年度国家社科基金重大项目"全汉魏晋南北朝小说辑校笺证"首席专家。

◎ **宁宗一**
南开大学学术委员会委员、中国武侠文学学会名誉会长、中国儒林外史学会副会长。

◎ **牛 倩**
天津大学国际教育学院副教授，硕士研究生导师。

◎ **欧阳健**
福建师范大学文学院教授，曾任《明清小说研究》杂志主编。

◎ **潘务正**
安徽师范大学文学院教授，教育部人文社会科学重点研究基地安徽师范大学中国诗学研究中心副主任，中国韵文学会赋学专业委员会（中国辞赋学会）副会长。

◎ **乔卉林**
中国城乡金融报社记者。其作品曾多次获得奖项。

◎ **尚学峰**
又名尚学锋。文学博士，北京师范大学文学院教授。

◎ **邵永海**
北京大学中文系教授。主要从事汉语史方面的教学和研究工作。

◎ **石定果**
北京语言大学人文学院教授，汉语言文字学博士。著有《说文会意字研究》等多部作品。

◎ **石 厉**
原名武砺旺。著名诗人、文艺理论家。《诗刊》编委，《中华辞赋》杂志总编辑，中华诗词学会副会长。

◎ **石 麟**
湖北师范大学文学院教授。中国水浒学会会长。

◎ **孙立仁**
曾任《中国老年报》社长，发表多篇小说、诗歌、散文、报告文学等。当代篆刻家。

◎ **孙钦善**
北京大学中文系教授，全国高等院校古籍整理研究工作委员会委员，中华炎黄文化研究会理事。

◎ **田秉锷**
江苏省文艺评论家协会顾问，徐州市孔子学会顾问，江苏师范大学客座教授。

◎ **王建新**
中国历史文献研究会理事，中原传媒集团出版部副主任。

◎ **王 蒙**
著名作家、学者，文化部原部长。茅盾文学奖获得者。多年来致力于传统文化研究。2019年获"人民艺术家"国家荣誉称号。

◎ **王晓华**
民国史专家，中国第二历史档案馆研究馆员。中央广播电视总台、北京电视台、湖北卫视等多个栏目主讲嘉宾。

◎ **吴 波**
湖南农业大学教授、党委委员、副校长，中国儒林外史学会副会长，湖南省古代文学学会副会长。

◎ **武道房**
安徽师范大学中国诗学研究中心教授。

◎ **徐 刚**
诗人，作家。曾获鲁迅文学奖、郭沫若散文奖、中国报告文学终身成就奖等。

◎ **俞 前**
中国作家协会会员，苏州市吴江区南社研究会会长，苏州南社文化研究院副院长。

◎ **查洪德**
文学博士，南开大学中国语言文学系教授，博士生导师。内蒙古元代文学学会会长。主要从事元明清文学与文献研究。

◎ **张秋升**
曲阜师范大学历史文化学院教授，主要研究儒家史学理论。

◎ **张世林**
新世界出版社编审，著有《大师的侧影》等著述。

◎ **张弦生**
中州古籍出版社编审、副总编辑。

◎ **郑铁生**
天津外国语大学教授，原中国三国演义学会常务副会长兼秘书长，曾任中国红楼梦学会学术委员会委员、北京曹雪芹学会副会长。

◎ **周传家**
北京联合大学应用文理学院教授，中国昆剧古琴研究会副会长，中国戏剧文学学会顾问，中国戏曲学会常务理事。

◎ **卓 然**
原名王坤元，笔名卓然。作家，诗人。著有中短篇小说集《我记忆中的河》、散文集《天下黄河》等作品。

名家导读

袁枚（1716—1798），字子才，号简斋，晚号仓山居士、随园老人等，世称随园先生。钱塘（今浙江杭州）人。幼有异禀，二十一岁应荐参加博学鸿辞科试，虽不第，已蜚声天下。乾隆四年（1739）获进士出身，授翰林院庶吉士，入庶常馆深造。乾隆七年散馆考试成绩不合格，被外调做官，历任江浦、沭阳、江宁等地知县，颇有政声。乾隆十四年（1749）辞官，隐居于江宁（今江苏南京）小仓山随园。乾隆十七年（1752）因生计所迫赴陕西任职，不到一年再度辞官。此后在随园中为文辞诗歌，过着悠闲自适的生活。晚年遍游东南山水佳处，享山林之乐。诗有盛名，与赵翼、蒋士铨并称"乾隆三大家"或"乾嘉三大家"。著有《小仓山房诗文集》《随园诗话》《子不语》等。

《随园诗话》是清代影响最大的一部诗话，分正编与补遗，正编16卷最早刊刻于乾隆五十五年（1790），补遗10卷成书于嘉庆初年。全书总计2001则，每则或述一评，或记一事，内容极为丰富。

与传统诗话相比，《随园诗话》的特色非常明显。

首先，以评论本朝诗作为主。此书虽也涉及前代，但所占比重极小，这与一般的诗话主要评论自《诗经》以来历代诗作的传统不太相同。这些本朝诗作的来源途径较多，一是著者有意搜采。袁枚游历广泛，每到一处，"得人佳句，必手录之"（卷十二），其获得的方式，有得之于未刻的诗集，有得之于扇面，有得之于口头传诵，等等。二是诗人主动投赠。因为袁枚的诗坛地位，能够得到他的表扬是一种荣誉。因此，诗人争相投赠诗作，以求被录入《随园诗话》中。如他在杭州，"杭人知作《诗话》，争以诗来求摘句"（卷六），而他为了报答知遇之恩或作为接受馈赠的回报，将他们的诗作录入《随园诗话》中进行品题。三是托袁枚亲友代为投赠诗作。当他的亲朋好友出行,"有闻其自随园来者,一时欣欣相告,争投以诗,属其带归,采入《诗话》"(《补遗》卷九)。由此,不仅很多达官贵人诗作得以入选,而且同时代众多不知名诗人,乃至一些社会地位低下者的诗作也得以出现在这部诗话中。

其次,以纪事为主。唐人孟棨《本事诗》专记诗歌本事,不过这类诗话并不多见。《随园诗话》所记亦有关于本事者,如入翰林后乞假归娶,同僚赋诗赠行,改官江南,一时送行诗甚多,他将佳者都载入诗话中(卷一)。更多虽非本事,但因诗的获得背后都有一段经历,著者往往将此载入诗话中;一些诗人的轶事、诗坛的掌故也因此书而得以流传。这是较为普遍的情况,由此形成这部诗话以纪事为主的特点。

再次,以鉴赏为主。诗话本有揣摩诗法,教人作诗的用途。但袁枚反对格调派的字拟句模,故轻视法度,因此他说"善学者,得鱼忘筌;不善学者,刻舟求剑"(卷二)。由此,《随园诗话》中很少谈技法,而是从总体上把握诗歌的风格和妙处。六合诗人张廷松"清才不寿",《随园诗话》录其《古意》一首:"荷叶风香隔水涯,吴姬荡桨湿裙纱。晚来满载新莲子,月上横塘正到家。"(卷十二)作为其诗"饶有唐音"的例证,而对具体技法不肯多置一语。芜湖县令陈岸亭"湛深禅理",所以其诗"清旷",《随园诗话》载《忆梅》二首后,戛然而止(《补遗》卷三)。至于如何"清旷",就靠读者体会。

最后,载录众多女性诗人及其诗作。《随园诗话》提到的人物有1991名,其中闺秀诗人竟有近200人,涉及的诗作209人次,在历代诗话中,这无疑是最为突出的现象。世俗观念不支持女子为诗,袁枚极力反对这种观点,指出《诗经》中《关雎》《葛覃》《卷耳》等"冠三百篇之首"的名作,"皆女子之诗"(《补遗》卷一),以此为女性作诗寻找合法性,并乐此不疲地将闺秀诗人诗作载入诗话中。这些女性诗人,有很多是大家闺秀、官宦眷属,如刑部尚书钱维城之女孟钿(卷五)、知府王者辅之女贞仪(《补遗》卷八)等即是,但也有不少普通女性,甚至有庖人之女吴荔娘(卷二)等。这些女诗人有的是袁枚晚年招收的弟子,南京、苏州和杭州等地有五十多位女诗人拜在他的门下。她们仰慕老师的文采风流,因此一旦有机会当面问诗,都兴奋不已。乾隆五十五年袁枚回杭州扫墓,女弟子孙碧梧邀女士十三人大会于湖楼,"各以诗为贽",袁枚"设二席以待之"(《补遗》卷一),当时的盛况可窥一斑。其中,金纤纤、席佩兰、严蕊珠被他视作"闺中之三大知己"(《补遗》卷十)。当然,在袁枚的时代,招收女弟子遭到很大的非议,但是袁枚特立独行,并不在意。

《随园诗话》的编撰意在倡导性灵诗学。所谓"性灵",包括性情与灵机两个方面。

袁枚主张诗人要"不失其赤子之心"(卷三),有真性情是首要的质素。《诗经》以来,"凡诗之传者,都是性灵,不关堆垛"(卷五),具有真情的诗才能传之久远。为此,他反感明代前后七子拟古诗风和同时代沈德潜的格调说,称他们"蔽于古而不知今"(卷三),"专唱宫商大调,易生人厌"(卷四),他们的诗缺乏真性情,"有人无我,是傀儡也"(卷七)。出于儒家的诗教传统,古代诗人不敢描写爱情;而袁枚将男女之情看作人类最基本的情感,因此肯定诗歌对爱情乃至艳情的描写。《诗经·关雎》被说诗者称为"后妃之德",袁枚则称这是一首艳情诗;《诗经·大雅》的《思齐》《生民》等被赋予神圣色彩的诗篇,他解释成妇人之诗,认为如果以宋代理学家的观点来看待,那么这些诗"皆失体裁"(卷六)。他肯定为正统士人所不齿的"香奁诗",称明末王彦泓这类诗"可称绝调",只有从弟袁树"可与抗手"(《补遗》卷三)。这些言论主要针对同时代提倡"诗教"的沈德潜格调派诗学。

将诗人的真性情尽可能灵巧地表现出来,就是"灵机"。"灵机"和天分相关,袁枚说"诗文之道,全关天分"(卷十四),非常重视天赋。一个人有作诗的天分,脱口就能吟出诗来;没有天分,那就干脆别作诗。前者"笔性灵"是天赋高,后者"笔性笨"是天赋差(《补遗》卷二),天赋的高低决定诗歌成就的大小。既然诗人的性情是天性所发,诗人的才能也是天生具备,那么表现性情的方式就非人工而是天籁自然,因此他说"天籁易工,人籁难工"(卷七),诗思出于自然涌现,是依赖"兴会"即灵感的触发而成,不是苦思冥想所得。当有灵感时,"兴会所至,容易成篇"(卷二);而一旦没把握住灵感,"兴会已过",即使花"千万力气"也不易再得(卷二)。灵感就像唐人之诗所说的"尽日觅不得,有时还自来"(卷二),充满不可捉摸的偶然性。这是对尊唐的沈德潜格调说和以考据为诗的翁方纲肌理说的反驳。

因为表现方式的"灵机",天赋高的诗人所作之诗就风趣、生动。袁枚借用宋代诗人杨万里的话,说天分低拙之人好谈格调,不解风趣;而"风趣专写性灵,非天才不办"(卷一),天分高的诗人的诗才有生趣。格调派注重政治道德主体,所写的诗庄严而崇高,只是些容易描摹的空架子,"诗无生趣,如木马泥龙,徒增人厌"(《补遗》卷三);性灵诗人摆脱了这些束缚,他们具有轻松活泼的性情,写出来的诗风趣而生动。袁枚重视天赋,但也不完全忽视学问在作诗中的作用,不过对翁方纲为代表的句句加注释的学人之诗,他嘲讽为"填书塞典,满纸死气,自矜淹博"(《补遗》卷三),因缺少生趣而不可卒读。可以看出,袁枚的性灵诗学,意在纠正清代诗坛的种种弊端。

《随园诗话》也有很多令人诟病之处,如感恩的报偿,射利的应酬,自我标榜的吹嘘,谄媚权贵的谀颂等。当时就有人指责《随园诗话》"收取太滥",他自我辩解说出于"集思广益,显微阐幽"的目的,因此"宁滥毋遗"(《补遗》卷四),可见他也意识到滥收的缺点。除此之外,文笔的草率、记事的疏误之处也时而有之。钱锺书《谈艺录》摘录清代诸家对袁书的批评之语,并评价说:"往往直凑单微,隽谐可喜,不仅为当时之药石,亦足资后世之攻错。"诚为公允之论。

《随园诗话》是清代流传最广的一部诗话。袁枚在世时,就目睹了它因"一时风行"从而"被人翻板"以牟利的盛况(《补遗》卷三)。道光末年,"几乎家有其书"(李树滋《石樵诗话》);晚清时期,这部诗话"人人都看见过的"(吴趼人《二十年目睹之怪现状》第25回)。自乾隆五十五年面世以至清末,前后刻有三十多个版本,还有不少抄本、改编本,以及如满族人伍拉纳之子的批本等。

《随园诗话》在日本、朝鲜等邻国也很受欢迎。袁枚去世后仅5年,日本学者神谷谦东溪、柏昶瘦竹就根据乾隆五十七年刊本重编成《随园诗话同补遗》十二卷;诗话刊行不久也传入朝鲜,嘉庆二十二年(1817)朝鲜诗人赵寅永写下《读随园诗话有感》一诗,其后李钰编纂《百家诗话抄》,共236则,全都来自《随园诗话》,由此可见,19世纪初期这部诗话就已经在朝鲜普遍流行。

现在通行的《随园诗话》版本有1960年人民文学出版社顾学颉校点本,1993年江苏古籍出版社王英志校点本等。

潘务正

卷一 / 001

卷二 / 032

卷三 / 066

卷四 / 102

卷五 / 134

卷六 / 169

卷七 / 214

卷八 / 256

卷九 / 294

卷十 / 336

卷十一 / 375

卷十二 / 400

卷十三 / 437

卷十四 / 474

卷十五 / 515

卷十六 / 548

卷一

一

古英雄未遇时,都无大志,非止邓禹希文学、马武望督邮也。晋文公有妻有马,不肯去齐。光武贫时,与李通讼逋租于严尤。尤奇而目之。光武归,谓李通曰:"严公宁目君耶?"窥其意,以得严君一盼为荣。韩蕲王为小卒时,相士言其日后封王。韩大怒,以为侮己,奋拳殴之。都是一般见解。鄂西林相公《辛丑元日》云:"揽镜人将老,开门草未生。"《咏怀》云:"看来四十犹如此,便到百年已可知。"皆作郎中时诗也。玩其词,若不料此后之出将入相者。及其为七省经略,《在金中丞席上》云:"问心都是酬恩客,屈指谁为济世才?"《登甲秀楼》绝句云:"炊烟卓午散轻丝,十万人家饭熟时。问讯何年招济火,斜阳满树武乡祠。"居然以武侯自命,皆与未得志时气象迥异。张桐城相公则自翰林至作首相,诗皆一格。最清妙者:"柳阴春水曲,花外暮山多。""叶底花开人不见,一双蝴蝶已先知。""临水种花知有意,一枝化作两枝看。"《扈跸》云:"谁怜七十龙钟叟,骑马踏冰星满天?"《和皇上〈风筝〉》云:"九霄日近增华色,四野风多仗宝绳。"押"绳"字韵,寄托遥深。

二

杨诚斋曰:"从来天分低拙之人,好谈格调,而不解风趣。何也?格调是空架子,有腔口易描;风趣专写性灵,非天才不办。"余深爱其言。须知有性情,便有格律,格律不在性情外。"三百篇"[1]半是劳人思妇率意言情之事,谁为之格[2]?谁为之律?而今之谈格调者,能出其范围否?况皋、禹之歌,不同乎"三百篇";《国风》之格,不同乎《雅》《颂》:格岂有一定哉?许浑云:"吟诗好似成仙骨,骨里无诗莫浪吟。"诗在骨不在格也。

三

前明门户之习,不止朝廷也,于诗亦然。当其盛时,高、杨、张、徐,各自成家,毫无门户。一传而为七子,再传而为钟、谭,为公安,又再传而为虞山,率皆攻排诋呵,自树一帜,殊可笑也。凡人各有得力处,各有乖谬处,总要平心静气,存其是而去其非。试思七子、钟、谭,若无当日之盛名,则虞山选《列朝诗》时,方将搜索于荒村寂寞之乡,得半句片言以传其人矣。敌必当王[3],射先中马,皆好名者之累也!

---

[1] "三百篇":指《诗经》。
[2] 格:指诗格,就是诗的格式、体例、风格、格调。
[3] 敌必当王:攻敌一定要先擒王。

四

于耐圃相公构蔬香阁,种菜数畦,题一联云:"今日正宜知此味,当年曾自咬其根。"鄂西林相公亦有菜圃对联云:"此味易知,但须绿野秋来种;对他有愧,只恐苍生面色多。"两人都用真西山语,而胸襟气象却迥不侔①。

五

落第诗,唐人极多。本朝程鱼门云:"也应有泪流知己,只觉无颜对俗人。"陈梅岑云:"得原有命他休问,壮不如人后可知。"家香亭云:"共说文章原有价,若论侥幸岂无人?"又云:"愁看童仆凄凉色,怕读亲朋慰藉书。"王菊庄云:"亲朋共怅登程日,乡里先传下第名。"皆可与唐人颉颃。然读姚武功云:"须凿燕然山上石,登科记里是闲名。"则爽然若失矣。读唐青臣云:"不第远归来,妻子色不喜。黄犬恰有情,当门卧摇尾。"则吃吃笑不休矣。其他如"不辞更写公卿卷,恰是难修骨肉书""失意雅不惬,见花如见仇。路逢白面郎,醉簪花满头""枉坐公车行万里,譬如闲看华山来""乡连南渡思菰米,泪滴东风避杏花",俱妙。

六

余作诗,雅不喜叠韵、和韵及用古人韵。以为诗写性情,惟吾所适。一韵中有千百字,凭吾所选,尚有用定后不惬意而别改者,何得以一二韵约束

---

① 侔(móu):相等,齐等。

为之？既约束，则不得不凑拍；既凑拍，安得有性情哉？《庄子》曰："忘足，履之适也。"余亦曰："忘韵，诗之适也。"

七

常州赵仁叔有一联云："蝶来风有致，人去月无聊。"仁叔一生，只传此二句。某《拟古》云："莫作江上舟，莫作江上月。舟载人别离，月照人离别。"其人一生，所传亦只此四句。金圣叹好批小说，人多薄之；然其《宿野庙》一绝云："众响渐已寂，虫于佛面飞。半窗关夜雨，四壁挂僧衣。"殊清绝。孔东堂演《桃花扇》曲本，有诗集若干，佳句云："船冲宿鹭排樯起，灯引秋蚊入帐飞。"其他首未能称是。

八

嵩亭上人《题活埋庵》云："谁把庵名号活埋？令人千古费疑猜。我今岂是轻生者，只为从前死过来。"周道士鹤雏有句云："大道得从心死后，此身误在我生前。"两诗于禅理俱有所得。

九

乾隆丙辰，余二十一岁，起居叔父于广西。抚军金震方先生一见有国士之目，特疏荐博学宏词，首叙年齿，再夸文学，并云："臣朝夕观其为人，性情恬淡，举止安详。国家应运生才，必为大成之器。"一时司道争来探问。公每见属吏，谈公事外，必及余之某诗某句，津津道之，并及其容止动见公迟"七字耳。彼此辴然①。两人诗都遗失，余只记押"心"字韵。尹相国和云："若非元老怜才意，争动闲云出岫心？"

十三

以昌黎之崛强，宜鄙俳体矣，而《滕王阁序》曰："得附三王之末，有荣耀焉。"以杜少陵之博大，宜薄初唐矣，而诗曰："王、杨、卢、骆当时体……不废江河万古流。"以黄山谷之奥峭，宜薄西昆矣，而诗云："元之如砥柱，大年若霜鹘。王、杨立本朝，与世作郛郭。"今人未窥韩、柳门户，而先扫六朝；未得李、杜皮毛，而已轻温、李：何蜉蝣之多也！

十四

"怀仁辅义天下悦，阿谀顺旨要领绝"，子陵语也。"崇山幽都何可偶，黄钺一下无处所"，光武语也。两人同学，故言语相同，皆七古中硬句。

十五

古无类书，无志书，又无字汇②，故《三都》《两京》赋，言木则若干，言鸟则若干，必待搜辑群书，广采风土，然后成文。果能才藻富艳，便倾动一时。洛阳所以纸贵者，直是家置一本，当类书、郡志读耳。故成之亦须十

---

① 辴（chǎn）然：笑的样子。
② 字汇：字典。

年、五年。今类书、字汇，无所不备。使左思生于今日，必不作此种赋。即作之，不过翻摘故纸，一二日可成。而抄诵之者，亦无有也。今人作诗赋，而好用杂事僻韵，以多为贵者，误矣！

十六

"乐府"二字，是官监之名，见霍光、张放两传。其《君马黄》《临高台》等乐章，久矣失传。盖因乐府传写，大字为辞，细字为声，声词合写，易至舛误。是以曹魏改《将进酒》为《平关中》，《上之回》为《克官渡》，共十二曲，并不袭汉；晋人改《思悲翁》为《宣受命》，《朱鹭》为《灵之祥》，共十二曲，亦不袭魏。唐太白、长吉知之，故仍其本名，而自作己诗。少陵、张、王、元、白知之，故自作己诗，而创为新乐府。元稹序杜诗，言之甚详。郑樵亦言："今之乐府，崔豹以义说名，吴兢以事解目，与诗之失传一也。《将进酒》，而李馀乃序烈女；《出门行》，而刘猛不言别离；《秋胡行》，而武帝云'晨上散关山，此道当何难'：皆与题无涉。"今人犹贸贸然抱《乐府解题》为秘本，而字摹句仿之，如画鬼魅，凿空无据；且必置之卷首，以撑门面，犹之自标门阀，称乃祖乃宗绝大官衔，而不知其与己无干也。

十七

《左氏》："郑伯享赵孟于垂陇，七子赋诗。伯有赋《鹑奔》，赵孟斥之曰：'床笫之言不逾阈，非使人之所闻也。'"然则其他之赋，《野有蔓草》《有女同车》及《蓱兮》者，其非淫奔之诗，明矣。

十八

"庚"字古音同"冈",故字法"康"从"庚",汉以前无读"羹"者。"庆"字古音同"羌",汉以前无读"磬"者。"令"字古音同"连",入"先""仙"韵,转去声作"恋",汉以前无读"灵"者。

十九

《文选》诗,有五韵、七韵者,李德裕所谓"意尽而止,成篇不拘于只偶"也。

二十

陆放翁"烧灰除菜蝗","蝗"字作仄声。徐骑省"莫折红芳树,但知尽意看","但"字作平声。李山甫《赴举别所知》诗:"黄祖不怜鹦鹉客,志公偏赏麒麟儿。""麒"字作仄声。王建《赠李仆射》诗:"每日城南空挑战。""挑"字作仄声。《赠田侍中》:"绿窗红灯酒。""灯"字作仄声。皆本白香山之以"司"为"四","琵"为"别","凝脂"为"佞","红桥三百九十桥","十"字读"谌"也。韩愈《岳阳楼》诗:"宇宙隘而妨。""妨"作"访"音。《东都》诗:"新辈只朝评。""评"作"病"音。元稹《东南行百韵》诗:"征俸封鱼租。""封"音"俸"。《痁卧》诗:"一生长苦节,三省讵行怪。""怪"音"乖"。《岭南》诗:"联游亏片玉,洞照失明鉴。""鉴"音"间"。《夜池》诗："高屋无人风张幕。""张"音"丈"。"苦思正旦酬白雪,闲观风色动青旂。""正旦"读作"真丹"。又白居易《和令狐相公》诗："仁风扇道路,阴雨膏间阎。""扇"平声,"膏"去声。李商隐《石城》诗："簟冰将飘枕,帘烘不隐钩。"自注："冰"去声。陆龟蒙《包山》诗："海客施明珠,湘蕤料净食。"自注："料"平声。朱竹垞《山塘纪事》诗："殷勤短主簿,端笏立阼阶。""阼"音"徂"。杜少陵用"中兴""中酒""王气""贞观"等字,忽平忽仄,随其所便。大抵"相如"之"相","灯檠"之"檠","亲迎"之"迎","亲家"之"亲","宁馨"之"馨","蒲桃"之"蒲","鄫侯"之"鄫","马援"之"援","别离"之"离","急难"之"难","上应"之"应","判舍"之"判","量移"之"量","处分"之"分","范蠡"之"蠡","祢衡"之"祢","伍员"之"员",皆平仄两用。

二十一

宋人《雪》诗："待伴不嫌鸳瓦冷,羞明常怯玉钩斜。"已新矣。郑所南《雪》诗："拇战素手白相敌,酒潮上脸红不鲜。"更新。萧德藻《梅花》诗："湘妃危立冻蛟背,海月冷挂珊瑚枝。"已新矣。徐巢友《梅》诗："过墙新水滴眠鹤,压屋冷云眠定僧。"更新。

二十二

《三余编》言："诗家使事,不可太泥。"白傅《长恨歌》："峨嵋山下少人行。"明皇幸蜀,不过峨嵋。谢宣城诗："澄江净如练。"宣城去江百余里,县治左右无江。相如《上林赋》:"八川分流。"长安无八川。严冬友曰:"西汉时,长安原有八川,谓泾、渭、灞、浐、沣、滈、潦、潏也;至宋时则无矣。"

二十三

人称才大者,如万里黄河,与泥沙俱下。余以为此粗才,非大才也。大才如海水接天,波涛浴日,所见皆金银宫阙,奇花异草,安得有泥沙污人眼界耶?或曰:"诗有大家,有名家。大家不嫌庞杂,名家必选字酌句。"余道:"作者自命当作名家,而使后人置我于大家之中;不可自命为大家,而转使后人屏我于名家之外。常规蒋心馀太史云:'君切莫老手颓唐,才人胆大也。'"心馀以为然。

二十四

凡神庙扁对,难其用成语而有味。或造仓颉庙,求扁,侯明经嘉繙提笔书"始制文字"四字,人人叫绝。或求戏台对联,姚念兹集唐句云:"此曲只应天上有,斯人莫道世间无。"又,张文敏公戏台集宋句云:"古往今来只如此,淡妆浓抹总相宜。"苏州戏馆集曲句云:"把往事,今朝重提起;破工夫,明日早些来。"俱妙。或题诸葛庙,用"丞相祠堂"四字,亦雅切。

二十五

余不喜黄山谷诗，而古人所见有相同者。魏泰讥山谷："得机羽而失鹍鹏，专拾取古人所吐弃不屑用之字，而矜矜然自炫其奇，抑末也。"王弇州曰："以山谷诗为瘦硬，有类驴夫脚跟，恶僧藜杖。"东坡云："读山谷诗，如食蝤蛑，恐发风动气。"郭功甫云："山谷作诗，必费如许气力，为是甚底？"林艾轩云："苏诗如丈夫见客，大踏步便出去；黄诗如女子见人，先有许多妆裹作相：此苏、黄两公之优劣也。"余尝比山谷诗如果中之百合，蔬中之刀豆也，毕竟味少。

二十六

徐凝《咏瀑布》云："万古常疑白练飞，一条界破青山色。"的是佳语。而东坡以为恶诗，嫌其未超脱也。然东坡《海棠》诗云："朱唇得酒晕生脸，翠袖卷纱红映肉。"似比徐诗更恶矣。人震苏公之名，不敢掉罄[①]。此应劭所谓"随声者多，审音者少"也。

二十七

某孝廉有句云："立誓乾坤不受恩。"盖自矜风骨[②]也。余不以为然，寄书规之，云："人在世间，如何能不受人恩？古人如陶靖节之高，而以乞

---

① 不敢掉罄：不敢轻易寻根问底，评其优劣。
② 自矜风骨：夸耀自己的风骨气节。

一顿食，至于冥报相贻①。杜少陵以稷、契自许，而感孙宰存恤，至于愿结弟昆。范文正公是何等人，而以晏公一荐故，终身执门生之礼。盖太上贵德，其次务施报，圣人之所不讳也。"若商宝意太史之诗则不然，曰："名心未了难遗世，晚景无多怕受恩。"蒋苕生太史之诗亦不然，曰："不是微禽敢辞惠，只愁无处觅金环。"此皆不立身分，而身分弥高。

二十八

山阴胡天游稚威，以旷代才②受知于大宗伯任香谷先生。其待之之厚，不亚于令狐相公之待玉溪生也。馆于其家。八月五日，宗伯指庭前葡萄曰："彼实垂垂矣。若能以'侪''淮'险韵，刻画其状，当令某伶进酒为欢。"稚威刻烛二寸，成四十韵。其警句云："一树微藏晓，添幽得小斋。拿藤高屋起，缚架碧霄排。翻水层筛网，行天爪掷钗。枚惊千钉错，结古百绳偕。见拟通身胆，环雕出目蛙。巧悬沤泡住，危累弹丸佳。多觉欺邻枣，贫犹敌庾鲐。粉粘云母腻，光逼水晶揩。软谢金刀切，津宜贝齿湝。人窥雨余馆，凉破日斜阶。寒别关门远，肥怜壤性乖。岂知根入塞，不比橘逾淮。"一时传诵。后乾隆辛卯冬日，严冬友侍读在沈学士云椒席上，偶谈及稚威以险韵咏葡萄事。沈因指席间橄榄，命其门人陈梅岑云："汝能以十三'覃'韵赋此乎？"陈即席成二十韵。警句云："青子当秋熟，评芳自岭南。嘉名忠可喻，真意谏同参。种类炎方别，林园壮月探。阴还连野屋，高欲逼层岚。摘去梯难架，收来杖易担。求温凭箬里，致远籍筒函。买或论千百，尝应只二三。颦眉今莫讶，苦口旧曾谙。细共槟榔嚼，香逾豆蔻含。讨寻偏耐久，风格在回甘。核试花生烛，仁桃粟缀簪。幸登君子席，佳话并传柑。"余亦在席上，命门人杨蓉裳仿之，《咏钱》云："鱼伯飞来后，平

---

① 冥报相贻：死后报答。
② 以旷代才：凭借旷世奇才。

添利海波。斫铜耶水曲，铸币历山阿。轻影翻鲸甲，花纹皱凤罗。五铢工剪凿，四柱细摩挲。轮郭分乌漉，文章备隶蝌。好从床脚绕，谁向梦中磨？萧库悬标榜，吴宫卫甲戈。营中赎才士，帐下买青娥。藏处同牛吼，行来倩马驮。无缘休慕'孔'，有癖定归和。积窖千缗朽，当筵一掷多。裁皮嗤大业，剪叶记阇婆。只我偏穷薄，终年叹辘轳。逐贫空有赋，得宝不成歌。壁立已如此，囊空将奈何！画叉三十块，挂壁羡东坡。"陈、杨二君，年未弱冠。

二十九

方望溪删改八家文，屈悔翁改杜诗，人以为妄。余以为八家、少陵复生，必有低首俯心而遵其改者，必有反复辩论而不遵其改者。要之，抉摘于字句间，虽"六经"颇有可议处，固无劳二公之舍其田而芸人之田也。

三十

余甲戌春往扬州，过宏济寺，见题壁云："随着钟声入梵宫，凭谁一喝耳双聋？桫椤不解无言旨，孤负拈花一笑中。""山水争留文字缘，脚跟犹带九州烟。现身莫问三生事，我到人间廿四年。"末无姓名，但著"苕生"二字。余录其诗，归访年余。熊涤斋先生告以苕生姓蒋，名士铨，江西才子也，且为通其意。苕生乃寄余诗云："鸿爪春泥迹偶存，三生文字系精魂。神交岂但同倾盖，知己从来胜感恩。"已而入丁丑翰林，假归，侨寓金陵，与余交好。壬申春，余过良乡，见旅店题诗云："满地榆钱莫疗贫，垂杨难系转蓬身。离怀未饮常如醉，客邸无花不算春。欲语性情思骨肉，偶谈山水悔风尘。谋生消尽轮蹄铁，输与成都卖卜人。"末亦无姓名，但书"篁村"

二字。余和其诗，有"好叠花笺抄稿去，天涯沿路访斯人"之句。隔十三年，劳宗发观察来江南，云渠宰良乡时，见店壁有此二诗，为馆钦差故，主人将圬去，心甚爱之，抄诗请于制府方敏悫公。方亦欣赏，谕令勿圬。然彼此不知篁村何许人。壬辰，在梁瑶峰方伯署中，晤篁村，方知姓陶，名元藻，会稽诸生也。以此语告陶。陶感三人之知己，而伤方、劳二公之已亡，重赋云："匹马曾从燕蓟趋，桥霜店月已模糊。人如旷世星难聚，诗有同声德未孤。自笑长吟忘岁月，翻劳相访遍江湖。秦淮河上敦槃会，应识今吾即故吾。""三间老屋夕阳村，底事高轩过此门？飞盖翠摇新蘸墨，华镫红照旧题痕。不教画墁佣奴易，便胜纱笼佛殿尊。惆怅怜才青眼客，几番剪纸为招魂。"

本朝王次回《疑雨集》，香奁绝调，惜其只成此一家数耳。沈归愚[①]尚书选国朝诗，摈而不录，何所见之狭也！尝作书难之云："《关雎》为《国风》之首，即言男女之情。孔子删《诗》，亦存《郑》《卫》；公何独不选次回诗？"沈亦无以答也。唐李飞讥元、白诗"纤艳不逞，为名教罪人"。卒之千载而下，知有元、白，不知有李飞。或云：飞此言见于杜牧集中。牧祖佑，年老不致仕，香山有诗讥之，故牧假飞语以诋之耳。

余戏刻一私印，用唐人"钱塘苏小是乡亲"之句。某尚书过金陵，索余诗册，余一时率意用之，尚书大加呵责。余初犹逊谢，既而责之不休，余正

---

① 沈归愚：清代诗人沈德潜，提倡温柔敦厚的诗教。

色曰："公以为此印不伦耶？在今日观，自然公官一品，苏小贱矣。诚恐百年以后，人但知有苏小，不复知有公也。"一座鞿然。

三十三

高文良公夫人，名琬，字季玉，蔡将军毓荣之女，尚书珽之妹也。其母国色，相传为吴宫旧人。夫人生而明艳，娴雅能诗。公巡抚苏州，与总督某不合，屡为所倾，而公卓然孤立。《咏白燕》第五句云："有色何曾相假借？"沉思未对。适夫人至，代握笔曰："不群仍恐太分明。"盖规之也。夫人博极群书，兼通政治。文良公之奏疏文檄等作，每与商定。诗集不传。记其《咏九华峰寺》云："萝壁松门一径深，题名犹记旧铺金。苔生尘鼎无香火，经蚀僧厨有蠹蟫。赤手屠鲸千载事，白头归佛一生心。征南部曲今谁是？剩有枯禅守故林。"此为其父平吴逆后，获咎归空门而作也。

三十四

宋《蓉塘诗话》讥白太傅在杭州，忆妓诗多于忆民诗。此苛论也，亦腐论也。《关雎》一篇，文王辗转反侧，何以不忆王季、太王，而忆淑女耶？孔子厄于陈、蔡，何以不思鲁君，而思及门耶？

三十五

诗人陈制锦，字组云，居南门外，与报恩寺塔相近。樊明徵秀才赠诗云："南郊风物是谁真？不在山巅与水滨。仰首陆离低首诵，长干一塔一诗人。"陈嫌不佳。余曰："渠用意极妙，惜未醒耳。若改'仰首欲攀低首拜'，则精神全出，仅易三字耳。"陈为雀跃。樊博学好古，尤精篆隶之学。余所得两汉金石文字，皆所赠也。卒后，余挽联云："地下又添高士伴，生前原当古人看。"

三十六

靖逆侯张勇，字非熊，国初定鼎，即仗剑出关，求见英王。王大奇之。提督甘肃，知吴三桂将反，命子云翼间道入都，首发其奸。圣祖亲解御袍赐之。功成后，谥襄壮。相传其封公梦夏侯惇而生。侯薨后葬坟，掘地得夏侯碑碣，亦一奇也。性好吟诗，《过崆峒》云："蚩尤战后久消兵，此处犹存访道名。万里山河尘不起，松风常带凤鸾声。"

三十七

人谋事久而不得，则意思转淡。何士颙秀才《感怀》云："身非无用贫偏暇，事到难图念转平。"真悟后语也。其他如"贫犹买笑为身累，老尚多情或寿征""书因补读随时展，诗为留删尽数抄"，皆不愧风人之旨。殁后，余闻信，飞遣人到其家，搜取诗稿，得三百余首。为付梓行世，板藏随园。

三十八

余宰沭阳时，淮安诸生吕文光馆于沭之吴姓家。其弟子某赴童子试，吕为代倩文字，被余侦获。爱其能文，不加之罪，且延为西席①，以姨妻之。和

---

① 西席：旧指官吏用自己的名义请来帮助办事的人，或请的家庭老师。古代主位在东，客位在西，故名。

余《春草》云:"绵力漫言承露薄,灵根自信济人多。"又云:"托根何必蓬莱上?得气均沾雨露中。"余笑曰:"此县令诗,不能作翰林者。"已而果中辛未进士,出知滑县。

三十九

江西魏允迪,字懋堂,豪迈不羁,官中书侍读。以抚军公子,而家资散尽,因之失官。《咏山中积雪》云:"寂寞山涯更水滨,漫天匝地白如银。前村报道溪桥断,可喜难来索债人。""干霄篁竹翠盈眸,雪压风欺扑地愁。莫讶此君无劲节,一经沦落也低头。"又《出门》云:"凭着牵衣儿女送,只挥双泪不回头。"读之令人神伤。与余同召试友也。

四十

苏州舁山轿者最狡狯。游冶少年多与钱,则遇彼姝之车,故意相撞,或小停顿。商宝意先生有诗云:"直得舆夫争道立,翻因小住饱看花。"虎丘山坡五十余级,妇女坐轿下山,心怯其坠,往往倒抬而行。鲍步江《竹枝》云:"妾自倒行郎自看,省郎一步一回头。"

四十一

李义山《咏柳》云:"堤远意相随。"真写柳之魂魄。与唐人"山远始为容,江奔地欲随"之句,皆是呕心镂骨而成。粗才每轻轻读过。吴竹桥太史亦有句云:"人影水中随。"

四十二

陆鲁望过张承吉丹阳故居,言:"祐善题目佳境,言不可刊置别处。此为才子之最也。"余深爱此言。自古文章所以流传至今者,皆即情即景,如化工肖物,着手成春,故能取不尽而用不竭。不然,一切语古人都已说尽,何以唐、宋、元、明才子辈出,能各自成家而光景常新耶?即如一客之招,一夕之宴,开口便有一定分寸,贴切此人、此事,丝毫不容假借,方是题目佳境。若今日所咏,明日亦可咏之;此人可赠,他人亦可赠之,便是空腔虚套,陈腐不堪矣。尹文端公在制府署中,冬日招秦、蒋两太史及余饮酒,曰:"今日席上皆翰林,同衙门,各赋一诗。"蒋诗先成,首句云:"卓午人停问字车。"公笑曰:"此教官请客诗也。"秦惧不肯落笔。余亦知难而退。公不许。乃呈一律云:"小集平泉夜举觞,春风座上不知霜。偶然元老开东阁,难得群仙共玉堂。"公大喜,曰:"开口已包括全题。白傅夸刘禹锡《金陵怀古》诗'前四句已探骊珠[①]',此之谓矣!"

四十三

余每作咏古、咏物诗,必将此题之书籍无所不搜;及诗之成也,仍不用一典。尝言:人有典而不用,犹之有权势而不逞也。

---

① 骊珠:原意是宝珠,这里比喻精彩绝妙的境地。

四十四

熊掌、豹胎，食之至珍贵者也；生吞活剥，不如一蔬一笋矣。牡丹、芍药，花之至富丽者也；剪彩为之，不如野蓼、山葵矣。味欲其鲜，趣欲其真，人必知此，而后可与论诗。

四十五

襄勤伯鄂公容安，好吟诗，如有宿悟。《竹林寺》云："初地相逢人似旧，前身安见我非僧？"《悼亡》云："伤心最是怀中女，错认长眠作暂眠。"

《记》曰："学然后知不足。"可见知足者，皆不学之人，无怪其夜郎自大也。鄂公《题甘露寺》云："到此已穷千里目，谁知才上一层楼。"方子云《偶成》云："目中自谓空千古，海外谁知有九州？"

四十六

昔人言白香山诗，无一句不自在，故其为人和平乐易；王荆公诗无一句自在，故其为人拗强乖张。愚谓荆公古文，直逼昌黎，宋人不敢望其肩项；若论诗，则终身在门外。尤可笑者，改杜少陵"天阙象纬逼"为"天阅象纬逼"，改王摩诘"山中一夜雨"为"一半雨"，改"把君诗过日"为"过目"，"关山同一照"为"同一点"，皆是点金成铁手段。大抵宋人好矜博雅，又好穿凿，故此种剜肉生疮之说，不一而足。杜诗："天子呼来不上船。"此指明皇白龙池召李白而言。船，舟也。《明道杂记》以为："船，衣领也。蜀人以衣领为船。谓李白不整衣而见天子也。"青莲虽狂，不应若是之妄。东坡《赤壁赋》："而吾与子之所共适。"适，闲适也。罗氏《拾遗》以为："当是'食'字。"引佛书以睡为食，则与上文文义平险不伦。东坡虽佞佛，必不自乱其例。杜诗："王母昼下云旗翻。"此王母，西王母也。《清波杂志》以"王母"为鸟名，则与云旗杳无干涉。王勃《滕王阁序》："落霞与孤鹜齐飞。"此"落霞"，云霞也，与"孤鹜"不类而类，故见妍妙。吴獬《事始》以落霞为飞蛾，则虫鸟并飞，味同嚼蜡。杜牧《阿房宫赋》："未云何龙。"用《易经》"云从龙"也。《是斋日记》以为用《左氏》"龙见而雩"。宫中，非雩祭地①也。《文选》诗："挂席拾海月。"妙在"海月"之不可拾也。注《选》者，必以"海月"为蚌蛤之类，则作此诗者，不过一摸蚌翁耳。少陵诗："无风云出塞，不夜月临关。"其妙处在无风而云，不夜而月故也。注杜者以"不夜""无风"为地名，则何地无云，何地无月，何必此二处才有风、月耶？"三峡星河影动摇"，即景语也。注杜者必引《天官书》"星动为用兵之象"。未必太平时，星光不动也？宋子京手抄杜诗，改"握节汉臣归"为"秃节"。"秃"字不如"握"字之有神也。刘禹锡《瀼西》诗："春水縠纹生。"明是春水方生之义，而晏元献以"生"为生熟之生。岂织绮縠者，定用生丝，不用熟丝耶？东坡《雪》诗，用"银海""玉楼"，不过言雪色之白，以"银""玉"字样衬托之，亦诗家常事。注苏者必以为道家肩目之称。则当下雪时，专飞道士家，不到别人家耶？《明道杂志》云："坡诗：'客行万里半天下，僧卧一庵初白头。'黄元以为'白'字不可对'天'字，遂妄改为'日'字。对则工矣，其如'初日头'三字文理不通。"袁瑾《秋日》诗："芳草不复绿，王孙今又归。"此"王孙"，公子王孙之称也。宋人云："王孙，蟋蟀也。"引《诗纬》云："楚人名蟋蟀为王孙。"又以为"猿"，引柳子厚《憎王孙》为证。博则博矣，意味索然。《冷斋夜话》云："太白诗：'昔作夫容花，今为断肠草。'本陶弘景《仙方注》'断肠草一名夫容'故也。乃知诗人无一字闲话。"方密之笑曰："太白冤哉！草不妨同名，诗人何心作药师父耶？"凡此种种，其病皆始于郑康成。康成注《毛诗》"美目清

---

① 非雩祭地：不是求雨祭祀之地。雩祭，古代求雨的祭祀。

兮"："目上为明，目下为清。"然则"美目盼兮"，"盼"又是何物？注"亦既觏止"，为男女交媾之媾。注"五日为期"，为"妾年未五十，必与五日之御。五日不御，故思其夫"。注"胡然而天，胡然而帝"，便是"灵威仰，赤熛怒"。注"言从之迈"，"言将自杀以从之"，其迂谬已作俑矣！尧之时，老人击壤。壤，土也。周处《风土记》则曰："壤，以木为之，长三尺四寸。"引皇甫元晏十七岁与从姑子击壤于路为证。不知尧之时，安得有木壤？果有之，又何得历夏、商、周而不一见于咏乐耶？要知周处《风土记》，亦宋人伪作。

四十七

本朝有某孝廉献吴逆诗云："力穷楚覆求秦救，心死韩亡受汉封。"圣祖爱其巧于用典，遣人访之。其人逃。余以为此仿宋汪彦章为张邦昌《雪罪表》也。其词云："孔子从佛肸之召[①]，卒为尊周；纪信乘汉王之车，将以诳楚。"可谓善于文过者。

四十八

有妓与人赠别云："临歧几点相思泪，滴向秋阶发海棠。"情语也。而庄荪服太史赠妓云："凭君莫拭相思泪，留着明朝更送人。"说破，转觉嚼蜡。佟法海《吊琵琶亭》云："司马青衫何必湿？留将泪眼哭苍生。"一般杀风景语。

[①] 佛（bì）肸（xī）之召：意思是佛肸的邀请。佛肸是春秋末年晋卿赵鞅的家臣，后投靠了范氏、中行氏。

四十九

有人哭一显者云:"堂深人不知何病,身贵医争试一方。"说尽贵人患病情状。

五十

吾乡陈星斋先生《题画》云:"秋似美人无碍瘦,山如好友不嫌多。"江阴翁徵士朗夫《尚湖晚步》云:"友如作画须求淡,山似论文不喜平。"二语同一风调。

五十一

本朝开国时,江阴城最后降。有女子为兵卒所得,绐①之曰:"吾渴甚,幸取饮,可乎?"兵怜而许之。遂赴江死。时城中积尸满岸,秽不可闻。女子啮指血题诗云:"寄语路人休掩鼻,活人不及死人香。"

五十二

同征友万柘坡光泰,精于五、七古。程鱼门读之,五体投地。近体学宋人,有晦涩之病。陈古渔专工近体,宗七子,故闻鱼门赞万诗,大相抵牾。

———
① 绐(dài):欺哄。

余为作跋,释两家之憾,且摘柘坡近体之佳者,以晓古渔。其《题开元寺》云:"古树鸟巢密,疏寮①客到稀。""铃空随瓦坠,碑断入墙填。"《方镜》云:"自笑相逢同枘凿,封侯谁有面如田?"《金鳌玉蝀桥》云:"晓来浓翠东西映,也算蛾眉对仗班。"陈乃折服。

五十三

余长姑嫁慈溪姚氏。姚母能诗,出外为女傅。康熙间,某相国以千金聘往教女公子。到府,住花园中,极珠帘玉屏之丽。出拜两姝,容态绝世。与之语,皆吴音,年十六七,学琴,学诗,颇聪颖。夜伴女傅眠,方知待年之女,尚未侍寝于相公也。忽一夕,二女从内出,面微红。问之,曰:"堂上夫人赐饮。"随解衣寝。未二鼓,从帐内跃出,抢地呼天,语呕呕不可辨,颠仆片时,七窍流血而死。盖夫人赐酒时,业已酖②之矣!姚母踉跄弃资装,即夜逃归。常告人云:"二女,年长者尤可惜。"有《自嘲》一联云:"量浅酒痕先上面,兴高琴曲不和弦。"

五十四

咏物已难,而和前人之韵则更难。近惟陈其年之和王新城《秋柳》,奇丽川方伯之和高青邱《梅花》,能不袭旧语,而自出新裁。陈云:"尽日邮亭挽客衣,风流放诞是耶非?将军营里年光晚,京兆街前信息稀。愁黛忍令秋水见,柔条任与夜乌飞。舞腰女伴如相忆,为报飘零愿已违。""鹅黄

---

① 疏寮:简陋的房屋之意。寮,小屋。
② 酖(dān):嗜酒,此处有醉酒之意。此字另读 zhèn,同"鸩",毒酒,用毒酒害人。

搓就便相怜，记得金城几树烟。未到阿那先篱簌①，任为抛掷也缠绵。由来春好惟三月，待得花开又一年。此日秋山太迢递，株株摇落画楼边。"又云："似尔陌头还拂地，有人楼上怕开箱。"俱妙。方伯云："枝头何处认轻痕，霜亦精神雪亦温。一径晓风寻旧梦，半林寒月失孤村。吟情欲镂冰为句，离恨难招玉作魂。寄语溪桥桥上客，莫从香里误柴门。""点额谁教入汉宫，冻云合处路难通。胧胧照去月疑落，瓣瓣擎来雪又空。无梦不随流水去，有香只在此山中。松间竹外谁知己？地老天荒玉一丛。"又云："珊珊仙骨谁能近，字与林家恐未真。""陇首只今春意薄，山中自昔故人稀。"其高淡之怀，梅花有知，当呼知己。

五十五

康熙间，于清端公总督江南，举其族弟襄勤公来守江宁。二人俱名成龙，不以为嫌，且俱以清节卓行②名震海内，洵圣朝佳话也。襄勤巡抚京畿，不避权贵，故演戏者有"红门寺诛奸僧"一节。事虽附会，非无因也。其孙紫亭先生，名宗瑛者，甲戌翰林，人品高逸，善画工诗。余戊申游虞山，紫亭之子静夫明府适宰昭文，以《来鹤堂诗》见示。如《题画》云："寒声两岸虫，秋怀千顷荻。雨断月初明，孤篷犹滴沥。"《游马氏园》云："隔树未知处，缘溪已到门。"《折杏花赠某》云："灯红人影摇芳树，手动花阴落满身。"《归车》云："急雨惊风翻碧沼，归云学水亦东流。"皆超超元箸③，不食人间烟火。静夫云清端、襄勤二公亦有诗集，他日捡出，为余寄来。

---

① 篱簌：下垂的样子。
② 清节卓行：清廉有操守，高尚的品行。
③ 超超元箸：指言论文辞高妙又明切。元箸，一般写作"玄著"。

五十六

李尚书雍熙学道，散遣歌姬。王西樵责以诗云："听歌曾入忘忧界，不应忽缚枯禅戒①。未是香山与病缘，何妨樊子同春在？安石携妓自不凡，处仲开阁终无赖。谁为公画此策者？狂奴恨不鞭其背！"阮亭亦云："万种心情消未尽，忍辞骆马遣杨枝？"余惜秦少游未闻此言。

五十七

江西某太守将伐古树。有客题诗于树云："遥知此去栋梁材，无复清阴覆绿苔。只恐月明秋夜冷，误他千岁鹤归来。"太守读之，怆然有感，乃停斧不伐。

五十八

南宋宫嫔墓在越中者甚多，屃湖②之滨，狮山之侧，茔址可识者二十四处，俗传"廿四堆"是也。山阴邵蕙畦先生诗云："屃湖湖水莹如镜，照出兴亡事可哀。二十四堆春草绿，钱塘风雨翠华来。"绰有深情。先生尤长五言，《咏济南趵突泉》云："倒翻庐阜瀑③，长涌浙江潮。"一时诸名士为之搁笔。又有句云："溪澄花影偶，山静屐声孤。"

---

① 枯禅戒：枯燥刻板的清规戒律。
② 屃（xì）湖：即绍兴的屃石湖。
③ 庐阜瀑：庐山的瀑布。

五十九

江南黄梅时节,潮湿可厌。徐金粟云:"不待雨来先地湿,并无云处亦天低。"

六十

丁巳前辈沈云蜚先生馆选后,乞假归娶。逾年入都,以习国书故,僦①屋邻余,欲彼此宣究②。未半年,以瘵疾亡。余入奠,见纸墨丛残,家僮殡殓,为之泣下。哭以四绝句,五十年来,全不省记。忽内子诵之琅琅,乃追录之,以存其人。诗云:"仙山楼阁本茫茫,容易青年到玉堂。底事昙花才一现?已蒙上帝遣巫阳。 明知病体颓唐甚,何事间关万里来?想是神仙厌乡土,特教玉骨葬蓬莱。 几度蓬门歇小车,挥毫同习上清书。而今难字从谁问?旅榇灰停一寸余。 半年汤药滞天涯,腰瘦何人报沈家?少妇昨宵家信到,催君迎看帝城花。"

六十一

钱塘洪昉思昇,相国黄文僖公机之女孙婿也。人但知其《长生》曲本,与《牡丹亭》并传,而不知其诗才在汤若士之上。《晓行》云:"咿喔晨鸡鸣,仆夫驾轮鞍。四野绝无人,但闻征铎响。"《夜泊》云:"竹箦随潮

---

① 僦:租赁。
② 宣究:切磋研究。

落,蒲帆逐月飞。维舟已深夜,还上钓鱼矶。"性落拓不羁。晚年渡江,老仆坠水,先生醉矣,提灯救之,遂与俱死。《送高江村宫詹入都》五排一百韵,沉郁顿挫,逼真少陵。

先生为王贞女作《金镯曲》云:"王家有女字秀文,少小绰约兰蕙芬。项郎名族学诗礼,金镯为聘结婚姻。十余年来人事变,富儿那必归贫贱。一朝别字豪贵家,三日悲啼泪如霰。手摘金镯自吞食,将死未死救不得。柔肠九曲断还续,卧地只存微气息。讵料国工赐灵药,吐出金镯定魂魄。至性由来动彼苍,一夜银河驾乌鹊。嗟哉此女贞且贤,项郎对之悲复怜。朝来笑倚镜台立,代系金镯云鬓边。"其事其诗,俱足千古。篇终结句,余韵悠然。

六十二

苏州徐文靖公明季殉难,二子昭文、贯时俱守父志,不仕。尤西堂为贯时作传,言其"少时美好,自称三十六帝外臣"。《过平原有见》云:"玉面珠珰坐锦车,蟠云作髻两分梳。春风解下貂回脖,露出蛐蛴①雪不如。""曲水池头倚玉阑,祓除初起晓妆寒。新来传得江南样,也是梳头学牡丹。"摩写燕赵佳人,风流可想。贯时先生名柯。其孙龙饮,精赏鉴,与余交好。

六十三

洪昉思《咏燕女》云:"燕姬生小习原野,春草茸茸猎城下。身轻不许健儿扶,捉鞭自上桃花马。"胡稚威亦咏此题,中四句云:"蛐蛴明处缘裁

---

① 蛐(qiú)蛴(qí):天牛的幼虫,借以比喻妇女颈部之美。

领,荑手擩时为揽妆。云髻半笼花压额①,巾罗斜挂水成行②。"

六十四

梅定九先生以算法、《易》理受知圣祖。人但知其朴学,而不知诗故风雅。其《断藤坑夜雨》云:"万壑连为瀑,千峰撼欲平。虚堂渔艇似,短烛月华明。"《答周昆来》云:"墨妙时看珍共璧,心期今见托双鱼。"周故奇士,舞刀夺槊,豪气逼人。画龙一幅,人以千金相购。识戴雪村学士于未济时,以女妻之。

六十五

余翰林归娶,长安赠行诗甚多,记其佳者。邹太和学士云:"菊黄枫紫小春天,送尔南归是锦旋③。才子扫眉宜赤管,洞房停烛有金莲。归鞍尚带同文课 时余方习清书,吟箧新添却扇④篇。此日和鸣谁不羡?凤凰山下看神仙。"张南华宫詹云:"艳雪飞新句,红丝系凤缘。人间留玉杵,天上撤金莲。官柳萦袍绿,宫花压帽鲜。君恩许归娶,仍弹曲江鞭。""遥识催妆日,金花艳擘笺。湖山留粉黛,毫墨乱云烟。两美应空越,双飞仡入燕。绿窗眉画早,银烛看朝天。"沈椒园御史云:"金闺才子爱袁丝,年少承恩出玉墀。丹诏命趋双鹤发,绣帏交护两琼枝。笙歌院落时衣锦,梅柳江村晓画眉。伫看还朝成博议,文章报国正相期。"蒋御史和宁时作诸生,云:"金

---

① 压额:垂在前额。
② 水成行:形容汗水流淌的样子。
③ 锦旋:衣锦还乡。
④ 却扇:旧时婚俗,古代行婚礼时新妇用扇遮脸,交拜后去之。后用以指完婚。

莲银烛数行低，照见鸳鸯两两栖。风动流苏侵夜漏，应疑铃索海棠西。"魏允迪中翰以余文捷，戏云："争传才子擅文词，顷刻千言不构思。若使画眉须缓款，那容横扫笔尖儿？"大司空裘叔度时为庶常，云："袁郎走马出京华，折得东风上苑花。一路香尘南国近，芭萝村是阿侬家。""画壁旗亭句浪传，蓝桥归去会神仙。从今厌看闲花草，新种湖头并蒂莲。"盖调余狎许郎也。又云："玉镜台前一笑时，石螺亲为画双眉。乌丝竞艳催妆句，只恐流传恼雪儿。""双绾同心带一条，华灯椽烛好良宵。锦衾宛转留春住，莫忘鸣珂趁早朝。"毗陵相国程聘三时作庶常，诗云："金灯花下沸笙歌，宝帐流香散绮罗。此日黄姑逢织女，漫言人似隔天河。"盖戏用余朝考句也。座主蒋文恪公，时为学士，诗云："群仙艳羡送天涯，重叠诗笺压小车。马上玉郎春应醉，满身香雪落梅花。""我闻堂上两亲居，划荻含丸廿载余。此日江南花烛好，承欢同上紫泥书。"

六十六

余以翰林改官江南，一时送行诗甚多。其佳者如刘文定公纶，时官编修，诗云："弱水神仙少定居，词头草罢领除书①。蒋山南去秦淮路，好雨翛翛梅熟初。""三载头衔共冷官，几人乡梦出长安。君行若过吾庐外，五月江深草阁寒。""定子当筵唱《石城》，离堂烛跋不胜情。芰荷香动三千里，谁共编诗记水程？"宗伯齐公召南时为侍讲，诗云："尊前言别重踟蹰，一向推袁话岂虚？才子何妨为外吏，名山况可读奇书。携将佳偶花能笑，吟得新诗锦不如。转眼蒲帆催北上，未容风物恋鲈鱼。""官河柳色雨余新，故里风光更绝伦。书画一船烟外月，湖山十里镜中人。浣衣香裛②芙蓉露，评史清浇竹叶春。回首同时趋直客，蓬莱犹是在红尘。"庄参政有恭，

---

① 除书：任命官职的文书。
② 裛（yì）：用香熏。

时为修撰，诗云："庐陵事业起夷陵，眼界原从阅历增。况有文章堪润色，不妨风骨露崚嶒。廉分杯水余同况，明彻晶笼尔独能。儒吏风流政多暇，新诗好与寄吴绫。"副宪申甫，时为孝廉，诗云："鹓行惊失凤池春，百里初除墨绶新。簿领竟须烦史笔，朝廷原自重词臣[①]。交情未免怜今别，公论尤应惜此人。终是读书能有用，他时端不负斯民。""鹤书到日广求贤，殿上挥毫各少年。遭遇未尝非盛事，滞留或恐是前缘。公卿誉满君犹出，仆婢诗成我自怜。可忆僧窗风雨夜？灯花只为一人妍 戊午榜发前一日，与张少仪诸人同饮，喜灯有花，惟君获隽。""平台缥缈见烟峦，客至能令眼界宽。谈笑每欣多旧雨，杯盘常愧累贫官。由来气类关偏切，此后风流继必难。说与能诗姚秘监，豪情略为洗儒酸 戏南奇。""临期草草话难穷，高柳凉飘弄袖风。客里惊心多聚散，酒边分手又西东。对衙山色浓于染，绕郭溪光淡若空。此景江南曾不少，有人时在梦魂中。"其时长安诸公以笏山四首为独绝。少宗伯刘公星炜，时为诸生，仿昌谷体作七古一篇，云："壬之年，癸之月，一鲸驱云云不行，走上江南木兰楫。"诗长，不能备录。

[①] 词臣：文臣。

一

丁巳，余流落长安，寓刑部郎中王公讳琬者家。同寓人常熟孝廉赵贵璞，字再白，倾盖相知①，西林相公门下士也，欲荐余见西林，有尼之者，因而中止。未几，王公出守兴化。余偻然无归。赵以寒士而留余仍住王公旧屋，供其饔飧②，彼此倡和。赵诗才清警，《过仙霞岭》云："万竹扫天青欲雨，一峰受月白成霜。"其曾祖某，生天启间，《题天圣阁》云："天在阁中看世乱，民从地上作人难。"

二

丙子九月，余患暑疟。早饮吕医药，至日昳，忽呕逆，头眩不止。家慈抱余起坐，觉血气自胸偾起，性命在呼吸间。忽有同征友赵黎村来访，家人以疾辞，曰："我解医理。"乃延入，诊脉看方，笑曰："容易。"命速买

---

① 倾盖相知：谈得十分投机。
② 饔（yōng）飧（sūn）：饭食，指早饭和晚饭。

石膏，加他药投之。余甫饮一勺，如以千钧之石将肠胃压下，血气全消。未半盂，沉沉睡去，颡上微汗，朦胧中闻家慈唶①曰："岂非仙丹乎？"睡须臾醒，君犹在坐，问："思西瓜否？"曰："想甚。"即命买瓜，曰："凭君尽量，我去矣。"食片许，如醍醐灌顶，头目为轻。晚便食粥。次日来，曰："君所患者，阳明经疟也。吕医误为太阳经，以升麻、羌活二味升提之，将君妄血逆流而上，惟白虎汤可治。然亦危矣！"未几君归。余送行诗云："活我自知缘有旧，离君转恐病难消。"先生亦见赠云："同试明光人有几？一时公干鬓先斑。"

黎村《鸡鸣埭访友》云："佳辰结良觌，言采北山杜。鸡鸣古埭存，登临浑漫与。萧梁此化城，贻为初地祖。六龙行幸过，金碧现如许。欲辨六朝踪，风乱塔铃语。江南山色佳，玄武湖澄澈。豁开几盎间，秀出庭木末。延陵敦凤尚，借以纾蕴结。山能使人澹，湖能使人阔。聊共发啸吟，无为慕禅悦。"赵名宁静，江西南丰人。

三

少陵云："多师是我师。"非止可师之人而师之也。村童、牧竖②，一言一笑，皆吾之师，善取之，皆成佳句。随园担粪者，十月中，在梅树下喜报云："有一身花矣！"余因有句云："月映竹成千个字，霜高梅孕一身花。"余二月出门，有野僧送行，曰："可惜园中梅花盛开，公带不去！"余因有句云："只怜香雪梅千树，不得随身带上船。"

---

① 家慈唶：母亲赞叹。
② 牧竖：牧童。

四

凡古人已亡之作，后人补①之，卒不能佳，由无性情故也。束晳补《由庚》，元次山补《咸英》《九渊》，皮日休补《九夏》，裴光庭补《新宫》《茅鸱》，其词虽在，后人读之者寡矣。

五

唐人咏柳云："长条乱拂春波动，不许佳人照影看。"宋人咏柳云："爱把长条恼公子，惹他头上海棠花。"

六

张燕公称阎朝隐诗炫装倩服②，不免为风雅罪人。王荆公因之作《字说》云："诗者，寺言也。寺为九卿所居，非礼法之言不入，故曰'思无邪'。"近有某太史恪守其说③，动云诗可以观人品。余戏诵一联云："'哀筝两行雁，约指一勾银'，当是何人之作？"太史意薄之曰："不过冬郎、温、李耳！"余笑曰："此宋四朝元老文潞公诗也。"太史大骇。余再诵李文正公昉《赠妓》诗曰："便牵魂梦从今日，再睹婵娟是几时？"一往情深，言由衷发，而文正公为开国名臣。夫亦何伤于人品乎？《孝经·含神雾》云："诗者，持也。持其性情，使不暴去也。"其立意比荆公差胜。

---

① 补：补写。
② 炫装倩服：华丽的服装。这里形容诗作堆砌华丽辞藻。
③ 恪守其说：严格遵守他的说法。

七

刘昭禹曰:"五律一首,如四十贤人,其中着一屠沽儿不得①。"余教少年学诗者,当从五律入手,上可以攀古风,下可以接七律。

八

孔子与子夏论诗曰:"窥其门,未入其室,安见其奥藏之所在乎?前高岸,后深谷,泠泠然不见其里,所谓深微者也。"此数言,即是严沧浪"羚羊挂角""香象渡河"之先声。

九

卢雅雨《塞外接家书》云:"料来狼狈原应尔,便说平安那当真。"何南园《都中寄家书》云:"每因疾病愁家远,强说平安下笔难。"

十

《宋稗类抄》第一卷《遭际类》云:"陈了翁之父尚书与潘良贵义荣之父交好。潘一日谓陈曰:'吾二人官职、年齿种种相似,恨有一事不如公。'陈问之。潘曰:'公有三子,我乃无之。'陈曰:'吾有妾,已生子

---

① 着一屠沽儿不得:不得带一点儿虚假的东西。

矣，可以奉借。他日生子，当即见还。'既而遣至，即了翁之母也。未几，生良贵。后其母遂往来两家。一母生二名儒，前所未有。"此事太通脱①，今人所断不为；而宋之贤者为之，且传为佳话。高南阜太守题诗曰："赠妾生儿古人有，儿生还妾古人无。宋贤豁达竟如此，寄语人间小丈夫！"杭州冯山公先生以春秋卢蒲嫳为齐之忠臣，云："替庄公报仇，要灭崔氏，非庆封不可；欲输心②庆封，非易内不可。五伦中，君父最大，夫妻为小。卢顾大伦，故不顾小伦也。"其言甚创，人多怪之。余按东汉《独行传》：犍为任永避王莽之乱，伪病青盲③，妻淫于前，佯为不见。似山公之言，未尝无证。

唐翰林学士最荣，入值，许借飞龙厩马。白香山《赠钱翰林》诗曰："分班皆命妇，对苑即储皇。"盖最亲宫禁也。是以韦绶，学士也，而覆以蜀襭之袍④；韩偓，学士也，而暗藏金莲之烛。《十国春秋》载：后蜀王建待翰林过优，人尤⑤之。建曰："我昔值禁军，见唐天子待翰林之厚，虽朋友不如也。我不过万分之一耳。"

古称状元，不必殿试第一名。唐郑谷登第后，《宿平康里》诗曰："好是五更残酒醒，耳边闻唤状元声。"按：谷登赵昌翰榜，名次第八，非第一

---

① 通脱：离奇。
② 输心：交心。
③ 伪病青盲：假装眼已失明。青盲，即现俗称的青光眼，视力逐渐减退，直至失明。
④ 蜀襭（xié）之袍：蜀锦制成的插袵于带的袍子。襭，把衣襟掖在腰带间以兜东西。
⑤ 尤：怨恨，责怪。

也。周必大有《回姚状元颖启》《回第二人叶状元适启》。当时新进士皆得称状元。惟南汉状元不可作。《十国春秋》载:"刘䶮定例,作状元者,必先受宫刑。"罗履先《南汉宫词》云:"莫怪宫人夸对食,尚衣多半状元郎。"古称探花,不必第三名。《天中记》:"唐进士杏园初会,使少俊二人探花游园,若他人先折名花,则二人被罚。"《蔡宽夫诗话》云:"故事,进士朝集,择年少者为探花使。"是探花者,年少进士之职,非必第三名也。进士帽上多插花。太宗曰:"寇准少年,正插花饮酒时。"温公性严重,不肯插花。或曰:"君恩也。"乃插一枝。大概以年少者为贵。某《及第》诗曰:"人老簪花不自羞,花应羞上老人头。醉归扶杖人多笑,十里珠帘半下钩。"或又曰:"平康过尽无人问,留得宫花醒后看。"皆伤老之词。熙宁间,余中请禁探花,以为伤风化,遂停此例。后中以赃败,人咸鄙之。王弇洲曰:"禁探花之说,譬如新妇入门,不许妆饰,便教绩麻、造饭。理非不是也,而事太早矣。"余按李焘《长编》载:"陈若拙中进士第三名,以貌陋,人称瞎榜。"盖宋以第三名为榜眼,亦探花不必第三名之证。

商宝意有甥吴鉴南潢,为诗人尊莱之子,亦能诗。严海珊赠云:"何无忌酷似其舅,严挺之乃有此儿。"真巧对也。鉴南以主事从温将军征金川,大军溃于木果,中炮坠溪死。未死时,知不免,写诗两册,以一册付其妻叔周某逃归,以一册自置怀中。今秋帆先生所刻者,周带回之一册也。与程鱼门交好。程诵其《陶然亭》云:"偶着芒鞋策策行,到来心迹喜双清。短芦一片低如屋,空翠千层远入城。野旷每留残照久,地高先觉早凉生。老僧解得登临意,劝听残蝉曳树声。"《赠人》云:"波虽无恨终归海,人到忘情却省才。"与乃舅宝意"人因福薄才生慧,天与才多恰费心"之句相似。

十四

近今风气，有不可解者：士人略知写字，便究心于《说文》《凡将》，而束欧、褚、钟、王于高阁；略知作文，便致力于康成、颖达，而不识欧、苏、韩、柳为何人。间有习字作诗者，诗必读苏，字必学米，佁然自足[1]，而不知考究诗与字之源流。皆因郑、马之学多糟粕，省费精神；苏、米之笔多放纵，可免拘束故也。

十五

改诗难于作诗，何也？作诗，兴会所至，容易成篇；改诗，则兴会已过，大局已定，有一二字于心不安，千力万气，求易不得，竟有隔一两月，于无意中得之者。刘彦和所谓"富于万篇，窘于一字"，真甘苦之言。《荀子》曰："人有失针者，寻之不得，忽而得之，非目加明也，眸[2]而得之也。"所谓"眸"者，偶睨及之也。唐人句云："尽日觅不得，有时还自来。"即"眸而得之"之谓也。

十六

香亭弟出守广东，余赋诗送行云："君恩深处忘途远，家运隆时惜我衰。"一时和者甚多。惟押"衰"字颇难。胡书巢妹夫和云："江南政绩新遗爱，海外文章旧起衰。"余作书深美之。胡答书云："为押'衰'字颇费

---

[1] 佁然自足：怡然自得。
[2] 眸：本义指眼珠，泛指眼睛。此处用作动词，低目谨视。

心，今果见许，足征兄之能知此中甘苦也。"书巢尤长五古，《途中望二华》云："连山如洪涛，一泻不得住。散作平冈低，万壑此争赴。奔腾势未已，倔强有余怒。数里渐逶迤，坡陀相错互。草木何繁滋，容畜钦美度。落日下翠微，苍苍群峰暮。白云幻奇形，屡顾有时误。"《大散关》云："蜀门自此通，谷口望若合。日月互蔽亏，阴阳隐开阖。微径临深溪，马蹄畏虚踏。泉流乱石中，砰砎肆击磕。时节已初春，气候如残腊。黄叶间青条，风吹鸣飒飒。时见采樵人，行歌互相答。"《朝天峡》云："旬月去云栈，登顿劳下上。舆中困掀簸，厌闻马蹄响。今晨改水涉，失喜听双桨。羌舟小如叶，羌水平如掌。健疑青鹘飞，疾类枋榆抢。滩转峡角来，双崿亘千丈。石裂怒欲落，畏压不敢仰。洞阴中惨栗，白日迷惝恍。其深蟠蛟龙，其毒聚蛇蟒。侧目望天关，阁道更渺茫。行人偶失足，一坠讵可想！"《寄香亭》云："携手天水桥，送我北新关。君归我夜泊，咫尺不能攀。何况万余里，远隔千重山。子来既无期，我行犹未还。至今梦寐中，桥下闻潺潺。流水无已时，思君如连环。森森九种竹，灿灿十样笺。六六双鲤鳞，泠泠三峡泉。险易虽有殊，穷达何与焉？自惜结隆爱，金石贯贞坚。与子同一心，岂与时俗迁？寓书奈不达，在远情空延。子即能我谅，我衷胡由宣？相思如萱草，忧忿何时捐！"书巢受业于嘉禾布衣张庚，而诗之超拔，青出于蓝。因书巢全集未梓，为代存数章。

十七

尹文端公论诗最细，有"差半个字"之说。如唐人："夜琴知欲雨，晚簟①觉新秋。""新秋"二字，现成语也；"欲雨"二字，以"欲"字起"雨"字，非现成语也，差半个字矣。以此类推，名流多犯此病。必云"晚簟恰宜秋"，"宜"字方对"欲"字。

---

① 簟：竹席。

十八

诗无言外之意,便同嚼蜡。杭州俞苍石秀才《观绳伎》云:"一线腾身险复安,往来不厌几回看。笑他着脚宽平者,行路如何尚说难?"又"云开晚霁终殊旦,菊吐秋芳已负春",皆有意义可思。严冬友壮年不仕,《韦曲看桃花》云:"凭君眼力知多少,看到红云尽处无?"

十九

痘神之说,不见经传。苏州名医薛生白曰:"西汉以前,无童子出痘之说。自马伏波征交阯①,军人带此病归,号曰'虏疮',不名痘也。"语见《医统》。余考史书,凡载人形体者,妍媸各备②,无载人面麻者。惟《文苑英华》③载:"颍川陈黯,年十三,袖诗见清源牧。其首篇《咏河阳花》。时痘痂新落,牧戏曰:'汝藻才而花面④,何不咏之?'陈应声曰:'玳瑁⑤应难比,斑犀⑥点更嘉。天怜未端正,满面与妆花。'"似此为痘痂见歌咏之始。

---

① 交阯:一般指交趾,中国古代地名,位于今越南北部红河流域。
② 妍媸各备:美丑都有。
③《文苑英华》:北宋四大部书之一,为古代诗文总集,属文学类书。
④ 花面:脸上有痘痕。
⑤ 玳瑁:一种生活在热带海洋的海龟,也将它的背甲称为"玳瑁"。
⑥ 斑犀:雌犀牛角,因其角斑白分明,故名。

二十

唐人有"南宫歌管北宫愁"之句,盖赋体也。不如方子云《晚坐》云:"西下夕阳东上月,一般花影有寒温。"以比兴体出之,更妙。

二十一

安徽方伯奇丽川,席间诵和亲王《风筝》诗云:"风高欲上不得上,风紧求低不得低。"方伯《咏梅》云:"淡影是云还是梦,暗香宜雨亦宜烟。"风调相似。

二十二

康熙间,曹练亭①为江宁织造。每出,拥八骓②,必携书一本,观玩不辍。人问:"公何好学?"曰:"非也。我非地方官,而百姓见我必起立,我心不安,故借此遮目耳。"素与江宁太守陈鹏年不相中。及陈获罪,乃密疏荐陈。人以此重之。其子雪芹撰《红楼梦》一部,备记风月繁华之盛。明我斋读而羡之。当时红楼中有某校书尤艳。我斋题云:"病容憔悴胜桃花,午汗潮回热转加。犹恐意中人看出,强言今日较差些。""威仪棣棣若山河,应把风流夺绮罗。不似小家拘束态,笑时偏少默时多。"

---

① 曹练亭:应为曹楝亭。"练"的繁体字为"練"。此处可能是作者笔误,也可能是作者故意为之。曹楝亭即曹寅,应为曹雪芹的祖父,本则说曹楝亭是曹雪芹的父亲,与其他史料记载有出入。

② 拥八骓:乘八匹马拉的马车。

二十三

青阳秀才陈蔚,字豹章,能文,爱客,受业随园。《江行杂咏》云:"日沉远树青,烟起遥山失。何处舣孤舟,一灯古渡出?""昨发螃蟹矶,今泊针鱼嘴。秋风一夜生,吹冷半江水。"随其兄芳郁庭《远行》云:"江梅开遍雨霏霏,同驻邮亭整客衣。今日反嗟人似雁,一行齐向异乡飞。"郁庭有《草堂杂咏》云:"处士应门惟使鹤,高人去榻更无宾。小桥时有云遮断,不使游人过水西。"兄弟俱耽吟咏,人以双丁、二陆比之。

莆田有吴荔娘者,庖人之女也,性爱洁,而能诗。豹章聘为旁妻。未二年,卒。豹章为写其《兰坡剩稿》,有《春日偶成》云:"曈曈①晓日映窗疏,荏苒韶光一枕余。深巷卖花新雨后,开门插柳嫩寒初。莺儿有语迁乔木,燕子多情觅旧庐。那用踏青郊外去,芊芊草色上阶除。"又"深院不知春色早,忽惊墙外卖花声"。

二十四

向读金陵孙秀才韶《咏小孤山》云:"江心突兀耸孤峦,飘渺还疑月里看。绝似凌云一支笔,夜深横插水精盘。"后过此山,方知此句之妙。

---

① 曈曈:日出时光亮的样子。

二十五

河南抚军毕秋帆先生篷室①周月尊，字漪香，长洲人也，酷嗜文墨，礼贤下士。咏水仙云："影疑浮夜月，香不隔帘栊。"《偶成》云："家如夜月圆时少，人似秋云散处多。"夫人还吴门②，先生七夕寄诗云："汴水吴山同怅望，今宵两地拜双星。"

二十六

泗州选贡毛俟园藻，辛卯秋赴金陵乡试，主试为彭芸楣侍郎。其友罗孝廉恕，彭门下士也。寓书索观近艺③，戏为催妆俳语④。毛答以诗云："月影空濛柳影疏，秦淮水涨石城隅。小姑独处无郎惯，争似罗敷自有夫？"榜揭，毛获隽。罗往贺，入门狂叫曰："今日小姑亦嫁彭郎矣！"一时传为佳话。

二十七

古人官贵，行船多伐鼓⑤，少陵诗曰："打鼓发船谁氏郎？"白香山诗

---

① 篷（zào）室：旧时称妾。
② 吴门：旧时指苏州，与上文"长洲"同为苏州的别称。
③ 索观近艺：要看近来的典故趣事。
④ 催妆俳语：等待女子化妆时说的戏笑嘲谑的话。
⑤ 伐鼓：敲鼓。

曰:"两岸红灯数声鼓,使君楼艓下巴东。"皆伐鼓之证也。今人开船鸣钲①,未知起于何时。

二十八

刘曾灯下诵《文选》,倦而就寝,梦一古衣冠人告之曰:"魏晋之文,文中之诗也;宋元之诗,诗中之文也。"既醒,述其言于余。余曰:"此余夙论如此。"

二十九

余画《随园雅集图》,三十年来,当代名流题者满矣,惟少闺秀一门。慕漪香夫人之才,知在吴门,修札索题,自觉冒昧。乃寄未五日,而夫人亦书来,命题《采芝小照》。千里外,不谋而合,业已奇矣!余临《采芝图》副本,到苏州,告知夫人,而夫人亦将《雅集图》临本见示,彼此大笑。乃作诗以告秋帆先生曰:"白发朱颜路几重?英雄所见竟相同。不图刘尹衰颓日,得见夫人林下风。"

三十

王梦楼太守,精于音律。家中歌姬轻云、宝云,皆余所取名也。有柔卿者,兼工吟咏。成啸崖公子赠以诗云:"侍儿原是纪离容,红豆拈来意转

---

① 钲(zhēng):古代的一种乐器,用铜做的,形似钟而狭长,有长柄可执,口向上以物击之而鸣。

慵　时方示疾。一曲未终人不见，可堪江上对青峰？"柔卿和云："生小原无落雁容，秋风偶觉病身慵。挂帆公子金陵去，望断青青江上峰。"

三十一

杭州孙令宜观察，余世交也。女公子云凤，幼聪颖。八岁读书，客出对云："关关雎鸠。"即应声曰："嗈嗈鸣雁。"观察大奇之。和余《留别杭州》诗四首，录其二云："扑帘飞絮一春终，太史归来去又匆。把菊昔为三径客，盟鸥今作五湖翁。囊中有句皆成锦，闺里闻名未识公。遥忆花间挥手别，片帆天外挂长风。""未曾折柳倍留连，纵得重来又隔年。远水夕阳青雀舫，新蒲春雨白鸥天。三千歌管归花县，十二因缘属散仙。安得讲筵为弟子，名山随处执吟鞭。"

三十二

羊后答刘曜语："轻薄司马家儿，再醮之妇①，媚其后夫，所谓闺房之内，更有甚于画眉者。"床笫之言不逾阈，史官何以知之？杨妃洗儿事，新、旧《唐书》皆不载，而温公《通鉴》乃采《天宝遗事》以入之。岂不知此种小说，乃委巷谰言②，所载张嘉贞选婿得郭元振，年代大讹，何足为典要，乃据以污唐家宫闱耶？余《咏玉环》云："《唐书》新旧分明在，哪有金钱洗禄儿？"盖雪其冤也。第李义山《西郊百韵》诗，有"皇子弃不乳，椒房抱羌浑③"之句。天中进士郑嵎《津阳门》诗，亦有"禄儿此日侍御侧，

---

① 再醮之妇：再婚的妇人。
② 委巷谰言：街头巷尾的谣言。
③ 椒房抱羌浑：指杨贵妃收安禄山为义子。椒房泛指后妃居住的宫殿。

绣羽褵衣日员飖"之句。岂当时天下人怨毒杨氏，故有此不根之语耶？至于杨妃缢死佛堂，《唐书》《通鉴》俱无异词，独刘禹锡《马嵬》诗云："贵人饮金屑，倏忽舜英暮。"似贵妃之死，乃饮金屑，非雉经[①]矣。传闻异词，往往如是。

三十三

唐人诗话："李山甫貌美。晨起方理发，云鬟委地，肤理玉映。友某自外相访，惊不敢进。俄而山甫出，友谢曰：'顷者误入君内。'山甫曰：理发者，即我也。'相与一笑。"余弟子刘霞裳有仲容之姣，每游山，必载与俱。赵云松调之云："白头人共泛清波，忽觉沿堤属目多。此老不知看卫玠[②]，误夸看杀一东坡。"

三十四

"忍冻不禁先自去，钓竿常被别人牵。"宋人句也。默禅上人一联云："水藻半浮苔半湿，浣纱人去不多时。"俱眼前语，而余韵悠然。

三十五

余过袁江，蒙河督李香林尚书将所坐船亲送渡河。席间读尚书诗，《野行》云："香闻春酒熟茅店，红惜秋花开野塘。"《宿永平》云："树树鸟

[①] 雉经：指自缢。
[②] 卫玠：中国古代美男子之一，字叔宝，晋代文学家、玄学家。

相语，山山水上看。"皆佳句也。又见赠二律，已梓入集中矣。其尊人湛亭尚书，先督南河，《遥湾夜泊》云："风雪荆山道，春帆滞水涯。几声深夜犬，知近野人家。"《赴南河》云："过颡应知因搏致，彻桑须及未阴时。"用《孟子》语，而治河之道，思过半矣。

三十六

钱文端公少时，乡试落第。其科主试者赵侍郎也，别号长眉，公观演《小尼姑下山》，戏题云："三寸黄冠绾碧丝，装成十六女沙弥。无情最是长眉佛，诉尽春愁总不知。"毛西河选闺秀诗，独遗山阴女子王端淑。王献诗云："王嫱未必无颜色，争奈毛君笔下何？"一藏其名，一切其姓。

三十七

尹似邨有句云："自与情人和泪别，至今愁看雨中花。"蒋廷镛有句云："自从环佩无消息，檐马丁东不忍听。"

三十八

阮亭先生，自是一代名家。惜誉之者既过其实，而毁之者亦损其真。须知先生才本清雅，气少排奡①，为王、孟、韦、柳则有余，为李、杜、韩、苏则不足也。余学遗山，《论诗》一绝云："清才未合长依傍，雅调如何可诋娸？我奉渔洋如貌执，不相菲薄不相师。"

---

① 气少排奡（ào）：气势上缺少豪放、矫健之力。排奡，矫健，形容文笔刚劲有力。

三十九

本朝古文之有方望溪,犹诗之有阮亭,俱为一代正宗,而才力自薄。近人尊之者,诗文必弱;诋之者,诗文必粗。所谓佞佛者愚,辟佛者迂。

四十

郑夹漈笑韩昌黎《琴操》诸曲为兔园册子①,薄之太过。然《羑里操》一篇,末二句云:"臣罪当诛,天王圣明。"深求圣人,转失之伪。按《大雅》:"文王曰咨,咨汝殷商,汝炰烋于中国,敛怨以为德。"文王并不以纣为圣明也。昌黎岂不读《大雅》耶?东坡言孔子不称汤、武。按《革卦·系辞》:"汤、武革命,顺乎天而应乎人。"《系辞》,孔子所作也。东坡岂不读《易经》耶?刘后村为吴恕斋作诗序云:"近世贵理学而贱诗赋,间有篇章,不过押韵之语录讲章耳。"余谓此风,至今犹存。虽不入理障,而但贪序事,毫无音节者,皆非诗之正宗。韩、苏两大家,往往不免。故余《自讼》云:"落笔不经意,动乃成苏、韩。"

四十一

为人不可不辨者,柔之与弱也,刚之与暴也,俭之与啬也,厚之与昏也,明之与刻也,自重之与自大也,自谦之与自贱也,似是而非。作诗不可不辨者,淡之与枯也,新之与纤也,朴之与拙也,健之与粗也,华之与浮

---

① 兔园册子:本义是唐五代时私塾授学童的课本,内容肤浅。

也，清之与薄也，厚重之与笨滞也，纵横之与杂乱也，亦似是而非。差之毫厘，失之千里。

四十二

明季以来，宋学太盛。于是近今之士，竞尊汉儒之学，排击宋儒，几乎南北皆是矣。豪健者尤争先焉。不知宋儒凿空，汉儒尤凿空也。康成臆说，如用麒麟皮作鼓郊天之类，不一而足。其时孔北海、虞仲翔早驳正之。孟子守先王之道，以待后之学者，尚且周室班爵禄之制，其详不可得而闻。又曰："尽信书不如无书。"况后人哉！善乎杨用修之诗曰："三代后无真理学，六经中有伪文章。"

四十三

后之人未有不学古人而能为诗者也。然而善学者，得鱼忘筌①；不善学者，刻舟求剑。

四十四

韩侂胄伐金而败，与张魏公之伐金而败一②也。后人责韩不责张，以韩得罪朱子故耳。然金人葬其首，谥曰忠缪，以其忠于为国，缪于谋身也。钱辛楣少詹过安阳吊之曰："匆匆函首议和亲，昭雪何心及老秦？一局残棋偏

---

① 得鱼忘筌（quán）：抓了鱼就忘了渔具。筌，捕鱼的竹器。
② 一：一样。

汝着，千秋公论是谁伸？横挑强敌诚非计，欲报先仇岂为身！一样北征师挫衄①，符离未戮首谋人。"少詹又吊姚广孝云："空登北郭诗人社，难上西山老佛坟。"

四十五

唐僧大雅《半截碑》颂吴大将军李夫人曰："圆仪替月，润脸呈花。②"邯郸淳作《孝女曹娥碑》曰："令色孔仪，巧笑倩兮。③"颂其德，及其貌，皆涉轻佻，与题不称，然大旨是仿《硕人》一章。迂儒读之，必起物议。

四十六

方敏悫公三妹能诗，自画牡丹，题云："菊瘦兰贫植谢家，愧无春色绘年华。剩来井底胭脂水，学画人间富贵花。"公《咏清凉山桃花》云："倾将一井胭脂水，和就六朝金粉香。"似袭乃妹诗，而风趣转逊。

敏悫公未遇时，祖、父俱以罪戍塞外。公南北奔走，备极流离。清凉寺僧号中州者，知为伟人，时周恤之。公赠诗云："须知世上逃名易，只有城中乞食难。"后官制府，为中州弟子丽雅重建清凉寺，殿宇焕然。余过而有感，亦题诗云："细读纱笼数首诗，尚书回首忆前期。英雄第一心开事，挥手千金报德时。"苏州薛皆三进士有句云："人生只有修行好，天下无如吃饭难。"意与方公相似。

---

① 衄（nǜ）：鼻子出血，引申为战败。
② 圆仪替月，润脸呈花：贤惠的举止像那皎洁的月亮，丰润的脸庞像花儿一样。
③ 令色孔仪，巧笑倩兮：姣好的姿色仪态万千，轻轻一笑十分漂亮。

四十七

虞山王次山先生峻，风骨严峭，馆蒋文肃公家，晚不戒于酒，肆口嫚骂。蒋家人群欲殴之。文肃呵禁。次日，待之如初。先生不自安，辞去。余己未会试，出文恪公门下，闻此说而疑之。后读先生《哭文肃公》诗云："回首却伤门下士，少时无赖吐车茵。"方知此事信有，愈征文肃之贤，而先生之不讳过也。先生少所许可，独誉枚不绝于口。以故，枚虽报罢鸿词科，而名声稍起公卿间，惜无所树立，以酬先生之知。而先生自劾罢都御史彭茶陵，直声震天下，后竟卧病不起，悲夫！

四十八

博陵尹元孚先生，少孤贫，以母教成名。督学江南，好教人读《小学》，宗程、朱。余时宰江宁，意趣不合。一日，先生驺唱①三山街，为某大将军家奴所窘，诈称某王遣来。太守不敢诘，予收缚置狱。先生以此见重。适高相国斌有事来江宁，先生面称枚云："才如子建，政如子产。"亡何，先生薨。予感知己之恩，将赋挽诗，见次山先生四章，不能再出其右，遂搁笔焉。其警句云："母教成三徙，君恩厚两朝。"又曰："士幸方知向，天何遽夺公！"

---

① 驺（zōu）唱：旧时显贵出行，随从的骑卒在前面吆喝开道，令行人回避。驺，古代给贵族掌管车马的人。

四十九

从古文人得功于母教者多，欧、苏其尤著者也。次山题钱古亭《夜纺授经图》曰："辛勤篝火夜灯明，绕膝书声和纺声。手执女工听句读，须知慈母是先生。"

五十

尹元孚先生任两淮盐务时，布衣鲍皋以诗受知。今有《海门集》行世，皆先生为之提倡。鲍奉陪先生《泛海口》诗云："蓬莱清切逢仙侣，蛟鳄威棱避显官。"其相得如此。因忆明大学士刘健好理学，恶人作诗，曰："汝辈作诗，便造到李、杜地位，不过一酒徒耳。"嘻！《记》云："不能诗，于礼缪。"孔子教人学诗，在《论语》中，至于十一见。而刘公乃为此言，不如尹公远矣！

五十一

随园有对联云："此地有崇山峻岭茂林修竹，是能读《三坟》《五典》《八索》《九丘》。"故是李侍郎因培所赠，悬之二十余年。忽一日，岳大将军钟琪之子参将名瀞者来谒。入门先问此联有否？现悬何处？予指示之。端睇良久①，曰："此后书舍，可有蔚蓝天否？"予问："何以知之？"曰："余在四川时，梦先大人引游一园，有此联额。且曰：'将我交此园主

---

① 端睇良久：端详了很长时间。

人。’瀞惊醒，遍访川中，无人知者。今来补官江宁，有人谈及，故来相访。”因出将军行状二十余页，稽首求传。予读之，杂乱舛错，为编纂七日方成。而岳又调往金川，不复再见矣。今年夏间，偶抄鲍海门诗二十余首，其子之钟适渡江来。余告以选诗之事。问：“尊人有余集否？”鲍不觉泣下，曰：“异哉！余今而知梦之有灵也！吾渡江前三日，梦与先人游随园，先人与公同修船，以纸补其窗棂。醒而不解。今思之：夫船者，传也；纸者，诗之所附以传者也。今公抄选先人之诗，岂不暗相吻合耶？”甚矣，鬼神之好名也！

五十二

读贵翻案。神仙，美称也；而昔人云“丈夫生命薄，不幸作神仙”。杨花，飘荡物也；而昔人云“我比杨花更飘荡，杨花只有一春忙”。长沙，远地也；而昔人云“昨夜与君思贾谊，长沙犹在洞庭南”。龙门，高境也；而昔人云“好去长江千万里，莫教辛苦上龙门”。白云，闲物也；而昔人云“白云朝出天际去，若比老僧犹未闲”。修到梅花，指人也；而方子云见赠云“梅花也有修来福，着个神仙作主人”。皆所谓更进一层也。

五十三

苕溪女子姚益鳞，嫁严林溪，以夭亡。《送姊之淳溪》云：“姊妹花窗下，相依两意同。拈针五夜[1]火，拜月一襟风。忽逐分飞雁，都为断梗蓬。拟将苕水阔，送尽别离衷。”《闰七夕》云：“微云依约接银河，一月佳期两度过。倘把重逢欢较昔，翻教添得别愁多。”

① 五夜：五更。

五十四

沈学子有女弟子徐瑛玉,字若水,昆山人,嫁孔氏,能诗,早亡。与王兰泉夫人许云清,及吾乡方宜焖之女芷斋,唱和甚多。《和学子送春》云:"春光心事两蹉跎,愁见飞花槛外过。漫说穷愁诗便好,算来诗不敌愁多。"《病起》云:"重开鸾镜施膏沐①,卷上珠帘怯晓风。病起不知秋几许,飞来黄叶满庭中。"《七夕》云:"银汉横斜玉漏催,穿针瓜果饤②妆台。一宵要话经年别,那得工夫送巧来?"

五十五

顾东山有女,美而不嫁,好服坏色衣③,持念珠,作六时④梵语。其母哂之曰:"汝故是优婆夷耶?"女微哂而已。行年三十,操修益坚。父母知其志,为筑即是庵处之,因号即是庵主人。许太夫人题其庵云:"上界遭沦谪,人言萼绿华。十年贞不字⑤,一室语无哗。遣兴惟吟絮,逢春欲避花。结庵殊可羡,萱草傍兰芽。"

---

① 膏沐:古代妇女润发的油脂。
② 饤(dìng):罗列,堆。
③ 坏色衣:僧衣。僧衣避青黄赤白黑五个正色,用其他不正的颜色染坏之,因此称为坏色衣。
④ 六时:佛教分一昼夜为六时。
⑤ 字:旧时指女子出嫁。

五十六

嘉善曹六圃廷栋，少宰蓼怀之孙，隐居不仕，自号慈山居士，自为寿藏①，不下楼者二十年，著作甚富。余爱其晚年佳句，如"废书只觉心无著，少饮从教睡亦清""病教揖让虚文减，老觉婆娑古意多""诗真岂在分唐宋，语妙何曾露刻雕"。余称其诗，专主性情。慈山寄札谢云："老人生平苦心②，被君一语道破。"屡招余往，而竟不遂其愿。卒已八十五矣。

五十七

余性不饮酒，又不喜唱曲，自惭窭人子③。故音律一途，幼而失学。偶读桐城张文和公《元夕寄弟药斋》诗云："亦知令节休虚度，其奈疏慵本性何？天与人间清净福，不能饮酒厌闻歌。"公为大学士文端公之子，一生富贵，而独缺东山丝竹之好，何耶？岂金星不入命之故耶？余亲家徐题客，健庵司寇孙也，五岁能拍板歌。见外祖京江张相国，相国爱之，抱置膝上。乳母在旁夸曰："官官虽幼，竟能歌曲。"相国怫然曰："真耶？"曰："真也！"相国推而掷之，曰："若果然，儿没出息矣！"两相国性情相似。后徐竟坎壈，为人司音乐，以诸生终。《自嘲》云："文章声价由来贱，风月因缘到处新。"此语题客亲为余言。

---

① 自为寿藏：自己养性修身。
② 生平苦心：一生的良苦用心。
③ 窭人子：穷人家的子弟。

五十八

吾乡孝廉王介眉,名延年,少尝梦至一室,秘帖古器,盎然横陈。榻坐一叟,短身白须,见客不起,亦不言。又有一人,顾而黑,揖介眉而言曰:"余汉之陈寿也,作《三国志》,黜刘帝魏,实出无心,不料后人以为口实。"指榻上人曰:"赖彦威先生以《汉晋春秋》正之。汝乃先生之后身,闻方撰《历代编年纪事》,夙根在此,须勉而成之。"言讫,手授一卷书,俾题六绝句而寤。寤后仅记二句曰:"惭无《汉晋春秋》笔,敢道前身是彦威?"后介眉年八十余,进呈所撰《编年纪事》,赐翰林侍读。

五十九

同年储梅夫宗丞,能养生,七十而有婴儿之色。乾隆庚辰,奉使祭告岳渎,宿搜敦邮旅店。是夕,灯花散采,倏忽变现,喷烟高二三尺。有风雾回旋。急呼家童观之,共为诧异,相戒勿动。梦群仙五六人,招至一所,上书"赤云冈"三字,呼储为云麾使者。诸仙列坐联句,有称海上神翁者首唱曰:"莲炬今宵献瑞芝。"次至五松丈人续曰:"群仙佳会飘吟髭。"又次至东方青童曰:"春风欲换杨柳枝。"旁一女仙曰:"此云麾过凌河句也,汝何故窃之?"相与一笑。忽灯花如爆竹声,惊而醒。

六十

蒋苕生太史序玉亭女史之诗曰:"离象文明,而备位乎中。女子之有文章,盖自天定之。玉亭名慎容,姓胡,山阴人,嫁冯氏。所天非解此者,遂一旦焚弃之。然其韵语已流播人间，有《红鹤山庄诗》行世。其女兄弟采齐、景素，亦皆能诗，俱不得志。玉亭尤郁郁，未四旬，殁矣！"其《病中》云："惝惝魂无定，飘飘若梦中。扶行惊地软，倚卧觉头空。放眼皆疑雾，闻声似起风。那堪窗下雨，寂寞一灯红。"《窥采齐晓妆》云："徘徊明镜漫凝神，个里伊谁解效颦？一树梨花一溪月，隔窗防有断魂人。"《女郎词》云："相呼同伴到帘帏，偷看新来客是谁。又恐被人先瞥见，却从纨扇隙中窥。"《残梅》云："才发疏林便褪妆，冰姿空对月昏黄。东风只顾吹零雨，那惜枝头有暗香。"采齐，名慎仪。《早起》云："一番花信五更风，那管春宵梦未终。起傍芳丛频检点，夜来曾否损深红？"《夜眠》云："银蟾朗彻有余光，静坐庭轩寄兴长。地僻不知更漏永，瞥惊花影过东墙。"《赠苕生》云："沽酒每闻捐玉佩，济人时复典宫袍。"殊贴切苕生之为人。余问苕生："玉亭貌可称其才否？"苕生乃诵其《菩萨蛮》一阕云："人言我瘦形同鹤，朝朝揽镜浑难觉。但见指尖长，罗衣褪粉香。若能吟有异，不管腰身细。清减肯如梅，凋零亦是魁。"可想见风调，使人之意也消。

《红鹤山庄诗》乃王菊庄孝廉为之刊行。玉亭作词谢云："多谢诗人，深蒙才士，不憎戚末堪因倚。吴头楚尾一相逢，白云红鹤传千里。南浦悲吟，西窗闲技，居然卷附秋香里。寸心从此莫言愁，人间已有人知己。"其女思慧，嫁刘侍郎秉恬，亦才女也。《过岭》云："半岭梅花成故旧，两肩书本是行装。"

孔荭谷扶乩，有女仙，自称袁苕君，名沅，年十五，入蜀王昶宫中，给事花蕊夫人。未进御，而唐兵下蜀，苕君匿民间，被人搜得，将献之大帅，行次剑阁，投水死，年才十八。今石壁间有垂红珊瑚树者，即其藁葬所也。

菊庄为题诗云:"剑阁崔巍万古存,西川宫殿总成尘。可怜殉国磨笄[1]者,不是昭阳宠幸身!"

六十二

苏州杨文叔先生,掌教吾乡敷文书院,以实学教人。余年十九,即及门焉。后宰江宁,而先生掌教钟山,又复追随绛帐[2]。近闻其家式微,诗稿遗失,仅传《孝陵》二首,云:"鼎湖龙去上升天,弓剑埋藏四百年。金碗玉鱼无恙在,不须清泪滴铜仙。""竖儒瞻拜旧山陵,落日平芜百感生。欲奏通天台下表,只怜才谢沈初明。"先生名绳武,康熙癸巳翰林,维斗先生孙也。

六十三

江宁方伯永公之子明新,字竹岩,性耽风雅。其弟亮,字铁崖,亦聪颖。在江宁时,与余交好,选胜征歌,时时不绝。后永公内用,竹岩留别诗云:"春风几度坐琼筵,玉屑霏霏细雨天。盛会忽然成往事,别情无那到尊前。挂帆江上三秋雨,写恨银灯五色笺。此后梦魂来不易,琴声重听是何年?"铁崖云:"雁唳空天气沉寥,骊歌未唱已魂消。两年师弟情何重,一别关山路正遥。海上瑶琴惊忽断,岩前丛桂怅难招。离怀此际凭谁说,只可长亭折柳条!"其师严翼祖孝廉,亦留别四首,末云:"子云笔札君卿舌,到处听人说感恩。"铁崖《游河房》云:"水深不觉渔舟过,橹动先看月影摇。"

---

[1] 磨笄:磨利束发的簪子,形容女子贞烈。
[2] 绛帐:师门、讲席之敬称。

六十四

咏物诗无寄托，便是儿童猜谜；读史诗无新义，便成《廿一史弹词》，虽着议论，无隽永之味，又似史赞一派：俱非诗也。余最爱常州刘大猷《岳墓》云："地下若逢于少保，南朝天子竟生还。"罗两峰咏始皇云："焚书早种阿房火，收铁还留博浪椎。"周钦来咏始皇云："蓬莱觅得长生药，眼见诸侯尽入关。"松江徐氏女咏岳墓云："青山有幸埋忠骨，白铁无辜铸佞臣。"皆妙。尤隽者，严海珊咏张魏公云："传中功过如何序？为有南轩下笔难。"冷峭蕴藉①，恐朱子在九原，亦当干笑。

海珊自负咏古为第一，余读之果然。《三垂冈》云："英雄立马起沙陀，奈此朱梁跋扈何？赤手难扶唐社稷，连城犹拥晋山河。风云帐下奇儿在，鼓角灯前老泪多。萧瑟三垂冈下路，至今人唱《百年歌》。"

六十五

桐城张药斋宗伯，三任江南学政，奖擢名流②，诗尤清婉。《题三妹澄碧楼》云："小轩近对碧波澄，隔着疏杨唤欲膺③。最好淡云微月夜，半帘相望读书灯。"《寄女》云："香羹洗手调晨膳，书案分灯补旧襦。"《喜若霈归里》云："一匹绢堪怜宦况，五车书足艳归装。"余以翰林改官，公向其兄文和公作元相语曰："韩愈可惜！"

---

① 冷峭蕴藉：严峻峭拔而含蓄。
② 奖擢名流：奖励提拔有名望的士人。
③ 膺（yìng）：同"应"。

六十六

崔念陵进士《鄱阳道中》云:"斑鸠呼雨两三处,毛竹编篱四五家。流水声中行半日,薰风不动晚禾花。"《折柳》云:"陌头杨柳正垂丝,泣雨含风送别离。今日儿心正飘荡,折枝休折带花枝。"崔有如此才,而以微罪褫职,漂泊江宁僧舍。当事者欲逐回籍,予力为护持,久之乃行。

六十七

年家子任进士大椿,诗学《选》体,独《了义寺》一首,脱尽齐、梁金粉[①]。词曰:"过坞指归林,到寺停双楫。风吹烟穗斜,入户气骚屑[②]。境僻罕来踪,日落见残雪。不识此何人,隔竹闻僧说。"又有句云:"抱琴看月去,吹鬓爱风来。"

六十八

壬申冬,阳羡诗人汪溥落魄金陵,余小有周济,蒙赠诗云:"邂逅得蒙青眼顾,此生今已属明公。"还家后,寄其弟玉珩《圁山草堂诗》来,有"屋角响松涛,晴日长疑雨"之句。又《柳絮》云:"明知绣阁多春思,故傍帘前款款飞。"

---

① 金粉:华丽的风格。
② 气骚屑:风声。

六十九

竹筠女子早卒。自焚诗稿，仅传其《宫词》云："中宫宣诏按新筝，玉指轻弹别恨声。恰被东风吹散去，君王乍听未分明。"高东井题云："丛残私字叠鸳鸯，零乱残脂尽断肠。赖是六丁收不尽，一编擎出返魂香。"

七十

同年邵叔岩太史《玉芝堂四六》一编，直逼齐梁，诗亦高雅。掌教常州，余泊舟相访。别后寄七律四章，有句云："兴来不觉风吹帽，坐久方知露湿衣。"《北归》云："终朝济水随船尾，尽日淮山在眼中。"

七十一

曹学士洛禋言少时过市，买《椒山集》归。夜阅之，倦，掩卷卧，闻叩门声，启视，则同学迟友山也。携手登台联句云："迟　冉冉乘风一望迷，中天烟雨夕阳低。曹　来时衣服多成雪，去后皮毛尽属泥。迟　但见白云侵月冷，微闻黄鸟隔花啼。曹　行行不是人间象，手挽蛟龙作杖藜。"吟罢，友山别去。学士归语其妻，妻不答；呼仆，仆不应。复坐北窗，取《椒山集》，掀数页，回顾，则身卧竹床上。大惊，始知梦也。少顷，友山讣至。

七十二

周少司空青原未遇时,梦人召至一处,金字榜云:"九天玄女之府。"周入拜,见玄女霞帔珠冠,南面坐,以手平扶之,曰:"无他相属,因小女有像,求先生诗。"出一卷,汉、魏名人笔墨俱在,淮南王刘安隶书最工,自曹子建以下,稍近钟、王风格。周题五律四首。玄女喜,命女出拜,神光照耀,周不敢仰视。女曰:"周先生富贵中人,何以身带暗疾?我为君除之,作润笔资。"解裙带,授药一丸。周幼时误吞铁针,着肠胃间,时作隐痛,服后霍然。醒来,诗不能记,惟记一联云:"冰雪消无质,星辰系满头。"

七十三

尤琛者,长沙人,少年韶秀,过湘溪野庙,见塑紫姑神甚美,题壁云:"藐姑仙子落烟沙,冰作阑干玉作车。若畏夜深风露冷,槿篱茅舍是郎家。"夜有叩门者。启之,曰:"紫姑神也。读郎诗,故来相就。"手一物与尤曰:"此名紫丝囊。吾朝玉帝时,织女所赐。佩之能助人文思。"生自佩后,即登科出宰。女助其为政,有神明之称。余按尤诗颇蕴藉,无怪神女之相从也。其始末甚长,载《新齐谐》中。

七十四

先祖旦釜公有诗一册,皆蝇头草书。予幼时曾手录之。一行为吏,屡移眷属,竟尔遗失。仅记其《咏雪》云:"忽然卷幔如逢月,可惜开窗不见山。"《途中遇雪》云："四望平林飞鸟绝，一肩行李店房疏。"《巩县幕中五十自寿·沁园春》二阕云："自寿三杯，仰天稽首，屈指徘徊。叹一经糟粕，挂名入泮；八场傀儡，逐队登台。渐渐消磨，人生老矣，富贵功名安在哉！休伤感，且搜寻秃管，别作生涯。佣书事属吾侪，权混迹藩篱学卖呆。任纡青拖紫，名齐北斗；论黄数白，富比长淮。与我无干，事皆前定，何苦攒眉不放开？与君约，在醉乡深处，不饮休来。"又云："自寿三杯，从今客邸，追数年华。忆金灯纵饮，呼卢喝雉；雕鞍驰射，问柳寻花。此兴非遥，廿年前事，倏忽幡然老缺牙。忧来处，把唾壶敲缺，羯鼓①频挝。几年浪迹天涯，若个是狂夫不忆家。看零丁弟妹，睁睁望我；娇柔儿女，悄悄呼爷。恨不乘风，飘然归去，可奈关河道路赊！黄昏后，问有谁伴我，数点寒鸦。"先祖慈溪籍，前明槐眉侍御之孙。槐眉与其父茂英方伯有《竹江诗集》行世。

七十五

叔父健磐公，游西粤三十余年。卒时，香亭弟年才十岁，以故诗多散失。余归其丧，搜簏中，仅存见寄五律云："独向空庭立，诗思入沭阳。才先施简邑，俸可养高堂。汝岂池中物？吾愁鬓上霜。何时一樽酒，相对话沧桑？""吾生最漂泊，泪迹满征衣。紫陌春犹在，青年事已非。水宽鱼未活，树密鸟难依。朽骨埋何处？秋原瘴雨飞。"

---

① 羯鼓：古代打击乐器的一种，两面蒙皮，腰部细，用公羊皮做鼓面，因此叫作羯鼓。

七十六

尹似村《小园》绝句云："春草自来芟不尽①，与花无碍不妨多。"深得司马温公所云"草非碍足不芟"包容气象。

七十七

扬州郭元釪，字于宫，江左十五子之一也。秋闱文卷，偶误一字，乃挖小孔，补缀书之。收卷官勘以违例，不许入场。于宫作《挖孔》诗云："吾道真成一喟然，仰高未已忽钻坚 甲午首题《仰之弥高》。似餐脉望三枚字，未补娲皇五色天。眼底金镞昏待刮，年来玉楮刻将穿。海山伴侣飞腾尽，惭愧偏为有漏仙。""一罅亏成抵海宽，功名赢得齿牙寒。世情毕竟吹毛易，笔力须知透背难。混沌画眉良可已，虚空着楔本无端。些些纰缪无多子，劳动诸君反复看。"又"谁知百步穿杨手，如此夸张洞札工。""身世自怜还自笑，此生相误只毛锥。"真不愧才人吐属。

七十八

余在王孟亭太守处，翻阅旧簏。得刘大山先生手书诗册。贺其祖楼村修撰移居云："官如蚕受茧丝缠，郁郁惟将邸舍迁。家具无多移校易，街坊太远住堪怜。月逢庙市刚三日，俸算词林已六年。闭户忍饥都不患，只愁囊乏买书钱。""碧山堂里老尚书，二十年前此卜庐。任昉交游今在否？羊昙涕

---

① 芟不尽：（草）除不尽。

泪痛何如。颓廊有甓①奔饥鼠，废圃无墙种野蔬。此日君居最相近，教余一到一踌躅。"大山名岩，江浦人，人但知其工作时文，而不知诗才清妙乃尔。所云碧山堂尚书者，即东海徐健庵司寇，领袖名场者也。查浦先生亦有诗云："分明万壑归东海，不到朝宗转自疑。"可谓善于推尊者矣。

七十九

芜湖范兆龙，字荔江，馆江宁宰陆兰村署中，时以诗见示，归后身亡。记其《雨宿韩家庙》一首云："阴云蔽空白日冥，疾风满路驱雷霆。幸接招提投一宿，空廊寂寂飞鼯鼪②。斋厨无人烟火熄，佛前几卷堆残经。燃灯枯坐双耳冷，侧听万斛松涛倾。檐溜须臾声渐止，门外潺湲犹未已。开轩月露浩盈阶，仰看天光净如洗。"

八十

上虞陈少亭爱童二树五言，为《摘句图》，仿阮亭之摘施愚山也。余尤喜其"早烟山际重，春雾水边多""看花蜂立帽，问水鹭随人""晴流鸣断壑，山影卧空田"数联。

---

① 甓（pì）：砖。
② 鼯鼪：指蝙蝠。

卷三

一

余尝语人云:"才欲其大,志欲其小。才大,则任事有余①;志小,则愿无不足②。孔北海志大才疏,终于被难③;邴曼容为官不肯过六百石,没齿晏然④。"童二树诗云:"所欲不求大,得欢常有余。"真见道之言。

二

夫用兵,危事也;而赵括易言之,此其所以败也。夫诗,难事也;而豁达李老易言之,此其所以陋也。唐子西云:"诗初成时,未见可訾处,姑置之。明日取读,则瑕疵百出,乃反复改正之。隔数日取阅,疵累又出,又改正之。如此数四,方敢示人。"此数言,可谓知其难而深造之者也。然有天

---

① 任事有余:做事才有余地。
② 愿无不足:不会老不满足。
③ 被难:被杀。
④ 没齿晏然:安然老死。

机一到,断不可改者。余《续诗品》有云:"知一重非,进一重境;亦有生金一铸而定。"

三

《西河诗话》载:曹能始先生《得家信》诗:"骤惊函半损,幸露语平安。"以为佳句。一客谓:"'露'字不如'剩'字之当。大抵'平安'注函外,损余曰'剩';若内露,不必巧值此字矣。"人以为敏。余独谓不然。"剩"字与"半"字不相叫应,函不过半损,则剩者正多,不止"平安"二字。"幸露语平安",正是偶然触露,所以羁旅之情,为之惊喜耳。若曰"不必巧值",则又何以知其必不巧值耶?

四

卢雅雨先生与蒋萝村副宪同谪塞外。蒋年老,虑不得归。卢戏作文生祭之,文甚谲诡。尹文端公一日谓余曰:"汝见卢《出塞集》乎?"曰:"见矣。"曰:"汝最爱何诗?"余未答。公曰:"汝且勿言,我猜必是《生祭蒋萝村》文。"余不觉大笑,而首肯者再喜师弟之印可也。其词曰:"先生之寿,七十有七。先生之壮,如其壮日。先生旷达,不讳其恤。先生有教,乃载之笔。先生书来,示我云云。昔同转运,与君为寅。今同谪戍①,与君为邻。我欲生祭,乞君一言。仆谢不敏,非甘懒惰。诅老咒生,无乃不可!既而思之,公非欺我。辱公之教,奈何弗果。爰卜吉日,乃驾黄骊②。羔羊烝

---

① 谪戍:被贬到塞外。
② 黄骊:黄马和黑马,后泛指马和马车。

炙，酪酥淋漓。干糇①窨酒②，载携载随。造庐展笑，大放厥词。昔公早达，久食天禄。遭际尧廷，而登宪副。有其志之，非仆所录。仆识公晚，盖始投荒。过公信宿，示我周行。何以图报？祝寿而康。今年闻公，报三周岁。忆公语我，军台有制。诸弛形徒，考绩为例。瓜代为常，喜而不寐。何期命宫，磨蝎流连！帝闻臣罪，未闻臣年。草霜风烛，能否再延？有死之心，无生之气。仆忝同群，敢忘敦慰。言之违心，听之无味。破涕用奇，于是乎祭。世之祭者，罗鼎列牲。岂无醑奠，谁进一觥？岂无呼告，谁应一声？祷尔曰诔，莫若及生。我闻设台，防厄鲁特。雪山为窟，师老难克。鬼能为厉，殊便杀贼。生不如人，死当报国。我闻西域，佛教常新。恒河沙数，皆不坏身。此去天竺，无间关津。一灵不昧，便入法门。我闻阎罗，即包孝肃。其家庐州，仆曾为牧。牧不负神，神应电瞩。为问年来，神颇忆不？我闻冥司，分隶城隍。我辈头衔，颇与相当。定容抗礼，谦尊而光。岂如井底，妄肆蛙张？我闻此地，李陵所窜。苗裔及唐，犹通祖贯。游子河梁，妙绝词翰。地下相逢，定非冰炭。我闻归化，葬古昭君。青冢表表，血食为神。乃心汉阙，同乡是亲。死如卜宅，请傍佳人。凡诸幻想，谓死有觉。有觉而死，不改其乐。若本无知，何嫌沙漠？沧桑以来，谁非委蜕？公曰信哉，君言慨慷。君浮我白，我奉君觞。饮既尽兴，食亦充肠。饮食醉饱，是为尚飨。"

五

松江曹黄门先生陆夫人，自号秀林山人，归先生时，年才十七；奁具③旁，皆文史也。尤爱《楚词》④，针黹暇⑤，必朗诵之。侍婢私语曰："夫人

---

① 干糇（hóu）：干粮，泛指食物。
② 窨（yìn）酒：中国西南地区人民酿制的一种酒。
③ 奁具：嫁妆、梳妆用品。
④《楚词》：现多写作《楚辞》。
⑤ 针黹暇：做针线活休息的时候。

所诵,与在家时何异?"先生因赠诗云:"幽意闲情不自知,碧窗吟遍楚人词。添香侍女听来惯,笑说书声似旧时。"因戒夫人曰:"卿爱屈子词,此生不当得意。"已而果亡。先生为梓其《梯山阁遗稿》。《冬日病起》云:"病里生涯百事赊①,一弦一柱谱《平沙》。弹来却怪人偷听,闲倚栏干看雪花。"《寄外》云:"烟水迢迢泛木兰,寒风残雪怯衣单。客裘自着江边雨,莫作临行泪点看。"余闻方问亭宫保②,少时亦爱《离骚》,自忏云:"爱读《离骚》便不祥。"其后功名显赫。然则黄门先生之言,亦未必尽然与?先生讳一士,官御史。

六

人或问余以本朝诗谁为第一,余转问其人"三百篇"以何首为第一。其人不能答。余晓之曰:"诗如天生花卉,春兰秋菊,各有一时之秀,不容人为轩轾③。音律风趣,能动人心目者,即为佳诗,无所为第一第二也。"有因其一时偶至而论者,如"不愁明月尽,自有夜珠来"一首,宋居沈上。"文章旧价留鸾掖,桃李新阴在鲤庭"一首,杨汝士压倒元白是也。有总其全局而论者,如唐以李、杜、韩、白为大家,宋以欧、苏、陆、范为大家,是也。若必专举一人,以覆盖一朝,则牡丹为花王,兰亦为王者之香。人于草木,不能评谁为第一,而况诗乎?

---

① 病里生涯百事赊:病里什么事都干不成。
② 宫保:太子太保、少保的通称,清代太子的老师之一。
③ 不容人为轩轾:不需要人为其排名次。轩轾,比喻高低轻重。

七

王阳明先生云:"人之诗文,先取真意,譬如童子垂髫肃揖①,自有佳致。若带假面伛偻,而装须髯,便令人生憎。"顾宁人与某书云:"足下诗文非不佳。奈下笔时,胸中总有一杜一韩放不过去,此诗文之所以不至也。"

八

王梦楼侍讲云:"诗称家数,犹之官称衙门也。衙门自以总督为大,典史为小;然以总督衙门之担水夫,比典史衙门之典史,则亦宁为典史,而不为担水夫。何也?典史虽小,尚属朝廷命官;担水夫,衙门虽尊,与他无涉。今之学杜、韩不成,而矜矜然自以为大家者,不过总督衙门之担水夫耳。"叶横山先生云:"好模仿古人者,窃之似②,则优孟衣冠;窃之不似,则画虎类狗。与其假人余焰,妄自称尊,孰若甘作偏裨③,自领一队?"

九

东坡近体诗,少蕴酿烹炼之功,故言尽而意亦止,绝无弦外之音、味外

---

① 童子垂髫肃揖:未束发的童子相互严肃地作揖。
② 窃之似:学得很像。
③ 偏裨:偏将和裨将,将佐的通称。

之味。阮亭①以为非其所长,后人不可为法,此言是也。然毛西河诋之太过。或引"春江水暖鸭先知",以为是坡诗近体之佳者。西河云:"春江水暖,定该鸭知,鹅不知耶?"此言则太鹘突矣。若持此论诗,则"三百篇"句句不是在河之洲者,斑鸠、鸣鸠皆可在也,何必"雎鸠②"耶?止丘隅者,黑鸟、白鸟皆可止也,何必"黄鸟"耶?

十

富贵诗有绝妙者。如唐人"偷得微吟斜倚柱,满衣花露听宫莺",宋人"一院有花春昼永,八荒无事诏书稀""烛花渐暗人初睡,金鸭无烟却有香""人散秋千闲挂月,露零蝴蝶冷眠花""四壁宫花春宴罢,满床牙笏早朝回",元人"宫娥不识中书令,问是谁家美少年""袖中笼得朝天笔,画日归来又画眉"。本朝商宝意云:"帘外浓云天似墨,九华灯下不知寒""那能更记春明梦,压鬟浓香侍宴归"。汤西崖少宰云:"楼台莺蝶春喧早,歌舞江山月坠迟。"张得天司寇云:"愿得红罗千万匹,漫天匝地绣鸳鸯。"皆绝妙也。谁谓"欢娱之言难工"耶?

十一

贫士诗有极妙者。如陈古渔:"雨昏陋巷灯无焰,风过贫家壁有声。""偶闻诗累吟怀减,偏到荒年饭量加。"杨思立:"家贫留客干③妻

---

① 阮亭:原名王士禛,后为避清世宗讳而被赐名士祯,字子真,号阮亭,清朝初期著名的诗人。
② 雎鸠:一种水鸟名,传说雌雄形影不离。出自《诗经·关雎》之中的"关关雎鸠,在河之洲"。
③ 干:惹。

恼，身病闲游惹母愁。"朱草衣："床烧夜每借僧榻，粮尽妻常寄母家。"徐兰圃："可怜最是牵衣女，哭说邻家午饭香。"皆贫语也。常州赵某云："太穷常恐人防贼，久病都疑犬亦仙。""短气莫书赊酒券，索逋①先畏扣门声。"俱太穷，令人欲笑。

十二

杨花诗最佳者，前辈如查他山云："春如短梦初离影，人在东风正倚阑。"黄石牧云："不宜雨里宜风里，未见开时见落时。"严遂成云："每到月明成大隐，转因云热得佯狂。"薛生白云："漂泊无端疑白也，轻盈真欲类虞兮。"王菊庄云："不知日暮飞犹急，似爱天晴舞欲狂。"虞东皋云："飘来玉屑缘何软？看到梅花尚觉肥。"意各不同，皆妙境也。近有人以此命题，燕以均云："小院无端点绿苔，问他来处费疑猜。春原不是一家物，花竟偏能离树开。质洁未堪污道路，身轻容易上楼台。随风似怕儿童捉，才扑阑干又却回。"蔡元春云："沾裳似为衣添絮，扑帽应怜鬓有霜。似我辞家同过客，怜君一去便无归。"李棻云："偶经堕地时还起，直到为萍恨始休。"杨芳灿云："掠水燕迷千点雪，窥窗人隔一重纱。愿他化作青萍子，傍着鸳鸯过一生。"方正澍云："春尽不堪垂老别，风停亦解步虚行。"钱履青云："风便有时来砚北，月明无影度墙东。"

十三

严海珊咏桃花云："怪他去后花如许，记得来时路也无？"暗中用典，真乃绝世聪明。

---

① 索逋：催讨债务。

十四

最爱周栎园之论诗,曰:"诗,以言我之情也,故我欲为则为之,我不欲为则不为。原未尝有人勉强之,督责之,而使之必为诗也。是以'三百篇'称心而言,不著姓名,无意于诗之传,并无意于后人传我之诗。嘻!此其所以为至与!今之人,欲借此以见博学,竞声名,则误矣!"

十五

英梦堂相公,诗才清绝,作里河同知,与余游扬州僧寺,云:"萧寺廊回水一层,阑干闲处有人凭。书生自笑酸寒甚,不看春灯看佛灯。"后三十年,金陵弟子龚元超有一首云:"烟萝暗处石棱蹭,翠竹玲珑月作灯。听是谁家吹玉笛,画栏清冷夜深凭。"何其风韵之相似也!

十六

合肥进士田实发,庚戌会试,梦其母浴小儿于盆,意颇恶之。过黄河,资尽,不能雇车,意阑珊欲返。有驴夫苦劝前行。问夫:"何姓?"曰:"姓孟。"因忆梦中:儿者,子也;盆者,皿也。或者此行其有益乎?果以是科获售①。咏晓钟云:"雨云魂梦初惊后,名利心思未动前。"又:"鸟立树梢徐坠果,风来檐隙自翻书。"颇近放翁小品。《咏花下鸳鸯》云:"翠幄红帱梦未阑,频倾香露不知寒。除非花上蜂儿落,才肯抬头仔细看。"

① 获售:中举。

十七

余尝谓：诗人者，不失其赤子之心者也。沈石田《落花》诗云："浩劫信于今日尽，痴心疑有别家开。"卢仝云："昨夜醉酒归，仆倒竟三五。摩挲青莓苔，莫嗔惊着汝。"宋人仿之，云："池昨平添水三尺，失却捣衣平正石。今朝水退石依然，老夫一夜空相忆。"又曰："老僧只恐云飞去，日午先教掩寺门。"近人陈楚南《题背面美人图》云："美人背倚玉阑干，惆怅花容一见难。几度唤他他不转，痴心欲掉画图看。"妙在皆孩子语也。

十八

诗有认假为真而妙者。唐人《宿华山》云："危栏倚遍都无寐，犹恐星河坠入楼。"宋人《咏梅花帐》云："呼童细扫潇湘簟，犹恐残花落枕旁。"有认真为假而妙者。宋人《雪中观妓》云："恰似春风三月半，杨花飞处牡丹开。"元人《美人梳头》云："红雪忽生池上影，乌云半卷镜中天。"

十九

黄黎洲先生云："诗人萃天地之清气，以月露、风云、花鸟为其性情。月露、风云、花鸟之在天地间，俄顷灭没，惟诗人能结之于不散。"先生不以诗见长，而言之有味。

二十

江州进士崔念陵室许宜媖,七岁《玩月》云:"一种月团圆,照愁复照欢。欢愁两不着,清影上阑干。"其父叹曰:"是儿清贵,惜福薄耳!"宜媖不得于姑,自缢死。其《春怀》云:"无穷事业了裙钗,不律闲拈小遣怀。按曲填词调玉笛,摘诗编谱入牙牌。凄凉夜雨谋生拙,零落春风信命乖。门外艳阳知几许,兼花杂柳鸟喈喈。"《寄外》云:"花缸对月相怜夜,恐是前身隔世人。"进士已早知其不祥,解环后,颜色如生。进士哭之云:"双鬟双绾娇模样,翻悔从前领略疏。"崔需次京师,又聘女鸾媖为妾。崔故贫士,归来省亲,媖之养父强售之于某千户,媖不从,诡呼千户为爷,而诉以原定崔郎之故。千户义之,不夺其志,仍以归崔。媖生时,母梦凤集于庭。崔赠云:"柳如旧皱眉,花比新啼颊。挑灯风雨窗,往事从头说。"

崔有《灌园余事》一集,载宜媖事甚详。陈淑兰女子阅之,赋诗责崔云:"可惜江洲进士家,灌园难护一枝花。若能才子情如海,争得佳人一念差?""自说从前领略疏,阿谁牵绕好工夫?宜媖此后心宜淡,莫再人间挽鹿车。"呜呼!淑兰吟此诗后十余年,亦缢死,可哀也!然宜媖死于怨姑,淑兰死于殉夫,有泰山、鸿毛之别矣。

二十一

常宁欧永孝序江宾谷之诗曰:"'三百篇',《颂》不如《雅》,《雅》不如《风》。何也?《雅》《颂》,人籁也,地籁也,多后王、君公、大夫修饰之词。至十五《国风》,则皆劳人、思妇、静女、狡童矢口而成者也。《尚书》曰：'诗言志。'《史记》曰：'诗以达意。'若《国风》者，真可谓之言志而能达矣。"宾谷自序其诗曰："予非存予之诗也。譬之面然，予虽不能如城北徐公之面美，然予宁无面乎，何必作窥观焉？"

##

吾乡吴修撰鸿，督学湖南。壬午科，湖南主试者为嘉定钱公辛楣、陕西王公伟人。诸生出闱后，各以闱卷呈吴。吴所最赏者，为丁牲、丁正心、张德安、石鸿焘、陈圣清五人，曰："此五卷不售，吾此后不复论文矣。"榜发日，吴招客共饮，使人走探。俄而抄榜来，自第六名至末，只陈圣清一人。吴旁皇莫释①。未几，五魁报至，则四生已各冠其经，如联珠然②。吴大喜过望。一时省下传为佳话。先是，陈太常兆仑在都中，以书贺吴云："今科楚南得人必盛。"盖预知吴、钱、王三公之能知文，能拔士也。吴首唱一诗，云："天鼓喧传昨夜声，大宫小徵尽含鸣。当头玉笋排班出，入眼珠光照乘明。喜极转添知己泪，望深还慰树人情。文昌此日欣连曜③，谁向西风诉不平？"一时和者三十余人。后甲辰三月，余游匡庐，遇丁君宰星子，为雇夫役，作主人，相与序述前事，彼此慨然④。且曰："正心管领庐山七年，来游者先生一人耳。"

---

① 旁皇莫释：一时慌张得不知该如何解释。
② 如联珠然：如珠联结在一起。
③ 曜：照耀，明亮。
④ 彼此慨然：双方都感慨万分。

二十三

钱香树先生为侍读时,出都,泊济宁,立船头为霜所滑,失足入水,家人救以篙,得不死。笑谓宾客曰:"吾闻坠水死者,必有鬼物凭之;倘昨夜遇李太白,便把臂去矣!"明日过李白楼,题云:"昨夜未曾逢李白,今朝乘兴一登楼。楼中人已骑鲸去,楼影当空占上游。"

二十四

予在转运卢雅雨席上,见有上诗者,卢不喜。余为解曰:"此应酬诗,故不能佳。"卢曰:"君误矣!古大家韩、杜、欧、苏集中,强半应酬诗也。谁谓应酬诗不能工耶?"予深然其说。后见粤西学使许竹人先生自序其《越吟》云:"诗家以不登应酬作为高。余曰不然。'三百篇',行役之外,赠答半焉。逮自河梁,洎①李、杜、王、孟,无集无之。已实不工,体于何有②?万里之外,交生情,情生文;存其文,思其事,见其人,又可弃乎?今而可弃,昔可无赠,毋宁以不工规我?"

二十五

比来闺秀能诗者,以许太夫人为第一。其长嗣佩璜,与余同征鸿博。读太夫人《绿净轩自寿》云:"自分青裙终老妇,滥叨紫绋③拜乡君。"《元

---

① 洎:至,及。
② 已实不工,体于何有:本身确实写得不好,和体例又有什么关系。
③ 绋(fú):古同"绋",指牵引棺柩的绳索。

旦》云："剩有湿薪同爆竹，也将红纸写宜春。"《喜雨》云："愆期①休割乖龙耳，破块粗安野老心。不独清凉宜翠簟，可知点滴尽黄金。"皆佳句也。夫人为徐清献公季女，名德音，字淑则。王太仓相公掞出清献之门，其视学浙江也，遣人告墓。夫人有句云："鱼菽荐羹惟弱女，松楸②酹酒属门人。"

二十六

尹望山制府在途中寄鄂夫人诗云："正因被冷想装绵，又接音书短榻前。暖阁遥思春雪冷，长途更犯晓冰坚。不言家事知予苦，频寄征衣赖汝贤。依旧疏狂应笑否，偷闲时复耸吟肩。"夫人为鄂文端公之从女，贤淑能诗。常侍尹、鄂两公小饮。鄂公老矣，向尹公云："阁务殷繁，何日得抽身是好？"夫人正色曰："女闻圣人云'事君能致其身'，其次则明哲保身，未闻有抽身之说。"公为莞然。

二十七

辽东三老者：戴亨，字遂堂；陈景元，字石闾；马大钵，字雷溪。三人皆布衣不仕，诗宗汉魏，字学二王，不与人世交接，来往者李铁君一人而已。戴诗不传。陈有《崇兆寺》诗云："世外招提境，浮生寄一时。铃声吟殿角，涧影落松枝。鸟语留归念，山僧笑索诗。东方明月上，若遇此心期。"马《闻西师振旅寄宁远大将军》云："雪飘组练归榆海，花满弓刀入玉关。"《偶成》云："晒药偶然来竹外，修琴不复到人间。"石闾弟景

---

① 愆期：失约，误期。
② 松楸：松树和楸树，因为常种在墓地，所以指代墓地。

钟，字橘洲，有《夜阑曲》云："春夜频倾金叵罗，胡姬按板对筵歌。低徊笑语牵红袖，如此风光可奈何！"明七子论诗，蔽于古而不知今，有拘墟皮傅之见。辽东三老亦复似之。铁君作《尚史》，专搜三代以上事，而竟不知本朝有马骕之《绎史》，亦囿于闻见之一端。然近今士人，先攻时文，通籍后始学为诗，大概从宋元入手，俗所称"半路上出家"是也。源流不清，又不若三家之力争上乘矣。

铁君名锴，父为总督，而能隐居不仕，自称荐青山人，有《蟭螟①斋集》行世。录其《梅花》云："众木正如梦，一枝方自春。遂令江水上，真见独醒人。"《咏月》云："清绝自成照，何曾挂树生。有时通夜白，一片得秋明。远水若相接，浮云或并行。年年圆便缺，谁悟善持盈？"

二十八

康熙初，吴兆骞汉槎谪戍宁古塔。其友顾贞观华峰馆于纳兰太傅家，寄吴《金缕曲》云："季子平安否？谅绝塞、苦寒难受。廿载包胥曾一诺，盼乌头马角终相救。置此札，兄怀袖。词赋从今须少作，留取心魂相守。归日急行戍稿，把空名料理传身后。言不尽，观顿首。"太傅之子成容若见之，泣曰："河梁生别之诗，山阳死友之传，得此而三。此事三千六百日中，我当以身任之。"华峰曰："人寿几何？公子乃以十载为期耶？"太傅闻之，竟为道地，而汉槎生入玉门关矣。顾生名忠者，咏其事云："金兰倘使无良友，关塞终当老健儿。"一说华峰之救吴季子也，太傅方宴客，手巨觥，谓曰："若饮满，为救汉槎。"华峰素不饮，至是一吸而尽。太傅笑曰："余直戏耳！即不饮，余岂遂不救汉槎耶？虽然，何其壮也！"呜呼！公子能文，良朋爱友，太傅怜才，真一时佳话。余常谓汉槎之《秋笳集》，与陈卧子之《黄门集》，俱能原本七子，而自出精神者。

---

① 蟭螟：传说中一种极小的虫，也写作"焦螟"。

二十九

阮亭《池北偶谈》笑元、白作诗未窥盛唐门户，此论甚谬。桑弢甫讥之云："大辨才从觉悟余，香山居士老文殊。渔洋老眼披金屑，失却光明大宝珠。"余按：元、白在唐朝所以能独竖一帜者，正为其不袭盛唐窠臼也。阮亭之意，必欲其描头画角若明七子，而后谓之窥盛唐乎？要知唐之李、杜、韩、白，俱非阮亭所喜。因其名太高，未便诋毁；于少陵亦时有微词，况元、白乎？阮亭主修饰，不主性情。观其到一处必有诗，诗中必用典，可以想见其喜怒哀乐之不真矣。或问："宋荔裳有'绝代消魂王阮亭'之说，其果然否？"余应之曰："阮亭先生非女郎，立言当使人敬，使人感且兴，不必使人消魂也。然即以消魂论，阮亭之色，亦并非天仙化人，使人心惊者也。不过一良家女，五官端正，吐属清雅，又能加宫中之膏沐，熏海外之名香，倾动一时，原不为过①。其修词琢句，大概捃摭②于大历十子、宋、元名家，取彼碎金，成我风格，恰不沾沾于盛唐，蹈七子习气，在本朝自当算一家数。奈归愚、子逊奉若斗山，玙沙、心馀弃若刍狗，余以为皆过也。"

三十

杭州周汾，字蓉衣，《咏春柳》云："西湖送我离家早，北道看人得第多。"不脱不粘，得古人未有。惜客死于清江。

---

① 原不为过：原本不算过分。
② 捃摭（zhí）：采取，采集。

三十一

壬寅，余过天台，齐侍郎召南亡久矣。其昆季①延余小饮，捧侍郎全集，高尺许，乞作序。尽半日之暇，为之翻撷，见其鸿富，美不胜收。仅记其《咏汉武》七律一首，后四句云："亲承文景升平业，开辟唐虞未有天。到底英雄晚能悔，轮台一诏是神仙。"其兄周南、弟世南，俱以甲科作广文，庞眉白发②，年八十余。

三十二

陶篁村置屋孤山。余月夜访之，怜其孤寂，劝置燕玉③，为暖老计。篁村以为然，购一小鬟。梁山舟侍讲调以诗云："病来久不见陶潜，隔着重城似隔天。昨夜中庭看星象，小星正在少微边。""见说榕江泛橹枝，已成阴后未凉时。一根椰栗④无人管，分付樵青⑤好护持。""不比朝云侍老坡，也如天女伴维摩。对门有个林和靖，冷抱梅花奈尔何？""好将班管⑥画眉双，莫染星星鬓上霜。比似诗人张子野，莺花还有廿年狂。"山舟又有句云："毕竟人间胜天上，不然刘阮不归来。"余适从天台山归，诵此，为之一笑。

---

① 昆季：兄弟。
② 庞眉白发：花白的眉毛，雪白的头发。形容年老的样子。
③ 劝置燕玉：劝他召个丫鬟。燕玉，原指燕赵妇女如玉之美，后泛称美女。
④ 椰（jí）栗：木名，可为杖，后借指手杖、禅杖。
⑤ 樵青：指女婢，典出《全唐文》卷三百四十。
⑥ 班管：即斑管，用斑竹制成的笔管，多指毛笔。

三十三

余寓西湖漱石居,有徽州汪明府见访,名乔年,字绣林,年八十矣。适余外出,未获相见。蒙其题壁云:"无人不识元才子,今我来寻李谪仙。底事闲云无处捉①?教侬空荡钓鱼船。"

三十四

诗如言也:口齿不清,拉杂万语,愈多愈厌;口齿清矣,又须言之有味,听之可爱,方妙。若村妇絮谈,武夫作闹,无名贵气,又何藉乎?其言有小涉风趣,而嚅嚅然若人病危,不能多语者,实由才薄。

三十五

诗不可不改,不可多改。不改,则心浮;多改,则机室②。要像初拓《黄庭》,刚到恰好处。孔子曰:"中庸不可能也。"此境最难。予最爱方扶南《滕王阁》诗云:"阁外青山阁下江,阁中无主自开窗。春风欲拓滕王帖,蝴蝶入帘飞一双。"叹为绝调。后见其子某云:"翁晚年嫌为少作,删去矣。"予大惊,卒不解其故。桐城吴某告予云:"扶南三改《周瑜墓》诗,而愈改愈谬。"其少作云:"大帝君臣同骨肉,小乔夫婿是英雄。"可称工矣。中年改云:"大帝誓师江水绿,小乔卸甲晚妆红。"已觉牵强。晚年又

---

① 底事闲云无处捉:你是闲云野鹤找不到。
② 则机室:就失去了灵性。

改云："小乔妆罢胭脂湿，大帝谋成翡翠通。"真乃不成文理！岂非朱子所谓"三则私意起而反惑"哉？扶南与方敏恪公为族兄，敏恪寄信，苦劝其勿改少作，而扶南不从。方知存几句好诗，亦须福分。

三十六

诗虽奇伟，而不能揉磨入细，未免粗才；诗虽幽俊，而不能展拓开张，终窘边幅。有作用人，放之则弥六合，收之则敛方寸，巨刃摩天，金针刺绣，一以贯之者也。诸葛躬耕草庐，忽然统师六出；蕲王中兴首将，竟能跨驴西湖。圣人用行舍藏①，可伸可屈，于诗亦可一贯。书家"北海如象，不及右军如龙"，亦此意耳。余尝规蒋心馀云："子气压九州矣，然能大而不能小，能放而不能敛，能刚而不能柔。"心馀折服曰："吾今日始得真师。"其虚心如此。

三十七

梦中得诗，醒时尚记，及晓，往往忘之。似村公子有句云："梦中得句多忘却，推醒姬人代记诗。"予谓此诗固佳，此姬人尤佳。鲁星村亦云："客里每先顽仆起，梦中常惜好诗忘。"

三十八

徐雨峰中丞士林，巡抚苏州。人以为继汤文正公之后，一人而已。母

---

① 用行舍藏：被任用就行其道，不被任用就退隐。

丧去官，有诏夺情，不起。其方正如此，然其诗极绵丽。宫中书时有句云："归来惹得山妻问，侍女熏香近有无？"

三十九

金陵僧药根，工楷法，住扬州某庵。商人洪姓者，欲买其庵旁隙地起花园。药根意不欲，乃投以诗云："自笑蜗庐傍寺开，邻园树木迥崔巍。侬家院小难栽树，但有青青一片苔。"洪知其意，乃不果买。药根《泊瓜渚》云："星光全在水，渔火欲浮天。"《喜晴》云："雨收亦似痊沉病，日出浑如见故人。"

四十

贤者为情，每离所官之地，动致留连。韩魏公离黄州，依依不舍。尹太保四督江南，三十余年。乙酉入相，正值重九之时，先别栖霞，再辞蜀阜，凄然泣下。公不能舍江南，犹江南之人亦不能舍公也。余送至清江浦，每晚必见。及渡黄河，公犹教以明晨作别。临期，余午盥面，而公遣家人来，云："公已上马行矣！"盖恐面别之难为情耳。后从京师寄诗云："歌到离亭声断续，人分淮浦影东西。"又曰："三年只觉流光速，一别方知见面难。"

四十一

古之忠臣、孝子，皆情为之也。胡忠简公劾秦桧，流窜海南，临归时，恋恋于黎倩，此与苏子卿娶胡妇相类。盖一意孤行之士，细行不矜，孔子所谓"观过知仁"，正此类也。乃朱子讥之云："十年浮海一身轻，归对黎涡恰有情。世上无如人欲险，几人到此误平生？"高守村和云："批鳞一疏死生轻，万死投荒尚有情。不学遁翁捧菁草，甘心箝口自偷生。"

四十二

闺秀能文，终竟出于大家。张侯家高太夫人著《红雪轩稿》，七古排律至数十首，盛矣哉！其本朝之曹大家乎？夫宗仁，袭封靖逆侯，家资百万，以好客喜施，不二十年，费尽而薨。夫人暗埋三十万金于后园，交其儿谦，始能袭职：其识力如此。夫人名景芳，父琦，为浙闽总督。作女儿时，年十五，《晨妆》云："妆阁开清晓，晨光上画栏。未曾梳宝髻，不敢问亲安。妥贴加钗凤，低徊插佩兰。隔帘呼侍婢，背后与重看。"又《示谦儿》云："高捧名花求插髻，遍寻佳果劝尝新。"

四十三

余不喜佛法，而独取"因缘"二字，以为足补圣经贤传之缺。身在名场五十余年，或未识面而相憎，或未识面而相慕，皆有缘无缘故也。己亥省墓杭州，王梦楼太守来云："商丘陈药洲观察，愿见甚切。"予不解何故。晤后，方知其尊人讳履中者，曾在尹制府署中读余诗而爱之，事已三十余年。其夫人李氏见余名纸，诧曰："是子才耶？吾先君门下士也。"盖夫人为存存先生之女。先生名惺，宰钱塘时枚年十二，应童子试，受知入泮[①]。因有两

[①] 受知入泮：受到他的赏识，入学成为生员。科举时代学童入学为生员称为入泮。

重世好，欢宴月余。别后，观察见怀云："早从仙佛参真谛，且向渔樵伴此身。"又曰："犹记何郎年少日，新诗赏共沈尚书。"

四十四

汪度龄先生中状元时，年已四十余。面麻身长，腰腹十围。买妾京师，有小家女陆氏，粗通文墨，观弹词曲本，以为状元皆美少年，欣然愿嫁。结婚之夕，于烛下见先生年貌，大失所望。业已郁郁矣。是夕，诸同年嬲①饮巨杯，先生量宏兴豪，沉醉上床，不顾新人，和衣酣寝，已而呕吐，将新制枕衾尽污腥秽。陆女恚甚②，未五更，雉经而亡。或嘲之曰："国色太娇难作婿，状元虽好却非郎。"

四十五

商宝意诗集刻成，有人摘其疵累③，余为怅然。仲小海曰："但愿人生一世，留得几行笔墨，被人指摘，便是有大福分人。不然，草亡木卒，谁则知之？而谁议之？"余谓此言沉痛，深得圣人疾没世无名④之意。然古来曹蜍、李志，又转以庸庸而得存其名，岂非不幸中之幸耶？宝意先生有句云："明知爱惜终须割，但得流传不在多。"

---

① 嬲（niǎo）：戏弄，纠缠。
② 恚甚：更加怨恨。
③ 摘其疵累：指责他的错处。
④ 圣人疾没世无名：圣人担心死后自己的名声消失。

四十六

黄允修云:"无诗转为读书忙。"方子云云:"学荒翻得性灵诗。"刘霞裳云:"读书久觉诗思涩。"余谓此数言,非真读书、真能诗者不能道。

四十七

谚云:"死棋腹中有仙着。"此言最有理。余平生得此益,不一而足。要之,能从人而不徇人,方妙。乐取于人以为善,圣人也;无稽之言勿听,亦圣人也。作史三长——才、学、识,缺一不可。余谓诗亦如之,而识最为先;非识,则才与学俱误用矣。北朝徐遵明指其心曰:"吾今而知真师之所在。"其识之谓欤?

四十八

汪舟次先生作周栎园诗序曰:"《赖古堂集》欲小试神通,加以气格,未必不可以怖①作者。但添出一分气格,定减去一分性情,于方寸②中,终不愉快。"

---

① 怖:使……害怕。
② 方寸:指心。

四十九

淡莲洲明府称芜湖胡漱泉秀才有"日影度花轻"五字,得五言妙境。江君旭东亦赏沙斗初"花气半湖阴"五字,所见与莲洲同。

五十

诗境最宽,有学士大夫读破万卷,穷老尽气①,而不能得其阃奥②者。有妇人女子、村氓浅学,偶有一二句,虽李、杜复生,必为低首者。此诗之所以为大也。作诗者必知此二义,而后能求诗于书中,得诗于书外。

五十一

陶悔轩方伯任衡阳时,署中小池,为署外居民所买。先生赎归,置轩其上。朱玉阶督学赠句云:"官廨③买归三径内,夜窗补惜寸阴余。"一咏其事,一切其姓。石君文成为序云:"先失楚弓,旋归赵璧。汶阳田反④,合浦珠还。支公之鹤可高飞,子产之鱼真得所。鲲鹏待化,行看君去朝天;台榭长存,知是谁来作主?"

---

① 穷老尽气:直到终老断气。
② 阃奥:原为室内深处的意思,后来比喻学问、事理精微深奥的境界。
③ 官廨:官署,官吏办公的房舍。
④ 汶阳田反:春秋时鲁国在汶水之北有一片属地,齐国和鲁国多次为之发生纠纷。后以"汶阳田反"比喻失而复返。后文"合浦珠还"比喻东西失而复得,典出《后汉书·循吏列传·孟尝》。

五十二

癸酉春，余在王孟亭太守处，见建德布衣徐风木席间吟一绝云："自笑不如原上草，春风吹到也开花。"《除夕在外》云："阅历深知客路难，非关白首恋江干①。岁除一息争千古，莫作寻常旅夜看。"武进庄念农初宰建德，即往相访，赠诗云："玉峰花影飐帘旌，罨户闲云静不扃。未必山城无绮皓②，斯人即是少微星。""粗官未敢师严武，泥饮无由续旧题。剧喜少陵居杜曲，得闲还过浣花溪。"风木得诗喜，刻之集中。后庄殁十余年，诗多散失，其子宸选搜寻不可得，予于风木集中抄此与之。呜呼！使无风木代为之存，则人琴俱亡矣，岂非爱才之报乎？

五十三

蒋用庵侍御罢官后，与姚云岫观察同修《南巡盛典》。《过随园咏菊》云："名花自向闲中老，浮世原宜淡处看。"后姚云岫为广西巡抚，寄信来犹吟及之。

五十四

余年二十三，馆今相国稽公家，教其幼子承谦。今四十三年矣，承谦官侍读，行走上书房，假满赴都，过随园，赠云："万事由来夙有缘，七龄问

---

① 江干：岸边。
② 绮皓：即绮里季，商山四皓之一，避秦乱，隐商山。

字记当年①。读书好处心先觉,立雪深时道已传。每盼凤巢阿阁上,果摩麟顶绛帷前。德门善庆知无限,伫见骊珠颗颗圆。"余附书相国云:"当日七龄公子,为问字之佳儿;此时白发词臣,作青宫之师傅。能无对之欣然,思之黯然也乎?"

五十五

千古善言诗者,莫如②虞、舜。教夔典乐③曰:"诗言志。"言诗之必本乎性情也。曰:"歌永言。"言歌之不离乎本旨也。曰:"声依永。"言声韵之贵悠长也。曰:"律和声。"言音之贵均调也。知是四者,于诗之道尽之矣。

五十六

每见热中人④锐进不已,身家交瘁,未尝不隆隆而升,一旦化去,若烘开花,精神已竭,次年必萎。尝咏唐花云:"百花开落虽天定,倘不烘开落或迟。"又见媚长官者,损下益上,徒招怨尤,而于己毫无享受。《戏咏箸》云:"笑君攫取忙,送入他人口。一世酸咸中,能知味也否?"

---

① 记当年:依然记得当年的事。
② 莫如:莫过于。
③ 教夔典乐:意思是帝舜让夔担任典乐一职,掌管乐律。典出《尚书·尧典》。后文"诗言志""歌永言""声依永""律和声"同出处。
④ 热中人:指热衷于俗情世务的人。

五十七

己未翰林五十人。蒋君麟昌年才十九，大京兆晴崖公讳炳之长子也，目空一世，尝言："同馆中，吾服叔度、子才耳。归愚先生虽耆年重望，意不属也。"和皇上《消夏》诗，援笔立就，赐葛二匹。旁观者疑君正蹑①青云，而竟一病以卒。余《别后寄怀》云："干将莫邪虞缺折，我有数言赠李邕。"乃成谶语。诗有奇气，咏七夕云："一报人间箫鼓喧，羊灯无焰秋云碧。"《中元》诗云："两岸红沙多旋舞，惊风不定到三更。"刘相国纶序其诗曰："十八载夜熠太白，知臣则但问王公。廿七年昼见绯衣，召汝而重呼阿奶。阿翁投杖，谁当荷此析薪②；稚子牵衣，未得预其元草。"盖静存亡时，大父犹存，子尚幼故也。同年金质夫哭之云："渐看豪气笼人上，不料英年似梦中。"余哭之云："一榜少年今剩我，九原才子又添君。"

五十八

某侍郎督学江苏，罗致知名之士。所选五古最佳，七古则不拘何题，动辄千言，引典填书，如涂涂附③，杳不知其命意之所在。程鱼门阅之，掀髯笑曰："欲吓人耶？此扬子云所谓'鸿文无范也'，吾不受其吓矣！"

---

① 蹑（niè）：古通"躡"，踏。
② 荷此析薪：继承父业。析薪，意思是劈柴，引申为分割产业。
③ 如涂涂附：像在涂颜料一样一层又一层。

五十九

乾隆辛未，予在吴门。五月十四日，薛一瓢招宴水南园。座中叶定湖长杨、虞东皋景星、许竹素廷鑅、李客山果、汪山樵俊、俞赋拙来求，皆科目耆英，最少者亦过花甲；惟余才三十六岁，得遇此会。是夕大雨，未到者沈归愚宗伯、谢淞洲征士而已。叶年八十五，诗云："潇潇风雨满池塘，白发清尊扫叶庄。不有忘形到尔汝，那能举座尽文章？轩窗远度云峰影，几席平分水竹光。最是葵榴好时节，醉吟相赏昼方长。"虞八十有二，句云："入座古风堪远俗，到门新雨欲催诗。"俞六十有九，句云："社开今栗里，树老古南园。"次月，一瓢再招同人相会，则余归白下，竹素还太仓，客山死矣。主人之孙寿鱼赋云："炤眼①芙蕖半开落，满堂名士各西东。"

六十

升平日久，海内殷富，商人士大夫慕古人顾阿瑛、徐良夫之风，蓄积书史，广开坛坫。扬州有马氏秋玉之玲珑山馆，天津有查氏心穀之水西庄，杭州有赵氏公千之小山堂，吴氏尺凫之瓶花斋：名流宴咏，殆无虚日。许佩璜刺史赠查云："庇人孙北海，置驿郑南阳。"其豪可想。此外，公卿当事，则有唐公英之在九江，鄂公敏之在西湖，皆以宏奖为己任。不四十年，风流顿尽。唐公号蜗寄老人，司九江关，悬纸墨笔砚于琵琶亭，客过有题诗者，命关吏开列姓名以进。公读其诗，分高下，以酬赠之。建白太傅祠，肖己像于旁。甲辰冬，余过九江，则太傅祠改作戏台，唐公像亦不见。

---

① 炤眼：耀眼。炤，古同"昭"，明显。

六十一

马氏玲珑山馆,一时名士如厉太鸿、陈授衣、汪玉枢、闵莲峰诸人,争为诗会,分咏一题,裒然①成集。陈《田家乐》云:"儿童下学恼比邻,抛堕池塘日几巡。折得松梢当旗纛②,又来呵殿学官人。"闵云:"黄叶溪头村路长,挫针负局客郎当。草花插鬓偎篱望,知是谁家新嫁娘?"秋玉云:"两两车乘觳觫③轻,田家最要一冬晴。秋田晒罢村醪熟,翻爱糟床滴雨声。"汪《养蚕》云:"小姑畏人房闼潜,采桑那惜春葱纤。半夜沙沙食叶急,听作雨声愁雨湿。"陈云:"蚕娘养蚕如养儿,性知畏寒饥有时。篱根卖炭闻荡桨,屋后邻园桑剪响。"皆可诵也。余题甚多,不及备载。至今未三十年,诸诗人零落殆尽,而商人亦无能知风雅者。莲峰年八十三岁,傫然④尚存,闻其饥寒垂毙矣!

六十二

金陵女徐氏,适桐城张某,夫久客不归,寄诗云:"残漏⑤已催明月尽,五更如度五重关。"又有鲁月霞者,嫁徽邑程生而寡,有《扫花》诗云:"触我朱栏三日恨,费他青帝⑥一春功。"陈淑兰读两诗而慕之,题其集云:"吟来恍入班昭⑦座,恨我迟生二十年。"

---

① 裒(póu)然:聚集,这里形容诗作逐渐增多。
② 旗纛:旗帜。
③ 觳(hú)觫(sù):借指牛。
④ 傫然:颓废的样子。
⑤ 漏:古代的计时器,可以滴水,也可以漏沙,有刻度标志以计时。
⑥ 青帝:又称作苍帝、木帝,是中国古代神话中的五位天帝之一。
⑦ 班昭:班固的妹妹,东汉时期女辞赋家。

六十三

本朝诗家,序事学古乐府《孔雀东南飞》而绝妙者,如陈元孝之《王将军歌》,许衡紫之《伍节女歌》,马墨麟之《戴烈妇歌》,胡稚威之《孝女李三行》,皆古藻淋漓①。惜篇页繁重,不能尽录。

六十四

乾隆初,杭州诗酒之会最盛。名士杭、厉之外,则有朱鹿田樟、吴鸥亭城、汪抱朴台、金江声志章、张鹭洲湄、施竹田安、周穆门京,每到西湖堤上,掎裳联襼②,若屏风然。有明中、让山两诗僧留宿古寺,诗成传抄,纸价为贵。《南屏坐雨》,朱云:"一角山昏秋欲晚,满窗叶战雨来初。"张云:"荷声冷带跳珠雨,铎语③遥飞泼墨山。"汪云:"云气半遮山下塔,秋光早入水边村。"施云:"浓云拥树湖先暝,凉雨到窗山欲鹰。"让山句如"多情无过鸟,到处似留人""室敞许云住,竹深无暑通""树声满壑秋初到,山影一池泉洗青",明中句如"烧烟隔岸水犹静,初日到窗山自移",皆可爱也。四十年来,儒、释两门,一齐寂灭,竟无继起者。

---

① 皆古藻淋漓:全都充满古乐府诗歌之美。
② 掎裳联襼(yì):也作"掎裳连襼"。裙子牵住裙子,袖子连着袖子,形容人多。
③ 铎语:檐铃声,风铃声。

六十五

山阴吴修龄有句云:"雁将秋色去,帆带好山移。"人因呼之曰"吴好山"。好山《晚晴》云:"江皋收宿雨,征雁卷帘闻。野戍空千里,高秋无片云。海明天落日,风响马归群。赋罢衫巾岸,应书白练裙。"与胡稚威交好,两序皆胡所作。胡和其《寒夜》一联云:"冻苦星辰白,霜明鼓角干。"真乃不愧孟郊。

六十六

或云"诗无理语"。予谓不然。《大雅》:"于缉熙①敬止。""不闻亦式,不谏亦入。"何尝非理语,何等古妙!《文选》:"寡欲罕所缺,理来情无存。"唐人:"廉岂活名具,高宜近物情。"陈后山《训子》云:"勉汝言须记,逢人善即师。"文文山《咏怀》云:"疏因随事直,忠故有时愚。"又,宋人:"独有玉堂人不寐,六箴将晓献宸旒②。"亦皆理语,何尝非诗家上乘?至乃"月窟""天根"等语,便令人闻而生厌矣。

六十七

诗家有不说理而真乃说理者。如唐人《咏棋》云:"人心无算处,国手有输时。"《咏帆》云:"恰认己身住,翻疑彼岸移。"宋人:"君王若

---

① 缉熙:光明。
② 宸旒(liú):原意为帝王之冠,借指帝王。

看貌，甘在众妃中""禅心终不动，仍捧旧花归"。《雪》诗："何由更得齐民暖，恨不偏于宿麦深。"《云》诗："无限旱苗枯欲尽，悠悠闲处作奇峰。"许鲁斋《即景》云："黑云莽莽路昏昏，底事登车尚出门？直待前途风雨恶，苍茫何处觅烟村？"无名氏云："一点缁尘①涴②素衣，瘢瘢驳驳使人疑。纵教洗遍千江水，争似当初未涴时？"

六十八

苏州黄子云，号野鸿，布衣能诗。有某中丞欲见之，黄不可，题一联云："空谷衣冠非易觏③，野人门巷不轻开。"《郊外》云："村角鸟呼红杏雨，陌头④人拜白杨烟。"《上王虚舟先生》云："两晋而还谁翰墨，九州之内独声名。"皆佳句也。子云于城外构一草屋，客至，则具鸡黍⑤，夜留榻焉。父子终夜读书，客叹其好学，曰："非也。我父子只有一被，撤以供客，夜无以为寝，故且读书耳。"

六十九

己卯乡试，丹阳贡生于震，负诗一册，踵门⑥求见，年五十余矣。曰："苦吟半生，无一知己；今所望者惟先生，故以诗呈教。如先生亦无所取，则震将投江死矣。"余骇且笑，急读之。是学前明七子者，于唐人形貌，颇

---

① 缁尘：黑色的尘土。
② 涴（wò）：弄脏。
③ 易觏：容易遇见。
④ 陌头：田地头。
⑤ 鸡黍：指饷客的饭菜。
⑥ 踵门：跟到门口。

能描摹,因称许数言。其人大喜而去。黄星岩戏吟云:"亏公宽着看诗眼,救得狂人蹈海心。"

七十

刘春池赋白牡丹云:"神仙队里风流易,富贵场中本色难。"陈紫澜宫詹浩赋白桃花云:"后庭歌罢醒初醒,前度人来鬓已华。"蒋用庵御史亦赋白桃云:"亡息国因红粉累,避秦人是白衣尊。"皆妙。

七十一

山阴胡西坨素行诡激,落魄扬州,屡谒卢转运不得见,乃除夕投诗云:"莽莽乾坤岁又阑,萧萧白发老江干。布金地暖回春易,列戟①门高再拜难。庾信生涯最萧瑟,孟郊诗骨剧清寒。自怜七字香无力,封上梅花阁下看。"雅雨先生见之,即呼驺往拜②,馈朱提数笏③。

七十二

卢招人观虹桥芍药,诸名士集二十余人,独布衣金司农诗先成,云:"看花都是白头人,爱惜风光爱惜身。到此百杯须满饮,果然四月有余

---

① 列戟:宫庙、官府及显贵之府第陈戟于门前,以为仪仗。
② 呼驺往拜:骑上马前去拜访。
③ 馈朱提数笏:赠送一些银两。朱提,借指白银;笏,金银的计量单位。

春。""枝头红影初离雨，扇底狂香欲拂尘。知道使君诗第一，明珠清玉比精神。"卢大喜，一座为之搁笔。

七十三

诗家闺秀多，青衣①少。高明府继允有苏州薛筠郎，貌美艺娴，赋《秋月》云："风韵乱传杵，云华轻入河。"《旅思》云："如何野店闻钟夜，犹是寒山寺里声。"《晓行》云："并马忽惊人在后，贪看山色又回头。"皆有风调。筠郎随主人入都，卒于保阳。高刻其遗稿，属余题句。余书三绝，有云："绝好齐梁诗弟子，不教来事沈尚书。"

七十四

沈归愚选《明诗别裁》，有刘永锡《行路难》一首，云："云漫漫兮白日寒，天荆地棘行路难。"批云："只此数字，抵人千百。"予不觉大笑，"风萧萧兮白日寒"是《国策》语，"行路难"三字是题目。此人所作，只"天荆地棘"四字而已，以此为佳，全无意义。须知"三百篇"如"采采芣苢""薄言采之"之类，均非后人所当效法。圣人存之，采南国之风，尊文王之化，非如后人选读本，教人模仿也。今人附会圣经，极力赞叹。章膢斋戏仿云："点点蜡烛，薄言点之。点点蜡烛，薄言剪之。"注云："剪，剪去其煤也。"闻者绝倒。余尝疑孔子删诗之说，本属附会。今不见于"三百篇"中，而见于他书者，如《左氏》之"翘翘车乘，招我以弓""虽有姬姜，无弃憔悴"，《表记》之"昔吾有先正，其言明且清"，古诗之"雨无其极，伤我稼穑"之类，皆无愧于"三百篇"，而何以全删？要知圣人述而

---

① 青衣：汉以后卑贱者穿青衣，故称婢仆、差役等为青衣。

不作。"三百篇"者，鲁国方策旧存之诗，圣人正之，使《雅》《颂》各得其所而已，非删之也。后儒王鲁斋欲删《国风》淫词五十章，陈少南欲删《鲁颂》，何迂妄乃尔！

七十五

宋人好附会名重之人，称韩文杜诗，无一字没来历。不知此二人之所以独绝千古者，转妙在没来历。元微之称少陵云："怜渠直道当时事，不着心源傍古人。"昌黎云："惟古于词必己出，降而不能乃剽贼。"今就二人所用之典，证二人生平所读之书，颇不为多，班班可考，亦从不自注此句出何书，用何典。昌黎尤好生造字句，正难其自我作古，吐词为经，他人学之，便觉不妥耳。

七十六

女宠虽自古为患，而地道无成，其过终在男子。使太宗不死，武氏何能为祸？李白云："若教管仲身常在，宫内何妨更六人！"杨诚斋云："但愿君王诛宰嚭，不愁宫里有西施。"唐人咏明皇云："姚、宋不亡妃子在，胡尘那得到中华？"《僖宗幸蜀》诗云："地下阿瞒应有语，这回休更怨杨妃。"范同叔云："吴国若教丞相在，越王空送美人来。"此数首，皆为美人开脱。余咏陈宫云："若教褒、妲逢君子，都是《周南》传里人。"亦此意也。唐人又有句云："吴王事事都颠倒，未必西施胜六宫。"尤妙。

七十七

余雅不喜四皓事，著论非之；且疑是子长好奇附会，非真有其人也。后读杜牧"四皓安刘是灭刘"、钱辛楣先生"安吕非安刘"二诗，可谓先得我心。顾禄伯亦有诗诮之云："垂老与人家国事，几闻巢、许出山来？"

七十八

己酉夏间，鳌静夫图明府与张荷塘过访随园，蒙见赠云："太史藏书地，因山得一园。西风吹蜡屐①，凉雨叩蓬门。霜重枫将老，秋酣菊已繁。十年荒旧学，诗律待深论。"此诗虽成，逾年不寄。直至鳌公调任金山，余过松江，舟中相晤，方出以相示。予问："何不早寄？"曰："荷塘道不佳。"余笑曰："此诗通首清老，一气卷舒，不求工于字句间。古大家往往有之，颇可存也。想荷塘引《春秋》之义，必欲责备贤者，诱出君惊人之句耶？"彼此鞬然。鳌第三句是"西风吹倦客"。荷塘道："'倦'字对不过'蓬'字，为改作'西风蜡山屐'。"余道："'蜡'字又与'风'字不相联贯，不如改'西风吹蜡屐'，益觉清老也。"

七十九

奇丽川方伯，笃友谊而爱风雅。辛亥清明后三日，寄札云："有惠山侯生，名光第，字枕渔者，尝携之同至黔中。诗多清妙，而身亡后，散失无

---

① 蜡屐：涂蜡的木头鞋子，后用来借指悠闲。

存,向其家搜得古今体一卷,特专函寄上。倘得采录入《诗话》中,则鲰生附以不朽,而余亦有以报故人也。"余读之,颇近中唐风格,为录其《送友之河南》云:"亲老难为别,家贫耐远行。东风吹客梦,落日已孤征。尽此一樽酒,相将无限情。梁园春正好,莫听鹧鸪声。"《山塘竹枝词》云:"当垆十五鬓堆鸦,称体单衫浅碧纱。玉盏劝郎拼醉饮,更无花好似侬家。""陂塘春水碧于油,树树垂杨隐画楼。楼上玉人春睡足,一帘红日正梳头。"其他佳句,五言如"蝉吟出高树,山色落孤篷""隔水犬争吠,断桥僧独归",七言如《吊李白》云"千载比肩惟杜甫,一生低首只宣城",《落花》云"丁宁落向春波去,不许东西两处流"。

一

凡作诗者,各有身份,亦各有心胸。毕秋帆中丞家漪香夫人有《青门柳枝词》云:"留得六宫眉黛好,高楼付与晓妆人。"是闺阁语。中丞和云:"莫向离亭争折取,浓阴留覆往来人。"是大臣语。严冬友侍读和云:"五里东风三里雪,一齐排着等离人。"是词客语。夫人又有句云:"天涯半是伤春客,漂泊烦他青眼看。"亦有慈云护物之意。张少仪观察和云:"不须看到婆娑日,已觉伤心似汉南。"则的是名场耆旧语矣。

二

恽南田寿平之父逊庵,遭国变,父子相失,寿平卖杭州富商某为奴。其故人谛晖和尚在灵隐,坐方丈,苦无救策。会二月十九日,观音生辰,天竺烧香者,过灵隐寺必拜方丈。谛晖道行高,贵官男女来膜拜者以万数,从无答礼。富商夫人从苍头婢仆数十人,来拜谛晖。谛晖探知顾而纤者恽氏儿也,蘧然起,跪儿前,膜拜不止,曰:"罪过!罪过!"夫人惊问故。曰:

"此地藏王菩萨也，托生人间，访人善恶。夫人奴畜之，无礼已甚；闻又鞭扑之，从此罪孽深重，奈何！"夫人惶急，归告某商。次早，某商来，长跪不起，求开一线佛门之路。谛晖曰："非特公有罪，僧亦有罪。地藏王来寺，而僧不知迎，僧罪大矣！请以香花清水，供养地藏王入寺，缓缓为公夫妇忏悔，并为僧自己忏悔。"某商大喜，布施百万，以儿付谛晖。谛晖教之读书学画，一时声名大起。寿平佳句，如"蝉移无定响，星过有余光""送迎人自老，新旧岁无痕""只为花阴贪坐久，不须归去更熏衣"，皆清绝也。《十四夜望月》云："平开图画含千岭，尽扫星河占一天。"真乃自喻其笔墨之高矣。其时，石揆僧与谛晖齐名。石揆有弟子沈近思，后官总宪。人问谛晖："孰优？"曰："近思讲理学，不出周、程、张、朱范围；寿平作画，能脱文、沈、唐、仇窠臼：似恽优矣。"

三

诗用经书成语，有对仗极妙者。前辈卢玉岩云："头既责余余责头，腹亦负公公负腹。"近人吴文溥云："人非磨墨墨磨人，我自注经经注我。"姚念慈云："野无青草霜飞后，菊有黄花雁到初。"汪韩门云："白凫化后成衰老，黄雀飞来谢少年。"胡稚威云："春水绿波芳草色，杂花生树乱莺飞。"朱鹿田《得子》云："我求肚艾三年药，汝似王瓜五月生。"皆用经书、乐府成语也。余戏集乐府云："背画天图，子星历历；东升日影，鸡黄团团。"

四

题古迹能翻陈出新最妙。河南邯郸壁上或题云："四十年中公与侯，虽然是梦也风流。我今落魄邯郸道，要替先生借枕头。"严子陵钓台或题云："一着羊裘便有心，虚名传诵到如今。当时若着蓑衣去，烟水茫茫何处寻？"凡事不能无弊，学诗亦然。学汉、魏、《文选》者，其弊常流于假；学李、杜、韩、苏者，其弊常失于粗；学王、孟、韦、柳者，其弊常流于弱；学元、白、放翁者，其弊常失于浅；学温、李、冬郎者，其弊常失于纤。人能取诸家之精华，而吐其糟粕，则诸弊尽捐。大概杜、韩以学力胜，学之，刻鹄不成犹类鹜也；太白、东坡以天分胜，学之，画虎不成反类狗也。佛云："学我者死。"无佛之聪明而学佛，自然死矣。

五

昔人称谢太傅"功高百辟，心在一丘"。范希文经略西边，犹恋恋于曩日①之圭峰月下，与友人书，时时及之。秋帆尚书巡抚陕西，有《小方壶忆梅》诗，节其大概云："仙人家住梅花村，寒香万顷塞我门。门巷寂寂嵌空谷，冷艳繁枝环破屋。尘缘未了出山去，回头别花花不语。北走燕云西入秦，问梅精舍知何处？岁云暮矣风雪骤，驿使音稀断陇首。天涯人远乍黄昏，料得花还如我瘦。松林翠羽最相思，梦绕南枝更北枝。花神曩日盟言在，重订还山在几时？香落琴弦弹一曲，尔音千里同金玉。花如不谅余精诚，请问邓尉山樵徐友竹。"徐名坚，苏州木渎人，能诗工画，余旧交也。张文敏公《题横山西庐》云："壶中长日静中缘，我亦曾经四小年。不及苍髯墙外叟，梅花看到菊花天。"与毕公同有"心在一丘"之想。

---

① 曩日：往日，以前。

六

　　尹文端公年七十七而薨。薨时,满榻纷披,皆诗草也。病革,闻皇上有驾临之信,才略收拾。前一月,命诸公子作《送春诗》。西席解吉庵赋云:"也知住已经三月,其奈逢须隔一年。遗爱只留庭树好,余晖空托架花鲜。"公甚赏之,动笔加圈。殁后,方知皆谶。公第四公子树斋为尚书,应第三句。又一联云:"千红万紫费安排,底事功成驾便回?"亦暗藏骑箕之意①,皆无心偶触云。

七

　　副宪赵学斋先生提倡后学②,爱才如命,掌教万松书院,识拔英俊少年,一时遂有《北史》张雕武之谤。不数年,所识拔者,云蒸霞起③,如吴云岩、叶登南辈,皆作状元词翰,浮言始息。有项春台秀才早卒,先生哭之云:"文章灵气归何处?师弟情缘结再生。"余在京师,《送王卿华归里》云:"风怀似我能怜我,客路逢君又别君。"先生读之,谓卿华曰:"此种人才,当铸黄金事之。"先生讳大鲸。

---

① 骑箕之意:大臣死去的意思。
② 后学:年轻有为的后来人。
③ 云蒸霞起:青云直上。

八

蒋南庄守颍州，有句云："人原是俗非因吏，仕岂能优且读书。"谦而蕴藉。《过泷喉》云："乱石磨舟泉有骨，双桡拨雾水生尘。"与徐凤木布衣"水浅搁舟沙怒语，山弯转舵月回眸"相似。蒋名熊昌，常州人。

九

汤潜庵巡抚江苏，《出郭》云："按部雨余香稻熟，课农花发晓云轻。"人言公理学名儒，何诗之清婉也？余记座师孙文定公亦有《咏梅》云："天地心从数点见，河山春借一枝回。"诗不腐，而言外俱含道气。

十

朱子立中丞，高颧长髯，多权谋，人称"双料曹操"，与西林相公共事云南，彼此牴牾①。朱有句云："畏暑铺长簟，思风去短屏。"颇闲雅，不类其为人。康熙间，施漕帅讳世纶者，亦刚不可犯。有句云："爱山移舫对，隔水问花多。"与中丞同调。朱名纲。

十一

己未冬，余乞假归娶，路过扬州，转运使徐梅麓先生止而觞之。席无杂

---

① 牴牾：抵触，矛盾，引申为关系不和。

宾,汪度龄应铨、唐赤子建中,皆翰林前辈。余科最晚,年最少,终席敬慎威仪,不敢发一语。但见壁上有赤子先生《端午竹枝》云:"无端铙鼓出空舟,赚得珠帘尽上钩。小玉低言娇女避,郎君倚扇在船头。"

十二

湖南张少廷尉名璨,字岂石,紫髯伟貌,议论风生,能赤手捕盗。与鲁观察亮侪,俱权奇自喜。题所居云:"南轩北牖又东扉,取次园林待我归。当路莫栽荆棘草,他年免挂子孙衣。"言可风世。又《戏题》云:"书画琴棋诗酒花,当年件件不离他。而今七事都更变,柴米油盐酱醋茶。"殊解颐也。又谓人云:"见鬼莫怕,但与之打。"人问:"打败奈何?"曰:"我打败,才同他一样。"

十三

冯古浦在西林相公席上咏牡丹云:"诗到清平能动主,花虽富贵不骄人。"西林喜,赠遗甚厚。此诗若在他人席上作,便觉无谓。

十四

丙辰,余在都中,受知于张鹭洲先生。先生作御史,立朝侃侃,颇著风绩,有《柳鱼集》行世。余购得,被人攫去,时为恼闷。甲午岁,余泊舟丹阳,旁有小舟相并,时天暑,彼此窗开。余舱中诗稿堆积几上,邻舟一女子,容貌庄姝,每伺余出舱,便注目偷视,若领解者。余心疑之,问其家人，乃先生女，嫁汪文端公从子某。因招汪入舱话旧。问先生诗，不能记；入问夫人，夫人乃诵其《巡台湾作》云："少寒多暖不霜天，木叶长青花久妍。真个四时皆是夏，荷花度腊菊迎年。"

十五

宛平黄昆圃先生，康熙辛未词林予告后，在长安主持风雅。人有一技一长，必为揄扬①，无须识面。李方伯渭来江南，余往衙参。一见，便云："昆圃先生交好耶？"余曰："未也。"方伯云："我出都时，黄公以足下再三托我。"方知先生怜才，有古人风。《庚午重赴鹿鸣》诗曰："蕊榜新开敞盛筵，漫劳车马问衰年。雀罗门巷群相讶，鹤发重联桂籍仙。"《辛未重赴琼林》诗曰："天鼓声喧晓漏余，春风吹雨洒庭除。婆娑老眼看新榜，仿佛青云接敝庐。""鹤返故巢无宿侣，花开仙洞见新枝。轺轩南国追畴昔，风雨桥山怆梦思。"先生巡抚浙江，追感两朝恩遇，故诗中及之。

十六

姜白石云："人所易言，我寡言之；人所难言，我易言之。诗便不俗。"

十七

古人诗有全篇用平声者，天随子《夏日诗》，四十字皆平声。有全篇用

---

① 揄扬：赞扬，称赞。

仄声者，梅圣俞《酌酒与妇饮》一篇皆仄声。有通首①不用韵者，古《采莲曲》是也。有平仄各押韵者，唐末章碣，以八句诗平仄各有一韵是也。诗家变体，宋魏菊庄《诗人玉屑》言之最详。

十八

税关巡拦书吏，如捕役缉贼，虎视眈眈，但一见书册，兴便索然。姚云上作七古，前四句云："劬劳②王事前旌驱，咿唔③星夜关山逾。笋束牛腰橐负载，关吏疾呼书书书！"此辈声口宛然④，读之欲笑。南丰谢鸣篁有句云："近海风涛壮，当关仆隶尊。"或和云："客久囊虽破，船装书便尊。"

十九

郑所南井中《心史》，虽用铁匣浸水中，然年历二百，纸墨断无不坏之理。所载元世祖剖割文天祥，食其心肺，又好食孕妇腹中小儿，语太荒悖，殊不足信。惟四言诗一首殊妙，曰："今日之今，霍霍栩栩⑤。少焉瞩之，已化为古。"

---

① 通首：全篇，整篇。
② 劬（qú）劳：劳累辛苦。
③ 咿唔：独自叹息。
④ 声口宛然：这些人的声音笑貌宛如再现。
⑤ 霍霍栩栩：栩栩如生。

二十

女心外向，自古为然。南越古蛮洞，秦时最强，俗尤善弩，每发铜箭，贯十余人。赵佗畏之。蛮王有女兰珠，美而艳，制弩尤精。佗乃遣子某赘其家。不三年，尽得其制弩、破弩之法。遂起兵伐之，虏蛮王以归。此事见《粤峤志》。余赋诗云："赵王父子开边界，赖种兰珠一朵花。铜弩三千随婿去，女儿心太为夫家。"按后世开边，往往收功于妇人。洪武时，贵州宣慰使霭翠妻奢香，为都督马聘所裸挞，乃走诉京师。太祖问："朕为汝报仇，何以报我？"曰："愿立龙场九驿，通黔、蜀之道。"后果如其言。吴明卿诗云："君不见蜀道之辟五丁神，犍为万卒迷无津。帐中坐叱山河走，谁道奢香一妇人。"

二十一

古来奇女子，如冯嫽及冼夫人，事载史书，惜见于诗者绝少。惟石柱土司之秦良玉，能为国杀贼。明怀宗赐诗云："桃花马上请长缨。"又云："试看他年麟阁上，丹青先画美人图。"本朝朱鹿田先生作七古美之，警句云："一时巾帼尽须眉，马上红旗马前酒。蜀亡不肯树降旗，残疆犹为君王守。"又曰："绿沉枪舞春星转，花桶裙拖锦带红。"

二十二

僧无称"郎"之理，而北魏谚云："支郎眼中黄，形躯似智囊。"是僧可称"郎"之一证。魏有三高僧：支谦、支谅、支谶也。

二十三

香山诗："杨柳小蛮腰。"妓名也。后《寄禹锡》诗："携将小蛮去，招得老刘来。"自注云："小蛮，酒榼也。""小蛮"竟有二解。

二十四

汪舒怀先生云："钱笺杜诗，穿凿附会，令人欲呕。如以黄河十月冰为棂盖之冰，煎弦续胶为美馔愈疾，以《洗兵马》《收两京》二篇为刺肃宗，比之商臣、杨广，此岂少陵忠君爱国之心耶？尤可笑者，跋元人汪水云诗：'客中忽忽又重阳，满酌葡萄当菊觞。谢后已叩新圣旨，谢家田土免输粮。''第二筵开八九重，君王把酒劝三宫。酏酥割罢行酥酪，又进椒盘剥嫩葱。'就此二首，遂以为谢后有失节之事。按《宋史》：理宗谢后宝庆三年册立，垂四十年，而度宗嗣位，尊为太皇太后，已老病不能听政。德祐二年，宋亡，徙越，七年而崩，寿七十四。是至燕时，已六十七矣，宁有刘曜、羊后之虑哉？水云又咏宋宫人分嫁北匠云：'君王不重色，安肯留金闺？'则世祖为人可知。《元史》又称宏吉剌[1]皇后见幼主入朝而不乐，为全太后不习水土，代奏乞放还江南。帝虽不许，而封幼主为瀛国公。则别置邸第，完全眷属可知。水云诗云：'昭仪别馆香云暖，手把诗书授国公。'是王昭仪亦未入元宫也。"

---

[1] 宏吉剌（là）：通常写作弘吉剌·察必，元世祖忽必烈的皇后。

二十五

陈后山吟诗最刻苦，《九日》云："人事自生今日意，寒花只作去年香。"郑毅夫云："夜来过岭忽闻雨，今日满溪都是花。"此种句，似易实难。人能知易中之难，可与言诗。

二十六

雍正甲寅，海宁陈文简公予告在家，来游西湖。人知三朝元老，观者如堵。余年十九，犹及仰瞻风采。先生仙风道骨，年已八十，犹替人题陈章侯。《莲鹭图》云："墨花①吹得绿差差，小景分来太液池。白鹭不飞莲不谢，摇风立雨已多时。"书法绝似董香光。余生平所见翰林前辈，如徐蝶园相国、陈文简公、黄昆圃中丞、熊涤斋太史，皆鲁灵光也。

二十七

谚云："读书是前世事。"余幼时，家中无书，借得《文选》，见《长门赋》一篇，恍如读过，《离骚》亦然。方知谚语之非诬。毛俟园广文有句云："名须没世称才好，书到今生读已迟。"

---

① 墨花：水墨画出来的花。

二十八

凡作人贵直，而作诗文贵曲。孔子曰："情欲信，词欲巧。"孟子曰："智譬则巧，圣譬则力。"巧，即曲之谓也。崔念陵诗云："有磨皆好事，无曲不文星。"洵①知言哉！

或问："诗如何而后可谓之曲？"余曰："古诗之曲者，不胜数矣。即如近人王仔园《访友》云：'乱乌栖定夜三更，楼上银灯一点明。记得到门还不扣，花阴悄听读书声。'此曲也；若到门便扣，则直矣。方蒙章《访友》云：'轻舟一路绕烟霞，更爱山前满涧花。不为寻君也留住，那知花里即君家。'此曲也；若知是君家，便直矣。宋人咏梅云：'绿杨解语应相笑，漏泄春光恰是谁？'咏红梅云：'牧童睡起朦胧眼，错认桃林欲放牛。'咏梅而想到杨柳之心，牧童之眼，此曲也；若专咏梅花，便直矣。"

二十九

诗虽贵淡雅，亦不可有乡野气。何也？古之应、刘、鲍、谢、李、杜、韩、苏，皆有官职，非村野之人。盖士君子读破万卷，又必须登庙堂，览山川，结交海内名流，然后气局见解，自然阔大；良友琢磨，自然精进。否则鸟啼虫吟，沾沾自喜，虽有佳处，而边幅固已狭矣。人有乡党自好之士，诗亦有乡党自好之诗。桓宽《盐铁论》曰："鄙儒不如都士。"信矣。

---

① 洵：确实、诚然的意思。

三十

吾乡宋笠田明府女,名右妍,能诗,有"残溜积来频洗砚,炉灰拨去屡添香"之句。嫁婿徐金粟,亦少年能诗。《七夕》云:"一湾河汉影,万国女儿情。"《晚坐》云:"风带残云归远岫,树摇余滴乱斜阳。"

三十一

丙辰以布衣荐鸿词者,海内四人:一江西赵宁静,一河南车文,一陕西屈复,一嘉禾张庚。车之著作,余未经见。张善画,长于五古,人亦朴诚。独屈叟傲岸,自号悔翁,出必高杖,四童扶持。在京师见客,南面坐;公侯学诗者,入拜床下。专改削少陵,訾诋太白,以自夸身份。耳食者抵死奉若神明。山左颜懋伦心不平,独往求见。坐定,即问曰:"足下诗,有《书中干蝴蝶》二十首,此委巷小家子题目,李、杜集中,可曾有否?"屈默然惭。人以为快。沈归愚刻《别裁集》,仅录屈《王母庙》一首,云:"秦地山河留落日,汉家宫阙见孤灯。如今应是蟠桃熟,寂寞何人荐茂陵?"

三十二

庆两峰玉观察芜湖,因旧署荒芜,前任刘公未加修葺。两峰抵任,为培花树,戏题一绝寄刘云:"笑杀河阳旧吏来,地无青草长莓苔。岭梅岩桂江干竹,都是刘郎去后栽。"

三十三

辛未圣驾南巡，西湖僧某迎于圣因寺。上以手抚其左腕，其僧遂绣团龙于袈裟之左偏，客来相揖者，以右手答之，而左臂不动。杭堇浦嘲之云："维摩经院境清嘉，依旧红尘送岁华。夸道赐衣曾借紫，竹边留客晒袈裟。"

三十四

丙辰征士王藻，字载扬，吴江人，贩米为业。《偶题〈桃源图〉》云："相看何物同尘世？只有秦时月在天。"以此受知于沈舱翁先生，四处揄扬，遂弃业读书。吴大宗伯荆山荐举鸿词科，廷试报罢，往来扬州，与诗人结社吟咏。貌琐瘦急遽，小声音，好蓄宋板书、青田石印章。有友借观，误堕地碎，载扬垂泣三日。其风趣如此。《读〈梅村集〉》云："百首淋浪长庆体，一生惭愧义熙民。"《剪梅》云："大抵端相求入画，最难割爱似删诗。"

三十五

余少时过江西泸溪，舟中把书吟咏。岸上儿童指曰："此学士船也。"余喜而成句，云："衣冠僧识江南客，翰墨儿呼学士舟。"后三十年，读无锡顾公奎光《赴辰州》诗云："村民久识泸溪令，笑指篷窗满几书。"两意相同，而俱成于泸溪，亦奇。顾《咏傀儡》云："闲来惟挂壁，用我也登场。"《过沅江》云："名场似弈无同局，吏道如诗有别才。"

三十六

陈沧州先生守苏州,《重游虎丘》诗云:"雪艇松龛阅岁时,廿年踪迹鸟鱼知。春风再扫生公石,落照仍衔短薄祠。雨后万松全逻匝①,云中双塔半迷离。夕佳亭上凭阑处,红叶空山绕梦思。""尘鞅删余半晌闲,青鞋布袜也看山。离宫路出云霄上,法驾春留紫翠间。代谢已怜金气尽,再来偏笑石头顽。楝花风后游人歇,一任鸥盟②数往还。"其时总督噶礼,以诗为诽谤,句句旁注,而劾奏之,摘印下狱。圣祖诏云:"诗人讽咏,各有寄托。岂可有意罗织,以入人罪?"命复其官。寻擢霸昌道。

三十七

杭州赵钧台买妾苏州。有李姓女,貌佳而足欠裹。赵曰:"似此风姿,可惜土重。"土重者,杭州谚语,脚大也。媒妪曰:"李女能诗,可以面试。"赵欲戏之,即以"弓鞋"命题。女即书云:"三寸弓鞋自古无,观音大士赤双趺。不知裹足从何起,起自人间贱丈夫!"赵悚然而退。

三十八

古闺秀能诗者多,何至今而杳然?余宰江宁时,有松江女张氏二人,寓居尼庵,自言文敏公族也。姊名宛玉,嫁淮北程家,与夫不协,私行脱逃。

---

① 逻(tà)匝(zā):纷乱的样子。
② 鸥盟:与鸥鸟为友,比喻隐退。

山阳令行文关提①，余点解时，宛玉堂上献诗云："五湖深处素馨花，误入淮西估客家。得遇江州白司马，敢将幽怨诉琵琶？"余疑倩人作，女请面试。予指庭前枯树为题，女曰："明府②既许婢子吟诗，诗人无跪礼，请假纸笔立吟，可乎？"余许之。乃倚几疾书曰："独立空庭久，朝朝向太阳。何人能手植，移作后庭芳？"未几，山阳冯令来，予问："张女事作何办？"曰："此事不应断离。然才女嫁俗商，不称，故释其背逃之罪，且放归矣。"问："何以知其才？"曰："渠③献诗云：'泣请神明宰，容奴返故乡。他时化蜀鸟，衔结④到君旁。'"冯故四川人也。

三十九

雍正间，京师伶人刘三，色艺冠时⑤，独与翰林李玉渊先生交好。苏州张少仪观察为诸生时，封公谪戍军台，徒步入都，为父赎罪，一时有三子之称，盖云公子、才子、孝子也。沿门托钵，尚缺五百余金。偶于先生席上言及此事，刘慨然曰："此何难？公子有此孝心，我能相助。"遂遍告班中人云："诸君助张，如助我也。"择日，设席江南会馆，请诸豪贵来，己乃缠头而出，一座倾靡，掷金钱者如雨，果得五百余金。尽以与张，而封公之难遂解。余丙辰入都，在先生处见刘，则已老矣。但闻先生未第时，甚贫，刘爱其才，以身事之。余疑而不信。偶过剃发铺壁上，无名氏题云："欲得刘三一片心，明珠十斛万黄金。一钱不费偏倾倒，妒杀江南李翰林。"方知果实事也。先生在吴门，与朱约岑《送采官北上》云："莫惜当筵舞鬓斜，多情曾为损才华。玉郎此会成长别，飞尽江南陌上花。"朱和之，有"春灯红

---

① 关提：发布文书，逮捕罪犯。
② 明府：清朝时期知府的尊称。
③ 渠：第三人称代词，此处相当于"她"。
④ 衔结：结草衔环，比喻感恩永不忘。
⑤ 色艺冠时：容貌和技艺都是当时第一流的。

照一枝花"之句。朱为张匠门先生之故人,相见京师,年已八十,恶见发须之白,日日剃之,与翁霁堂同癖。

四十

乾隆己未,京师伶人许云亭名冠一时。群翰林慕之,纠金演剧。余虽年少,而敝车羸马,无足动许者。许流目送笑,若将昵焉。余心疑之,未敢问也。次日侵晨,竟叩门而至,情款绸缪。余喜过望,赠诗云:"笙清簧煖小排当,绝代飞琼最擅场。底事一泓秋水剪?曲终人反顾周郎。"

四十一

李桂官与毕秋帆尚书交好。毕未第时,李服事最殷:病则秤药量水,出则授辔随车。毕中庚辰进士,李为购素册界乌丝,劝习殿试卷子,果大魁天下。溧阳相公,康熙前庚辰进士也,重赴樱桃之宴,闻桂郎在坐,笑曰:"我揩老眼,要一见状元夫人。"其名重如此。戊子年,毕公官陕西,李将往访,路过金陵,年已三十,风韵犹存。余作长歌赠之,序其劝毕公习字云:"若教内助论勋伐,合使夫人让诰封。"

四十二

今人论诗,动言贵厚而贱薄,此亦耳食之言①。不知宜厚宜薄,惟以妙为主。以两物论:狐貉贵厚,鲛绡贵薄。以一物论:刀背贵厚,刀锋贵薄。安

---

① 耳食之言:没有确凿的根据,未经思考分析的传闻。

见厚者定贵,薄者定贱耶?古人之诗,少陵似厚,太白似薄;义山似厚,飞卿似薄:俱为名家。犹之论交,谓深人难交,不知浅人亦正难交。

四十三

庚寅元旦,皇上登保和殿受朝贺,望见远处有烟腾空而起,问大学士曰:"得毋民间有失火者乎?"首相舒文襄公奏曰:"似烟非烟。"诸公服其吐属典雅①。古语:"似烟非烟,是谓庆云。"

四十四

杭人土音,呼"朋"作"蓬"之本音,"崩"为"蓬"之阳音,皆"一东"韵也。韵书都收入"十烝",则与"一东"远矣。然《左传》:"翘翘车乘,招我以弓。岂不欲往,畏我友朋。"《三国志》:"张昭作《陶谦哀词》曰:'丧覆失恃,民知困穷。曾不旬月,五郡溃崩。'"是将"朋""崩"二字俱押入"一东"也。

四十五

彭城李涓,字蓉湄,以选拔入京师。一日,欲救某友之窘,卖所乘小驷赠之,赋诗云:"从此踽踽懒行步,好花都让别人看。"亡何,不第而亡。人以为谶。蓉湄貌美。扬州绸铺女儿,有国色,好养鹦鹉,每早喂食。一日方提笼,而目有所睇,不觉笼落于地。旁人咸讶之,察所睇,则蓉湄方过其

---

① 吐属典雅:说话方式文雅。

门故也。刘霞裳闻而赋诗云："贪看野鸳鸯，忘堕手鹦鹉。可惜此时情，鹦鹉不能语。"

四十六

陆陆堂、诸襄七、汪韩门三太史，经学渊深，而诗多涩闷，所谓学人之诗，读之令人不欢。或诵诸诗："秋草驯龙种，春罗狎雉媒。""九秋易洒登高泪，百战重经广武场。"差为可诵，他作不能称是。相传康熙间，京师三前辈主持风雅，士多趋其门。王阮亭多誉，汪钝翁多毁，刘公㦷持平。方望溪先生以诗投汪，汪斥之。次以诗投王，王亦不誉。乃投刘，刘笑曰："人各有性之所近，子以后专作文，不作诗可也。"方以故终身不作诗。近代深经学而能诗者，其郑玑尺、惠红豆、陈见复三先生乎？

四十七

吟诗自注出处，昔人所无。欧公讥元稹注《桐柏观碑》，言之详矣。况诗有待于注，便非佳诗。韩门先生《蚊烟诗》十二韵，注至八行，便是蚊类书，非蚊诗也。《赠友》云："知来匪鹊休论往，为主如鸿喜得宾。"上句注："《淮南子》：'乾鹊知来而不知往。'"下句注："《孔疏》：'鸿以先至者为主，后至者为宾。'"作诗何苦乃尔？惟张雪子云南典试归，将近长安而殁，先生哭之云："路纡双节重，天近一星沉。"便觉清妙。又有《咏柳絮》一绝云："沾襟撩袖自矜妍，未化为萍绝可怜。叹息春风竟何意，团揉无处不成绵。"

四十八

恽南田少时受知王太仓相国。有监司某延之作画，不即赴，乃迫致苏州，拘官厅所，明旦将辱之。南田以急足至娄水乞援。时已二更，相国急命呼舟，将出，复击案曰："马最速，舟不如。"遽跨马，命仆以竹竿挑灯缚背上，行九十里，抵郡城，尚未五鼓也。守门者知为相国，遽启门，直诣监司署，问南田所在，携之以归。监司随诣太仓谢过，乃释。南田画《拙修堂宴集图》，题诗云："花残江国滞征缨，绿浦红潮柳岸平。芳草有心抽夜雨，东风无力转春晴。艰难抱子还乡国，落拓浮家仗友生。只为踌躇千里别，归期临发又重更。"

四十九

黄莘田妻月鹿夫人，与莘田同有研癖①。先生罢官时，囊余二千金：以千金市十研，以千金购侍儿金樱以归。有二女：长曰淑窕，字姒洲；次曰淑畹，字纫佩。《题杏花双燕图》云："艳阳天气试轻衫，媚紫娇红正斗酣。记得春明池馆静，落花风里话呢喃。""夕阳亭院曲阑东，语燕时飞扇底风。不管春来与春去，双双长在杏花中。"金樱明艳，能诗。许子逊酒间举其《夜来香》绝句云："知隔绛纱帷暗坐，谢娘头上过来风。"

---

① 研癖：爱好砚台的癖性。

五十

白云禅师作偈曰:"蝇爱寻光纸上钻,不能透处几多难。忽然撞着来时路,始觉平生被眼瞒。"雪窦禅师作偈曰:"一兔横身当古路,苍鹰才见便生擒。后来猎犬无灵性,空向枯桩旧处寻。"二偈虽禅语,颇合作诗之旨。

五十一

冬友侍读出都,过天津查氏,晤佟进士濬,言其母赵夫人苦节能诗,《祭灶》云:"再拜东厨司命神,聊将清水饯行尘。年年破屋多灰土,须恕夫亡子幼人。"查恂叔言其叔心穀《悼亡姬》诗和者甚众。有佟氏姬人名艳雪者,一绝甚佳,其结句云:"美人自古如名将,不许人间见白头。"此与宋笠田明府"白发从无到美人"之句相似。

五十二

乙丑岁,予宰江宁。五月十日,天大风,白日晦冥。城中女子韩姓者,年十八,被风吹至铜井村,离城九十里。其村氓问明姓氏,次日送女还家。女已婚东城李秀才之子。李疑风无吹人九十里之理,必有奸约,控官退婚。余晓之曰:"古有风吹女子至六千里者,汝知之乎?"李不信。予取元郝文忠公《陵川集》示之,曰:"郝公一代忠臣,岂肯作诳语者?第当年风吹吴门女,竟嫁宰相,恐汝子没福耳!"秀才读诗大喜,两家婚配如初。制府尹公闻之,曰:"可谓宰官必用读书人矣!"其诗曰:"八月十五双星会,花月摇光照金翠。黑风当筵灭红烛,一朵仙桃落天外。梁家有子是新郎,芊氏负从钟建背。争看灯下来鬼物,云鬟欹斜倒冠佩。须臾举目视旁人,衣服不同言语异。自说吴门六千里,恍惚不知来此地。甘心肯作梁家妇,诏起高门榜天赐。几年夫婿作相公,满眼儿孙尽朝贵。须知伉俪有因缘,富者莫求贫莫弃。"

五十三

或问:"明七子模仿唐人,王阮亭亦模仿唐人。何以人爱阮亭者多,爱七子者少?"余告之曰:"七子击鼓鸣钲,专唱宫商大调,易生人厌。阮亭善为角徵之声,吹竹弹丝,易入人耳。然七子如李崆峒,虽无性情,尚有气魄。阮亭于气魄、性情俱有所短,此其所以能取悦中人,而不能牢笼上智也。"

五十四

近有《声调谱》之传,以为得自阮亭,作七古者,奉为秘本。余览之,不觉失笑。夫诗为天地元音,有定而无定,到恰好处,自成音节。此中微妙,口不能言。试观《国风》《雅》《颂》《离骚》《乐府》,各有声调,无谱可填。杜甫、王维七古中,平仄均调,竟有如七律者;韩文公七字皆平,七字皆仄,阮亭不能以四仄三平之例缚之也。倘必照曲谱排填,则四始、六义之风扫地矣。此阮亭之七古,所以如杞国伯姬,不敢挪移半步。

五十五

南朝人云："鹅性最傲，鹤更甚焉。"余尝畜一鹤，偶过池堤甚窄，鹤故意张翅拦之，颇为所窘。后读陆甥诗云："境仄鹤妨人去路，窗虚云搅雨来天。"方赏其词之工。

五十六

诗虽小技，然必童而习之。入手先从汉、魏、六朝，下至三唐、两宋，自然源流各得，脉络分明。今之士大夫，已竭精神于时文八股矣；宦成后，慕诗名而强为之，又慕大家之名而狭取之。于是所读者，在宋非苏即黄，在唐非韩则杜，此外付之不观。亦知此四家者，岂浅学之人所能袭取哉？于是专得皮毛，自夸高格，终身由之，而不知其道。《书》曰："德无常师，主善为师。"子贡曰："夫子焉不学？而亦何常师之有？"此作诗之要也。陶篁村曰："先生之言固然，然亦视其人之天分耳。与诗近者，虽中年后可以名家，与诗远者，虽童而习之，无益也。磨铁可以成针，磨砖不可以成针。"

五十七

余于古人之诗，无所不爱，恰无偏嗜者；于今人之诗，亦无所不爱，恰于高文良公《味和堂集》、黄莘田先生《香草斋诗》，有偏嗜焉。岂亦性之所近耶？

五十八

丙戌年，庆树斋、雨林两公子过苏州。余招饮唐氏棣华书屋，一时都知、录事佳者云集。三人各有所属。雨林即席云："度曲花犹遮半面，迎眸春已透三分。"别后又寄诗云："天河落向碧窗纱，十二瑶台雾不遮。香暖绣帏春似海，一鸳鸯抱一枝花。"友人陶夔典赠余一姬，载还家，方知已有娠，乃送还之。雨林所昵，以事到官，有困于株木之惨。雨林和余《懊恼词》云："无奈别春何，诗筒驴背驮。花开仍散影，水小亦生波。顿改繁华梦，惟余《懊恼歌》。金钗虽十二，难解此情多。""沧浪烟水际，无复荡舟来。完璧仍归赵，明珠别有胎。倚栏频缱绻，对月暗低徊。环佩声偏远，销魂又几回。""犹记旗亭夜，红灯语不休。芙蓉经雨损，风蝶为花愁。薄命原应尔，无情笑此流。心同天外月，空自照苏州。"又寄《游仙》一首云："吹残琼树下蓬莱，自断仙缘万念灰。底事无风花也落？方知立地有轮回。"树斋公子后一年为威远将军，出镇伊犁，予寄七律三章，末二句戏云："倘夺胭脂好颜色，江南儿女要平分。"

五十九

乙丑，余知江宁，救火水西门，见喧嚷时，一美少年着单缣衣[1]，貌颇闲雅，异而问焉。曰："秀才也。姓龚，名如璋，号云若。"次日，以文作贽[2]，来往甚欢。后十年，中进士，改名孙枝。过随园见赠云："早结山堂水竹缘，朝簪重脱未华颠。有诗何但称循吏[3]，不老方知是谪仙。细雨渐消寒食

---

[1] 缣（jiān）衣：缣制之衣。缣，双丝织，较致密。
[2] 作贽：作为礼物。
[3] 循吏：守法循理的官吏。

候,秾花争放曲尘天。谢公墩外峰峰好,屐齿逡巡又一年。"龚后出宰山西榆次县,王师西征,烹羊享兵,得奇句云:"拔刀割肉目眦裂①,太平时羊乱时妾。"

六十

诗得一字之师,如红炉点雪,乐不可言。余祝尹文端公寿云:"休夸与佛同生日,转恐恩荣佛尚差。"公嫌"恩"字与佛不切,应改"光"字。《咏落花》云:"无言独自下空山。"邱浩亭云:"空山是落叶,非落花也,应改'春'字。"《送黄宫保巡边》云:"秋色玉门凉。"蒋心馀云:"'门'字不响,应改'关'字。"《赠乐清张令》云:"我惭灵运称山贼。"刘霞裳云:"'称'字不亮,应改'呼'字。"凡此类,余从谏如流,不待其词之毕也。浩亭诗学极深,惜未得其遗稿。

六十一

苕生分校礼闱,作诗云:"再然丹炬照波心,恐有遗珠碧海沉。记得当时含木石,十年辛苦作冤禽。"朱香南太史有句云:"寄语群公高着眼,青衫明日泪痕多。"余甲子分校,亦有句云:"带入秋闱示同伴,当时落第泪痕衫。"

---

① 目眦裂:眼睛瞪得都快裂开了。

六十二

桐城女子方筠仪嫁左君文全而寡，年二十有六，即守节以终，有《含贞阁集》。其《偶检先夫遗草》云："鹦鹉才高屈数奇，未开箧笥①泪先垂。平生映雪囊萤力，不见腾蛟起凤时。狱底龙埋光讵掩，墓门鹤返事难期。九京应悔呕心血，百卷文章待付谁！"

六十三

春江公子，戊午孝廉，貌如美妇人，而性偶傥，与妻不睦，好与少俊游，或同卧起，不知乌之雌雄。尝赋诗云："人各有性情，树各有枝叶。与为无盐夫，宁作子都妾！"其父中丞公见而怒之。公子又赋诗云："古圣所制礼，立意何深妙！但有烈女祠，而无贞童庙。"中丞笑曰："贱子强词夺理，乃至是耶！"后乙丑入翰林，妻杨氏亡矣。再娶吴氏，貌与相抵，遂欢爱异常。余赠诗云："安得唐宫针博士，唤来赵国绣郎君。"尝观剧于天禄居，有参领某，误认作伶人而调之，公子笑而避之。人为不平。公子曰："夫狎我者，爱我也。子独不见《晏子春秋·谏诛圉人》章乎？惜彼非吾偶耳，怒之则俗矣。"参领闻之，踵门谢罪。

---

① 箧（qiè）笥（sì）：藏物的竹器。古时称小箱子为"箧"，称盛饭食或衣物的竹器为"笥"。

六十四

诗少作则思涩，多作则手滑。医涩须多看古人之诗，医滑须用剥进几层之法。

六十五

萧子显自称："凡有著作，特寡思功；须其自来，不以力构。"此即陆放翁所谓"文章本天然，妙手偶得之"也。薛道衡登吟榻构思，闻人声则怒；陈后山作诗，家人为之逐去猫犬，婴儿都寄别家：此即少陵所谓"语不惊人死不休"也。二者不可偏废。盖诗有从天籁来者，有从人巧得者，不可执一以求。

六十六

己未殿试，予傲诸同年云："霓裳三百都输我，此处曾来第二回。"盖试鸿博曾在保和殿也。同征友蓬云墀，曾与章藻功太史、蒋文肃相公，同时角逐名场，而流落不偶，誓不登科不娶妻，寓京师晋阳庵五十余年而卒。康熙庚子中北闱副车。妻年五十，竟以处女终。余有诗吊之云："五十四年萧寺老，终身一曲《雉朝飞》。"云墀名骏，常熟人。

云墀七十生日，金江声观察率同人携樽晋阳庵，即席赋诗云："卅年京洛已成翁，经学人推駏子弓。酒熟漫将孤影劝，诗成先拣妙香烘。龛灯清昼同弥勒，慧业前生定玉童。天眼视君多道气，纷纷真愧可怜虫。"

圉东张学林为京江相公之孙，守河南时，云墀荐余司记室事，公欣然相延。余以道远，不果往。记其赠蓬云："征尘才拂卸行縢，亟叩禅扉访旧朋。七度春明惟剩尔，卅年萧寺竟同僧。卖文自昔家悬磬，爱士于今局似冰。我亦栖栖倦行役，二毛相对感鬅鬙①。"公暮年升观察，阅河工，愈甚。有女六岁，泣曰："爷何不归家？"婢戏云："作官岂不好耶？"女答曰："大家原好，爷一个独苦耳。"公凄然泣下，赋诗云："恩重难抽七尺身，愧他黄口语酸辛。"

六十七

康熙中年，金陵诗人有三布衣：一马秋田，一袁古香，一芮瀛客。古香年老，在都中馆康亲王府。芮年少后至，意颇轻之，常短袁于王前。一日，王命宦者封一纸出付客，题是《贺人新婚》，韵限"阶""乖""骸""埋"四字，外银二封，一重一轻，能作此诗者取重封，留邸；不能者持轻封，作路费归。芮辞不能；而袁独咏云："裴航得践游仙约，簇拥红灯上绿阶。此夕双星成好会，百年偕老莫相乖②。芝兰气吐香为骨，冰雪心清玉作骸。更喜来宵明月满，团圆不为白云埋。"王大欣赏。芮惭沮，即日辞归。马客中有句云："二更闻雁月在水，半夜打钟天有霜。"

六十八

宋王禹偁咏月波楼，自注："不知月波出处。"按汉乐府："月穆穆以

---

① 鬅（péng）鬙（sēng）：头发散乱的样子。
② 莫相乖：不相互背叛。

金波。"昌黎诗："微风吹空月舒波。"已用之矣。

六十九

松江张梦喈之妻汪氏，名佛珍，能诗而有干才。梦喈外出，有偷儿入其室，汪佯为不知，暗曰："今夕赖得某在家相护，可无忧矣。"某者，其戚中之有勇力者也。偷儿闻之潜逃。夫人佳句，如《对月》云："万户恍临城不夜，千年惟有兔长生。"《对雪》云："自携樽酒酬滕六，莫损篱边竹外枝。"两子兴载、兴镛，皆能诗。来江宁秋试，兴载见赠云："海内论交皆后辈，江南何福着先生？"兴镛见赠云："绝地通天双管擅，登山临水一筇先。"人夸其妙，不知皆母训也。兴载云："桐乡有程拱宇者，画《拜袁揖赵哭蒋图》，其人非随园、心馀、云松三人之诗不读。"想亦唐时之任华、荆州之葛清耶？程字墨浦，廪膳生。

七十

李敏达公抚浙时，威不可犯，独能敬读书人。设志局修书，所延皆一时名士。公余之暇，放艇西湖，屡开文宴。汪西颢沆赋诗云："西湖大好作春游，环佩如云簇水头。谁似尚书能爱士，日斜堤外未回舟。"其时，余才九岁。后五十年，西颢在庄相国席上见赠云："花庀同泛小山堂，回首星霜三载强。野叟尚能夸旧政，群公每见誉文章。君卿老去言逾妙，陶令归来乐未央。莫道随园秋色淡，萱庭日月闭门长。"与余在席上论元次山文，有《恶圆》一篇。余道："天体尚圆，何可见恶？"西颢因指身上衣袖冠领、席上盘碗壶碟，曰："诸物皆圆，才适于用。"彼此大笑。

七十一

诗文用字,有意同而字面整碎不同、死活不同者,不可不知。杨文公撰《宋主与契丹书》,有"邻壤交欢"四字。真宗用笔旁抹批云:"鼠壤?粪壤?"杨公改"邻壤"为"邻境",真宗乃悦。此改碎为整也。范文正公作《子陵祠堂记》,初云:"先生之德,山高水长。"旋改"德"字为"风"字,此改死为活也。《荀子》曰:"文而不采。"《乐记》曰:"声成文谓之音。"今之诗流,知之者鲜矣!

七十二

昔人有"王琨回面避家姬"之句,嗤其迂也。元相燕帖木儿侍妾数百,一日宴侍郎赵世延家,见帘内人,惊为绝色,窜取至家,即其第二十九房妾也。虞启,蜀秀才,题其事云:"一帘相隔未模糊,上眼心惊即故夫。绝似采桑相遇处,大元宰相作秋胡[1]。"

七十三

《唐书》载:贺知章在礼部选挽郎[2],取舍不公,门荫子弟喧闹盈门。知

---

[1] 秋胡:人名,春秋鲁人。他婚后不久即去家到外游仕,五年乃归,在路上调戏一个美貌的采桑女,没想到这个女子正是他的妻子。妻子因羞愤而投河死。后以"秋胡"泛指对爱情不专一的男子。
[2] 挽郎:出殡时牵引灵柩唱挽歌的人。

章不敢出，乃于后园昇一梯①，出头墙外，以决事。康熙辛丑会试，李穆堂先生用通榜法，所取皆一时名士。落第者纠众作闹，新进士无由入谒。或呈一诗云："门生未必敢升堂，道路纷纷闹未央。我献一梯兼一策，墙头高立贺知章。"丙辰，予在都中，见先生白须伟貌，有泰山岩岩气象。待后辈，当面必训斥，逢人必赞扬，人以故畏而服之。余谓此张乖崖待彭公乘法也。前辈率真，亦可不必。

七十四

周青原云："不知谁把芙蓉摘，枝上分明见爪痕。"刘悔庵云："镜影不知双鬓白，书声宁识此翁衰？"余谓："不知得妙。"王至淳云："水边红影一灯过，知有人从堤上行。"杨子载云："忽惊雨后青龙爪，知是苍松倒挂枝。"余谓："知得妙。"乔慕韩云："梦回枕上窗微白，知是天明是月明？"余谓："似知非知得妙。"

七十五

宜兴储氏多古文经义之学，少吟诗者。吾近今得二人焉，一名润书，字玉琴。《赠梅岑》云："一曲吴歌酒半醺，当筵争识杜司勋。天花作骨丝难绣，春水如情剪不分。话到西窗刚近月，人于东野愿为云。应知此后相思处，日日江头倚夕曛。"又句云："山气作寒啼鸟外，春阴如梦落花初。"其一名国钧，字长源。《梁溪》云："纸鸢轻飏午晴开，杂沓游人傍水隈。多半画船犹未拢，知从池上饲鱼来。"《即目》云："日午横塘缓棹过，风

---

① 昇一梯：抬了一个梯子。

吹花气荡层波。依篷不肯轻回首，近水楼台茜袖多。"晚年漂泊，《六十自寿》云："谁言老去离家惯？转恐归来卒岁难。"窘状可想。他如"树凉宜散帙，梅尽始熏衣""烟消松翠淡，雪堕柳枝轻""酒旗翻冻雪，土铫燎征衣""岚翠忽从亭午变，扇纨都向嫩晴开""银筝度曲徐牵舫，镜槛悬灯不隔纱"，皆诗人之诗。殁后，知之者少矣！

七十六

余宰江宁时，查宣门居士开赠《蔗塘诗》一集，盖其族人心穀先生为仁所作。本籍海宁，寓居天津，十九岁即经患难，在狱八年，始得释归；怜才爱士，置驿通宾，其诗清妙，盖深得初白老人之教者。《同友集空谷园》云："郊居尘壒少①，幽访共沿回。柳下孤篷泊，花间白版开。高人还掩卧，稚子识曾来。小立窥鸥鹭，忘机客不猜。"《秋夜病中》云："巷尾迢迢报柝声②，虚堂如水断人行。云移一朵月吞吐，竹啸几声风送迎。不向枚生求《七发》，只凭曲部觅三清。调糜煮药经旬卧，白发萧萧又几茎。"他如"酒无千日醉，事有百年忙""风愁撼树响，鼠厌数钱声""为问亭边三五树，春来花发几多枝"，皆可诵也。己未，余乞假归娶，杭堇浦前辈为余通书，先生命其子俭堂礼登船厚赆③，至今未敢忘也。

先生有《莲塘诗话》，载初白老人教作诗法云："诗之厚在意不在辞，诗之雄在气不在句，诗之灵在空不在巧，诗之淡在妙不在浅。"其言颇与吾意相合，特录之。

---

① 尘壒（ài）少：灰尘很少。
② 报柝（tuò）声：报更的声音。柝，打更时用的梆子，多用空心木头或竹筒制。
③ 赆（jìn）：临别时赠送的财物。

卷五

一

余春圃、香亭两弟,诗皆绝妙,而一累于官,一累于画,皆未尽其才。春圃有《扬州虹桥》二律云:"出郭聊为汗漫游①,虹桥晓放木兰舟。芰荷香气宜初日,鸥鹭情怀赴早秋。自喜琴尊今雨共,敢夸风雅昔贤侔。盈盈绿水依依柳,暂拟名园作小留。""雁落平沙古调稀,冰弦声彻树间扉。荷亭逭②暑茶烟飐,竹院寻僧木叶飞。山雨暗移游客舫,水风凉上酒人衣。林鸦枥马都喧散,宾从传呵子夜归。"又"山堂胜迹先贤重,莲界慈云大士尊。"皆佳句也。

二

戊辰秋,余初得隋织造园,改为随园。王孟亭太守,商宝意、陶西圃二太史置酒相贺,各有诗见赠。西圃云:"荒园得主名仍旧,平野添楼树尽

---

① 汗漫游:世外之游,典出《淮南子·道应训》。
② 逭(huàn):逃避。

环。作吏如何耽此事？买山真不乞人钱。"宝意云："过江不愧真名士，退院其如未老僧。领取十年卿相后，幅巾①野服始相应。"盖其时，余年才过三十故也。惟孟亭诗未录，只记"万木槎枒②绿到檐"一句而已。嗟乎！余得随园之次年，即乞病居之③。四十年来，园之增荣饰观，迥非从前光景，而三人者，亦多化去久矣！

二

西林鄂公为江苏布政使，刻《南邦黎献集》，沈归愚尚书时为秀才，得与其选。后此本进呈御览，沈之受知④，从此始也。公《春风亭会文赠华豫原》一律，中四句云："谬以通家尊世讲，敢当老友列门生。文章报国科名重，洙泗⑤寻源管乐轻。"其好贤礼士，情见乎词。公亡后，门下生杨潮观梓其诗五百余首。《苦热》云："未能作霖雨，何敢怨骄阳？"《偶成》云："杨柳情多因带水，芭蕉心定不闻雷。"《题某寺》云："飞云倚岫心常住，明月沉潭影不流。"《别贵州》云："身名到底都尘土，留与闲人袖手看。"呜呼！公出将入相，垂二十年，经略七省。诸郎君两督两抚，故吏门生亦多显贵。而平生诗集，终传于一落拓书生。檀默斋诗云："不有三千门下客，至今谁识信陵君？"

---

① 幅巾：古代男子以全幅细绢裹头的头巾。
② 槎枒：形容树枝长出来参差不齐的样子。
③ 即乞病居之：就因病乞求居家休养。
④ 受知：被皇上知道。
⑤ 洙泗：洙水和泗水，后借指孔子在洙水和泗水之间讲学的地方。

四

扬州孝廉马力奋,自负古文作家,与汪可舟会于卢转运席上。汪虽布衣,诗才实出马上。马意颇轻之,汪又不肯自下,于是二人终席不交一语。后五日,马病卒。沙斗初戏可舟曰:"汝与马君前日席间,已阴阳分界矣。"汪《送方守斋之白下兼怀随园》云:"此邦赖有旧神君,除却斯人孰与群?久卧林泉①犹未老,只谈风月别无闻。山中白石同谁煮?座上名香待尔焚。听说扁舟去吴会,料应归看早秋云。"

五

丁丑,余觅一抄书人,或荐黄生,名之纪,号星岩者,人甚朴野。偶过其案头,得句云:"破庵僧卖临街瓦,独井人争向晚泉。"余大奇之,即饷米五斗。自此欣然大用力于诗。五言句云:"云开日脚直,雨落水纹圆。""竹锐穿泥壁,蝇酣落酒尊。""钓久知鱼性,樵多识树名。""笔残芦并用,墨尽指同磨。"七言云:"小窗近水寒偏觉,古木遮天曎不知。""旧生萍处泥犹绿,新落花时水亦香。""旧甓恐闲都贮水,破墙难补尽糊诗。""有帘当槛云仍入,无客推门风自开。"

六

曾南村好吟诗,作山西平定州刺史,仿白香山将诗集分置圣善东林故事,乃将《上党咏古》诸作命门人李珍聘书藏文昌祠中。身故十余年,陶

---

① 林泉:山林与泉石,指隐居之地。
② 曎(yì):光明。

悔轩来牧此州，过祠拈香，见此藏本，既爱诗之清妙，而又自怜同为山左人，乃序而梓之，并附己作于后。曾《过盘石关》云："盘石关前石路微，离离黄叶小村稀。斜阳忽送奇峰影，千叠层云屋上飞。"陶《咏遗诗轩》云："一代文章擅逸才，开轩吟罢兴悠哉。官闲且喜能医俗，为与诗人坐卧来。"陶又《咏嘉山书院》云："新开艺苑育群英，文学风传古艾城。借得公余无俗累，携朋来听读书声。"

七

吴门名医薛雪，自号一瓢，性孤傲。公卿延之不肯往；而予有疾，则不招自至。乙亥春，余在苏州，庖人王小余病疫不起，将掩棺，而君来，天已晚，烧烛照之，笑曰："死矣！然吾好与疫鬼战，恐得胜亦未可知。"出药一丸，捣石菖蒲汁调和，命舆夫有力者，用铁箸锲其齿灌之。小余目闭气绝，喉汩汩然似咽似吐。薛嘱曰："好遣人视之，鸡鸣时当有声。"已而果然。再服二剂而病起。乙酉冬，余又往苏州，有厨人张庆者，得狂易之病，认日光为雪，啖少许，肠痛欲裂，诸医不效。薛至，袖手向张脸上下视曰："此冷痧也，一刮而愈，不必诊脉。"如其言，身现黑瘢如掌大，亦即霍然[1]。余奇赏之。先生曰："我之医，即君之诗，纯以神行，所谓'人居屋中，我来天外'是也。"然先生诗亦正不凡，如《夜别汪山樵》云："客中怜客去，烧烛送归桡。把手各无语，寒江正落潮。异乡难跋涉，旧业有渔樵。切莫依人惯，家贫子尚娇。"《嘲陶令》云："又向门前栽五柳，风来依旧折腰枝。"《咏汉高》云："恰笑手提三尺剑，斩蛇容易割鸡难。"《偶成》云："窗添墨谱摇新竹，几印连环按覆盂。"

---

[1] 霍然：疾病迅速消除。

八

张文敏公以书法掩诗名。余见手书《春莺啭》云:"绸压香筒坠宿云,花魂愁杀月如银。独听鱼钥①西风冷,又是深秋一夜人。"

九

方敏恪公勋位隆赫,而诗情极佳。未第时,《途中看花》三绝云:"数枝红艳困轻尘,陇后风前别有春。袖底飞英吹特地,似怜驴背有诗人。""女儿装罢鬓鬖鬖②,鬓底桃花一面酣。结伴前村携手去,每逢花处又重簪。""稽首茅庵古白华,道旁人献道旁花。慈云座下无多愿,每到花时婿在家。"

十

己卯夏,蒋秦树中翰偶过金陵,箧中藏海宁许衡紫名灿者诗一卷。《湖上》云:"秋思动孤往,凌波遂渺然。湖云多上树,山雨忽如烟。白鹭来菱外,红蕖③落槛前。淡妆西子笑,风急莫回船。"作《河西杂诗》,有明七子气魄。如"龙沙扫雪秋驰马,兔魄凝霜夜照旗""边丁日课屯田麦,使者星驰属国瓜",皆极雄健。又绝句云:"铁马寒风日日秋,绣旗猎猎卷蚩尤。何缘身作平安火,一夜东还过肃州?"余慕其人,遍访卅年,卒无知者。

---

① 鱼钥:鱼形的锁,这里形容风吹锁动发出声音。
② 鬖鬖(sān)鬖:头发下垂貌。
③ 红蕖:红色的荷花。

十一

　　丙辰秋，召试者同领月俸于户部。同乡程郎渠指一人笑曰："此吾家'娘子秀才'也。"入学时，初名默，寓居金陵，工诗，今遁而穷经[1]，改名廷祚，别字绵庄，以其闲静修洁，故号"程娘子"。因与数言而别。读其《海淀园林》一绝云："隔岸迢遥御路明，林间倒影见人行。朝天多少朱轮过，添入山泉作水声。"《京中忆女》云："三龄幼女紫离梦，一自能言未得看。戏罢颇闻知记忆，书来渐解问平安。慰情欲比真男子，努力应加远客餐。啼笑更教听隔舍，茫茫愁思到更阑。"《武林怀古》云："一自休兵国怨除，君王酣醉九重居。云开凤岭笙歌满，梦冷龙城驿使疏。海日忽惊宫漏尽，春潮犹笑将坛虚。谁知立马吴山客，不惜千金买谏书。"诗甚绵丽，不作经生语。后苏抚雅公荐先生经学，卒报罢。年七十七，无子而卒。著书盈尺，俱付随园。

十二

　　乙亥秋，余吊于绵庄家。绵庄指一少年告我曰："此严冬友秀才也。年未弱冠，前日学使问《笙诗》有声无辞，生条举十六家之说，以辨其非。"余心敬之。已而见过，以秀容小草[2]相示。《晚眺》云："别院鸣钟鼓，登楼报晚晴。一山清有待，千树暖无声。渐得东风信，弥伤旅客情。沧洲明发早，应负好春生。"《舟次仇湖》云："际天双岸失，出雾一帆轻。"

---

① 今遁而穷经：如今逃去钻研经学。
② 秀容小草：清丽的小草书。小草是草书书体的一个分支，从章草的基础上发展而来，通常和大草（也称狂草）相对。

十三

通州保井公工填词,自号四乡主人,盖言睡乡、醉乡、温柔乡、白云乡也。《咏崔莺莺》一阕,甚佳,末二句云:"交相补过①,还他一嫁。"癸酉秋,见访随园,相得甚欢。别三十年,余游狼山,井公久亡矣。其子款接甚殷。壁上糊余手札数行,视之,乃游客某所假也;然已厚赆之矣,其两代之好贤若此。

十四

陕州巩、洛间,人多凿土而居。余自西秦②归,遇雨,住窑中三日,吟诗未成。后二十年,年家子③沈孝廉④琨有《过陕》一联云:"人家半凿山腰住,车马都从屋上过。"直是代予作也。又《过高淳湖》云:"凉生宿鹭⑤眠初稳,风静游鱼听有声。"

十五

宋维藩字瑞屏,落魄扬州;卢雅雨为转运,未知其才,拒而不见。余为

---

① 交相补过:互相弥补过失。
② 西秦:秦国旧地,陕西关中一带地方。
③ 年家子:在古代中国科举时期,称同年登科的人为同年或年家,称其子为年家子。
④ 孝廉:在明朝和清朝时候,人们称举人为孝廉。
⑤ 宿鹭:正在栖息的鹭。

代呈《晓行》云:"客程无晏①起,破晓跨驴行。残月忽堕水,村鸡初有声。市桥霜渐滑,野店火微明。不少幽居者,高眠梦不惊。"卢喜,赠以行资。苏州浦翔春《晓行》云:"早出弇山②口,秋风襆被③轻。背人残月落,何处晓鸡声?客久影俱瘦,宵阑气更清。行行远树里,红日自东生。"二人不相识,而二诗相似,且同用"八庚"韵,亦奇。浦更有佳句云:"旧塔未倾流水抱,孤峰欲倒乱云扶。"又:"醉后不知归路晚,玉人扶着上花骢④。"

十六

杭州宴会,俗尚⑤盲女弹词。予雅不喜,以为女之首重者目也,清胪不盼⑥,神采先无。有王三姑者,雅好文墨,对答名流,人人如其意之所出。王梦楼侍讲作七古一章,中有八句云:"成君浮磬子登璈,金醴⑦曾经侍玉霄。谪降道缘犹未减,不将青眼看尘嚣。纨质由来兼黠慧⑧,传神岂待秋波媚?轻云冉冉月宜遮,香雾蒙蒙花爱睡。"杭堇浦赠诗云:"晓妆梳掠逐时新,巧笑生春又善颦。道客胜常知客姓,目中莫谓竟无人。""檀槽圆股晓生寒,也学曹刚左手弹。众里自嫌衰太甚,幸无老态被卿看。"

----

① 晏:迟、晚的意思。
② 弇(yǎn)山:山名,古时认为它是太阳落下的地方,又名弇兹山。
③ 襆被:用袱子包扎衣被,准备行装。
④ 骢:毛色青白相杂的马,泛指马。
⑤ 俗尚:风俗流行。
⑥ 清胪不盼:有洁净的皮肤却没有顾盼生辉的眼睛。
⑦ 金醴:美酒。
⑧ 纨质由来兼黠慧:美质向来都是有灵性的。

十七

　　乾隆戊寅，卢雅雨转运扬州，一时名士，趋之如云①。其时刘映榆侍讲掌教书院，生徒则王梦楼、金棕亭、鲍雅堂、王少陵、严冬友诸人，俱极东南之选。闻余到，各捐饩廪，延饮于小全园。不数年，尽入青云②矣。鲍见赠《玉堂仙人篇》不及省记，仅记梦楼《偕全公魁使琉球》二首，云："一行金垾响琼琚，公子群过水竹居。丱发③也须千万值，绮年多是十三余。将离更唱红兰曲，相忆应看青李书。鹦鹉香醪斟酌遍，不知凉月透交疏。""那霸清江接海门，每随残照望中原。东风未与归舟便，北里空销旅客魂。尽夜华灯舞鸂鶒，三秋荒岛狎鲸鲲。他时若话悲欢事，衣上涛痕并酒痕。"余按：琉球国王贵戚子弟，皆傅脂粉，锦衣玉貌，能歌，以敬天使，故移尊度曲。汪舟次先生集中所咏，与梦楼同。

十八

　　有某太史以《哭父》诗见示。余规之曰："哭父，非诗题也。《礼》：'大功④废业。'而况于斩衰⑤乎？古人在丧服中，三年不作诗。何也？诗乃有韵之文，在衰毁时，何暇挥毫拈韵？况父母恩如天地，试问：古人可有咏天地者乎？六朝刘昼赋六合⑥，一时有'疥骆驼'之讥。历数汉、唐名家，无

---

① 趋之如云：如云一样聚集在那里。
② 尽入青云：都当上了官。
③ 丱发：童发，指少年。
④ 大功：丧服名，五服之一，服丧期九个月。
⑤ 斩衰：丧服名，是五服中最重的丧服，服丧期三年。
⑥ 六合：天地四方。

哭父诗。非不孝也,非皆生于空桑者也。'三百篇'有《蓼莪》,古序以为刺幽王作;有'陟岵''陟屺',其人之父母生时作。惟晋傅咸、宋文文山有《小祥哭母》诗。母与父似略有间,到小祥哀亦略减;然哭二亲,终不可为训。"

十九

常州庄荪服太史《冬日》诗云:"磨来冻墨无浓色,典后朝衣有皱痕。"扬州程午桥太史《赠唐改堂前辈》云:"春生秋扇随新令,霉久朝衣检旧斑。"

二十

常州顾文炜有《苦吟》一联云:"不知功到处,但觉诵来安。"又云:"为求一字稳,耐得半宵寒。"深得作诗甘苦。

二十一

人畏冷,卧必弯身。高翰起司马《宿明港驿》云:"灯昏妨睡频移背,衾薄愁寒屡曲腰。"野行者尝见牛背上负群鸟而行。鲁星村云:"春田牛背鸠争落,野店墙头花乱开。"船小者,人不能起立。程鱼门云:"别开新样殊堪哂,跪着衣裳卧读书。"

二十二

黄星岩《随园偶成》云:"山如屏立当窗见,路似蛇旋隔竹看。"厉樊榭《咏崇先寺》云:"花明正要微阴衬,路转多从隔竹看。"二人不谋而合。然黄不如厉者,以"如"字与"似"字犯重。竹垞为放翁摘出百余句,后人当以为戒。

二十三

戊戌九月,余寓吴中。有嘉禾少年吴君文溥来访,袖中出诗稿见示,云将就陕西毕抚军之聘,匆匆别去。予读其诗,深喜吾浙后起有人,而叹毕公之能怜才也。录其《游孤山》云:"春风欲来山已知,山南梅萼先破枝。高人去后春草草,万古孤山迹如扫。巢居阁畔酒可沽,幸有我来山未孤。笑问梅花肯妻我,我将抱鹤家西湖。"其他佳句,如"不知新月上,疑是水沾衣""底事春风欠公道,儿家门巷落花多",深得唐人风味。

二十四

巢县汤郎中,名懋纲,性高淡,如其吟咏。《早起》云:"老杏着东风,红芳几回变。何必远寻春,日日墙头见。昨夜雨无声,地上青苔遍。早起快登楼,钩帘进双燕。"他如"溪清山影入,风动竹阴移""游山心在山,合眼飞岚绕",真得静中三昧者。其子扩祖能诗,有父风,过随园见访不值,寄诗云:"花含宿雨柳含烟,隐士园林别有天。高卧白云人不见,一家鸡犬翠微巅。"

二十五

杭州符郎中,名曾,字幼鲁,诗主高淡。嵇相国为余诵其"三日不来秋满地,虫声如雨①落空山"一联。余同召试,记其《斋宫》云:"寒云添暝色,老屋聚秋声。"《咏唐花》云:"当时不借吹嘘力,少待阳和②也自开。"《哭扬州马秋玉》云:"心死便为大自在,魂归仍返小玲珑。"小玲珑山馆者,马氏花园也,属对甚巧。《贺周石帆学士纳妾》云:"药炉经卷都抛却,只向灯前唤夜深。"尤蕴藉。

二十六

吴中七子,有赵损之而无张少华,二人交好,忽中道不终③,都向余啧啧有言④,而余亦不能为两家骑驿也。未十年,张一第而卒,赵亦殉难金川。史弥远云:"早知泡影须臾事⑤,悔把恩仇抵死分。"信哉!少华《苏堤》三首云:"拍堤新涨碧于罗,堤上游人连臂歌。笑指纷纷水杨柳,那枝眠起得春多。""碧琉璃净夜云轻,箫管无声露气清。好是柳阴花影里,月华如水踏莎行⑥。""沙棠衔尾按筝琶,邻舫停桡静不哗。云母窗中双鬓影,亭亭低映小红纱。"《消夏》云:"水厄⑦不辞茶七碗,火攻愁对烛三条。"

---

① 虫声如雨:虫的鸣叫声像下雨般扑天盖地。
② 阳和:春天。
③ 中道不终:半道二人产生矛盾。
④ 啧啧有言:诉说不平。
⑤ 泡影须臾事:泡影一会儿破灭,喻这些琐碎小事不足挂齿。
⑥ 踏莎(suō)行:踏着莎草走在路上,引申为春天时郊野踏青。
⑦ 水厄:三国魏晋以后,渐行饮茶,起初不习饮者,戏称为"水厄",后亦指嗜茶。

二十七

王道士至淳有句云:"东风大是无知物,吹老春光昼转长。"黄星岩有句云:"饭余一睡都成例,五月何曾觉昼长。"陈古渔有句云:"静坐晴冬昼亦长。"三押"长"字,俱妙。

二十八

朱草衣《哭槎儿》云:"罗浮南海历秋冬,烟水云山隔万重。前日寄书书面上,红签犹写汝开封。"洪銮《赠徐小鹤》云:"早离讲席赋离居,知己逢难别易疏。正是开门逢去使,接君三月十三书。"严冬友《忆女》云:"料得此时依母坐,看封书札寄长安。"三诗,人传诵以为天籁,不知蓝本皆出于王次回。其《过妇家感旧》云:"归宁去日泪痕浓,锁却妆楼第二重。空剩一行遗墨在,丙寅三月十三封。"

二十九

余挂冠四十年,久不阅《缙绅》,偶有送者,撷之都非相识。偶读赵秋谷《题缙绅》云:"无复堪容位置处,渐多不识姓名人。"为之一笑。先生康熙己未翰林,至乾隆己未,而身犹强健,惟两目不能见物,与余为先后同年。相传所著《谭龙录》痛诋阮亭;余索观之,亦无甚牴牾。先生名执信,以国忌日演戏被劾,故有句云:"可怜一曲《长生殿》,直误功名到白头!"

三十

祝太史芷塘以诗集见示，予小献刍荛①，太史深为嘉纳②。别后从京师《寄怀》云："盖世才名大，游仙福量深。江河不废业，松柏后凋心。酹兕祈难老，将雏得好音。平生行乐处，古少莫论今。""孤踪淹丙舍，公亦返乡闾。一见笑谈剧，廿年倾倒余。定文丁敬礼，赋海木元虚。何日秦淮曲，相逢重起予？"

三十一

咏古诗有寄托固妙，亦须读者知其所寄托之意，而后觉其诗之佳。卢雅雨先生长不满三尺，人呼"矮卢"，故《题李广庙》云："明禋③自有千秋貌，不在封侯骨相中。"薛皆三进士，门生甚少，《题桃源图》云："桃花不相拒，源路自家寻。"余起病补官，年未四十，《题邯郸庙》云："黄粱未熟天还早，此梦何妨再一回！"

三十二

从古权贵在朝，未有能和协者。宋人《登山》诗云："直到天门最高处，不能容物只容身。"唐人《闺情》云："若非形与影，未必肯相容。"《宫词》云："闻有美人新进入，六宫无语一齐愁。"又曰："三千宫女如花貌，几个春来没泪痕？"皆可谓说尽世情。

---

① 小献刍（chú）荛（ráo）：献了一些小意见。刍荛，原意是割草打柴，后多用作自谦之辞，表示见解浅陋。
② 嘉纳：赞许。
③ 明禋：明洁诚敬的献享。

三十三

人有满腔书卷，无处张皇①，当为考据之学，自成一家。其次则骈体文，尽可铺排，何必借诗为卖弄？自"三百篇"至今日，凡诗之传者，都是性灵，不关堆垛②。惟李义山诗，稍多典故，然皆用才情驱使，不专砌填也。余续司空表圣《诗品》，第三首便曰"博习"，言诗之必根于学，所谓"不从糟粕，安得精英"是也。近见作诗者，全仗糟粕③，琐碎零星，如剃僧发，如拆袜线，句句加注，是将诗当考据作矣。虑吾说之害之也，故续元遗山《论诗》，末一首云："天涯有客号詅痴④，误把抄书当作诗。抄到钟嵘《诗品》日，该他知道性灵时。"

三十四

宋人论诗，多不可解。杨蟠《金山》诗云："天末楼台横北固，夜深灯火见扬州。"的是金山，不可移易⑤，而王平甫以为是牙人⑥量地界诗。严维："柳塘春水慢，花坞夕阳迟。"的是静境，无人道破。而刘贡父以为"春水慢"不须"柳""坞"。孟东野咏吹角云："似开孤月口，能说落星心。"月不闻生口，星忽然有心，穿凿极矣，而东坡赞为奇妙。皆所谓好恶拂人之性也。

---

① 无处张皇：没有用武之地。
② 不关堆垛：与词语堆砌雕琢无关。
③ 全仗糟粕：意思是全仗着无用的话来胡乱堆砌成文。
④ 詅（líng）痴：同"詅痴符"，称文拙而好刻书行世的人。詅，叫卖。
⑤ 不可移易：不能移动更换。
⑥ 牙人：旧时居于买卖双方之间，从中撮合，以获取佣金的人。

三十五

余素慕山左高凤翰之名,不得一见。初之朴太守为诵其《送人》一首,云:"君胡为者昨日来,青灯绿酒欢无涯。君胡为者今日去,挽断征鞭留不住。君来君去总伤神,不如悠悠陌路人。"高字南阜,晚年病臂,以左手作书。卢雅雨哭之云:"再散千金仍托钵,已残一臂尚临池。"高珍藏卫青印一方,临终赠陕中刘介石刺史。斗纽方寸,篆法虽佳,而玉已经火炙,余见之,颇不当意。按《明史》亦有卫青,此印未必便是汉大将军之物。

三十六

苏州袁秀才钺,自号青溪先生,嫉宋儒之学,著书数千言,专驳朱子,人以怪物目之。年八十余,犹生子。善医,工书,诗多自适,不落古人家数。《明觉寺题壁》云:"灯火荧荧满法堂,僧家爱静却偏忙。亦知世上逍遥客,踏月吟诗到上方。"《夏日写怀》云:"风过静听松子落,雨余闲数药苗抽。"《冬暖》云:"似闵敝裘留质库,为开薄雾送朝暾。"颇见性情。青溪解"惟求则非邦也与""惟赤则非邦也与",皆夫子之言,非曾点问也。人以为怪。不知《论语》何晏古注,原本作此解。宋王旦怒试者解"当仁不让于师","师"字作"众"字解,以为悖古。不知说本贾逵,并非杜撰。少所见之人,以不怪为怪。

三十七

元遗山讥秦少游云："'有情芍药含春泪，无力蔷薇卧晚枝'，拈出昌黎《山石》句，方知渠是女郎诗。"此论大谬。芍药、蔷薇，原近女郎，不近山石；二者不可相提而并论。诗题各有境界，各有宜称。杜少陵诗"光焰万丈"，然而"香雾云鬟湿，清辉玉臂寒""分飞蛱蝶原相逐，并蒂芙蓉本是双"；韩退之诗"横空盘硬语"，然"银烛未销窗送曙，金钗半醉坐添春"：又何尝不是"女郎诗"耶？《东山》诗："其新孔嘉，其旧如之何？"周公大圣人，亦且善谑。

三十八

抱韩、杜以凌人，而粗脚笨手者，谓之权门托足。仿王、孟以矜高，而半吞半吐者，谓之贫贱骄人。开口言盛唐及好用古人韵者，谓之木偶演戏。故意走宋人冷径者，谓之乞儿搬家。好叠韵①、次韵②，刺刺③不休者，谓之村婆絮谈。一字一句，自注来历者，谓之骨董开店。

三十九

余咏《春草》，一时和者甚多，独徐绪和"人"字韵，云："踏青渺渺前无路，埋玉深深下有人。"余为叹绝。其他则周青原云："拾翠暗遗金

---

① 叠韵：两个字的韵母或主要元音和韵尾相同。
② 次韵：按照原诗的韵和用韵的次序来和诗。
③ 刺刺：多话的样子。

钿小，踏青微碍绣裙低。"严冬友云："坐来小苑同千里，梦去朱门又一年。"龚元超云："春回地上人难测，绿到门前柳未知。"李参将炯云："旷野有人知醉醒，荒园无主自高低。"诸作虽佳，皆不如徐之沉着也。惟程鱼门有"长共春来不共归"七字，殊觉大方，惜忘其全首。

四十

作古体诗，极迟不过两日，可得佳构①；作近体诗，或竟十日不成一首。何也？盖古体地位宽余，可使才气卷轴；而近体之妙，须不着一字②，自得风流，天籁不来，人力亦无如何。今人动轻近体，而重古风，盖于此道未得甘苦者也。叶庶子书山曰："子言固然。然人功未极，则天籁亦无因而至。虽云天籁，亦须从人功求之。"知言③哉！

四十一

诗人家数甚多，不可硁硁然④域一先生之言，自以为是，而妄薄前人。须知王、孟清幽，岂可施诸边塞？杜、韩排奡，未便播之管弦。沈、宋庄重，到山野则俗；卢仝险怪，登庙堂则野。韦、柳隽逸，不宜长篇；苏、黄瘦硬，短于言情。悱恻芬芳，非温、李、冬郎不可；属词比事，非元、白、梅村不可。古人各成一家，业已传名而去。后人不得不兼综条贯，相题行事，虽才力笔性，各有所宜，未容勉强。然宁藏拙而不为则可；若护其所短，而

---

① 佳构：好的构思。
② 须不着一字：必须不多用一个字。
③ 知言：明白事理说的话。
④ 硁（kēng）硁然：形容浅薄固执的样子。硁，形容敲击石头的声音。

反讥人之所长,则不可。所谓以宫笑角,以白诋青者,谓之陋儒。范蔚宗云:"人识同体之善,而忘异量之美。此大病也。"蒋苕生太史《题〈随园集〉》云:"古来只此笔数枝,怪哉公以一手持。"余虽不能当此言,而私心窃向往之。

四十二

古人门户虽各自标新,亦各有所祖述。如《玉台新咏》、温、李、西昆,得力于《风》者也;李、杜排奡,得力于《雅》者也;韩、孟奇崛,得力于《颂》者也;李贺、卢仝之险怪,得力于《离骚》《天问》《大招》者也;元、白七古长篇,得力于初唐四子;而四子又得之于庾子山及《孔雀东南飞》诸乐府者也。今人一见文字艰险,便以为文体不正,不知"载鬼一车""上帝板板"已见于《毛诗》《周易》矣。

四十三

诗宜朴不宜巧,然必须大巧之朴;诗宜淡不宜浓,然必须浓后之淡。譬如大贵人,功成宦就,散发解簪,便是名士风流。若少年纨绔,遽为此态,便当笞责。富家雕金琢玉,别有规模;然后竹几藤床,非村夫贫相。

四十四

牡丹诗最难出色。唐人"国色朝酣酒,天香夜染衣"之句,不如"嫩畏人看损,娇疑日炙消"之写神也。其他如"应为价高人不问,恰缘香甚蝶难亲"，别有寄托；"买栽池馆疑无地，看到子孙能几家"，别有感慨。宋人云："要看一尺春风面。"俗矣！本朝沙斗初云："艳薄严妆常自重，明明薄醉要人扶。"裴春台云："一栏并力作春色，百卉甘心奉盛名。"罗江邨云："未必美人多富贵，断无仙子不楼台。"胡稚威云："非徒冠冕三春色，真使能移一世心。"程鱼门云："能教北地成香界，不负东风是此花。"此数联，足与古人颉颃①。元人贬牡丹诗云："枣花似小能成实，桑叶虽粗解②作丝。惟有牡丹如斗大，不成一事又空枝。"晁无咎《并头牡丹》云："月下故应相伴语，风前各自一般愁。"

四十五

诗以比兴为佳。王孟亭箴舆守怀庆时，与卢中丞焯同寅③。王被劾罢官。二十年后，卢为浙江巡抚。王往见之，卢相待甚优，许其荐举。而王自伤老矣，不欲再谈往事。《西湖小集》诗云："再移画舫春应老，重拨朱弦恨转生。"

四十六

江阴翁明经照，字朗夫，馆稽相国家。相公非朗夫倡和不吟诗，人呼为"诗媒"。雍正乙卯，以鸿博荐。朗夫谢诗云："此身得遇裴中令，不向香山老一生。"一时传诵。朗夫有《春柳》云："千里因依惟夜月，一生消

---

① 颉（xié）颃（háng）：鸟向上飞为颉，鸟向下飞为颃。引申为不相上下，互相抗衡。
② 解：转化。
③ 同寅：同僚，旧称共事的官吏。

受是东风。""迎来桃叶如相识,猜得杨枝是小名。"皆佳句也。平生有谦癖,拜起纡迟;年登八十,犹熏衣饰貌,寸髭不留。余初相见,知其多礼,乃先跪叩头,逾时不起。先生愕然。余告人曰:"今日谦过朗夫矣!"

四十七

李啸村《虎丘竹枝词》已极新艳,而杨次也先生《西湖竹枝》乃更过之。李云:"横塘七里路西东,侍女如云踏软红。才到寺门欢喜地,一时花下笋舆空。""仰苏楼畔石梯悬,步步弓鞋剧可怜。五十三参心暗数,欹斜扶遍阿娘肩。""佛座烧香一瓣新,慈云低覆落花尘。不妨诉尽痴儿女,那有如来更笑人?""女冠装裹认依稀,只少穿珠百八围。岂是闺人真好道,阿侬爱着水田衣。"杨云:"自翻黄历拣良辰,几日前头约比邻。郎自乞晴侬乞雨,要他微雨散闲人。""斟酌衣裳称体难,回时暄热去时寒。侍儿会得人心意,半臂轻绵隔夜安。""乍晴时节好天光,纨绮风来扑地香。花点胭脂山泼黛,西湖今日也浓妆。""乌油小轿两肩扶,纰缦窗纱有若无。里面看人原了了,不知人看可模糊。""时样梳妆出意新,鄂王坟上小逡巡。抬头一笑匆匆去,不避生人避熟人。""游人鱼贯各分行,就里妍媸略自量。老婢当头娘押尾,垂髫娇女在中央。""珠翠丛中逞别才,时新衣服称身裁。谁知百裥罗裙上,也画西湖十景来?""白石敲光细火红,绣襟私贮小金筒。口中吹出如兰气,侥幸何人在下风?""苔阴小立按双鬟,贴地弓鞋一寸弯。行转长堤无气力,累人搀着上孤山。""白舫青尊挟妓游,语音轻脆认苏州。明知此地湖山胜,偏要违心誉虎丘。""悄密行踪自戒严,朱藤轿子绿垂檐。轻风毕竟难防备,故拣人丛揭轿帘。""朋侪游兴略相同,里外湖桥宛转通。觌面几番成一笑,刚才分路又相逢。""画舫人归一字排,半衾春水净如揩。斜阳独上长堤立,拾得花间小凤钗。"黄莘田先生《虎丘竹枝》云:"昏崖老树落朱藤,漏出红纱隔叶灯。不畏霓裳有风露，吹笙楼上坐三层。""斑竹薰笼有旧恩，湘妃节节长情根。吴娘酷爱衣香好，个个将钱买泪痕。""千点琉璃八角亭，剑池寒水浸华星。天生一片笙歌石，留与千人广坐听。""画鼓红牙节拍繁，昆山法部斗新翻。顺郎年少何戡老，海燕亭前较一番。""楼前玉杵捣红牙，帘下银灯索点茶。十五当垆年少女，四更犹插满头花。""湘帘画楫趁新凉，衣带盈盈隔水香。好是一行乌桕树，惯遮珠舫坐秋娘。"又《西湖竹枝》云："画罗纨扇总如云，细草新泥簇蝶裙。孤愤何关儿女事，踏青争上岳王坟。""梨花无主草堂青，金缕歌残翠黛凝。魂断萧萧松柏路，满天梅雨下西陵。"三人《竹枝》，皆冠绝一时。又，程太史午桥《虹桥竹枝》云："青溪碧草两悠悠，酒地花场易惹愁。月暗玉钩人散后，冷萤飞上十三楼。""米家舫子只琴书，秋水新添二尺余。一带管弦归棹晚，桥边帘幕上灯初。""游人争唤酒家船，儿女心情更可怜。未出水关三四里，家家开阁整花钿。""不厌朝阴爱晓晴，园林相倚百花生。梨红杏白休轻唤，帘底防人认小名。""法海桥头酒半阑，水嬉烟火尽余欢。笑他避客双环女，一半搴帘侧鬟看。"

四十八

岳大将军钟琪，为一代名将，容状奇伟，食饮兼人①，而工于吟诗。丙辰赦归后，种菜于四川之百花洲。尹文端公赠诗云："他日玉书传诏日，江天何处觅渔翁？"未几，王师征金川，果复起用。《过邯郸题壁》云："只因未了尘寰事，又作封侯梦一场。"周兰坡学士祭告西岳，所过僧壁山岩，见题诗甚佳，字亦奇古，款落"容斋"，不知即岳公也。

---

① 食饮兼人：食量过人。

四十九

明将军瑞殉节缅甸，赐谥忠烈，工于吟诗。《雨中过石门》云："自怜马上橐鞬客，独立溪边问渡船。"《元夜归省》云："陌上晚烟飞素练，渡头残雪踏银沙。"《送弟瑶林使乌斯藏》云："寒分百战袍，渴共一刀血。"皆名句也。弟明义，字我斋，诗尤娴雅。其《醉后听歌》云："宫柳萧萧石路平，欢场回首隔重城。可怜骄马情如我，步步徘徊不肯行。""凉风吹面酒初醒，马上敲诗鞭未停。寄语金吾①城慢闭，梦魂还要再来听。"又《偶成》云："东风不解瞒人度，才入竹来便有声。"《早起》云："平明钟鼓严寒夜，不负香衾有几人？"

将军三娶名媛，皆见逐于姑，有放翁之恨。最后娶都统常公季女，伉俪甚笃。征缅时，夫人送行诗有"但愿同凋并蒂莲"之句。公果死节，而夫人亦自缢。

五十

京师故事：凡缙绅陪吊于丧家者，闻前辈至，则易吉服相见；然有易有不易者，以来客之未必皆前辈也。余陪吊于座主甘大司马家，忽闻徐蝶园相公来，则满堂尽吉服矣。公名元梦，康熙癸丑进士，与韩慕庐同年，满朝公卿，皆其后辈。时年九十余，短身赤鼻，面少须髯。诗宗盛唐。《送人出塞》云："君到居庸北，应怜一雁回。沙平疑地尽，山豁讶天开。落日重关闭，秋风万马来。勉旃②从此役，莫上望乡台。"大学士舒公赫德，其孙也。

---

① 金吾：古官名，负责皇帝和大臣的警卫、仪仗以及掌管京城治安。
② 勉旃（zhān）：勉力。旃，语气助词，"之""焉"的合音字。

五十一

苏州逸园,离城七十里,在西碛山下,面临太湖,古梅百株,环绕左右,溪流潺潺,渡以石桥,登腾啸台,望飘渺诸峰,有天际真人想。主人程钟,字在山,隐士也。妻号生香居士。夫妇能诗。有绝句云:"高楼镇日无人到,只有山妻问字来。"可想见一门风雅。予探梅邓尉,往访不值。次日,程君入城作答,须眉清古,劝续前游,而予匆匆解缆。逾年再至苏州,程君已为异物。记其《杂咏》一首云:"樵者本在山,山深没樵径。不见采樵人,樵声谷中应。"

五十二

诗家活对最妙。宋人《赠某》云:"每怜民若子,还喜稻成孙。"真山民咏杜鹃云:"归心千古终难白,啼血万山都是红。"华亭李进《哭友》云:"诔词作自先生妇,遗稿归于后死朋。"王介祉《咏牡丹》云:"相公自进姚黄种,妃子偏吟李白诗。"李穆堂《贺安溪相公生子》云:"其间原必有,几日辨之无。"沈淑园《登陶然亭》云:"每来此地皆重九,有约同游至再三。"胡宗绪祭酒《赠友》云:"两人拍手齐大笑,一路同行到小姑。"皆活对也。

五十三

扬州为盐贾所居,风尚侈靡。崔尚书应阶诗云:"青山也厌扬州俗,多少峰峦不过江。"郑板桥诗云:"千家生女先教曲,十里栽花当种田。"

五十四

　　常熟陈见复先生为海内经师，而诗极风韵。《悼亡》云："出门交寡入门求，晤语居然近士流。寂寞於陵停织屦①，他时谁与谥黔娄？""何必他生订会期，相逢即在梦来时。乌啼月落人何处？又是一番新别离。"中进士，不殿试而归，曰："马力健知游冀北，橹声柔觉到江南。""题名浪逐看花伴，去国还同落第人。"

五十五

　　钱稼轩司寇之女，名孟钿，嫁崔进士龙见，为富平令。严侍读从长安归，夫人厚赠之。严问："至江南，带何物奉酬？"曰："无他求，只望寄袁太史诗集一部。"其风雅如此。因诵其五言云："啼乌空绕树，残梦只随钟。"有《浣青集》行世。其号"浣青"者，欲兼浣花、青莲而一之也。夫人通音律，尝在秋帆中丞座上，听客鼓琴，曰："角声多，宫声少，且多杀伐之音。何也？"问客，果从塞外军中来。余庚申夏，乘舟北上，遇稼轩南归，时未中状元也。见其手抱幼女，才周晬②，今四十八年矣！在杭州见夫人，谈及此事。夫人笑云："所抱者，即年侄女也。"余故题其诗册有云："而翁南下赋归③欤，值我新婚北上初。水面匆匆通数语，怀中正抱女相如。"

---

① 停织屦：停止做鞋。
② 周晬（zuì）：周岁。
③ 赋归：告归，辞官归里。

五十六

诗有篇无句者,通首清老,一气浑成,恰无佳句令人传诵;有句无篇者,一首之中,非无可传之句,而通体不称,难入作家之选:二者一欠天分,一欠工夫。必也有篇有句,方称名手。

五十七

杭州布衣吴颖芳,字西林,博学多闻,尝自序其诗曰:"古人读书,不专务词章,偶尔流露讴吟,仅抒所蓄之一二。其胸中所贮,渊乎其莫测也。递降而下,倾泻渐多。逮至元、明,以十分之学,作十分之诗,无余蕴矣。次焉者,或溢其量以出,故其经营之处,时露不足,如举重械,虽同一运用,而劳逸之态各殊。古人胜于近代,可准是以观。"予尝试武童,见有开弓至十石而色变手战者,晓之曰:"汝务十石之名,而丑态尽露,何若用五石、六石之从容大方乎?"颇与吴言相合。

西林与杭、厉诸公同时角逐。及诸公俱登科第,而西林如故也。故《咏笋腊》结句云:"回头看同队,一一上云烟。"又《答客至》曰:"田间住却携锄手,来与诸公话白云。"

五十八

诗须善学,暗偷其意,而显易其词。如《毛诗》:"嗟我怀人,置彼周行①。"唐人学之云"提笼忘采叶，昨夜梦渔阳"是也。唐人诗云："忆得去年春风至，中庭桃李映琐窗。美人挟瑟对芳树，玉颜亭亭与花双。今年花开如旧时，去年美人不在兹。借问离居恨深浅，只应独有庭花知。"宋人学之云："去年除夕归自北，行李到门天已黑。今年除夕客南方，雪满关山归不得。老妻望我眼将穿，只道今年似去年。古树夕阳鸦影乱，犹同小女立门前。"

五十九

白香山诗云："周公恐惧流言日，王莽谦恭下士时。若使当时身早死，两人真伪有谁知？"宋人反其意，曰："少年胯下安无忤②，老父圯边③愕不平。人物若非观岁暮，淮阴何必减文成？"

六十

毗陵王萩山明府，女玉瑛，字采薇，嫁孙星衍秀才，伉俪甚笃，年二十四而夭。秀才求予志墓。其《舟过丹徒》云："幽行已百里，村落半柴扉。只鸟时依树，孤萤不上衣。月高人影小，潮定橹声稀。沿水星星火，归惊宿鹭飞。"其他佳句，如"户低交叶暗，径小受花深""研墨污

---

① 置彼周行：此句出自《诗经·国风·卷耳》。关于此句有两层解释：一是说女子思念丈夫，不经意把手中的筐放在大路上；另一种是说那位被怀念的人总不回家，总在大路上为国事奔走，就像被扔在了大路上一样。
② 无忤：不抵触，不违逆。
③ 圯（yí）边：桥边。

罗袖，看鱼落翠钿""虫依香影垂帘网，蛾怯晨光堕帐纱""一院露光团作雨，四山花影下如潮"，皆妙绝也。秀才后中丁未榜眼，采薇竟不及见，悲夫！

六十一

李北海见崔颢，投诗曰："十五嫁王昌。"骂曰："小儿无礼！"秦少游见孙莘老，投诗曰："平康在何处？十里带垂杨。"孙莘老骂曰："小子又贱发！"二前辈方严相似，而考其生平，均非能作诗者。

六十二

镇江布衣李琴夫咏佛手云："白业堂前几树黄，摘来犹似带新霜。自从散得天花后，空手归来总是香。"咏佛手至此，可谓空前绝后矣。

六十三

余少贫不能买书，然好之颇切。每过书肆，垂涎缦阅，苦价贵不能得，夜辄形诸梦寐。曾作诗曰："塾远愁过市，家贫梦买书。"及作官后，购书万卷，翻不暇读矣。有如少时牙齿坚强，贫不得食；衰年珍羞满前，而齿脱腹果[1]，

---

[1] 腹果：肚子饱。

不能餍饫①，为可叹也！偶读东坡《李氏山房藏书记》，甚言少时得书之难，后书多而转无人读，正与此意相同。

六十四

黄石牧太史言："秦禁书，禁在民，不禁在官，故内府博士所藏，并未亡也。自萧何不取，项羽烧阿房，而书亡矣。"年家子高树程咏萧相云："英风犹想入关初，相国功勋世莫如。独恨未离刀笔吏，只收图籍不收书。"

六十五

扬州转运使朱子颖，工画能诗。王梦楼为诵其佳句云："一水涨喧人语外，万山青到马蹄前。"

六十六

老年之诗多简练者，皆由博返约之功②。如陈年之酒、风霜之木、药淬之匕首，非枯槁简寂之谓。然必须力学苦思，衰年不倦，如南齐之沈麟士，年过八旬，手写三千纸，然后可以压倒少年。

---

① 餍（yàn）饫（yù）：饱食、饱足的意思。
② 博返约之功：由广博而回到简约的缘故。

六十七

上官仪诗多浮艳，以忠获罪。傅玄善言儿女之情，而刚正嫉恶，台阁生风。扬子云自拟《周易》，乃附新莽。余中请禁探花，而后以赃败。席豫一生不作草书，而荐安禄山公正无私。

六十八

余门生谈羽仪，字毓奇，家富而好买书；自署一联曰："闭户自知精力减，贮书还望子孙贤。"

六十九

宋严有翼诋东坡诗："误以葱为韭，以长桑君为仓公，以摸金校尉为摸金中郎。"所用典故，被其捃摘，几无完肤。然七百年来，人知有东坡，不知有严有翼。

七十

用事如用兵，愈多愈难。以汉高之雄略，而韩信只许其能用十万，可见部勒驱使，谈何容易。有梁溪少年作怀古诗，动辄二百韵。予笑曰："子独不见唐人《咏蜀葵》诗乎？"其人请诵之。曰："能共牡丹争几许，被人嫌处只缘多。"

七十一

某太史掌教金陵，戒其门人曰："诗须学韩、苏大家，一读温、李便终身入下流矣。"余笑曰："如温、李方是真才，力量还在韩、苏之上。"太史愕然。余曰："韩、苏官皆尚书、侍郎，力足以传其身后之名；温、李皆末僚贱职，无门生故吏为之推挽，公然名传至今，非其力量尚在韩、苏之上乎？且学温、李者，唐有韩偓，宋有刘筠、杨亿，皆忠清鲠亮①人也。一代名臣，如寇莱公、文潞公、赵清献公，皆西昆诗体，专学温、李者也，得谓之下流乎？"

七十二

"传"字"人"旁加"专"，言人专则必传也。尧、舜之臣只一事，孔子之门分四科，亦专之谓也。唐人五言工，不必七言也；近体工，不必古风也。宋以后，学者好夸多而斗靡。善乎方望溪云："古人竭毕生之力，只穷一经；后人贪而兼为之，是以循其流而不能溯其源也。"

七十三

乾隆丙辰，召试博学宏词。海内荐者二百余人。至九月而试保和殿者

---

① 鲠亮：耿直诚实的意思。

一百八十人，诗题是《山鸡舞镜》七排十二韵，限"山"字。刘文定公有句云："可能对语便关关。"上深嘉奖，亲拔为第一，遂以编修致身宰相。二百人中，年最高者，万九沙先生讳经；最少者为枚。全谢山庶常作《公车征士录》，以先生居首，枚署尾。己亥，枚还杭州，先生之少子名福者，持先生小像索诗。余题一律，有"当年丹诏召耆英，骥尾龙头记得清"之句。诗载集中。

七十四

明洪紫溪自言："三十年读书，才消得胸中'状元'二字。"陋哉言乎！如欲状元之名副其实，则"状元"二字，胸中不可一日忘也；如倚状元为骄人之具，则"状元"二字，胸中不可一日不忘也：何待读书三十年哉？味其言，紫溪自以为忘，正其终身不忘之证。同年钱文敏公《胪唱[①]第一口号》云："自惭才出刘蕡下，独对春风转厚颜。"其胸襟出紫溪上矣！

七十五

郑夹漈极夸杜征南之注《左传》、颜师古之注《汉书》，妙在不强不知以为知。杜不长于鸟兽虫鱼，颜不长于天文地理，故俱缺之，不假他人以訾议[②]也。余谓作诗亦然，青莲少排律，少陵少绝句，昌黎少近体。善藏其短，而长乃愈见。

---

① 胪唱：中国科举时代，进士殿试后皇帝召见，按甲第唱名传呼，称胪唱，其制始于宋时。

② 訾（zǐ）议：议论、指责他人的缺点。

七十六

《大雅》："文王在上。"《毛传》称文王受命而作。然则文王生而谥文乎？自以为"於昭于天"乎？郑笺"平王之孙"为"平正之王"，"成王不敢康"为"成此王功，不敢自安逸"，"不显成康"亦解为"成安祖考之道"：皆舍先王之谥法，而逞其穿凿之臆说。朱子驳而正之，是矣。

七十七

顾宁人曰："夫其巧于和人者，其胸中本无诗，而拙于自言者也。"又曰："舍近今恒用之字，而借古字之通用以相矜者，此文人之所以自文其陋也。"

七十八

人悦西施，不悦西施之影。明七子之学唐，是西施之影也。

七十九

皋陶作歌，禹、稷无闻；周、召作诗，太公无闻；子夏、子贡可与言诗，颜、闵无闻。人亦何必勉强作诗哉？

八十

《宋史》："嘉祐间，朝廷颁阵图以赐边将。王德用谏曰：'兵机无常，而阵图一定，若泥古法，以用今兵，虑有偾事①者。'"《技术传》："钱乙善医，不守古方，时时度越之，而卒与法会。"此二条，皆可悟作诗文之道。

八十一

崔念陵进士，诗才极佳，惜有五古一篇，责关公华容道上放曹操一事。此小说演义语也，何可入诗？何屺瞻作札，有"生瑜""生亮"之语，被毛西河诮其无稽，终身惭悔。某孝廉作关庙对联，竟有用"秉烛达旦"者。俚俗乃尔，人可不学耶？

---

① 虑有偾（fèn）事：恐怕要坏事。偾，败坏，毁坏。

八十二

宋曾致尧谓李虚己曰:"子诗虽工,而音韵犹哑。"《爱日斋诗话》曰:"欧公诗如闺中孀妇,终身不见华饰。"味此二语,当知音韵、风华固不可少。

八十三

某太史自夸其诗:不巧而拙,不华而朴,不脆而涩。余笑谓曰:"先生闻乐,喜金丝乎?喜瓦缶乎?入市,买锦绣乎?买麻枲①乎?"太史不能答。

---

① 麻枲(xǐ):指粗麻织成的麻布之衣。

卷六

一

王荆公作文，落笔便古；王荆公论诗，开口便错。何也？文忌平衍①，而公天性拗执，故琢句选词，迥不犹人②；诗贵温柔，而公性情刻酷，故凿险缒幽③，自堕魔障。其平生最得意句云："青山扪虱坐，黄鸟挟书眠。"余以为首句是乞儿向阳，次句是村童逃学。然荆公恰有佳句，如"近无船舫犹闻笛，远有楼台只见灯"。可谓生平杰作矣。

二

宋沈朗奏："《关雎》，夫妇之诗，颇嫌狎亵④，不可冠《国风》。"故别撰《尧》《舜》二诗以进。敢翻孔子之案，迂谬已极。而理宗嘉之，赐帛

---

① 平衍：平铺直叙，重复啰嗦。
② 迥不犹人：与他人明显不同。
③ 凿险缒幽：追求冷僻险峻。
④ 颇嫌狎亵：很有亵渎、轻慢的嫌疑。

百匹。余尝笑曰："《易》以《乾》《坤》二卦为首，亦阴阳夫妇之义；沈朗何不再别撰二卦以进乎？"且《诗经》好序妇人，咏姜嫄则忘帝喾，咏太任则忘太王；律以宋儒夫为妻纲之道①，皆失体裁。

三

顾宁人言："'三百篇'无不转韵者。唐诗亦然。惟韩昌黎七古，始一韵到底。"余按《文心雕龙》云："贾谊、枚乘，四韵辄易；刘歆、桓谭，百韵不迁②。亦各从其志也。"则不转韵诗，汉、魏已然矣。

四

今诗称"篇什"者，本《左传》所谓"以什其车，必克③"之义。"什"者，十人为耦也。《国风》诗少，可以同卷；《雅》《颂》篇多，故每十为卷，而即以卷首之篇为什。

五

晏子以二桃杀三士，事本荒唐；后人演为《梁父吟》，尤无意味。而孔明好吟之，殊不可解。秋胡一妒妇，刘知几《史通》诋之甚力。乃乐府外，前人又有诗云："郎心叶荡妾冰清，郎说黄金妾不应。若使偶然通一语，半生谁信守孤灯？"

---

① 律以宋儒夫为妻纲之道：以宋代儒学夫为妻纲的道统来衡量。
② 百韵不迁：诗有百句也不换韵。
③ 以什其车，必克：战车以十辆为组编排，定能够取胜。

六

杨用修笑今之儒者,皆宋儒之应声虫。吾以为孔颖达,真郑康成之应声虫也。最可笑者,郑注"曾孙来止,以其妇子①",以"曾孙"为成王,"妇子"为王后、太子。王肃非之云:"劝农不必与王后、太子同行。"而孔颖达以为"圣贤所训,与日月同悬"。其识见之谬如此,安得不误认王世充为真主乎?

七

安徽方伯陈密山先生,讳德荣,人淳朴而诗极风趣。每瞻园花开,必招余游赏,不以属吏待。适阶下蚁斗,公用扇拂之,作诗云:"退食展良觌,逍遥步深院。树根见群蚁,纷纷方交战。呼童前布席,拂以蒲葵扇。顷刻缘草根,求穴各奔窜。伊有记事臣,载笔应上殿。大书某日月,两军正相见。忽然风扬沙,师溃互踏践。收队各依垒,蓄锐更伺便。人生亦倮虫②,扰扰盈赤县。嗜欲各有求,情伪递相煽。吞噬蠢然动,吉凶见常变。岂无飞仙人,乘鸾注遐盼?"余按宋人诗云:"蟭螟杀敌蚊眉上,蛮触交争蜗角中。何异诸天观下界,一微尘里斗英雄?"即此意也。先生《郊行》云:"芳园青草绿离离,好是人家祭扫时。何处纸钱烧不尽,东风吹上野棠枝?"又《女儿曲》云:"睡眼朦胧春梦觉,不知额上有梅花。"

---

① 曾孙来止,以其妇子:此句出自《诗经·小雅·甫田》。
② 倮虫:没有羽毛或鳞甲以蔽身的动物,古代常用以指人。

八

鲁星村《得雨》诗云:"一雨人心定,歌声四野闻。"何南园《春雨》诗云:"芳草不知春,一雨猛然省。"曹澹泉《偶成》云:"东风力尚微,一雨众山绿。"同用"一雨"二字,俱可爱。

九

福建郑王臣,为兰州太守,年未六十,以弟丧乞病归。《留别寅好》云:"畏闻使过频移疾①,懒答人言但托聋。"《闺情》云:"最怜待月湘帘下,银烛烟多怕点灯。"俱暗用故事,使人不觉。杭堇浦题其《归来草》云:"东京风俗由来厚②,每为期功便去官。陈寔谯玄吾目汝,莼鲈人错比张翰。""东皋舒啸复西畴,人较柴桑更远游。《七录》异时标别集,竟应题作郑兰州。"在随园小住。一日,买书两船,打桨而去。

十

湖州徐溥雨亭,在金陵为人司织局,每吟诗,与机声相和。《钱塘竹枝》云:"芳心脉脉夜迢迢,郎在江南第几桥?欲寄尺书写肠断,西湖只恨不通潮。""落尽杨花郎未归,空烦刀尺制罗衣。人前怕卷珠帘看,蝴蝶一

---
① 畏闻使过频移疾:害怕听到差使来访常常推脱说自己有病。
② 东京风俗由来厚:北宋遗留下来的风俗已久。东京,指北宋的国都,即现在的河南省开封市。

双相对飞。"《虎丘题壁》云:"好景半藏峰顶寺,美人多住水边楼。"

常熟王介祉之弟,名岱,字次岳,能继其家风。宿随园,见赠云:"贫分鹤俸还留客,老惜鸿才尚著书。"其他句云:"片雨前村过,微云半岭阴。""故山解慰归人望,隔水先迎一髻青。"《清明》云:"忽忽春光过半时,浴蚕天气雨如丝。无端柳色侵书幌,忆着河桥折处枝。"

锡山邹世楠过孟庙,梦悬对句云:"战国风趋下,斯文日再中。"觉而异之。遍观廊庑,无此十字。后数年过苏州,得黄野鸿集读之,乃其集中句也。岂孟子爱之,而冥冥中书以自娱耶?田实发《题孟庙》云:"孔门功冠三千士,周室生虚五百年。"似逊黄作。黄以论诗忤沈归愚,故吴人多摈之;然其佳句,自不可掩。《夜归》云:"儿童喧笑各纷纷,未解灯前刺绣纹。夜半醉归人不觉,叩门独有老妻闻。"

在都余与金质夫文淳、裘叔度曰修居最相近。金棋劣于裘,而偏欲饶裘。金移居,裘以诗贺云:"追趋秘阁两年余,一日何曾赋索居?雪苑对裁新著稿,风帘同校旧抄书。吟筒惠我宁嫌数,棋局饶人实自誉。早有声华传日下，故知名士定无虚。"余作七古一首，中四句云："我愿同年如春树，枝枝叶叶相依附。不愿同年如落花，鸾漂凤泊飞天涯。"裘读而叹曰："子才终竟有性情。"呜呼！此皆四十年前事。今裘官至尚书，声施赫奕；而质夫为太守，两遭罪遣，谪戍以死。岂亦如花之飞茵飞溷，各有前因耶？金死后，余搜其遗诗，了不可得，仅得其《游张园》云："绿杨门外板桥横，新水如船接岸平。三月春寒花尚浅，一帘烟重雨初成。欹危瘦竹扶衰步，高下疏畦入晚晴。莫便酒阑催晚棹，野怀吾欲与鸥盟。"《偶成》云："一虫吟到晓，两客淡无言。"

十四

阎百诗云："百里不同音，千年不同韵。《毛诗》凡韵作某音者，乃其字之正声，非强为押也。"焦氏《笔乘》载，古人"下"皆音"虎"：《卫风》云"于林之下"，上韵为"爰居爰处"；《凯风》云"在浚之下"，下韵为"母氏劳苦"；《大雅》云"至于岐下"，下云"率西水浒"。"服"皆音"迫"：《关雎》云"寤寐思服"，下韵为"辗转反侧"；《候人》云"不濡其翼"，下句为"不称其服"；《离骚》云"非时俗之所服"，下句为"依彭咸之遗则"。"降"皆音"攻"：《草虫》云"我心则降"，下句为"忧心忡忡"；《旱麓》云"福禄攸降"，上韵为"黄流在中"。"英"皆音"央"：《清人》云"二矛重英"，下句为"河上乎翱翔"；《有女同车》云"颜如舜英"，下句为"佩玉将将"；《楚词》云"华采衣兮若英"，下句为"烂昭昭兮未央"。"风"皆读"分"：《绿衣》云"凄其以风"，下句为"实获我心"；《晨风》云"鴥[①]彼晨风"，下句为"郁彼北林"；《烝民》云"穆如清风"，下句为"以慰其心"。"忧"

[①] 鴥（yù）：鸟疾飞的样子。

皆读"噫"：《黍离》云"谓我心忧"，上句为"中心摇摇"；《载驰》云"我心则忧"，上句为"言至于漕"；《楚词》云"思公子兮徒离忧"，上韵为"风飒飒兮木萧萧"。其他则"好"之为"吼"，"雄"之为"形"，"南"之为"能"，"仪"之为"何"，"宅"之为"托"，"泽"之为"铎"，皆玩其上下文，及他篇之相同者而自见。"风"字，《毛诗》中凡六见，皆在"侵"韵，他可类推。朱子不解此义，乃以后代诗韵，强押"三百篇"，误矣！至于"委蛇"二字有十二变，"离"字有十五义，"敦"字有十二音，徐应秋《谈荟》言之甚详。

十五

王氏《续通考》言："唐武夷山人吴棫深恶沈约、周颙之韵，以为穿凿无理。乃稽考《毛诗》《周易》《尚书》，而别为韵书，分'麻''遮'、'归''飞'为二，合'东''冬'、'江''阳'为一。"予以为此《洪武正韵》之先声也。然积习已久，虽帝王之力，尚不能挽，况其下乎？文公逆祀，去者三人；定公顺祀，叛者三人。商鞅废井田而天下怨，王莽复井田而天下怨。一改旧习，人以为怪。从前解经者，河北宗王，河南宗郑。今之经解，专宗程、朱，亦《诗韵》类耳。

十六

山左朱文震，字青雷，在慎郡王藩邸，善画，能诗，兼工篆刻。偶宿随园，为镌小印二十余方。余惊其神速。君笑曰："以铁画石，何所不靡？凡迟迟云者，皆故作身分耳。"记其《红桥晚步》云："西风开遍野棠花，垂柳丝丝数点鸦。多少画船归欲尽，夕阳偏恋玉钩斜。"《过扬子江》云："笑对篷窗酒一罂，黄梅时节恰扬舲。凭君说尽风波恶，贪看金焦漫不听。"《雨霁》云："雨霁碧天阔，夕阳蝉复吟。偶然行树下，余点湿衣襟。"

十七

杨公子㩉，父笠湖公，刺邛州。公子自任上归，其弟蓉裳索蜀中土宜①。公子赠蜀椒、雅莲，附诗云："宦久并无囊，土物置何许？且开药笼看，赠子辛与苦。"有《雨后》一联云："坐吹紫玉树声杂，行近白莲人影香。"《渔父词》云："若使樵青绝世，闲身愿作渔童。"

十八

随园西有放生庵。余偶至其地，见僦居②一寒士，衣敝履穿，几上有诗稿，题是《夏日杂吟》，云："香焚宝鸭客吟哦，万轴牙签手遍摩。此事未知何日了，著书翻恨古人多。"余惊问姓名。曰："丁珠，字贯如，怀宁人，访亲不值，流落于此。"因小有馈赠，劝其攻诗。作札，荐与安庆太守郑公时庆。郑拔作府案首入学，次年即举乡试。记其《遣怀》云："我口所欲言，已言古人口。我手所欲书，已书古人手。不生古人前，偏生古人后。一十二万年，汝我皆无有。等我再来时，还后古人否？"《咏淮阴侯》云："淮阴当穷时，乞食一饿莩。及其封王后，被诛尤草草。穷不能自保，达不

---

① 土宜：指地方特产。
② 僦居：租屋而居。

能自保。万古称人杰,为之一笑倒。"陈古渔尤爱其"江心浪险鸥偏稳,船里人多客自孤"之句。

十九

乙酉乡试,徽州汪秀才廷昉,以诗受业①。《路过淳安》云:"扁舟一叶枕江滨,邑小如村俗尚淳。出郭千家围竹木,浪游五日识风尘。云垂有脚疑成雨,水落无声欲断津。偻指故园归信早,天涯极目倚闲人。"俄而竟以丁忧归②。

二十

卢抱经学士有《张迁碑》,拓手甚工③。其同年秦涧泉爱而乞之,卢不与。一日,乘卢外出,入其书舍,攫至袖中。卢知之,追至半途,仍篡取还。未半月,秦暴亡。卢往奠毕,忽袖中出此碑,哭曰:"早知君将永诀,我当时何苦如许吝耶?今耿耿于心,特来补过。"取帖出,向灵前焚之。予感其风义,为作诗云:"一纸碑文赠故交,胜他十万纸钱烧。延陵挂剑徐君墓,似此高风久寂寥。"

---

① 受业:本义指跟随老师学习,此处可能意思是中举。
② 俄而竟以丁忧归:不久后因母丧回家。
③ 拓手甚工:碑帖拓印十分精美。

二十一

卢抱孙先生转运扬州,名流毕集,极东南坛坫之盛。己卯十月,余饮署中,见其少子谟,年甫十五六,玉雪可念。后三十年,家籍没矣①。公子虽举孝廉,而漂泊无归。《上渤海公》二首,云:"城旦余生剩藐孤,十年飘泊到江湖。桐花久堕怀中羽,香饭谁抛屋上乌?踽踽葛衣留冻骨②,栖栖蹇足耐征途。年来鸡鹜同争食,不是当年小凤雏。""拂拭知谁眼独青?褵褷③弱鸟许梳翎。量来碧海输愁浅,嗅到黄粱感涕零。将母谁怜栖逆旅?忍饥犹勉诵残经。箫声吹彻吴门市,敢望山阳旧雨听?"

二十二

用巧无斧凿痕,用典无填砌痕,此是晚年成就之事。若初学者,正要他肯雕刻,方去费心;肯用典,方去读书。

二十三

宝山范秀才起凤,字瘦生,有诗癖。《咏梅》云:"微月云际升,独鹤踏花影。"又:"风急众香齐渡水,夜深孤月独当天。"皆可喜也。万华峰应馨赠云:"瘦真同鹤立,命若与仇谋。"其困踬可想。《送别》云:"酒

---

① 家籍没矣:家道没落。
② 踽踽葛衣留冻骨:孑然一身穿着粗布单衣服,忍受饥饿寒冷之苦。
③ 褵(lí)褷(shī):羽毛初生时潮湿黏合貌。

惟可化当前泪,诗尚能传别后情。"《咏桃源》云:"树木自生无税地,子孙常读未烧书。避地不知谁日月,成仙可惜废君臣。"范后遭奇祸,竟得脱免,终落托以死。

二十四

吴下进士苏汝砺,宰黄陂。有句云:"水面星疑落,船头树似行。"与宋人"山远疑无树,湖平似不流"相似。吾乡王麟徵有句云"鸟翻仍恋树,波定尚摇人",与宋人"窥鱼光照鹤,洗钵影摇僧"相似。李铁君"斗禽双堕地,交蔓各升篱",与唐人"惊蝉移别树,斗雀堕闲庭"相似。

二十五

诗情愈痴愈妙。红兰主人《归途赠朱赞皇》云:"大漠归来至半途,闻君先我入京都。此宵我有逢君梦,梦里逢君见我无?"许宜媖《寄外》云:"柳风梅雨路漫漫,身不能飞着翅难。除是今宵同入梦,梦时权作醒时看。"

二十六

吴竹桥太史见访湖上,赠诗,有"湖气逼人将上楼"之句;范瘦生《观梅太湖》亦云"湖光都欲上楼来":两意相同。吴《题扬州天宁寺》云:"铃声得露清如语,塔势随云远欲奔。"尤妙。

二十七

欧公学韩文，而所作文全不似韩，此八家中所以独树一帜也。公学韩诗，而所作诗颇似韩，此宋诗中所以不能独成一家也。

二十八

七律始于盛唐，如国家缔造之初，宫室粗备，故不过树立架子，创建规模，而其中之洞房曲室，网户罘罳①，尚未齐备。至中、晚而始备，至宋、元而愈出愈奇。明七子不知此理，空想挟天子以令诸侯，于是空架虽立，而诸妙皆捐。《淮南子》曰："鹦鹉能言，而不能得其所以言。"

二十九

朱竹君以学士降编修，分校得老名士程鱼门，京师传为佳话。殁后，张中翰埙哭以一律，后四句云："丹旐书铭前学士，青山送葬老门生。从今前辈无人哭，拼与先生泪尽倾。"瘦铜诗多雕刻，而此独沉着。

---

① 网户罘（fú）罳（sī）：门窗和门外屏风。网户，古代雕刻有网状花纹的门窗。罘罳，古代的一种屏风，设在门外。

三十

郑板桥爱徐青藤诗，尝刻一印云："徐青藤门下走狗郑燮。"童二树亦重青藤，《题青藤小像》云："抵死目中无七子，岂知身后得中郎？"又曰："尚有一灯传郑燮，甘心走狗列门墙。"

三十一

二树名钰，山阴诗人。幼时，女史徐昭华抱置膝上，为梳髻课诗①。及长，少所许可；独于随园诗，矜宠②太过。奈从未谋面。今春在扬州，特渡江见访。适余游天台，相左。嗣后，寄声欲秋间再来。余以将往扬州，故作札止之。旋为他事滞留。到扬时，则童已殁十日矣。闻其临终时，帘开门响，都道余之将至也。故余入哭，作挽联云："到处推袁，知君雅抱千秋鉴；特来访戴，恨我偏迟十日期。"童病中梦二叟，自称紫阁真人、浮白老人，手牵鹤使骑。童辞衣装未备。真人晓以诗曰："昔从赤身来，今从赤身去。一丝且莫挂，何论麻与絮？不若五铢衣，随风自高举。"童答云："多谢群真招我归，殷勤持赠五铢衣。相从化鹤吾真愿，要傍先人陇上飞。"吟毕，求宽期。紫阁真人立二指示之。果越③二十日而卒。

二树临终，满床堆诗，高尺许，所以殷殷望余者，为欲校定其全稿而加一序故也。余感其意，为编订十二卷，作序外，录其《黄河》云："一气直趋海，中含万古声。划开神禹甸，横压霸王城。几见荣光出，刚逢彻底清。

---

① 为梳髻课诗：给他梳理头发，教他学诗。
② 矜宠：宠爱。
③ 越：度过，超过。

浮槎如可借,应犯斗牛行。"《金山》云:"三山名胜岂寻常,彼岸居然一苇航。重叠楼台知地少,奔腾江海觉天忙。梵音只许鱼龙听,佛面时分水月光。回首蓬莱应不远,几声长啸极苍茫。"五言如"落花随棹转,隔树看山移""蚁闲缘水过,蜂健负花归""山远云平过,天空月直来"。《观潮》云:"一气自开辟,众星相动摇。"《齿落》云:"无烦重漱石,所恨不关风。"七言如"秋声如雨不知处,落月带霜还照人""风梅落纸画犹湿,松雪扑弦琴一鸣""客感每从孤馆集,老怀常觉暮秋多""茶声响杂花梢雨,帘影晴通竹坞烟""讵有庚寅同正则,敢夸丁卯是前生""花犹解媚开如笑,水不忘情去有声",皆可传也。二树画梅,题七古一篇,叠"须"字韵八十余首,神工鬼斧,愈出愈奇。余雅不喜叠韵,而见此诗,不觉叹绝。易箦①时,令儿扶起,画梅赠我。梅成,题诗三句,而气绝矣。余装潢作跋,传子孙,以表不识面之交情,拳拳如此②。

三十二

芜湖观察张苣亭先生,性耽风雅,工诗善书。有《散步》一首云:"霜林落叶点人衣,散步郊原趁夕晖。禾熟更经新雨润,雀驯常傍旧檐飞。余霞近水添红艳,远岫排空接翠微。洗却纤尘天宇近,闲吟不觉带星归。"乙酉秋,来江宁监试。余以竹叶裹粽馈之,附诗云:"劝公莫负便便腹,不嚼红霞嚼绿云。"公和云:"倘得携筇亲奉访,管教嚼尽岭头云。"

---

① 易箦(zé):更换床席,指人将死。箦,华美的竹席。
② 拳拳如此:诚挚恳切到这种地步。

三十三

汉军董元镜在京师市上买端砚，中有黄气[1]一缕，即《砚谱》中所谓"黄龙"也。旁题云："虽有虹贯日[2]，竟无客入秦。可怜易水上，愁杀白衣人。"

三十四

尹文端公于近体诗，推敲最细。常招陈太常星斋、申副宪笏山小集。申和"廉"字云："得天厚只论诗刻，待客丰惟自奉廉。"余按，宋人亦有句云："诗律伤严似寡恩。"

三十五

唐有无名氏诗云："烈风拔大树，未拔根已露。上有寄生草，依依犹未悟。"明季国事危矣，姚雪庵大司马在朝。有友画猴儿抱藤眠枯树上，寄之，题云："猴儿要醒而今醒，莫待藤枯树倒时。"

---

[1] 黄气：黄色的气痕。
[2] 虽有虹贯日：虽然有荆轲当年气贯长虹的悲壮。

三十六

白门张启人句云:"书为重看多折角,诗因待酬暂存双。"陈古渔亦有句云:"却恐好书轻看过,摺将余页待明朝。"

三十七

桐城张文端公贺同馆翰林某新婚云:"坐对玉人无辨处,只分云鬓与花钿。"可想见其人之美。余,故史文靖公门生,而其子抑堂少司马,则儿女亲家也。壬寅二月,访抑堂于溧阳,席间出文靖公《玉堂归娶图》,命题。画美少年骑马、行亲迎礼于扬州许氏。事在康熙庚辰,公才十九岁,至今八十余年矣。抑堂笑谓余曰:"亲家当日亦系翰林归娶,何不归娶人题归娶图乎?"卷中前辈诗之最佳者郭元釪云:"彩灯十道簇香轮,花满游缨踏路尘。似有路人传盛事,公然许史是天亲。"徐葆光云:"华灯夹道拥鸣驺①,诏许乘鸾衣锦游。十里珠帘春尽卷,谁家少妇不登楼?"蒋仁锡云:"宴罢红绫乐事赊,翩翩走马帽檐斜。似闻却扇先私语,谁夺迎门利市花?"余题四绝,末一首云:"愧作彭宣拜后堂,绝无衣钵继安昌。算来只有归迎事,曾学黄粱梦一场。"

三十八

人问:"妓女始于何时?"余云:"三代以上,民衣食足而礼教明,焉得有妓女?惟春秋时,卫使妇人饮南宫万以酒,醉而缚之。此妇人当是妓女

---

① 鸣驺(zōu):古代随从显贵出行并传呼喝道的骑卒。

之滥觞①。不然，焉有良家女而肯陪人饮酒乎？若管仲之女闾三百，越王使罢女为士缝衽：固其后焉者矣。"戴敬咸进士，过邯郸，见店壁题云："妖姬从古说丛台，一曲琵琶酒一杯。若使桑麻真蔽野，肯行多露夜深来？"用意深厚，惜忘其姓名。

三十九

霞裳从余游琴溪归。次日，同游之盛明经复初以二律见投。余问："盛公何句最佳？"霞裳应声云："惟'赤鲤去千载，青山留一峰'。"余曰："然。果近太白。"后三日，路遇雨。霞裳曰："偶得'雨过湿云忙'五字。"余极称其得雨后云走之神，代作出句云："风停干鹊噪。"家春圃观察曰："'噪'字对不过'忙'字，为改'喜'字。"霞裳《过鄱阳湖》云："风能扶水立，云欲带山行。"亦佳。

四十

余在安庆许司狱席上，见小伶扇上画一白头翁，题曰："山中一只鸟，独立心悄悄。所欢胡不来？相思头白了。"又《题蜡嘴鸟》云："世味嚼来浑似蜡，莫教开口向人啼。"

---

① 滥觞：源头。

四十一

高文端公第七公子,字雨亭,从京师寄小照索题:画美少年,着縑单衣,坐松石上。余题就寄去,而公子死矣。其弟广德搜其遗稿,属①余为序。录其《七夕》一首,云:"女伴穿针乞巧时,半弯新月动相思。天边星宿人间客,一样明朝有别离。"咏柳云:"柳色连溪碧,依依傍玉台。门前无知己,青眼为谁开?"又:"怀人随梦去,隔世带愁来。"皆不似富贵人语。

四十二

有某以诗见示,题皆"雁字""夹竹桃"之类。余谓之曰:"尊作体物②非不工,然享宴者,必先有三牲五鼎,而后有葵菹蚳醢之供③;造屋者,必先有明堂大厦,而后有曲室密庐之备。似此种题,大家集中,非不可存;终不可开卷便见。韩昌黎与东野联句,古奥可喜;李汉编集,都置之卷尾。此是文章局面,不可不知。"

四十三

凡作诗,写景易,言情难。何也?景从外来,目之所触,留心便得;情从心出,非有一种芬芳悱恻之怀,便不能哀感顽艳。然亦各人性之所近:杜

---

① 属:嘱托。
② 体物:吟咏描述事物。
③ 而后有葵菹(zū)蚳(chí)醢(hǎi)之供:然后才有别致精巧的小菜。葵菹,腌制的野菜;蚳醢,用蚁卵做的酱。

甫长于言情，太白不能也；永叔长于言情，子瞻不能也；王介甫、曾子固偶作小歌词，读者笑倒，亦天性少情之故。

四十四

甬东顾鉴沙，读书伴梅草堂，梦一严装女子来见，曰："妾月府侍书女，与生有缘。今奉敕赍书南海，生当偕行。"顾惊醒，不解所谓。后作官广东，于市上买得叶小鸾小照，宛如梦中人，为画《横影图》索题。钱相人方伯有句云："怪他才解吟诗句，便是江城笛里声。"余按：小鸾，粤人，笄年入道，受戒于月朗大师。佛法：受戒者，必先自陈平生过恶，方许忏悔。师问："犯淫否？"曰："征歌爱唱《求凰曲》，展画羞看《出浴图》。""犯口过否？"曰："生怕泥污嗔燕子，为怜花谢骂东风。""犯杀否？"曰："曾呼小玉除花虱，偶挂轻纨坏蝶衣。"

四十五

余在杭州，杭人知作《诗话》，争以诗来求摘句者，无虑百首。余只爱朱亦笺《春晚书怀》云："春当三月原如客，人过中年欲近僧。"沈菊人一联云："双雀露浓移别树，孤萤风静引归人。"福建女子林氏《贺黄莘田重赴鹿鸣》云："丹桂花开六十秋，振衣人到广寒游。嫦娥细认曾相识，前度人来竟白头。"

四十六

周德卿之言曰:"文章徒工于外者,可以惊四筵,不可以适独坐。"斯言也,余颇非之。文章非比阴德,不求人知。景星庆云①,明珠美玉,谁不一见即知宝贵哉?吟蚤唧唧,呓语惛惛,彼虽自鸣得意,岂足传之不朽?得之虽苦,出之须甘;出人意外者,仍须在人意中:古名家皆然。况四座之惊,有知音,有不知音;独坐之适,有敝帚之享,有寸心之知:不可一概而论。

四十七

司空表圣论诗,贵得味外味。余谓今之作诗者,味内味尚不能得,况味外味乎?要之,以出新意、去陈言为第一着。《乡党》云:"祭肉不出三日;出三日,则不食之矣。"能诗者,其勿为三日后之祭肉乎!

四十八

博士卖驴,书券三纸,不见"驴"字,此古人笑好用典者之语。余以为用典如陈设古玩,各有攸宜:或宜堂,或宜室,或宜书舍,或宜山斋;竟有明窗净几,以绝无一物为佳者,孔子所谓"绘事后素②"也。世家大族,夷庭高堂,不得已而随意横陈,愈昭名贵。暴富儿自夸其富,非所宜设而设

---

① 景星庆云:比喻吉祥的征兆。
② 绘事后素:意思是先以粉地为质,然后施五彩;比喻有良好的质地,才能锦上添花。

之，置楲窬①于大门，设尊罍②于卧寝，徒招人笑。吴西林云："诗以意为主，以辞采为奴婢。苟无意思作主，则主弱奴强，虽僮指千人，唤之不动。古人所谓诗言志，情生文，文生韵，此一定之理。今人好用典，是无志而言诗；好叠韵，是因韵而生文；好和韵，是因文而生情。儿童斗草，虽多亦奚以为！"

四十九

欲作佳诗，先选好韵。凡其音涉哑滞者、晦僻者，便宜弃舍。"葩"即"花"也，而"葩"字不亮；"芳"即"香"也，而"芳"字不响：以此类推，不一而足。宋、唐之分，亦从此起。李、杜大家，不用僻韵③，非不能用，乃不屑用也。昌黎斗险，掇《唐韵》而拉杂砌之④，不过一时游戏，如僧家作盂兰会，偶一布施穷鬼耳。然亦止于古体、联句为之。今人效尤务博⑤，竟有用之于近体者。是犹奏雅乐而杂侏儒，坐华堂而宴乞丐也，不已傎⑥乎！

五十

唐人近体诗，不用生典：称公卿，不过皋、夔、萧、曹；称隐士，不过梅福、君平；叙风景，不过夕阳、芳草；用字面，不过"月""露""风""云"：一经调度，便日月崭新。犹之易牙治味，不过

---

① 楲（wēi）窬（yú）：便桶，便器。
② 尊罍（léi）：泛指酒器。
③ 僻韵：用险僻的字作韵脚。
④ 拉杂砌之：杂乱地堆砌。
⑤ 今人效尤务博：现在的人效仿错误的做法，实施地范围广。
⑥ 傎：颠倒错乱。

鸡猪鱼肉；华陀用药，不过青粘漆叶：其胜人处，不求之海外异国也。余《过马嵬吊杨妃》诗曰："金舄①锦袍何处去？只留罗袜与人看。"用《新唐书·李石传》中语，非僻书也，而读者人人问出处。余厌而删之，故此诗不存集中。

五十一

王梦楼云："词章之学，见之易尽，搜之无穷。今聪明才学之士，往往薄视诗文，遁而穷经注史。不知彼所能者，皆词章之皮面耳。未吸神髓，故易于决舍；如果深造有得，必愁日短心长，孜孜不及，焉有余功旁求考据乎？"予以为君言是也。然人才力各有所宜，要在一纵一横而已。郑、马主纵，崔、蔡主横，断难兼得。余尝考古官制，捡搜群书，不过两月之久，偶作一诗，觉神思滞塞，亦欲于故纸堆中求之。方悟著作与考订两家，鸿沟界限，非亲历不知，或问："两家孰优？"曰："天下先有著作，而后有书；有书而后有考据。著述始于三代六经，考据始于汉、唐注疏。考其先后，知所优劣矣。著作如水，自为江海；考据如火，必附柴薪。'作者之谓圣'，词章是也；'述者之谓明'，考据是也。"

五十二

余任江宁时，送尹文端公移督广州，云："天上本无常照月，人间还有再来春。"未五年，果仍督江南。

---

① 金舄（xì）：古代用金装饰的一种复底鞋。

五十三

元相称韩舍人诗："欲得人人服，能教面面全。"又曰："玉磬声声彻，金铃个个圆。"韩舍人，即昌黎也。昌黎硬语横空，而元相以此二联称之。此中消息，非深于诗者不知。

五十四

怀古诗，乃一时兴会所触，不比山经地志，以详核为佳。近见某太史《洛阳怀古》四首，将洛下故事，搜括无遗，竟有一首中，使事至七八者。编凑拖沓，茫然不知作者意在何处。因告之曰："古人怀古，只指一人一事而言，如少陵之《咏怀古迹》，一首武侯，一首昭君，两不相羼①也。刘梦得《金陵怀古》，只咏王濬楼船一事，而后四句，全是空描。当时白太傅谓其'已探骊珠，所余鳞甲无用'。真知言哉！不然，金陵典故，岂王濬一事？而刘公胸中，岂止晓此一典耶？"

五十五

松江有徐媛者，十峰先生之女。黄石牧太史述其《续绣余集》一绝云："仰视天无星，俯视月如霜。月正人影短，月斜人影长。"其母张夫人能诗，所云"续绣余"者，以母夫人先有此集名也。

---

① 相羼（chàn）：掺和在一起，混杂。

五十六

黄石牧太史未遇时，馆于青浦盛氏。范笏溪先生访之，为阍人[①]所阻，懊恼而返。华亭至青浦，已百里矣。黄知之，深不自安。赠诗云："高鸿渺渺过无迹，凡鸟匆匆去未题。妒杀绿杨丝万缕，曾牵范舸在长堤。"后海宁陈文简公延石牧于家，范所荐也。范于黄为先辈。范卒后，黄为序其《四香楼诗集》，而述其在叶忠节公席上《赠欠山》诗云："有客夜归迷旧路，隔村树黑远疑山。"

五十七

余幼时家贫，除"四书""五经"外，不知诗为何物。一日，业师外出，其友张自南先生携书一册，到馆求售，留札致师云："适有亟需，奉上《古诗选》四本，求押银二星，实荷再生，感非言罄。"予舅氏章升扶见之，语先慈曰："张先生以二星之故，而词哀如此，急宜与之。留其诗可，不留其诗亦可。"予年九岁，偶阅之，如获珍宝。始《古诗十九首》，终于盛唐。伺业师他出，及岁终解馆时，便吟咏而摹仿之。呜呼！此余学诗所由始也。自南先生其益我不已多乎！

五十八

阮亭尚书自言一生不次韵，不集句，不联句，不叠韵，不和古人之韵。此五戒，与余天性若有暗合。

---

① 阍人：看门人。

五十九

甲辰秋，余在广州，有传蒋苕生物故①者。未几，接苕生手书，方知讹传。到桂林，告岑溪令李献乔明府。李喜，口号一绝云："狂生有待两公裁，未便先期一岳摧。岂为路逢章子厚，端明已自道山回。"李心折袁、蒋两家诗，与赵云松同癖。

六十

余在桂林，淑兰女弟子偶过随园，题壁见怀云："为访桃源偶驻车，仙云何处落天涯？喜看几笔簪花字，犹领春风护绛纱。""几度蒙招未得过，居然人似隔天河　偷公朝考句。非关学得嵇康懒，半为风多半病多。"

六十一

戊辰秋，余宰江宁，将乞病归，适长沙陶士璜方伯调任福建，路过金陵，谓余曰："子现题升高邮州，宪眷如此，年方三十，忽有世外②之志，甚非所望于贤者也。"余虽未从其言，而至今感其意。甲辰在广州，遇方伯之孙，诵乃祖《买书歌》曰："十钱买书书半残，十钱买酒酒可餐。我言舍酒僮曰否，咿唔万卷不疗饥。斟酌一杯酒适口，我感僮言意良厚。酒到醒时愁复来，书堪咀处味逾久。淳于豪饮能一石，子建雄才得八斗。二事我俱逊古

---

① 物故：亡故，去世。
② 世外：归隐。

人,不如把书聊当酒。虽然一编残字半蠹鱼①,区区蠡测②我真愚,秦灰而后无完书。"

六十二

同年李湖,字又川,巡抚广东,以清严为政。舆人③歌云:"广东真乐土,来了李巡抚。"圣眷甚隆,而积劳成疾。薨时,香亭往送入殓,见公面目手足作黄金色,光耀照人,亦一奇也。巡抚贵州,《入境口号》云:"双旌遥指贵阳城,紫盖红旗夹道迎。自愧书生当重任,不知何以报升平。"

六十三

周栎园论诗云:"学古人者,只可与之梦中神合,不可使其白昼现形。"至哉言乎!

六十四

乙丑,余宰江宁。有张漱石名坚者,持故人陈长卿札求见,赠云:"他年霖雨知何处?记取烟波有钓徒。"后岁丙子,同杨洪序来随园,年七十余,喜所居不远,月下时时过从。别三十年,杳无音耗。丙午二月,过洪武街,遇老人,乃其子也,方知先生八十三岁,委化陕中。为黯然者久之。次

---

① 蠹(dù)鱼:又名衣鱼,是一种蛀蚀书籍、衣服的无翅小型昆虫。
② 蠡(lí)测:比喻见识短浅,以浅见量度人。
③ 舆人:造车的工人;古代操贱役的吏卒;轿夫;众人。此处似指众人。

日，其子抱先生全集，属为点定。《偶成》云："细雨潇潇欲晓天，半床花影伴书眠。朦胧正作思乡梦，隔院棋声落枕边。"鄂文端公为苏藩司，选《南邦黎献集》，擢君第三。

六十五

苕生携妇游摄山，余寄诗调之。苕生答云："樵夫汲妇互穿云，老佛低眉苦不分。客路偶然携眷属，游踪未必感星文。漫劳史笔传佳语，却被山灵识细君①。谁与洪崖②描小影？鹿皮冠伴水田裙。"

六十六

余得绍兴十八年《题名碑》，朱子乃五甲进士也。王蒪亭中翰戏题云："若使当时无五甲，先生也合落孙山。"朱子小名沈郎，亦载碑中。

六十七

武将能诗，皆由天授。刘大刀名綎，本姓龚，湖广人。其七世孙某来作江宁都司，诵其先人遗句云："剪发接缰牵战马，拆袍抽线补旌旗。胸中多少英雄泪，洒上云蓝③纸不知！"戚继光亦有警句云："风尘已老塞门臣，欲向君王乞此身。一夜秋霜零短鬓，明朝不是镜中人！"

---

① 细君：古代诸侯之妻为细君，后来妻的通称。
② 洪崖：传说中的仙人名。
③ 云蓝：古代的一种纸名，唐代段成式创制。

六十八

乾隆丙辰，唐公莪村为太常寺卿。余鸿词报罢后，袖诗走谒。公奇赏之。次日，即托其西席朱君佩莲道意，欲以从女见妻，余以聘定辞，公为惋惜。至今感不能忘，垂五十年矣。甲辰，到端州，见公《赠关庙瑞公上人》一律云："何因来古寺？冷落二年羁。性拙宜僧朴，身危仗佛慈。险夷无定象，梦幻有醒时。一笑成今别，前途最汝思。"纸尾注云："甲子冬，缘事来肇庆，羁栖二年。今丙寅夏，将之任山左，赋诗留别。"盖公任广西方伯时，待鞫①到此所作。后巡抚江西，三仕三已，以官寿终。名绥祖，扬州人。

六十九

余过永州，时值冬月，远望秃树上立数鹭鸶，疑是木兰花开，方忆戴雪村先生"高湍散作低田雨，白鸟栖为远树花"二句之妙。

七十

周元公云："白香山诗似平易，间观所存遗稿，涂改甚多，竟有终篇不留一字者。"余读公诗云："旧句时时改，无妨悦性情。"然则元公之言信矣。

---

① 鞫：审问。

七十一

王荆公矫揉造作,不止施之政事也。王仲圭"日斜奏罢《长杨赋》,闲拂尘埃看画墙"句,最浑成。荆公改为"奏赋《长杨》罢",以为如是乃健。刘贡父"明日扁舟沧海去,却从云里望蓬莱",荆公改"云里"为"云气",几乎文理不通。唐刘威诗云"遥知杨柳是门处,似隔芙蓉无路通",荆公改为"漫漫芙蓉难觅路,萧萧杨柳独知门"。苏子卿咏梅云"只应花是雪,不悟有香来",荆公改为"遥知不是雪,为有暗香来"。活者死矣!灵者笨矣!

七十二

余游南岳,往谒衡山令许公。其仆人张彬者,沅江人,年二十许,见余名纸,大喜,奔告诸幕府,以得见随园叟为幸。既而许公招饮,命彬呈所作诗,有"湖边芳草合,山外子规啼""远岫碧云高不落,平湖萤火住还飞"之句,果青衣中一异人也。性无他嗜,酷好吟咏。主人赏婚费,乃不聘妻,而尽以买书。

七十三

全祖望,字谢山,以丙辰春闱先入词馆,故九月间不与鸿博之试。丁巳,散馆[1]外用,谢山不乐,赋诗呈李穆堂侍郎云:"生平坐笑陶彭泽,岂有

---

[1] 散馆:明清时翰林院设庶常馆,新进士朝考得庶吉士资格者入馆学习,三年期满,按考试成绩分别授职。

牵丝百里才？秫未成醪身已去，先几何待督邮来？"有乩仙传谢山为钱忠介公后身者，故有《举子》诗云："释子语轮回，闻之辄加嗔。有客妄附会，云我具夙根。琅江老督相，于我乃前身。一笑妄应之，燕说谩云云。"按谢山年三十六，方娶满洲学士春台之女，逾年举子。时忠介公后人名芍亭者，侵晨入贺。谢山惊曰："何知之神耶？"芍亭曰："夜来寒影堂中，不知何人扬言曰'谢山得子'，故来贺耳。"此事，朱心池为余言之。余悔在都见谢山时，不曾一问。

七十四

余在粤，自东而西，常告人曰："吾此行，得山西一人，山东一人。"山西者，普宁令折君遇兰，字霁山；山东者，岑溪令李君宪乔，字义堂。二人诗有风格，学有根柢，皆风尘中之麟凤也。折君见赠五首，录其二云："南国多芙蓉，北地饶冰雪。风土固自殊，气类有差别。如何邂逅间，投契若符节？兰馨蕙自芬，松茂柏乃悦。物理有如斯，心知不容说。""经年废吟咏，对客类喑哑。岂无风人①怀，所嗟和者寡。今逢袁夫子，方寸有炉冶。只字精搜罗，箧衍重包裹。敬宗讵不聪，能知世有我。自惭苦窳②姿，一顾成硕果。于我虽无加，益以成公大。谁能充是心，用以宰天下？"李君于余起行时，道送不及，到泉州后寄诗云："岸边双树林，来对兀沉沉。挂席去已远，别醑空自斟。烟寒过客少，江色暮楼深。谁识此时际？寥寥千载心。"《湘上》云："孤月无人处，扁舟先雁来。"皆高淡可喜。

---

① 风人：一指古代采集民歌风俗等以观民风的官员，另也指诗人。
② 苦窳（yǔ）：粗糙劣质。

七十五

己亥三月,小住西湖。有李明府名天英者,号蓉塘,四川诗人,特来见访。录其《雪后寄施南田》云:"雪汁初融瓦,寒光已在天。大江回望处,清影两萧然①。忽发山阴兴,思乘访戴船。风涛夜未息,目断小姑前。"他如:"远梦摇孤榜,残星落酒旗。""野鸥时避桨,旅雁自为群。"李松圃郎中称其诗有奇气。信然。

七十六

金陵闺秀陈淑兰,受业随园,绣诗见赠云:"侬作门生真有幸,碧桃种向彩云边。"张秋崖孝廉见而和云:"书生未列扶风帐,惭愧佳人赋彩云。"秋崖诗笔清雅,《邺城九日》句云:"枫叶落残孤阁雨,菊花开尽故乡心。"

七十七

明郑少谷诗学少陵,友林贞恒讥之曰:"时非天宝,官非拾遗,徒托于悲哀激越之音,可谓无病而呻矣!"学杜者不可不知。

---

① 萧然:萧索寥落的景象。

七十八

康熙间，杭州林邦基妻曾如兰能诗。邦基死，招之相从。曾矢①之曰："有如皎日。"后立其兄子光节，葬毕舅姑，吞金而亡。吟诗曰："镜里菱花冷，三年泪未干。已终姑舅老，复咽雪霜寒。我自归家去，人休作烈看。西陵松柏古，夫子共盘桓。"一时和者数百人。未死前十日，先具牒钱塘令周公。周加批，用骈语慰留之，竟不从而死。可谓从容之至矣！

七十九

诗分唐、宋，至今人犹恪守。不知诗者，人之性情；唐、宋者，帝王之国号。人之性情，岂因国号而转移哉？亦犹道者，人人共由之路，而宋儒必以道统自居，谓宋以前直至孟子，此外无一人知道者。吾谁欺？欺天乎？七子以盛唐自命，谓唐以后无诗，即宋儒习气语。倘有好事者，学其附会，则宋、元、明三朝，亦何尝无初、盛、中、晚之可分乎？节外生枝，顷刻一波又起。《庄子》曰："辨生于末学②。"此之谓也。

八十

余引泉过水西亭，作五律，起句云："水是悠悠者，招之入户流。"隔

---

① 矢：发誓。
② 辨生于末学：应出自韩愈的《读〈墨子〉》，而非《庄子》。此句话的意思是分立、分辨是研究学问的最终事情。

数年，改为"水澹真吾友，招之入户流"。孔南溪方伯见曰："求工反拙①，以实易虚，大不如原本矣。"余憬然②自悔，仍用前句。因忆四十年来，将诗改好者固多，改坏者定复不少。

八十一

诗人用字，大概不拘字义。如上下之"下"，上声也；礼贤下士之"下"，去声也。杜诗"广文到官舍，系马堂阶下"，又"朝来少试华轩下，未觉千金满高价"，是借上声为去声矣。王维"公子为嬴停四马，执辔愈恭意愈下"，是借去声为上声矣。

八十二

时文之学，有害于诗，而暗中③消息，又有一贯之理④。余案头置某公诗一册，其人负重名；郭运青侍讲来，读之，引手横截于五七字之间，曰："诗虽工，气脉不贯。其人殆不能时文者耶？"余曰："是也。"郭甚喜，自夸眼力之高。后与程鱼门论及之，程亦韪⑤其言。余曰："古韩、柳、欧、苏，俱非为时文者，何以诗皆流贯？"程曰："韩、柳、欧、苏所为策论应试之文，即今之时文也。不曾从事于此，则心不细而脉不清。"余曰："然

---

① 求工反拙：为了追求工巧反而变得笨拙。
② 憬然：醒悟的样子。
③ 暗中：暗含。
④ 又有一贯之理：又能有贯通全篇的情理。
⑤ 韪（wěi）：是，对。

则今之工于时文而不能诗者，何故？"程曰："庄子有言：'仁义者，先王之蘧庐也①，可以一宿，而不可以久处也。'今之时文之谓也。"

八十三

前朝番禺黎美周，少年玉貌，在扬州赋黄牡丹诗。某宗伯品为第一人，呼为"牡丹状元花主人"。郑超宗，故豪士也，用锦舆歌吹，拥状元游廿四桥。士女观者如堵。还归粤中，郊迎者千人。美周被锦袍，坐画舫，选珠娘之丽者，排列两行，如天女之拥神仙。相传有明三百年真状元，无此貌，亦无此荣也。其诗十章，虽整齐华赡，亦无甚意思。惟"窥浴转愁金照眼，割盟须记赭留衣"一联，稍切"黄"字。后美周终不第，陈文忠荐以主事，监广州军，死明亡之难。《绝命词》云："大地吹黄沙，白骨为尘烟。鬼伯舐复厌，心苦肉不甜。"一时将士为之陨涕。此外，尚有"莲花榜眼"，其诗不传。

八十四

广西岑溪县最小且僻，有诸生谢际昌者，送其邑宰李少鹤云："官贫归棹易，民爱出城难。"此生可谓阳山之区册②矣。或《赠查声山宫詹》云："地高投足险，恩重乞身难。"

---

① 蘧庐：古代驿传中供人休息的房子，犹今言的旅馆。
② 区册：人名，唐代岭南文士。韩愈为他作《送区册序》。

八十五

甲戌春，余与张司马芸墅游栖霞，见僧雏①墨禅，才七岁。其时，山最幽僻，游者绝稀，惟扬州商人构静室数间，春秋一到而已。自尹文端公请圣驾巡幸，乃增荣益观②。方修葺时，余屡从公游，有"山似人才搜更出"之句。其时墨禅渐长成，花前灯下，时时以一联相示。随入京师。别十余载，丁未秋，相见于紫峰阁下，则年已三十九矣。追谈往事，彼此怆然。诵其《盘山》诗云："偶来浮石上，疑是泛沧浪。一鸟堕寒翠，千峰明夕阳。无人垂钓去，有约看云忙。即此惬真赏，萧然世虑忘。"其他如"树随崖脚断，山到寺门深""月白鸟疑昼，山空树欲秋""树偏饶曲折，僧不碍逢迎"，皆可爱也。相别又一年，遽示寂而去。

八十六

尹公三次迎銮③。幽居庵、紫峰阁诸奇峰，皆从地底搜出，刷沙去土，至三四丈之深。所用朱龙鉴、庄经畲、潘涵等州县官，皆一时名士。又嫌摄山水少，故于寺门外开两湖，题曰"彩虹""明镜"。余戏呈诗云："尚书抱负何曾展，展尽经纶在此山。"

---

① 僧雏：小和尚。
② 乃增荣益观：才修缮外观，增加建筑。
③ 銮：圣驾。

八十七

扬州四十年前,平山楼阁寥寥,沟水一泓而已。自高、卢两榷使,费帑无算,浚池篝山,别开生面,而前次游人,几不相识矣。刘春池有句云:"两堤花柳全依水,一路楼台直到山。"

八十八

山阴陶篁村得汪氏旧庄于葛岭下,葺而新之,自云:"诗不能写者,付之于画;画不能写者,付之于诗。"号曰泊鸥山庄。题云:"高士门庭云亦懒,荷花世界梦俱香。"四诗甫成,忽奉有官檄,占去养马,如催租人败兴一般。

八十九

永州太守王蓬心,为麓台司农之后,工诗画。余游南岳,过永州,与其子访愚溪、钴鉧潭诸处;夕归,太守出小像索诗,而自画《芝城话旧图》见赠。题云:"一别东吴思旧雨,重来南楚鬓添霜。谈天犹是苏玉局,缩地难逢费长房。江水悠悠不知远,山风习习渐加凉。两人情态都如昨,作画吟诗爱夜长。"彼此落笔时,各挑灯倚几。蓬心笑谓余曰:"此夕光景,可似五十年前,同赴童子试耶?"记其书斋对联云:"岂易片言清积牍,还留一息理残书。"

九十

沈子大先生，梦至一处，上坐二儒者，皆姓周，素不识面，笑向沈云："'羲画破天烦妹补'，君可对之。"沈沉吟良久，忽唐孙华太史从外来，曰："我代对'羿弓饶月待妻奔'，何如？"两周为之拍手。唐字实君，沈之业师也。

九十一

陈古渔尝为余诵"马过闻沙响，拖霜看雁飞"之句，余甚爱之。后知是曲沃诗人秦紫峰明府所作。紫峰有句云："看花须看花盛时，盛时难再花亦知。"尤妙。紫峰与客观方竹，客戏云："世有方竹无方人。"紫峰曰："有。"问："何人？"曰："子贡。"问："何以知之？"曰："《论语》云：'子贡方人。'"

九十二

吾乡金长儒先生以时文名，世不知其能诗也。有人为述其《禹庙》云："授笈俨陪苍水使，奉香犹剩白头僧。"《晚步》云："打头黄叶忽飘坠，知是隔林松鼠来。"

九十三

梅耦长《咏绿梅》云:"闻说绿珠真绝世,我来偏见坠楼时。"归安有五亭山人者,姓吴,名斯洺,《咏桐子》云:"堕地绿珠人不见,至今但觉画楼高。"二诗相似。又《嘲牡丹》云:"蝶使蜂媒齐用力,万花丛里看擒王。"可云奇绝。

九十四

乾隆己未,余乞假归娶,诸公卿有送行诗册,题签者为吴江陆虔石先生。今五十余年矣。甲辰,其子朗夫,巡抚湖南。余从西粤过长沙,中丞款接甚殷,云:"当初先人题签时,我年才十七,侍旁磨墨。"余感其意,到家寄诗谢之。不料诗未到而中丞已亡。仅传其《梦中自赠》云:"能开衡岳千重云,只饮湘江一杯水。"至今楚人受德者,挥泪诵之。名曜,吴江人。

九十五

苏州惠天牧先生,督学广东,训士子以实学,一时英俊多在门墙。去后,人立生祠,如潮州之奉韩愈也。先生以《珠江竹枝词》试士。何梦瑶赋云:"看月谁人得月多,湾船齐唱浪花歌。花田一片光如雪,照见卖花人过河。"公喜,延入幕中。此雍正年间事。后吾乡杭堇浦太史掌教粤东,与何唱和。《嘲杭病起》云:"门外久疏参学侣,帘前渐立犯斋人。"《咏史》

云:"赵宋若生燕太子,肯将金币事仇人?"余慕何君之名,到海南访之,则已逝矣。

九十六

沈方舟《磁溪早发》云:"北风猎猎水茫茫,多谢吴门鼓枻[①]娘。铁鹿长樯四千里,送人夫婿早还乡。"方问亭宫保未遇时,在汉上亦有句云:"寄语湘波连夜发,十年我是未归人。"

九十七

英梦堂相公,与裘文达公同在户部,谓裘曰:"有句云:'官久真成强弩末,归迟空望大刀头。'君猜是何人之作?"裘以为放翁逸诗。已而知是桐城石晓堂,乃大惊叹。石屡欲访余,以官楚南路远,时时托方绮亭明府寄声道意。方诵其《舟行》云:"击汰过簰洲,人在烟中语。中流一舟来,空濛数声橹。""少妇善操舟,小儿能荡桨。渔翁不捕鱼,船头坐补网。"晓堂,名文成。

晓堂亡后,其子某抱遗集来,索余作序,云:"先人志也。"余摘其佳句,五言如"角声沉暮雨,雁影起寒沙""水喧村碓急,云堕寺门低",七言如"沙边水退犹存迹,烟际帆遥似不行""买田阳羡宵宵梦,作客并州处处家""窥鱼浅渚翘双鹭,待渡斜阳立一僧""入店已非前度主,拂墙犹有旧题诗""僮嫌解囊寻诗稿,客忌登舟算水程",皆妙。

[①] 鼓枻(yì):划桨。

九十八

张君五典,字叙百,秦中人,九世同居,蒙恩题奖。作宰上元时,时拢诗袖中,入山见访,绝非今之从政者。《祁阳访友》云:"示病手挥群吏散,著书心喜好朋来。"《示安奴》云:"孺人日课郎君读,去就书声认画船。"孺人亡,乃悼之云:"好我果能长入梦,把君竟可当长生。"安奴者,遣接家眷船也。

九十九

杭州方夫人芷斋,名芳佩,适汪又新太史。翁霁堂征君向余诵其《西湖》佳句云:"晓市花间摇短帜,夕阳柳外数归舟。""烟迷山失浮图影,风紧帆归盏饭僧。"皆有画意。随太史入都,《忆西湖》云:"清凉世界水晶宫,亚字阑干面面风。今夜若教身作蝶,只应飞入藕花中。"《赠霁堂》云:"四海长留知己感,一生惟有爱才忙。"有《在璞草堂集》,一时唱和者,许太夫人而外,杭堇浦之妹清之,嫁赵万暻上舍,寡居守志,有句云:"尽日支床深拥被,不知户外几峰青。"同一能诗女子,方荣贵而杭艰辛,何耶?

一百

王阳明集中云:"正德庚辰八月,梦见郭璞,极言王导奸邪在王敦之上。故公诗责导云:'事成同享帝王贵,事败仍为顾命臣。'璞亦有诗云:

'倘其为我一表扬，万世万世万万世。'"余按此说，与苏子瞻梦中人告以唐杨绾之好杀，陶贞白《真诰》言晋太尉郗鉴之贪酷，皆与史册相反。

一百一

《乐府解题》云："《毛诗》之'兮'，《楚词》之'些'，曹操所不喜。"余颇以操为知音。盖诗有关咏叹者，不得不用虚字，以伸长其音。若直叙铺陈，一用虚字，便成敷衍。近有作七古者，排比未终，无端忽插"兮"字，以致调软气松，全无音节。

一百二

刘霞裳之弟某，风貌远不及其兄，而际遇甚奇。有扬州女子姓陈，名素莲者，与交好，抽簪劝学，临别赠诗云："深闺独醒起常迟，愁上眉峰有镜知。纵使天风能解意，萍踪吹聚又何时？"

一百三

酒肴百货，都存行肆中。一旦请客，不谋之行肆，而谋之于厨人，何也？以味非厨人不能为也。今人作诗，好填书籍，而不假炉锤，别取真味，是以行肆之物，享大宾矣。

一百四

杭州沈观察世涛妻陈氏，名素安，字芝林。《咏卖花声》云："房栊寂寂闭春愁，未放雕梁燕出楼。应怪卖花人太早，一声声似促梳头。"《水墨裙》云："百叠波纹绉墨痕，疏花细叶淡生春。窈娘病后腰肢减，钿尺休量旧日身。"《病起》云："几日无心课小娃，晴窗睡起自分茶。重帘不卷纱帏静，落砚何来数点花？"

一百五

王梅坡妻张氏，能诗。幼子汝翰，初上学，嫌衣服不华。张训以诗云："箪食应知颜子乐，缊袍①谁笑仲由寒？"其他佳句，如"花因寒重难舒蕊，人为愁多易敛眉"。生女美绝，年十三，时皇太后驾过见之，抱置膝上，赏藏香一枝。

一百六

邓英堂秀才偕妻陈淑兰各画兰竹数枝，赠毛俟园广文。毛谢以诗，曰："闺中清课剪冰纨，夫写箕篸②妇写兰。料得图中爱双绝，水精帘③下并肩看。"未几，英堂无故自沉于水。越三月，淑兰殉夫自缢。毛追忆诗中"双

---

① 缊袍：以乱麻为絮的袍子，古代时多为贫者所穿。
② 箕（yún）篸（dāng）：一种皮薄、节长而竿高的大竹子，多生长在水边。有时也指地名。
③ 水精帘：亦作"水晶帘"，用水晶制成的帘子，比喻晶莹华美的帘子。

七十

老学究论诗,必有一副门面语①:作文章,必曰有关系;论诗学,必曰须含蓄。此店铺招牌,无关货之美恶。"三百篇"中有关系者,"迩之事父,远之事君"是也;有无关系者,"多识于鸟兽草木之名"是也;有含蓄者,"棘心夭夭,母氏劬劳"是也;有说尽者,"投畀豺虎""投畀有昊"是也。

七十一

钟、谭论诗入魔,李崆峒作诗落套。然其佳句,自不可掩。钟云:"子侄渐亲知老至,江山无故觉情生。"《慰人下第》云:"似子何须论富贵,旁人未免重科名。"皆妙。李《游黄曾岭》云:"搔首黄曾霄汉近,旧题应被紫苔封。"《舟饮》曰:"贪数岸花杯不记,已冲江雨缆犹牵。"《春暮》云:"荷因有暑先擎盖,柳为无寒渐脱绵。"俱有风味,不似平时阔落②。

七十二

乙未冬,余在苏州太守孔南溪同年席上,谈久夜深。余屡欲起,而孔苦

---

① 门面语:冠冕堂皇的话。
② 阔落:本义是宽舒,豁达开朗,此处可能指俗气。

留不已，曰："小坐强于去后书。"余为黯然，问是何人之作。曰："任进士大椿《别友》诗也。"首句云："无言便是别时泪。"

七十三

人有生而潇洒者，不关学力也[①]。傅玉笥先生有句云："莺花日办三春课，风月天生一种人。"

七十四

严冬友最爱陈梅岑"怕锄野草伤新笋，偶检残书得旧诗"之句，以为闲中锄地、翻卷，往往有之。

七十五

张南华先生，画白头鸟立桃花上。题者难之。李玉洲先生云："桃花红满三千岁，青鸟飞来也白头。"

七十六

程鱼门多须纳妾，尹公子璞斋戏贺云："莺啭一声红袖近，长髯三尺老奴来。"文端公笑曰："阿三该打！"

[①] 不关学力也：这和学问深浅没有关系。

七十七

熊蔗泉观察咏兰云:"伴我三春消永昼,垂帘一月不烧香。"予谓第二句并非兰花,的是兰花。

七十八

桐城孙容克《题采石》诗云:"从古江山闲不得,半归名士半英雄。"盖一指太白,一指常开平也。虞山陈见复先生《过桐城》云:"弥天险手高人笔,如此村墟①大有人。"一指姚广孝,一指李公麟也。

七十九

方制府问亭栽棉花,招幕府吟诗,多至数十韵。桐城马苏臣曰:"我止两韵。"提笔云:"五月棉花秀,八月棉花干。花开天下暖,花落天下寒。"方公击节②不已。常州杨公子撺一联云:"谁知姹紫嫣红外,衣被苍生别有花③。"

---

① 村墟:村庄,乡村集市。
② 击节:形容十分赞赏。
③ 衣被苍生别有花:还有一种造福人类、为苍生做衣服的花。

八十

同年舒瞻，字云亭，作宰平湖，招吾乡诗人施竹田、厉樊榭诸君，流连倡①和，极一时之盛。同时，杭郡太守鄂筠亭先生亦修禊西湖，名流毕集，各有歌行。临去时，布衣丁敬送哭失声。云亭《偶成》一首云："芳草青青送马蹄，垂杨深处画楼西。流莺自惜春将去，衔住飞花不忍啼。"鄂公《修禊序》云："诗者，先王之教也。山水清音，此邦为最。无与合之则调孤，有与倡之则和起。余安得拘俗吏之规规乎？此拟《兰亭》之所由作也。"呜呼！似此贤令尹、贤太守，何可再得？鄂公名敏，上改名乐舜。

八十一

丙辰入都，一时耆士②中，得见前辈甚少。惟翁霁堂照曾见西河、竹垞，谢皆人芳莲曾见阮亭。谢风调和雅，如春风中人。阮亭有《香祖笔记》，故自号香祖。其诗淡洁，而蹊径殊小③。尚茶洋比部称为盆景诗。《溪村早起》云："早起杏花白，饭牛人出门。野田多傍水，深柳自为村。比屋尽耕稼，服畴皆弟昆。炊烟犹未散，林鸟乱朝暾。"其弟子王继祖敬亭能传其派。《晓起》云："晓起临幽槛，无人一径清。淡烟萦竹翠，微露点花明。梁燕梳新羽，林鸦杂乳声。偶然忘盥栉④，得句且怡情。"敬亭与余同校甲子科乡试，闱中自诵其《过古墓》云："古墓郁嵯峨，荒鸱立华表。当时会葬时，

---

① 倡：同"唱"。
② 耆士：指在社会上有名望的文人雅士，年纪较大长者。
③ 而蹊径殊小：而新意很少。
④ 盥栉：梳洗。

车马何扰扰！"余不觉其佳。王笑云："君且闭目一想。"

敬亭牧泰州，为太守杨重英所劾。落职后，《游朝阳洞》云："洞古层崖上，藤萝挂石扉。白云时出没，一半湿僧衣。"《雨过》云："阴云初过雨，一半夕阳开。闲立豆棚下，蜻蜓去复来。"

八十二

常州陈明善，字亦园，乡居，甚富，家有园亭，性好吟咏。《种蔬》云："闲种半畦蔬，芳叶纷满目。天意答小勤，盘餐遂余欲。"亦清才也。锡山邵辰焕主其家。有《柳枝词》云："前溪烟雨后溪晴，桃叶桃根惯送迎。谁似小红桥畔柳，击依画舫过清明？"亦园忽有仕宦之志，尽卖其田，出仕远方，家业荡然，园归他姓。余为诵白傅诗曰："我有一言君应记，世间自取苦人多。"

八十三

诗占身分，往往有之。庄容可未遇时，《咏蚕》云："经纶犹有待，吐属已非凡。"后果以状元致官亚相。唐郭代公元振《咏井》云："凿处若教当要路，为君常济往来人。"亦此意也。齐次风宗伯，年十二，《登巾子山》云："江水连天白，人烟满地浮。巾山山上望，一览小东瓯。"龙为霖太史改官为令，《咏大树》云："但教能覆地，何必定参天？"陆双桥贫困，《有感》云："老骥尚怀千里志，枯桐空抱五音材。"

八十四

马观察维翰，字墨麟，嘉兴人，貌不逾中人，而抱负甚大。中康熙辛丑进士，内大臣看验时，诸人皆跪，公不可。九门提督隆科多呵之，公夷然不动。隆转笑曰："不料渺小丈夫，乃风骨如许！"公曰："区区一跪，尚未见维翰风骨也。"隆大奇之。从部郎擢四川建昌道。忤总督某，直揭部科，被逮入都。皇上登极，授江南常镇道。在都时，余以后辈礼见，蒙有"三异人"之称。其二则尚君廷枫、万君光泰也。公《南行漫兴》云："西方多说无生法，但演刀山即下乘。"咏梅云："雅值心知原欲笑，淡无人赏亦终开。"其心胸可想。与卢雅雨同年，一时号"南马北卢"。亡后，卢哭之云："前辈典型亡北斗，中原旗鼓失南军。"

八十五

眼前欲说之语，往往被人先说。余冬月山行，见柏子离离，误认梅蕊，将欲赋诗，偶读江岷山太守诗云："偶看柏子梢头白，疑是江梅小着花。"杭堇浦诗云："千林乌桕都离壳，便作梅花一路看。"是此景被人说矣。晚年好游，所到黄山、白岳、罗浮、匡庐、天台、雁荡、南岳、桂林、武夷、丹霞，觉山水各自争奇，无重复者。读门生邵玘诗云："探奥搜奇兴不穷，山连霄汉水连空。较量山水如评画，画稿曾无一幅同。"知此意又被人说过矣。

八十六

商宝意先生咏菜花云:"小朵最宜村妇鬓,细香时簇牧童衣。"其同乡刘鸣玉翻其意云:"半亩只邀名士赏,一生不上美人头。"鸣玉与童二树、陈芝图号"越中三子"。

八十七

《宋诗纪事》载:"有罗颖者,《题汉高祖庙》云:'果然公大度,容得辟阳侯。'夜梦高祖召而责之,旦遂病卒。"异哉!果有此事,彼伪撰《天宝遗事》者,明皇何以不诛?

八十八

论诗区别唐、宋,判分中、晚,余雅不喜。尝举盛唐贺知章《咏柳》云:"不知细叶谁裁出,二月春风似剪刀。"初唐张谓之《安乐公主山庄》诗:"灵泉巧凿天孙锦,孝笋能抽帝女枝。"皆雕刻极矣,得不谓之中、晚乎?杜少陵之"影遭碧水潜勾引,风妒红花却倒吹""老妻画纸为棋局,稚子敲针作钓钩",琐碎极矣,得不谓之宋诗乎?不特此也,施肩吾《古乐府》云:"三更风作切梦刀,万转愁成绕肠线。"如此雕刻,恰在晚唐以前。耳食者不知出处,必以为宋、元最后之诗。

八十九

元微之《自嘲》云："饭来开口似神鸦。"姚武功某寺云："无斋鸽看僧。"二句皆摹神之笔。

九十

《古乐府》："羞涩佯牵伴。"五字写尽女儿情态。唐人因之有"强语戏同伴，希郎闻笑声"之句。他如"从来不坠马，故遣髻鬟斜""小胆空房怯，长眉满镜愁""密约临行怯，私书欲报难"，皆不愧淫思古意矣。近时杨公子摺一联云："行来踯躅浑无力，不倚阑干定倚人。"

九十一

唐人《咏小女诗》云："见爷不相识，反走牵娘裾"，是画小女之神；"发覆长眉侧，花簪小髻旁"，是画小女之貌；"学语渠渠问，牵裳步步随"，是画小女之态；"爱拈爷笔墨，闲学母裁缝"，是写小女之憨。

九十二

东坡诗，有才而无情，多趣而少韵，由于天分高，学力浅也。有起而无结，多刚而少柔，验其知遇早晚景穷也。

九十三

离别诗最佳者,如"路长难算日,书远每题年。无复生还想,终思未别前""醉中忘却身为客,意欲仍同送者归",皆读之令人欲泣。又宋人云:"西窗分手四年余,千里殷勤慰索居。若比九原泉路别,只多含泪一封书。"

九十四

唐人《女坟湖》云:"应是离魂双不得,至今沙上少鸳鸯。"宋人《青楼》诗云:"与郎酣梦浑忘晓,鸡亦流连不肯啼。"

九十五

陆钺曰:"凡人作诗,一题到手,必有一种供给应付之语,老生常谈,不召自来。若作家,必如谢绝泛交,尽行麾去①,然后心精独运,自出新裁。及其成后,又必浑成精当,无斧凿痕,方称合作。"余见史称孟浩然苦吟,眉毫脱尽;王维构思,走入醋瓮:可谓难矣。今读其诗,从容和雅,如天衣之无缝,深入浅出,方臻此境②。唐人有句云:"苦吟僧入定,得句将成功。"

---

① 尽行麾去:意思是把妨碍写诗的人和事都打发了。
② 方臻此境:才逐渐达到了出神入化的境界。

九十六

溧阳相公为大司寇时,奉旨教习庶吉士,到任庶常馆,而此科状元庄容可以在南书房,故不偕诸翰林来。史公怒曰:"我二十年老南书房,不应以此殆我。"将奏召之。彭芝庭侍讲为之通其意甚婉,遂为师弟如常。彭故史公本房弟子,而庄又彭公本房弟子也。庄献诗云:"绛帐自然应侍立,蓬山未到总支吾。"

溧阳公馆课,出《春日即事》题。同年管水初一联云:"两三点雨逢寒食,廿四番风到杏花。"公擢为第一,同人以"管杏花"呼之。公七十寿旦,某庶常献百韵诗。公读之,笑曰:"把老夫做题,也还耐得百韵;可惜无一句搔痒处,都是祝嘏浮词①,不敢领情。"盖公总督八省,兼领六卿故也。记许刺史佩璜有句云:"三朝元老裴中令,百岁诗篇卫武公。"余有句云:"南宫六一先生座,北面三千弟子行。"俱为公所许可。

九十七

余雅不喜杜少陵《秋兴》八首,而世间耳食者,往往赞叹,奉为标准。不知少陵海涵地负之才,其佳处未易窥测;此八首,不过一时兴到语耳,非其至者也。如曰"一系",曰"两开",曰"还泛泛",曰"故飞飞",习气大重,毫无意义。即如韩昌黎之"蔓涎角出缩,树啄头敲铿",此与一夕

---

① 都是祝嘏浮词:都是不切实际祝福的话。

话之"蛙翻白出阔,蚓死紫之长[①]"何殊?今人将此学韩、杜,便入魔障。有学究言:"人能行《论语》一句,便是圣人。"有纨绔子笑曰:"我已力行三句,恐未是圣人。"问之,乃"食不厌精""脍不厌细""狐貉之厚以居"也。闻者大笑。

九十八

余尝教人:古风,须学李、杜、韩、苏四大家;近体,须学中、晚、宋、元诸名家。或问其故。曰:"李、杜、韩、苏,才力太大,不屑抽筋入细,播入管弦,音节亦多未协。中、晚名家,便清脆可歌。"

九十九

《高惠功臣表》,班氏以"符"与"昭"押韵。《西南夷两粤赞》,班氏以"区"与"骄"押韵。王岐公为人作碑铭,俱仿此例。

一百

蔡孝廉有青衣许翠龄,貌如美女而夭。记性绝佳,尝过染坊,戏焚其簿,坊主大骇,翠龄笑取笔为默出之,某家染某色,及其价值,丝毫不差。

[①] 蛙翻白出阔,蚓死紫之长:青蛙翻过来像一个宽扁的白色的"出"字,蚯蚓死去了像一个紫色的细长的"之"字。这两句是旧时嘲讽鄙陋无文的诗句,语出宋代邢居实《拊掌录》。

主人亡，翠龄哭以诗云："双泪啼残遗仆在，一灯青入旅魂来。"初，孝廉在苏州安方伯幕中请乩，有女仙刘碧环下降，赠诗云："升沉已定君休戚，他日长安道上人。"孝廉喜，以为东野"看遍长安花"之意。后竟死于陕西。

一百一

福建歌童名点点者，柔媚能文。有客行酒政^①，要一句唐诗，一句曲牌名，曰："闲看儿童捉柳花，《合手拿》。"点点应声曰："有约不来过夜半，《奴心怒》。"点点又唱曰："柳下惠风和。"合席噤口，以为绝对。

一百二

余已选杨次也、李啸村《竹枝》，自谓妙绝矣。近又得程望川《扬州竹枝》云："准备明朝谒梵宫，痴情不与别人同。薰笼彻夜衣香透，故意钩人立上风。""巧髻新盘两鬓分，衣装百蝶薄棉温。临行自顾生憎色，袖底何人泼酒痕？""长幡飘动绕炉香，摄级同登拜上方。此去下坡苔露滑，倚扶小妹妹扶娘。""绣花帘下霭青烟，特漏全身到客前。忽听后舱人赞好，安排斗眼看来船。"四首皆眼前事，而笔足以达之，殊可爱也。望川名宗洛，桐城人。

---

① 酒政：酒令。

一百三

吴俗以六月二十四为荷花生日，士女出游。徐朗斋作《竹枝词》云："荷花风前暑气收，荷花荡口碧波流。荷花今日是生日，郎与妾船开并头。""赤日当天驻火轮，龙船旗帜一时新。东家女笑西家女，桥上人看桥下人。""葑门①城门门绕湖，湖光一片白模糊。荷花生日年年去，若问荷花半朵无。""丹阳段郎官长清，天然诗句自然成。怪郎面似荷花好，郎是荷花生日生。"

---

① 葑门：位于苏州城东，相门之南。初因封禺山得名封门，后因周围多水塘，盛产葑（茭白），遂改为葑门。

卷八

一

讽世语最蕴藉者，某《游春》云："地湿莎青雨后天，桃花红近竹林边。游人本是农桑客，记得春深要种田。"《咏桑》云："采采东风叶满篮，御寒功已在春蚕。世间多少闲花草，无补生民亦自惭。"《雨中作》云："布被装棉梦黯然，晓看遥岫锁轻烟。蹇驴尽避当风马，也有香泥湿锦鞯①。"

二

西崖先生云："诗话作而诗亡。"余尝不解其说，后读《渔隐丛话》，而叹宋人之诗可存，宋人之话可废也。皮光业诗云"行人折柳和轻絮，飞燕含泥带落花"，诗佳矣。裴光约訾之曰："柳当有絮，燕或无泥。"唐人"姑苏城外寒山寺，夜半钟声到客船"，诗佳矣。欧公讥其夜半无钟声。作

---

① 锦鞯：锦制的衬托马鞍的坐垫。

诗话者,又历举其夜半之钟,以证实之。如此论诗,使人夭阏①性灵,塞断机括,岂非"诗话作而诗亡"哉?或赞杜诗之妙。一经生曰:"'浊醪谁造汝?一醉散千愁。'酒是杜康所造,而杜甫不知,安得谓之诗人哉?"痴人说梦,势必至此。

三

天长诗人陈烛门进士,名以刚。余宰江宁,蒙其过访。余爱买书,而官廨甚小,都堆签押处。故赠诗云:"六朝山立帘钩外,万卷书横簿领中。"即姚武功"印朱沾墨研,户籍杂经书"之意。

四

有箍桶匠,老矣,其子时时冻馁之。子又生孙,老人爱孙,常抱于怀。人笑其痴。老人吟云:"曾记当年养我儿,我儿今又养孙儿。我儿饿我凭他饿,莫遣孙儿饿我儿!"此诗用意深厚,较之"因子不孝,抱孙图报仇"者,更进一层。

五

诗谶从古有之。宋徽宗《咏金芝生》诗,曰:"定知金帝来为主,不待春风便发生。"已兆靖康之祸。后蜀主孟昶《题桃符贴寝官》云:"新年纳

---

① 夭阏(è):摧折,遏止。阏,阻塞。

余庆，嘉节号长春。"后太祖灭蜀，遣吕余庆知成都。王阳明擒宸濠，勒石庐山，有"嘉靖我邦国"五字。亡何，世宗即位，国号嘉靖。扬州城内有康山，俗传康对山曾读书其处，故名。康熙间，朱竹垞游康山，有"有约江春到"之句。今康山主人颖长方伯，修葺其地，极一时之盛，姓江，名春，亦一奇矣！

六

乾隆初，江西有四子：杨、汪、赵、蒋是也。赵山南早夭，诗失传。汪輋云名轫，少孤贫，为人执炊。有句云："积晦云疑斗，新晴草欲焚。"杨子载名垕，才最高，与蒋心馀相抗。其先本云南土司，改籍江西。五言云："山鬼常联臂，溪虹倏现身。""早霞随日上，败叶拥潮行。""有客嫌庭仄，无书觉昼长。"七言云："寒星欲灭见渔火，小雨无声添落花。""栏边花草牛羊路，寺里人家杵臼声。""客少长留不鸣雁，睡酣翻喜失晨鸡。"

七

又有何在田者，《偶成》云："月借日光成半面，雨收云气泛余丝。"《郊外》云："野径无人问，随牛自得村。""近市原非隐，能诗岂是才。""樵室薪为榻，鱼舟网作帆。"皆可传之句也。甲辰三月，余赴粤东，过南昌，心馀病风，口不能言，犹以左手书此数联。

八

心馀手持诗集廿卷向余云:"知交遍海内,作序只托随园。"余感其意,临别涕下。其子知让见赠五古,洒洒千言,合少陵、香山而一之,篇什太长,故未抄录。与余论古尤合,又赠三律,有句云:"公所读书人亦读,不如公处只聪明。"

心馀书舍,有扬州汪端光孝廉赠句云:"置酒好招乡父老,解衣平揖汉公卿。"汪字剑潭,少年玉貌,佳句如"水定渔灯出,风骄戍鼓沉""路长行应独,舟小买宜双""月明又是无边水,半照行人半照鱼",皆有别趣。

九

鱼门《哭董东亭》云:"然疑未定先抛泪,日月都真旋得书。"云松《哭韩廷宣》云:"久客不归无异死,故人入梦尚如生。"

十

庐州守备徐椒林,每到金陵,与余款洽。在满洲城,《夜饮》诗云:"为恃将军司锁钥,几番痛饮月沉西。"

十一

士大夫宦成之后,读破万卷,往往幼时所习之"四书""五经",都不省记。癸未召试时,吴竹屿、程鱼门、严冬友诸公毕集随园。余偶言及"四书"有韵者,如《孟子》"师行而粮食"一段,五人背至"方命虐民"之下,都不省记。冬友自撰一句足之,彼此疑其不类,急翻书看,乃"饮食若流"四字也。一座大笑。外甥王家骏有句云:"因留僧话通吟偈,为课儿功熟旧书。"

甥多佳句,如"乍见波微白,方知月骤明""一编如好友,宜近不宜疏""衣因乱叠痕常绉,书为频翻卷不齐""宿云似幕能遮月,细雨如烟不损花""停足恰逢曾识寺,入门先问旧交僧""曲引急流归远港,微删密叶显新花""伏枕苦吟无好句,描诗容易做诗难",皆有放翁风味。

十二

钱文端公庚午典江西试。写榜吏陈巨儒须鬓如雪,求公赠手迹为荣。自陈年七十,手写文武试三十二榜。公赠诗云:"桂籍凭伊腕力传,白头从事地行仙。自言作吏中书省,曾侍朱衣四十年。"十月,复写武榜,解首则其孙腾蛟也。名初唱,掀髯一笑,笔堕于地。中丞阿公喜极,遣牙校驰笺,索藩司彭公家屏赠诗。彭方有剧务,幕中客拟数首,不称公意。遣吏飞马请蒋苕生来。蒋方与友饮酒肆,恋不肯行。吏敦促至再,扶鞭上马。比至,则促召之使已四辈矣。彭公遽起,告以中丞索诗之使,立马檐下。蒋笑曰:"某

---

① 桂籍:中国古时科举登第人员的名籍。
② 解首:解元,指科举制度中乡试第一名。

不知公有此急也。"濡笔立题一绝云:"榜头题处笑开眉,六十年来鬓若丝。官烛两行人第一,夜阑回忆抱孙时。"彭公得诗狂喜,复酬苕生,送轻纱四端。

苕生太夫人钟氏,名令嘉,晚号甘荼老人。生心馀,四岁,即断竹丝作波磔①,教之识字。尝登太行山云:"绝磴马萧萧,群峰气势骄。苍云横上党,寒色满中条。极目河如带,拦车雪未消。龙门划诸水,禹力万年昭。"乙酉岁,心馀奉母出都,画《归舟安稳图》,一时名公卿题满卷中。尹文端公谓余曰:"此卷中无佳作,惟太夫人自题七章,陆健男太史四首,足传也。"惜未抄录。

十三

尹文端公和余"飞"字韵云:"鸟入青云倦亦飞。"吟至再三,欷歔②不已,想见当局者求退之难。古渔有句云:"未游五岳心虽切,便到重霄劫又多。"

十四

尹文端公督两江时,爱才如命。宛平王发桂以主簿派管行宫,有句云:"愧我衙官无一事,宫门持帚扫闲花。"公见而大喜,即超迁贰尹③。秀才解中发有句云:"多读诗书命亦佳。"公于某扇上见之,即聘作西席。

---

① 即断竹丝作波磔:就折断细竹作教鞭教儿子识字。波磔,汉字书法的撇捺。
② 欷歔:叹息。
③ 即超迁贰尹:马上越级提升他为副职少尹。

十五

或问:"李师中将出兵,在韩魏公席上赋诗,云:'归来不愿封侯印,只向君王觅爱卿。'不知所用何典?"余按《宋史·王景传》:"景仕唐,归晋,高祖厚遇之,问其所欲。对:'受恩已厚,无所欲。'固问之。乃曰:'臣为小卒,常负胡床,从队长过官妓侯小师家弹唱,心颇慕之。今得小师为妻,足矣。'高祖大笑,即以赐之,封楚国夫人。"疑师中即指此事。后蔡攸出兵,指帝座刘妃求赏,其事在后。或云:"爱卿者,即魏公席上之妓名。"

十六

梅珍为文穆公第六子,弱冠时,从张芸墅游随园云:"随园耳久熟,游历自今初。买得小山隐,名仍太傅余①。主人能爱客,高士幸携余②。幽径入萝薜,知应世味疏。"又曰:"岸分双沼水,壁满一朝诗。"呜呼!式庵学醇行端,年未五十竟亡,诗多散失矣!

十七

余幼时《咏史》云:"若道高皇胜项羽,试将吕后比虞姬。"后见益都

---

① 此"余"为留下、胜过的意思。
② 此"余"为人称代词,指"我"。

王中丞遵坦有句云："垓下何必更悲歌，虞兮吕兮较若何？"两意相同。王又有句云："亚父不用乃寿终，淮阴枉死未央宫。"意亦新。

十八

马骕宛斯作《绎史》，叙三代事，极博雅，而诗笔甚清。《池上》云："种鱼有术寻渔父，断酒无心学醉翁。"渔洋题其像云："今日黄山山下路，只余书带草青青。"

十九

陈古渔云："今人不知诗中甘苦，而强作解事者。正如富贵之家，堂上喧闹，而墙外行人，抵死不知。何也？未入门故也。"宋人《栽竹》诗云："应筑粉墙高百尺，不容门外俗人看。"

二十

余游九华山，青阳沈正侯，字伦玉，少年韶秀，延候于五溪，已三日矣。见赠云："大抵高人能下士，于今童子得瞻师。"又句云："风狂欲折依墙竹，菊萎犹开卧地花。"又，陈明经名芳者，相待于陵阳镇。呈诗云："岸曲桥横草树萋，书堂佛寺水东西。溪亭日映栏干外，九十九峰影尽低。"两人俱不事科举，以吟咏自娱。

二十一

诗虽新,似旧才佳。尹似村云:"看花好似寻良友,得句浑疑是旧诗。"古渔云:"得句浑疑先辈语,登筵初僭少年人。"偶过西湖,见陈庄题壁云:"一叶蜻蜓似缺瓜,年年荡桨水云涯。叉鱼射鸭娇无力,笑入南湖摘藕花。""苏小楼头杨柳风,小姑斗草语芳丛。阿侬家住胭脂岭,怪底花枝映日红。"末署"竹屿"二字,苏州吴进士泰来也。新安江寺见题壁云:"昨与邻舟姊妹逢,香风暖处话从容。低头怕有渔郎至,不看莲花只看侬。""滩头漠漠起炊烟,折罢莲花正暮天。却怪鸳鸯不解事,偏依侬艇并头眠。"末署"鲁凤藻"三字。

二十二

黄莘田落第,赋《无题》云:"秃尖成冢还成阵,未抵灵犀一点通。"吴竹桥落第,赋《无题》云:"闻说千金才买笑,紫骝休系莫愁家。"王介祉落第,亦有《无题》云:"盼得纤儿还荡子,传来小婢又夫人。"

二十三

古渔《路上》诗云:"年来一事真堪笑,只见来船是顺风。"戴喻让云:"莫羡上流风便好,好风也有卸帆时。"荣方伯名柱者,有句云:"风自横来无顺逆,水当涨处失江湖。"余则云:"东窗关后西窗启,犹喜风无两面来。"

二十四

甲子秋,余遗失诗册,心郁郁者一年。古渔云:"癸巳冬,得诗百篇,怀之访人,带宽落地,竟无觅处。乃题云:'拈断吟髭费苦猜,已抛偏又上心来。关情似与良朋别,撒手如沉拱璧回。薄祭可能分酒脯?孤飞未必出尘埃。多应掷地无声响,一堕人间便永埋。'"

二十五

朱竹垞先生诗名盖世,而自称本朝第二。故扬州方近雯观察诗云:"骈体莫轻嗤沈、宋,古音休易许曹、刘。试看前辈诗如此,只负皇朝第二流。"商宝意先生云:"诗品官阶两不高。"前辈之虚心如此。王葑亭御史亦有句云:"宦情似墨磨常短,诗境如棋着不高。"

二十六

"莫凭无鬼论,终负托孤心。"何言之沉痛也!"升沉阁下意,谁道在苍苍。"何求之坚切也!"知亲每相见,多在相门前。"何刺之轻薄也!"生应无辍日,死是不吟时。"何吟之溺苦也!俱非唐人不能作。李少鹤《哭人》云:"世缘犹有子,死日始无诗。"亦本于唐。

二十七

查他山先生诗，以白描擅长，将诗比画，其宋之李伯时乎？近继之者，钱玙沙方伯、光禄卿申笏山。笏山卒后，毕秋帆尚书梓其全集。五言云："雨声凉入砚，花气润侵帘。"《看桂》云："香于半路先迎客，花已全开正及时。"

二十八

谢茂秦云："凡作近体，诵之流水行云，听之金声玉振，观之朝霞散绮，讲之异茧缫丝。"

二十九

万柘坡《赠钱坤一》云："雨中听屐到，灯下出诗看。"程南溟有句云："佳句奚囊盛不住，满山风雨送人看。"

三十

近人佳句有相同者：董曲江太史《历城》诗云："寺塔插天云外影，人烟近市日中声。"江于九太守《游九华山》云："松竹分峦翠，云烟隔寺声。"陈梅岑句云："津鼓声沉寒雨急，渔灯影乱夜潮来。"蒋心馀句云：

"守堠兵多官舫过,拔篙声缓乱滩来。"李竹溪句云:"相逢马上摇头者,得句知他胜得官。"李怀民句云:"思苦如中酒,吟成胜拜官。"

近日诗僧甚少。余游天台,得梅谷;到净慈寺,得佛裔;游九华,得亦苇;游粤东,得澄波、怀远、寄尘。亦苇《野步》云:"傍晚欲归寻别径,忽惊沙鸟出苗飞。"澄波《折木樨》云:"莫怪灵山留一笑,如来原是卖花人。"怀远《江行》云:"片帆高趁大江风,过眼云山笑转蓬。行尽断堤杨柳岸,夕阳犹在板桥东。"佛裔者,让山弟子也,有句云:"鱼亦怜侬水中影,误他争唼鬓边花。"绮语自佳①,恰不似方外人所作。怀远云:"雍正间,广东有诗会。好事者张饮分题,聘名流品题甲乙,首选者赠绫绢,其次赠笔墨,亦佳话也。"寄尘本姓彭,工诗能画,《游长寿寺》云:"净坛风扫地,清课月为灯。"

山阴邵太守大业,字厚庵,治苏有惠政,以忤大府罢官②。有《口号》一联云:"江山见惯新诗少,世味尝深感慨多。"又"老来儿女费周旋"七字,亦颇是人情。

---

① 绮语自佳:诗句非常精彩。绮语,美妙的语言。
② 以忤大府罢官:因为得罪了上司而被罢官。

三十三

吾乡任武承太史,名应烈,出守怀庆。中年乞病,买鉴湖快阁以居,乃陆放翁旧地。作诗四首,和者如云。先生句云:"叠石略存山意思,莳花聊破睡工夫。""风流何处追狂客,踪迹重教记放翁。"甲戌岁,札来索和,并招往游。余寄诗奉答,终不果往。壬寅游天台,始登快阁,先生亡久矣。精舍数间,全览鉴湖之胜,想在日清福,不减贺知章。

三十四

康熙戊戌探花傅玉笺先生,名王露,年八十余,同在湖船,自诵《陪申尚衣游西湖绝句》云:"正是金牛纪瑞年,小春风景似春天。蓬莱原近孤山寺,游舫多停六一泉。""一到湖心眼界宽,云光靆靆①接风湍。三朝恩泽深如许,莫作瑶池清浅看。"先生耳聋,与谈者,以手画字,即能通解。癸未春,来游摄山,与之谈,声振屋瓦。

三十五

学士春台典试福建,过吴下买妾方大英,美貌能诗,以南北地殊,服食不惯,雉经而亡。搜其遗稿,有句云:"户闭新蛛网,梁空旧燕泥。"

---

① 靆(dàn)靆:(浓云)密集的样子。

三十六

孙补山尚书,先以中翰从傅文忠公征缅甸。《见疠氛日恶口号一首付诸同事》云:"军容荼火盛,不戢便成灾。水土本来恶,乌鸢晓便来。功成原有数,我死愧无才。腰下防身剑,摩挲日几回。"呜呼!先生当艰险时,赋诗如此,岂料日后之总督两广,晋爵宫保,世袭轻车都尉哉?《孟子》云"天之将降大任",信然!

三十七

或戏村学究云:"漆黑茅柴屋半间,猪窝牛圈浴锅连。牧童八九纵横坐,天地玄黄喊一年。"末句趣极。

三十八

尹文端公妾张氏,封一品夫人,与内廷恩宴。大将军某与忠勇公在上前戏尹云:"张有贵相,十指皆箕斗,无罗纹。"会伊里平定,诸功臣画像内廷,例有赞语①。上命公自为张夫人赞。尹应声云:"继善小妻,事臣最久。貌虽不都,亦不甚丑。恰有贵相,十指箕斗。遭际天恩,公然命妇。上相簪花,元戎进酒。同画凌烟,一齐不朽。"忠勇公曰:"欲戏尹某,反为尹某戏耶!"上大笑。

---

① 例有赞语:按例都有几句赞扬的话。

三十九

壬午春，迎銮淮上，雨久不止。钱文端公戏尹相国云："阁下燮理①阴阳，只燮阴而不燮阳，何也？"按《西清诗话》载："宋时，宋琪、沈义伦俱在黄阁，久旱得雨，雨复不止。琪苦之，戏沈曰：'可谓燮成三日雨。'沈应声曰：'调得一城泥。'"

四十

丁酉七月，庆两峰赴湖北臬使②之便，《过随园留别》云："天外飞鸿迹又过，衡门深处叩烟萝。交情共指青山在，别意相看白发多。祖帐一杯江上酒，秋风八月洞庭波。才人老去须珍重，漫把遗编日苦摩。"到湖北后，又寄红抹肚与阿迟，系以诗云："一个锦兜寄儿着，要他包裹五车书。"自此一别，两峰出镇塞外，遂永诀矣。余哭之云："平原自是佳公子，刘秩终非曳落河。"伤其不耐塞外之风霜也。其诗集甚多，不知流落何所。

四十一

对联有解颐者。康熙时，广东诗僧石莲，住海珠寺，交通公卿。寺塑金刚与弥勒环坐，题对联云："莫怪和尚们，这般大样。请看护法者，岂是小人。"杨兰坡题倒坐观音像云："问大士缘何倒坐？恨世人不肯回头！"江

---

① 燮（xiè）理：协和治理。
② 臬（niè）使：按察使。

西某题养济院云:"看诸君脑满肠肥,此日共餐常住饭。想一样钟鸣鼎食,前生都是宰官身。"

四十二

古诗人遭际,有幸不幸焉。唐宰相郑畋之女,爱读罗隐诗,后隔帘窥其貌寝①,遂终身不复再诵。明谢茂秦眇一目,貌不扬,而赵穆王爱其诗。酒阑乐作,出所爱贾姬,光华夺目,奏琵琶,歌谢所作《竹枝词》,即以赠之。宋真宗时,宋子京乘车,路遇宫人,知为状元,呼曰:"小宋耶?"子京赋诗,有"更隔蓬山一万重"之句,流传禁中。真宗知之,赐以宫女,曰:"蓬山不远。"正德南巡,翰林谢政年少美貌,迎驾西江,见宫眷船,误为御舟,跪迎报名,适宫人开窗泼水,见之一笑。谢赋诗云:"天上果然花绝代,人间竟有笑因缘。"亦复流传宫禁。武宗怒,削籍遣归。

四十三

儿童逃学,似非佳子弟。然唐相韦端己诗云:"曾为看花偷出郭,也因逃学暂登楼。"文潞公幼时,畏父督课,逃西邻张尧佐家,后有灯笼锦之贻。盖与贵妃本属世交,常通缟纻②故也。可见诗人、名相,幼时亦尝逃学矣。阿通九岁,能知四声,而性贪嬉戏。重九日,余出对云:"家有登高处。"通应声曰:"人无放学时。"余不觉大笑,为请于先生而放学焉。其师出对云:"上山人斫竹。"通云:"隔树鸟含花。"

---

① 貌寝:相貌难看。
② 缟纻:原指细白的生绢,后比喻深厚的友谊,也指朋友间的互相馈赠。

四十四

讳老染须，似非高人所为，南朝陆展有"媚侧室"之讥。然司空图清风亮节，唐季忠臣，其诗曰："髭须强染三分折，弦管听来一半愁。"可知染须亦无伤于雅士。

四十五

黄石牧先生以翰林中允督学闽中，因公落职。吾乡徐文穆公荐举博学鸿词，与余同试保和殿。先生年过七旬，神明衰矣，以不完卷，累荐主议处，盖马伏波自忘其老之过也。《唐堂诗集》生新超隽，美不胜收。姑录短句，以志一脔之嗜①。《芭蕉》云："日不红三伏，天惟绿一庵。"《北路买饼》云："驻马一钱交易，羁留三刻行程。"《玫瑰花》云："生来合是依人命，从不容渠在树看。"集中七古，远胜潘稼堂。

四十六

余泛舟横塘，有踏摇娘②蕊仙者。素矜身分，隔窗对语，不肯进舱侍饮，而颇知文墨。客许重赠缠头③，拒而不受。少顷，月出矣，蕊仙持扇求诗。余

---

① 以志一脔之嗜：来满足读者的愿望。
② 踏摇娘：一种曲艺形式，和皮影戏一起表演，流行于民间。
③ 缠头：客人送给歌伎艺人的财物。

戏题云："横塘宵泛酒如淮，十里桃花四面开。只恨锦帆竿上月，夜深不肯下舱来。"蕊仙一笑进舱。

四十七

孝感程蔚亭先生，名光钜，甲辰翰林，出为杭州粮道。有《闺词》云："东家姊妹与西邻，听说相招去踏春。料得今年花事好，晚归都语画眉人。""青衫薄薄衬宫绯，上绣鸳鸯并翅飞。勉强着来都不称，可身还是嫁时衣。"余已未归娶，先生留饮，云："老夫次首，有不惯外任，仍思内用之意。"

四十八

诗人少达而多穷。汪可舟舸，自称客吟先生，诗笔清绝，而在扬州，竟无知者。己丑除夕，忽过白门①，意大不适，有汉江之行。余坚留之，不肯小住，遂成永诀。未十年，其子中也，家业大昌，买马氏玲珑山馆，造亭台，招延名士，而可舟不及见矣。其《听雨》诗云："檐外几声才淅沥，胸中何事不分明？"又曰："侧身已在江湖外，绕屋宁堪竹树多。但觉有声皆剑戟，不知何物是笙歌。"其纡郁可想。仲小海《听雨》云："明知关我心何事，只觉撩人梦不成。"宋人有小词云："薄暮投村急，风雨愁通夕。窗外芭蕉窗里人，分明叶上心头滴。"

---

① 白门：南京的别称。

四十九

余行路见远树,疑为塔尖。高翰起司马云:"平畴见喜塍成绣①,远树看疑塔露尖。"每见门神相对,似怒似笑。赵云松云:"无言似厌人投刺,含笑应羞客曳裾②。"

五十

文尊韩,诗尊杜,犹登山者必上泰山,泛水者必朝东海也。然使空抱东海、泰山,而此外不知有天台、武夷之奇,潇湘、镜湖之胜,则亦泰山上之一樵夫,海船上之舵工而已矣。学者当以博览为工。

五十一

王次回有句云:"天台再许刘晨到,那惜千回度石梁。"宝意先生反其意,作《秋霞曲》云:"天台已入休嫌暂,尚有终身未到人。"

五十二

近日书院一席,全以荐者之荣落,定先生之去留。蒋春农掌教真州,移

---

① 平畴见喜塍成绣:平整的田地中田埂像被绣上去一样。
② 曳裾:原意是拖着衣襟,"曳裾王门"之省称,比喻在权贵的门下做食客。

主扬州梅花书院。《留别诸生》云："自惭头脑太冬烘①，两载銮江作寓公。提举原如宫观例，量移还与职官同。痕留雪爪栖难定，老困盐车②步未工。却忆来时春正晚，海棠飞雨堕阶红。""风雪交加腊尽时，临歧握手意迟迟。丰碑昔拜文丞相，遗像今瞻史督师。山长头衔聊复尔，英雄末路合如斯。诸生莫作攀辕③计，撰杖重游未可知。"

五十三

东坡云："无事此静坐，一日如两日。若活七十年，便是百四十。"京口解李瀛善画，有人聘往写真，而主人久卧不出。解戏改苏诗赠云："无事此静卧，卧起日将午。若活七十年，只算三十五。"山阴人有三乳者，金上清进士调之云："胸罗星宿素襟披，下字成文亦太奇。四乳曾闻男则百，君应七十五男儿。"

五十四

程鱼门云："时文之学，有害于古文；词曲之学，有害于诗。"余谓：时文之学，不宜过深，深则兼有害于诗。前明一代，能时文，又能诗者，有几人哉？金正希、陈大士与江西五家，可称时文之圣；其于诗，一字无传。陈卧子、黄陶庵不过时文之豪，其诗便有可传。《荀子》曰"艺之精者不两能"也。

---

① 冬烘：糊涂懵懂，迂腐浅陋。旧指塾师，常含讥诮之意。
② 盐车：运载盐的车子，喻贤才屈沉于下。
③ 攀辕：即攀辕卧辙，意思是挽留好官。

五十五

　　黄陶庵先生，性严重，馆牧斋家，不肯和柳夫人诗。然其诗，极有风情。《竹枝歌》云："东湖西湖莲菂①开，一日摇船采一回。莲叶田田无限好，只因曾见美人来。""柳条不系玉蹄骊②，拗作长鞭去路斜。春色也随郎马去，妆楼飞尽别时花。"

五十六

　　戊申春，余阻风燕子矶，见壁上题云："一夜山风歇，僧扫门前花。"又云："夜闻椓杙③声，知有孤舟泊。"喜其高淡，访之，乃知是邵明府作。未几，以诗见投，长篇不能尽录。记《竹枝》云："送郎下扬州，留侬江上住。郎梦渡江来，侬梦渡江去。""若耶湖水似西泠④，莲叶波光一片青。郎唱吴歌侬唱越，大家花下并船听。"又《梦中得句》云："涧泉分石过，村树接烟生。"皆妙。邵名飙，字无恙，山阴人。

五十七

　　许子逊先生有女孟昭，《寒夜曲》云："金剪生寒夜漏长，玉人纤手懒缝裳。素娥偏耐秋光冷，肯照鸳鸯瓦上霜？"江宾谷有室陈氏，哭某夫人

---

① 菂：莲子。
② 玉蹄骊：指良马。
③ 椓（zhuó）杙（yì）：捶钉木桩，这里用来形容划桨声。
④ 若耶湖水似西泠：绍兴若耶湖像杭州西泠湖。

云："忽驾青鸾返碧虚①，琼花吹折痛何如？修文应是才人尽，征到嫦娥旧侍书。"

五十八

明季误国臣，马、阮皆庸人也，奸而不雄，较之曹操，直奴才耳！宿迁女子倪瑞璿嘲之云："卖国仍将身自卖，奸雄两字惜称君。"《忆母》句云："暗中时滴思亲泪，只恐思儿泪更多。"

五十九

绥安孝廉诸邦协，值耿逆之变，率家人避兵石窠砦。贼兵过，索犒②，不与，怒焚其砦，全家灰没。族人国枢哭以诗云："三年抗节万山行，密箐③深林母子并。谁遣多生逢浩劫？直教一死重移名。阖门眦决朝探碛，枯骨灰飞夜请兵。青草年年寒食路，招魂惟有杜鹃声。"

六十

闽人崔嶐十三岁有《遇雨》一绝云："叶香乱打冷霏霏，舆梦寻秋雁影稀。烟雨满溪行不了，渡头扶伞一僧归。"雅有画意。

---

① 忽驾青鸾返碧虚：忽然成仙而去。
② 索犒：索要犒劳。
③ 密箐：茂密的竹林。

六十一

董浦先生曰:"冯钝吟右西昆而黜西江,固矣。夫西昆沿于晚唐,西江盛于南宋;今将禁晋、魏之不为齐、梁,禁齐、梁之不为开元、大历,此必不得之数。风会流传,人声因之,合三千年之人,为一朝之诗,有是理乎?二冯可谓能持诗之正,未可谓遂尽其变者也①。"

六十二

吾乡多才女。河督吴公树屏有女名苕华,《留别淮阴官署》云:"三载依依玉镜前,旧梳妆处最相怜。不知今后红窗里,又是何人点翠钿②?"《古镜》云:"阅世兴亡疑有眼,辨人好丑总无声。"

六十三

山阴古无吼山,因采石者屡凿不休,遂成一小湖。远望山如列城,山顶种禾麦,中开一洞,摇船而入,别有天地。大鱼长一二丈者,纷然游泳。邵无恙诵某"船进有鱼听"五字,以为贴切。余曰:"方宫保泊岳州,亦有句云:'莫使火惊孤雁宿,且吟诗与大鱼听。'"

---

① 未可谓遂尽其变者也:不可以说就完全了解了它的变化。
② 翠钿:有两种意思,一指唐宋女子的一种面饰,另一指用翠玉制成的首饰。此处似指前者。

六十四

罗两峰诵人《孔庙》诗云:"阳虎可能同面目,祖龙空自倒衣裳。"顾立方《法藏寺》云:"拂衣人柳碧,覆瓦佛桑青。"以"龙"对"虎",以"人"对"佛",皆工对也。孔庙着笔尤难。

六十五

满洲永公名福,字用五,守湖州。作《吴兴竹枝》云:"香雪西崦处处栽,终朝结社赏梅来。儿家门户敲不得,留待月明人静开。""练裙如雪浣中单,二月风多草色寒。片雨过窗红日现,家家楼上晒衣竿。"公礼贤爱士,蒙见访杭州,于公事如麻时,苦留宴饮。遣人以手板到大府处,乞假谈诗。

六十六

《漫斋语录》曰:"诗用意要精深,下语要平淡。"余爱其言,每作一诗,往往改至三五日,或过时而又改。何也?求其精深,是一半功夫;求其平淡,又是一半功夫。非精深不能超超独先,非平淡不能人人领解。朱子曰:"梅圣俞诗,不是平淡,乃是枯槁。"何也?欠精深故也。郭功甫曰:"黄山谷诗,费许多气力,为是甚底?"何也?欠平淡故也。有汪孝廉以诗投余,余不解其佳。汪曰:"某诗须传五百年后,方有人知。"余笑曰:"人人不解,五日难传,何由传到五百年耶?"

六十七

吾乡沈方舟用济，诗宗老杜。常来金陵，与姚雨亭、袁古香诸人唱和。余宰江宁时，先生已老，不复来矣。杭人有谋梓其诗者，托余访之归愚尚书。尚书云："闻其全稿藏张少弋家。"少弋已亡，竟难搜葺①。雨亭之子记其《留别》云："青尊断送流光易，白社重寻旧雨难。"自此永诀。

六十八

青田才女柯锦机，有宣文夫人之风，绛帏②问字者数十人。同乡韩太守锡胙犹及见之。诵其《送夫应试》云："剑匣书囊自检详，冬裘夏葛赋行装。西风忽送来朝别，明月休沉此夜光。见说试文容易作，须知客感最难防。莫夸司马题桥柱，富贵何如守故乡？"《调郎》云："午夜剔银灯，兰房私事急。薰苁郎不知，故故偎依立。"又云："合线烦君申食指，拾钗为我屈儒躬。"《自题小像》云："焚香合受檀郎拜，一幅盘陀水月身。"

六十九

汪大绅道余诗似杨诚斋。范瘦生大不服，来告余。余惊曰："诚斋，一代作手，谈何容易！后人嫌太雕刻，往往轻之。不知其天才清妙，绝类太白，瑕瑜不掩，正是此公真处。至其文章气节，本传具存。使我拟之，方且有愧。"

---

① 搜葺：搜集整理的意思。
② 绛帏：师门、讲席之敬称，出自《后汉书·马融传》。

七十

王弇州推尊李于鳞，而弇州之才，实倍于李。予爱其《短歌》数句云："不必名山藏，不必千金悬。归去来，一壶美酒抽一编，读罢一枕床头眠。天公未唤债未满，自吟自写终残年。"《弃官》云："人生求官不可得，我今得官何弃之？六月绣襦黄金垂，行人拍手好威仪。与君说苦君不信，请君自衣当自知。"本传称先生论诗，呵斥宋人，晚年临终，犹手握《苏子瞻集》。此二诗，果似子瞻。

七十一

严沧浪借禅喻诗，所谓"羚羊挂角，香象渡河，有神韵可味，无迹象可寻"。此说甚是，然不过诗中一格耳。阮亭奉为至论，冯钝吟笑为谬谈，皆非知诗者。诗不必首首如是，亦不可不知此种境界。如作近体短章，不是半吞半吐，超超玄箸，断不能得弦外之音、甘余之味，沧浪之言，如何可诋？若作七古长篇、五言百韵，即以禅喻，自当天魔献舞，花雨弥空，虽造八万四千宝塔，不为多也，又何能一羊一象，显渡河、挂角之小神通哉？总在相题行事，能放能收，方称作手。

七十二

余雅不喜苛论古人。阮亭骂杜甫无耻，以其上明皇《西岳赋表》云："惟岳授陛下元弼，克生司空。"指杨国忠故也。不知表奏体裁，君相并美，非有心阿附。况国忠乱国之迹，日后始昭。当初相时，杜甫微臣，难遽斥为奸佞。即如上哥舒翰诗，亦极推尊，安能逆料其将来有潼关之败哉？韩昌黎《赠郑尚书序》，郑权也；颜真卿《争坐位帖》，与郭英乂也：本传皆非正人，而两贤颇加推奉，行文体制，不得不然。宋人訾陆放翁为韩侂胄作记，以为党奸；魏叔子责谢叠山作《却聘书》，以伯夷自比，是以殷纣比宋：皆属吹毛之论。孔子"与上大夫言，訚訚[1]如也"。所谓"上大夫"者，独非季桓子、叔孙武叔一辈人乎？

七十三

随园席间咏六月菊，储秀才润书云："秋士[2]偶然轻出处，高人原不解炎凉。"余叹为独绝。何南园一联云："隐士静宜荷作侣，东篱闲爱日如年。"虽差逊[3]，而心思自佳。

何南园《望晴》诗云："风都有意收残暑，云尚多情恋太阳。莫怪人间无易事，一晴天且费商量。"春过随园，见游女，又云："送与名园助春色，水边来往丽人多。"

七十四

《北史》称：庾自直为隋炀帝改诗，许其诋呵[4]。帝必削改至于再三，俟其称善而后已。炀帝虽非令主，如此虚心，亦云难得。第"改章难于造篇，

---

[1] 訚訚：说话和悦而又能正直地争辩。
[2] 秋士：语出《淮南子·缪称训》，常在古诗词中与"春女"相对出，喻迟暮不遇之士。此处诗句中指菊花。
[3] 虽差逊：虽然逊色。
[4] 诋呵：同"诋诃"，斥责，批评。

易字艰于代句",刘勰所言,深知甘苦矣。

七十五

余己未同年,多出任封疆、内调鼎鼐①者,可谓盛矣!近都薨逝,惟余以奉母故,空山独存。想勤劳王事者,毕竟耗心力、损年寿耶?嵇康有"圈马②不乘,寿高群厩"之语,似亦有理。宋人《吟古树》云:"四边乔木尽儿孙,曾见吴宫几度春。若使当时成大厦,也应随例作灰尘。"《闺词》云:"羡他村落无盐女,不宠无惊过一生。"

七十六

文、沈、唐、仇,以画名前朝。仇画从无题咏。唐能诗,恰无佳句。诗画兼工者,惟文、沈二公。而笔情超脱,则沈为独绝。《落花》云:"美人天远无家别,逐客春深尽族行。""苦戒儿童莫摇树,空教行路欲窥墙。""渔艇再来非旧径,酒家重访是空村。"《咏影》云:"算来只有鳏夫称,老去犹堪作伴行。"《金山》云:"过江如隔世,入寺不知山。"有《爱日歌》《七十自寿》两篇,奇绝,惜篇长难录。

七十七

杨刺史潮观,字笠湖,与予在长安交好。以运四川皇木故,再见于白

---

① 鼎鼐:古代两种烹饪器具,比喻宰相等重要官职。
② 圈马:养马。

门,垂四十年矣。《山行遇雨》云:"广厦千万间,不免炎暑热。盖头一把茅,亦避风雨雪。"《马跑泉》云:"十月冰霜洁,真阳坎内全①。任教无底冻,不到有源泉。"所言皆有道气。笠湖在中州作宰,乡试分房,梦淡妆女子搴帘私语曰:"桂花香卷子,千万留意。"醒而大惊。搜落卷,有"杏花时节桂花香"一卷,盖谢恩科表联。其年移秋试在二月,故也。主司是钱东麓司农,见之大喜,遂取中焉。拆卷,乃侯元标,是侯朝宗之孙也。杨悚然笑曰:"入梦求请者,得非李香君乎?"一时传李香君荐卷,以为佳话。

七十八

尹文端公与陈文恭公同年交好,各任封疆四十余年,先后入相。乾隆己丑,尹公卧病,陈以老乞归。尹在枕席间,力疾赠诗云:"闻公予告出都门,白发还乡锦满身。早岁霓裳分咏句②,卅年玉节共班春。到家绿酒斟应满,回首黄粱梦岂真?我老颓唐难出饯,将诗和泪送行人。"未数日,尹公薨。陈在天津,闻信欲回舟作吊,家人止之。未几,舟至德州,亦薨。

七十九

或有句云:"唤船船不应,水应两三声。"人称为天籁。吾乡有贩鬻者,不甚识字,而强学词曲;《哭母》云:"叫一声,哭一声,儿的声音娘惯听,如何娘不应?"语虽俚,闻者动色。

---

① 真阳坎内全:泉内却阳气旺盛。
② 早岁霓裳分咏句:记得早年我们共同写的诗句。

八十

诗人爱管闲事,越没要紧则愈佳,所谓"吹皱一池春水,干卿底事"也。陈方伯德荣《七夕》诗云:"笑问牛郎与织女,是谁先过鹊桥来?"杨铁崖《柳花》诗云:"飞入画楼花几点,不知杨柳在谁家?"

八十一

虞山王次岳妻席氏能诗,《端阳日寄次岳》诗曰:"菖蒲斟玉斝①,独泛已三年。"亡何,夭亡。次岳哭云:"蛾眉月易沉天际,鸟爪仙②难住世间。""旧雨每来先治馔,残灯欲灺③尚论诗。""几夕殡宫移榻伴④,还如同病对床眠。"

八十二

人有邂逅相逢,慕其风貌,与通一语,不料其能诗者;已而以诗见投,则相得益甚。丙辰冬,余游土地庙,见美少年,揖而与言,方知是李玉洲先生第三子,名光运,字傅天。问余姓名,欣然握手。次日见赠云:"燕地逢仙客,新交胜故知。高才偏不偶,大遇合教迟。书剑怀俦侣,风霜感岁时。惭予初学步,何以慰相思?"时予才弱冠,广西金抚军疏中首及其年,傅天

---

① 菖蒲斟玉斝:用菖蒲泡的酒斟满酒杯。玉斝,泛指酒杯。
② 鸟爪仙:晋代葛洪《神仙传》载,麻姑手指似鸟爪。
③ 灺(xiè):灯烛熄灭。
④ 几夕殡宫移榻伴:好几个晚上我都与你的遗体同床作伴。

阅邸报，先知余故也。丙戌二月，余游寒山，一少年甚闲雅，问之，姓郭，名淳，字元会，吴下秀才，素读予文者。次日，与沙斗初同来受业。方与语时，易观手中所持扇，临别，彼此忘归原物。次日，诗调之云："取来纨扇置怀中，忘却归还彼此同。摇向花前应一笑，少男风变老人风。"秀才见赠五古一篇，洋洋千言，中有云："琴书得余闲，判花作御史。飞絮泥不沾，太清云不滓。多情乃佛心，泛爱真君子。禅有欢喜法，圣无缁磷①理。所以每到处，风花缠杖履。"乙酉三月，尹文端公扈驾坠马，余往问疾。在军门外，遇美少年，眉目如画，未敢问其姓名，怅怅还家。俄而户外马嘶，则少年至矣。曰："先生不识东兴阿乎？阿乃总镇七公儿。幼时，先生到馆，曾蒙赠诗。兴阿和韵云：'蒙赠珠玑几行字，也开智慧一分花。'先生忘之乎？"余惊喜，问其年。曰："十八矣。已举京兆。"

八十三

松江顾小崖先生，讳成天，康熙丁酉举人。世宗簿录某大臣家，得其哭圣祖诗，有"已增虞舜巡方岁，竟少唐尧在位年"之句。遂钦赐编修，上书房行走。乾隆二年，以老乞归，上加侍讲衔，年八十二而卒。亦诗人异数也。

八十四

乾隆间以老受恩得官者，当涂有二人焉。徐位山名文靖，曹洛禋名麟书。徐同余丙辰召试，而曹乃丙辰同盟友也。徐年九十余，授翰林院检讨。甲戌秋，寄所注《竹书纪年》、诗一册来。《湖居》云："天将幽致敞湖

---

① 缁磷：喻操守不坚贞。

滨，共我盘桓几十春。守业愿为清白吏，著书羞傍草玄人①。妻缘贫惯无交谪，子未骄成肯负薪。那得向平婚嫁毕，三江烟雨任垂纶②。""白驹几向隙间过，荏苒年华长薜萝。闲极有时评北苑，愁来无梦寄南柯。文标司马尊元狩，帖检来禽署永和。湖上游行湖上立，颓唐老大竟如何？"又"云生渐觉桐弦润，潮上徐看钓艇斜""酒缘斋日陈三雅，茶为眠时试一枪"，皆典雅可诵。

曹官至侍读学士，少时与鲁之裕亮侪夺槊舞剑，权奇倜傥。后行走上书房，予告归。戊寅年，入山话旧。有《留影杂记》一编，即生平行述也。曾入黄山，遇老人传道，年九十余，行走如飞。诗亦清矫。《金山》云："日月不离水，荻芦难辨霜。"《饮昭亭》云："泉细但闻响，山香不见花。"《题泰山》云："日观天门上几回，层云雪海荡胸开。年来懒读人间字，曾探金泥玉简来。"《寄樊姬》云："天外云寒暮雨多，音书何处寄烟波？他乡动觉愁千种，小小双鱼载几何？"古渔赠予诗云："黄山早有神仙遇，白首才蒙圣主知。"余题其《留影》册子云："人天踪迹两漫漫，欲画飞仙影最难。只有上清曹学士，自家留影自家看。""我亦人间有半生，三山五岳等闲行。雪中爪迹分明在，可惜飞鸿记不清。"人问先生："纳交之道，从子夏乎？从子张乎？"先生曰："皆从。"问："何以皆从？"曰："朝廷之上，从子夏；乡党之间，从子张。"

八十五

己未，余在孙文定公署中，见亮侪先生。其时观察清河，年七十余，银髯垂腹，口若悬河，向制府述水利，娓娓万言，无一涩语闲字，使屏后侍史录之，即可作奏疏读也。初从河南县令起家，忤总督田文镜，每被劾一

---

① 草玄人：借指不慕世利、闭门著述之士。

② 垂纶：垂钓。

次,世宗召见,必升一官。真奇士也。作令,不用牌票,书片纸召吏民。作府道,不用文檄,书尺牍谕下属。有令必行,无情不烛。《登黄鹤楼》云:"名胜迹随颓浪卷,孤危身托画栏凭。好把江波成地醴,遍教沟瘠饮天浆。"其抱负可想。

八十六

诗有极平浅而意味深长者。桐城张征士若驹《五月九日舟中偶成》云:"水窗晴掩日光高,河上风寒正长潮。忽忽梦回忆家事,女儿生日是今朝。"此诗真是天籁。然把"女"字换一"男"字,便不成诗。此中消息①,口不能言。

八十七

许太监者,名坤,杭州人,在京师颇有气焰②,而性爱文士。尝过杭太史堇浦家,采野苋一束去,报以人参一斤。欲交郑太史虎文,郑不与通。人疑郑故孤峭者。然其咏红豆诗,颇有宋广平赋梅花之意。词云:"记取灵芸别后身,玉壶清泪血痕新。伤心略似燃于釜,绕宅何缘幻作人?一点红宜留玉臂,十分圆欲上樱唇。只嫌不及榴房子,空结团圞未了因。"梁瑶峰少宰和云:"采绿何曾胜采蓝,猩红端合摘江南。且看沉水星星活,得似灵犀点点含。秋汉可烦桥更驾,朝云应有梦同甘。石榴消息分明是,朱鸟窗前仔细探。"按:红豆生于广东。乾隆丙戌,郑督学其地,梁为粮道,故彼此分咏此题。

---

① 消息:奥妙,真谛,诀窍。
② 气焰:一种真的或假的优越感,表现为傲慢的样子或态度。比喻威风、气势(多含贬义)。

八十八

戊戌秋,余小住阊门。诗人张昆南每晚必至,年七十三矣。诵其《登灵岩》云:"振衣同上落虹亭,古塔云深入杳冥。香径草荒秋露白,山村雨过暮烟青。天空一雁来胥口,木落诸峰见洞庭。莫向西风更怀古,菱歌清绝起遥汀。"予叹曰:"此中唐佳境也。"昆南喜,次日呈诗三册,属余轮替观之。其佳句如"潮痕沙岸落,露气渚兰闻""松间细路通僧寺,花里微风飐酒旗",皆妙。昆南别去,后钱景开来,又诵其《虎丘》诗云:"蘼芜亦解怜倾国,多傍贞娘墓上生。"《春去》云:"月上帘钩风太急,落花如雨不闻声。"

八十九

常熟孝廉邵君培德,每秋试,必以诗见投。记其《观灯》云:"红罗碧绮间琉璃,远近龙鸾一望齐。楼下花钿楼上曲,留人偏在画桥西。"《路上》云:"昨日晴和今日雨,萧萧篷底作春寒。分明即是来时路,顿觉烟波别样看。"

九十

游仙诗大半出于寄托。方南塘居士云:"到底刘安未绝尘,昨宵相与共朝真。漫将富贵夸同列,手板横腰道寡人。"此刺暴贵儿作态者也。陆陆堂太史云:"寻真台上紫云高,阿母宵分降节旄。臣朔读书破万卷,不甘呵叱小儿曹。"此刺妄庸人傲士者也。方近雯观察云:"一痕轻绿画春山,冰剪双眸玉炼颜。不解大罗天上事,兰香何过谪人间?"此惜词臣外用之诗也。

九十一

桐城姚康伯有《闺怨》云:"分明赚得两眉开,手折黄花上镜台。侍女无端忙报道,邻家昨夜远人回。"

九十二

蒋苕生与余互相推许,惟论诗不合者,余不喜黄山谷而喜杨诚斋,蒋不喜杨而喜黄。可谓和而不同。

九十三

孙文定公为冢宰时,余以秀才修士相见礼,投诗云:"百年事在奇男子,天下才归古大臣。"又曰:"一囊得饱侏儒粟,三上应无宰相书。"公读之,忻然延入曰:"满面诗书之气。"已而,戊午科出公门下。

九十四

王昆绳曰:"诗有真者,有伪者,有不及伪者。真者尚矣,伪者不如真者;然优孟学孙叔敖,终竟孙叔敖之衣冠尚存也。使不学孙叔敖之衣冠,而自着其衣冠，则不过蓝缕之优孟而已。譬人不得看真山水，则画中山水，亦足自娱。今人诋呵七子，而言之无物，庸鄙粗哑，所谓不及伪者是矣。"

九十五

谢梅庄讳济世，广西浔州人。作御史三日，即奏劾河东总督田文镜。朝廷疑有指使，交刑部严讯。先生称指使有人。问："为谁？"曰："孔子、孟子。"问："何为指使？"曰："读孔、孟书，便应尽忠直谏。"世宗怜其呆，谪军前效力。时雍正丙午十二月初七日也。先生《次东坡〈狱中寄子由〉韵寄从弟佩苍》云："严霜初陨陡回春，留得冲寒冒雪身。纶綍①乍传浑似梦，亲朋相庆更为人。敢愁弓剑趋戎幕，已免银铛礼狱神。早晚扶归君莫怃，婴姗勃窣②亦前因。""尚方借剑心何壮，牍背书辞气渐低。已分黄泉埋碧血，忽闻丹阙放金鸡。花看上苑期吾弟，萱树高堂仗老妻。且脱南冠北庭去，大宛东畔贺兰西。"今上登极，赦还原职。先生疏求外用，授湖南粮道。长沙士人，感其遗爱，片纸只字，俱珍重之，故传此二首。先生不信风水之说，《题金山郭璞墓》云："云根浮浪花，生气来何处？上有古碑存，葬师郭璞墓。"晓世之意，隐然言外。

九十六

赣州总兵王公，字午堂，名集，工诗善书。与余相慕二十年，终不得一晤。弟香亭过赣，公寄我鹅研③一方，集古句一联云："中天悬明月，绝代有佳人。"

---

① 纶綍：皇帝的诏令。
② 婴姗勃窣：步履蹒跚地缓缓行进的样子。出自司马相如《子虚赋》。
③ 鹅研：鹅状的砚台。

九十七

过润州,见僧壁对联云:"要除烦恼须成佛,各有来因莫羡人。"过九华寺,有一对云:"非名山不留仙住,是真佛只说家常。"

九十八

香亭以"雪狮"为题,令诸少年分咏,而糊名易书①,属余评定。余奇赏二句云:"蹲伏尚能惊百兽,强梁可惜不多时!"拆封,乃胡甥吉光所作,书巢之子也。诗人有后,信哉!

九十九

宋竹君学士曰:"诗以道性情。性情有厚薄,诗境有浅深。性情厚者,词浅而意深;性情薄者,词深而意浅。"

一百

番禺何梦瑶工诙谐,为催租吏所窘,戏为《牛郎赠织女》云:"巧妻常为拙夫忙,多谢天孙制七襄。旧借聘钱过百万,织来云锦可能偿?"《织女

---

① 糊名易书:古代科举考试采用的封卷评判的方法,即将试卷上考生的姓名用纸糊盖上,再由考官阅试卷。

答》云:"织锦空劳问报章,近来花样费商量。人间债负都堪抵,第一天钱不易偿。"

一百一

夏醴谷督学广东,有门生郑齐一者,年少貌美,舟中妓醉而逼之。郑勃然怒曰:"使不得!"夏赠以诗云:"柔情似水从头抹,硬语如刀带酒听。"程鱼门北上,旅店主人招妓侑酒,鱼门与同饮,而却其眠,作诗曰:"花明野店春无主,月黑秋林幸有灯。"潘筠轩笑曰:"次句,有小说秉烛达旦之意。"

一百二

蔡持正贫时,寓僧寺。僧厌之,蔡题松树云:"常在眼前君莫厌,化为龙去见应难。"黄之纪寓随园,或轻之,黄亦题松树云:"寄人篱下因春好,听我风声在老来。"

卷九

一

白下布衣朱草衣，少时有"破楼僧打夕阳钟"之句，因之得名。晚年无子，卒后葬清凉山。余为书"清故诗人朱草衣先生之墓"，勒石坟前。余宰溧水，蒙见赠云："叠为花县一江分，来往惟携两袖云。待客酒从朝起设，告天香每夜来焚。自惭龙尾非名士，肯把猪肝累使君？却喜循良人说遍，填渠塞巷尽传闻。"《郊外》云："乱鸦多在野，深树不藏村。"《与客夜集》云："羁身同海国，归梦各家乡。"《大观亭》云："长江围地白，老树隔朝青。"《晚行》云："土人防虎门书字，水屋叉鱼树有灯。"《赠某侍御》云："朝罢宫袍多质库，时清谏纸尽钞书。"

二

随园地旷，多树木，夜中鸟啼甚异，家人多怖之。予读王菿亭进士《平沟早发》云："怪禽声类鬼，暗树影疑人。"先得我心矣。其他佳句，如"大星高出树，残月细流溪""月斜人影忽在水，风过秋声正满山""满帽黄花逢醉客，一肩红叶识归樵"，皆妙。

三

湖州潘进士立亭,名汝晟,诗宗韩、杜,五古尤佳。《偶成》云:"静士难为介,静女难为媒。嫁容静女丑,交面静士羞。盛年易晼晚,独抱无驿邮。桃李非我春,蒲柳非我秋。鹤老心万里,鹏怒翼九州。未免笑樊援,岂屑伍喧啾。""搜春润章句,摘卉膏吟哦。非无兰苕玩,风骚旨已讹。诗涛与诗骨,韩孟两嵯峨。昆体逮铁体,滔滔同一波。金天削秀华,碧海鸣神鼍。义色少姚佚,吉词无淫颇。褎中南风手,请为《南风歌》。寥寥发古响,羯鼓如予何?"潘宰直隶某县,以迂缓故,几被劾矣。适傅忠勇公平金川归,潘献《铙歌》,公大夸赏,乃改为卓荐①。

四

鲍进士之钟,字雅堂,诗人步江之子。诗有父风,而清逸处往往突过前人。《秋雨乍晴》云:"箬帽芒鞋准备秋,稍晴便拟看山游。江潮入郭无三里,溪水到门容一舟。亭午白云开野径,夕阳黄叶下僧楼。闲身自笑如闲鹤,欲度前峰却又休。"五言如"一鸟掠溪镜,四山明画帘""鱼跳重湖黑,蒲喧急雨来",七言如"道心静似山藏玉,书味清于水养鱼""翻书细检遗忘事,拨火闲寻未过香""岸柳带鸦明远照,塔铃和月语清宵",皆可爱也。雅堂尝言:"作七古诗,雅不喜一韵到底。"余深然其言。顾宁人云:"诗转韵方活,'三百篇'无不转韵。"

---

① 卓荐:因卓异而被举荐。清制,吏部考核官吏,才能出众的称为"卓异"。

五

秦中诗人杨子安鸾见访，适余外出，归后见贻一册。《雪霁》云："寒瘦自性情，苦吟工未能。晚晴窗上日，先晒砚池冰。"《闻砧》云："满院苔痕合，重门树影深。"

六

余宰江宁时，所赏识诸生秦涧泉、龚云若、涂长卿，俱登科第。而流落不偶①者，惟车静研与沈瘦岑。沈工古文，不为诗。车诗有可存者。《河南道中》云："三月春阳淡不浓，老冰如石漱寒风。蹇驴觅路人家远，日暮山坳虎眼红。"《农家》云："筑场如镜草堆山，绕屋黄花映碧潭。闲倚茅檐看客过，南人北去北人南。"

七

宝应王孟亭太守，为楼村先生之孙。丁卯，见访江宁。携胡床坐门外，俟主人请见乃已，遂相得甚欢。聘修江宁志书，朝夕过从②。尝言楼村先生教人作诗，以"三山"为师：一香山、一义山、一遗山也。有从子嵩高，字少林，少年倜傥，论诗不服乃伯，而服随园。《大梁怀古》云："摇落偏惊旅客魂，秋风回首眺中原。三花树色开神岳，万里河声下孟门。形胜郁盘

---

① 流落不偶：飘泊穷困而无人相知，形容潦倒失意。
② 朝夕过从：早晚往来，形容关系亲密。

终古在，英雄慷慨几人存？信陵策士俱黄土，独有侯生解报恩。"太守讳箴舆。

八

扬州张哲士与蒋秋泾交好。蒋尤自负，作《游山》一首，程鱼门夸为"小谢"。勃然怒曰："分明'大谢'，何小之有？"《留别哲士》云："竟挂秋帆决计行，关心天末倚闾情。便归只好留三月，浪迹无端已半生。人世乘除苍狗幻，名山期许白头成。殷勤相属还相慰，愁听西风雁一声。"哲士《寄怀》云："恋友心空切，宁亲去敢迟。才为三夕别，已是百回思。避日帘仍下，追凉榻未移。不知江上路，秋暑可曾衰？"哲士《咏胭脂》云："南朝有井君王入，北地无山妇女愁。"以此得名，人呼"张胭脂"。

九

中州李竹门过随园，见赠云："园在六朝山色里，一筇先要问高台。碧梧叶响秋将至，红藕花香客正来。"其诗颇清。惜年甫三十而卒。余爱其《咏鞭》云："一事思量转惆怅，不能行到祖生先。"《郊外》云："山势趁潮多北向，人心如雁只南飞。"

十

芜湖施长春曼郎，少年有卫叔宝之称。余宰江宁时，秦涧泉屡为致意，云"将渡江求见"。已而病亡。有《上冢歌》云："白杨树，城东路，野草萋萋葬人处。挈榼提壶①出郭行,可怜今日又清明。富家冢高高傍岭,贫家冢低低亚畛。冢中贫富人不同,一样酒浇不能饮。暝烟②惨淡日西斜,挈榼提壶还返家。一线阴风旋不定,纸钱飞上棠梨花。"

吴门顾星桥进士,诗才清冠等夷③,家有月满楼,藏书万卷,海内知名之士,无不交投缟纻。予目为今之郑当时。《龙潭》一律云:"微风缓缓送江声,最好龙潭道上行。碧树数丛堪作障,青山一半不知名。闲情转向尘中得,幽景偏宜客里生。晚觅茅斋投一宿,花前试看酒旗轻。"进士名宗泰。

姚申甫方伯与沈永之观察,本中表亲,姚姊嫁沈。二人年少时,与余同肄业书院,每见方伯家遣僮担盒,供其子婿。二人同登乡会科。沈寄姚诗云:"辛勤二老训喃喃,爱婿犹如爱长男。甘脆每教常健饭,苦吟犹记许分甘。"沈殿试二甲第三,姚二甲第二,自后官阶沈必差姚一级:姚为观察,沈为太守;沈为观察,则姚为方伯矣。沈又寄诗云:"平生每好居人后,今日还应让弟先。"余将赴广西金抚军之聘,姚赋诗相留曰:"就使将军重揖客,何如南国有词人?"后四十年,姚竟巡抚广西。余寄书云:"不料当日所谓'将军',即此时之阁下,惜我不能来作揖客耳!"永之在书院

---

① 挈榼(kē)提壶:手拿酒器,提着酒壶。
② 暝烟:傍晚的烟霭。
③ 等夷:同辈。

《寄内》诗云："深院蝶娇无语坐，小园花嫩卷帘看。"为掌教杨文叔先生所赏。

十三

余在都时，永之引见满洲学士春台。春自云："年三十时，目不识丁。从一禅师静坐三月，颇以为苦。一夕，提刀欲杀禅师，仰头见月，忽然有悟，赋诗便工。"《塞外》云："野水吞人面，青山瓮马声。浮云连帽起，残雪带鞭行。"殊雄伟。公爱永之与枚，以为两少年必贵；每至，必留饮、留宿，遣妾捧觞。

十四

桐城相公七十生辰，余与诸翰林祝寿。宴罢，各赐诗扇一柄，诗写《田园杂兴》云："不识风尘劳扰，但知云水盘桓。买畚①偶来城市，祀神一着衣冠。""小桥流水村近，疏柳长堤路斜。车马不闻叩户，鸡豚自识还家。""烟生茅屋云白，雨过菱塘水新。今岁秋田大稔②，稻苗高过行人。""竹屋正临流水，槿篱曲绕闲亭。此是吾庐本色，被人偷作丹青。""作苦最怜田妇，布衣椎髻无华。馌饷③并携稚子，采桑不摘闲花。"公终身富贵，而诗能淡雅若此。

---

① 畚：用草绳或竹篾编织的盛物器具。
② 稔：庄稼成熟。
③ 馌（yè）饷：送食物到田头，泛指送食物。

十五

严公瑞龙作湖北布政使，续《汉上题襟集》，招诸诗人唱和，亦公卿雅事也。傅辰三《感春》云："恰恰春分二月半，分春妙手爱东君。但愁过却花朝后，一日春容减一分。""月落参横夜向晨，半醺花意欲留人。夜阑莫怯风吹袂，为爱梅花不惜身。"《大雨戏作》云："雨师一夕兴淋漓，笔尖乱点西窗纸。初犹落落蝌蚪分，继则盈盈垂露似。须臾漫漶①一片湿，直似秦碑没字体。"殊有东坡风趣。沈树德《落花》云："飞燕蹴归帘影里，游鱼吹起浪花中。"叶声木《送人》云："吹酒凉风穿树过，破烟水月隔楼生。"

十六

康熙壬寅，余七岁，受业于史玉瓒先生。雍正丁未，同入学。先生不甚作诗，而得句殊隽。《偶成》云："好鸟鸣随意，幽花落自然。"《病中》云："廿年辛苦黔娄妇，半世酸辛伯道儿。"终无子。余为葬于葛岭。

十七

沈归愚尚书，晚年受上知遇之隆，从古诗人所未有。作秀才时，《七夕悼亡》云："但有生离无死别，果然天上胜人间。"《落第咏昭君》云："无金赠延寿，妾自误平生。"深婉有味，皆集中最出色诗。六十七岁与余

---

① 漫漶：模糊不可辨别，形容文字、图画等因磨损或浸水受潮而模糊不清。

同入词林。《纪恩》诗云:"许随香案称仙吏,望见红云识圣人。"

十八

与余同荐鸿词者,有户部主事尚庭枫,号茶洋,陕西人。为人诡诞不羁①,忽而结驷连骑②,忽而布衣蓝褛③。赋诗有奇气,如"落花平地二尺厚,芳草如天万里青""月华照树有乌鹊,云气上天如白羊",皆警句也。

十九

余爱诵金寿门"故人笑比庭中树,一日秋风一日疏"之句。杭堇浦先生曰:"此句本唐人高蟾'君恩秋后叶,一日一回疏',不足为寿门奇。"寿门佳句,如"佛烟聚处都成塔,林雨吹来半杂花"。《咏苔》云:"细雨偏三月,无人又一年。"乃真独造。余按古人佳句,都有所本:陈元孝"池花对影落,沙鸟带声飞",本李群玉"沙鸟带声飞远天";梁药亭"龙虎片云终王汉,诗书余火竟烧秦",仿唐人"半夜素灵先哭楚,一星遗火下烧秦";杨诚斋"不知落得几多雪,作尽北风无限声",仿唐人"流到前溪无一语,在山作得许多声"。

##

闺秀李金娥《咏路上柳》云:"折取一枝城里去,教人知道是春深。"湖州高氏小女有一联云:"也知春色归人早,邻女钗边有杏花。"

---

① 诡诞不羁:怪异荒诞,放荡不受拘束。
② 结驷连骑:形容随从、车马众多,排场阔绰。
③ 布衣蓝褛:形容衣服破烂不堪。

二十一

相传江宁南城外瑞相院后丛竹中,为马湘兰墓。《望江鲁雁门题诗》云:"叶飘难禁往来风,未肯输怀向狡童。画到兰心留素素,死依僧院示空空。知音卓女情虽切,薄幸王郎信未终。一点怜才真意在,青青竹节夕阳中。""绝世英雄寄女妆,荆家曾说十三娘。年来文士动相挤,始识伊人不可忘。零露似熏香豆蔻,百花想见绣衣裳。平生除拜要离家,到此才焚一瓣香。"严侍读冬友曰:"瑞相院前之墓,少时亦误以为湘兰;后往访之,见题碣云:'新安贞女某氏之墓。'碑阴载为某商人之妾,商人不归,守贞而死。以为湘兰,有玷逝者矣!"陈楚筠制锦曾效长吉体,为诗证明其事,云:"古钗耿耿蚀黄土,千岁老蟾啸秋雨。苍茫落日掩平坡,风入黄蒿作人语。新安山高江水遥,卷葹原不生倡条。贞魂夜号月光晓,儿童莫赋西陵草。"

二十二

余过京口,丹徒宰徐天球,字天石,贵州人,见示诗集。一别之后,遂永诀矣。余爱其《风筝》一绝云:"谁向天边认塞鸿,但凭一纸可腾空。任他风信东西转,百丈游丝在掌中。"

二十三

沈光禄子大、许明府子逊,二人齐名。沈如"竹光晨露滑,池静夜泉生",许如"钟声凉引月,江气夕沉山",真少陵也。行役①绝句,有相同者。沈云:"惟有梦魂吹不断,月明犹自逆风归。"许云:"明月有情应识我,年年相见在他乡。"子逊先生与余为忘年交,论诗尊唐黜宋,失之太拘。有某少年,故意抄宋诗之有声调者试之,先生误以为唐。少年大笑。余赠云:"前生合是唐宫女,不唱开元以后诗。"

二十四

松江王太守名祖庚,与乃祖文恭公同日生,故号生同。丁未进士,终身以不入词馆为恨。两子皆入翰林,而先生不乐也。与彭芝庭尚书同出尹文端公门下。有《纳凉闻笛》云:"碧空如水净无云,斗转参横夜欲分。长笛不知何处起,好风偏送此间闻。江梅片片伤春暮,岸柳丝丝绾夕曛。曲罢无端倍惆怅,阶前凉露湿纷纷。"亦同余召试友也。

二十五

学人之诗,吾乡除诸襄七、汪韩门二公而外,有翟进士讳灏,字晴江者,《咏烟草五十韵》,警句云:"藉艾频敲石,围灰尚拨炉。乍疑伶秉籥,复效雁衔芦。墨饮三升尽,烟腾一缕孤。似矛惊焰发,如笔见花敷。苦口成忠介,焚心异郁纡。秒惊苓草乱,醉拟碧筒呼。吻燥宁嫌渴,唇津渐得腴。清禅参鼻观,沆瀣润咙胡②。幻讶吞刀并,寒能举口驱。餐霞方孰秘,厌火国非诬。绕鬓雾徐结,荡胸云叠铺。含来思渺渺,策去步于于。"典雅出

---

① 行役:旧指因服兵役、劳役或公务而出外跋涉,泛称行旅、出行。
② 咙胡:喉咙。

色,在韩慕庐先生《烟草》诗之上。又《薄暮骤雨》云:"黑云齾齾①西南来,狂飙挟势惊奔雷。夕阳仓卒收不及,划住半壁青天开。"句殊奇险。

二十六

余自幼闻姨母章氏,嫁非其偶,时诵"巧妻常伴拙夫眠"之句,不知何人所作。后阅谢在杭集,方知故是谢诗。其词曰:"痴汉偏骑骏马走,巧妻常伴拙夫眠。世间多少不平事,不会作天莫作天。"

二十七

从弟凤仪《旅店》云:"迎面有山皆客路,问心无日不家乡。"吕柏岩有句云:"天果有涯行易尽,家虽无路梦常通。"

二十八

余知江宁时,和尹公"通"字韵云:"身如雨露村村到,心似玲珑面面通。"史文靖公闻之,笑曰:"画出一个尹元长。"

二十九

长沙太守陈焱,陕西人,与余在苏州花宴甚欢。口号云:"此地若教行

---

① 齾(yà)齾:差参起伏的样子。

乐死，他生应不带愁来。"未二年，竟卒。然他生无愁，亦可知矣。

三十

某公子惑溺狭斜①，几于得疾。其父将笞之，公子献诗云："自怜病体轻于叶，扶上金鞍马不知。"父为霁威②。所惑者亦有句云："朝朝梳洗临江水，一路芙蓉不敢开。"又曰："世间未有无情物，蜡烛能痴酒亦酸。"

三十一

方敏恪公六十一岁生儿，当八月十四日，赋《得子》诗云："与翁同甲子，添汝作中秋。"

三十二

余酒席歌场乘人斗捷之作③，多不载集中。乙未二月，避生日于苏州，有旧识女校书④任氏，以扇索诗。余题云："隔年相见倍关情，楼上金灯楼下筝。难得相逢好时节，再迟三日是清明。""小市长陵路狭斜，当檐一树碧桃花。果然六十非虚度，半醉天台玉女家。"校书喜，次日引余见其第四妹。妹亦持扇索诗。余题云："玉立长身窈窕姿，相逢从此惹相思。云翘更

---

① 惑溺狭斜：沉迷于冶游之事。惑溺，沉迷。狭斜，多指妓院。
② 霁威：收敛威怒。
③ 斗捷之作：很快写成的诗作。
④ 女校书：唐代成都名妓薛涛有文才，时人呼为女校书，后世因以称妓女而能文者。也泛指有才华的女子。

比云英弱,知是瑶台第四枝。""若非月姊通消息,争得玄霜见少君?一样珍珠两行字,替他题上藕丝裙。"嗣后,任家姊妹,逢能文之客,必歌此四章,不落一字,亦慧人也。余初意庆六旬,欲仿康对山集名妓百人,唱百年歌,而不料称觞之日,仅得五人。御史蒋用庵同席,后将往杭州,留诗见赠云:"喜是寻芳到未迟,唐昌观里正花时。芝兰九畹春如许,却让芝房第一枝。"谓芝仙校书。"风月东南属主盟,买花亲自载花行。未知桃叶曾迎否,先占扬州小杜名。""寿域欢场不易全,介眉见说有初筵。分明一样称觞酒,纤手扶来便欲仙。""馆娃回首梦虚无,又挂风帆西子湖。不识玉钗罗袖畔,可曾闲忆到狂夫?"余后四年,再过苏州,任氏姊名翠筠者,持旧扇相示,纸已破矣,犹装裹护持,为余唱曲。余感其情,再题二绝云:"四年前赠扇头诗,多谢佳人好护持。不是文君才绝世,相如琴曲有谁知?""为侬重唱《玉珑玲》,呖呖莺声绕画屏。一曲歌终人一世,那堪头白客中听?"

三十三

苏州太守孔南溪,风骨冷峭,权贵不敢以情干。青楼金蕊仙以事挂法[①],一时交好,无能为之道地。乃遣人至白下,求余关说。余与金甚疏,仅半面耳[②]。窃念书中语倘不佯为亲狎,转生孔之疑,乃寄札云:"仆老矣,三生杜牧,万念俱空;只花月因缘,犹有狂奴故态。今春到治下,欲为寻春之举,而吴宫花草,半属虚名,接席衔杯,了无当意。惟女校书金某,含睇宜笑,故是佼佼于庸中。遂同探梅邓尉而别。刻下接萧娘一纸,道为他事牵引,就鞫黄堂,将有月缺花残之恨。其一切颠末,自有令甲,凭公以惠文冠弹治之,非仆所敢与闻。只念此小妮子,蕉叶有心,虽知卷雨;而杨枝无力,只

---

① 以事挂法:有事犯法。
② 半面耳:一面之交。

好随风。偶茵溷之误投，遂穷民而无告。似乎君家宣圣复生，亦当在'少者怀之'之例，而必不'以杖叩其胫'也。且此辈南迎北送，何路不通？何不听请于有力者之家，而必远求数千里外之空山一叟？可想见夫子之门墙，壁立万仞，而非仆不足以替花请命耶？元微之诗云：'寄与东风好抬举，夜来曾有凤凰栖。'敬为明公诵之。"孔得札后，复云："凤鸟曾栖之树，托抬举于东风。惟有当作召公之甘棠，勿剪勿伐而已。"二札风传一时。未二年，余又往苏州。过京口，已解缆矣，丹徒徐令挽舟相留，道妓戴三与太守淮树章公阍者狎，章知之，逐阍人，而不罪戴。戴往城隍庙焚香还愿，一庙喧然。章怒其张扬，严檄拘讯，将使荷校以徇。徐婉求不听，乞余解围。余召见戴三，则雾鬓风鬟，春秋老矣。然马骨千金，不可以不援手也。草札与太守云："昔钱穆父刺常州，宴客将笞一妓，妓哀请。钱云：'得座上欧阳永叔一词，故当贷汝。'欧公为赋一阕，遂释之。仆虽非永叔，而公则今之穆父也。请为二章，以当小调。词曰：'东风吹散野鸳鸯，私爇神前一瓣香。为祝长官千万福，缘何翻恼长官肠？''樊川行矣一帆斜，那有情留子夜家？只问千秋贤太守，可曾几个斫桃花？'"交书徐公，即挂帆还白下。终不得消息，心殊惓惓①。半月后，章寄函来，开看只七字，曰："桃花依旧笑东风。"

三十四

汉阳戴喻让，诗有奇气，出吾乡陈星斋先生门下。有《临漳曲》云："暮云深，霸桥逝；水天横，歌台废。玉龙金凤已千年，古瓦还镌铜雀字。卖履分香儿女情，读书射猎英雄气。如何横槊对东风，老年想作乔家婿。"末二句，老瞒②在九泉，亦当笑倒。又，《咏雪》云："未添庾岭三分白，预借章台一月花。"

---

① 心殊惓惓：心里十分挂念。
② 老瞒：指曹操。曹操小名阿瞒，后人便称为"老瞒"。

三十五

邵子湘作《韵略》，以"江""阳"为必不可通。余读《史记·龟策传》、韩昌黎《此日足可惜》及李翱《祭韩公》诸篇，"江""阳"皆通。犹以为彼固合"东""青""庚"而通之甚广，未足据也。及读岑嘉州《陪狄员外早秋登府西楼》一篇云："常爱张仪楼，西山正相当。车马隘百井①，里閈②盘三江。"此短篇五古也，唐人用韵甚严，何滥通乃尔？因而广考之，方知子湘之陋。《尚书》："论道经邦，燮理阴阳。"《戴记》："无服之丧，以畜万邦。"此"六经"通"江""阳"之证也。《孔雀东南飞》云："东家第三郎，窈窕世无双。"樊毅《西岳碑》云："其德休明，则有祯祥。荒淫臊秽，笃灾必降。"《柳敏碑》云："山陵元室，建斯邦兮；不饬不凋，陨履霜兮。"《三国志》杨戏《蜀君臣赞》云："保据河江，家破军亡。"《晋语》云："二陆三张，中兴过江。"《宋书·大社之祝》曰："地德普施，惠存无疆。乃建大社，以保万邦。"汉《紫玉歌》云："一日失雄，三年感伤。虽有众鸟，不为匹双。"荀勖《正德舞歌》云："焕炳其章，光乎万邦。"庾信《柳遐墓铭》云："起兹礼数，峻此戎章。长离宛宛，刷羽凌江。"《吴越春秋·河梁歌》云："诸侯怖惧皆恐惶，声传海内威远邦。"吕温《昭陵功臣赞》云："经纬八方，晏海澄江。"李翰《裴旻射虎赞》云："弧矢之说，以威四方。群虎既夷，狄人来降。"此汉、唐乐府通"江""阳"之证也。至宋诸大家，尤不胜屈指。

---

① 车马隘百井：反映了唐代成都"井"字街道车水马龙的繁华景象。出自唐代岑参的《陪狄员外早秋登府西楼，因呈院中诸公》。
② 里閈（hàn）：指里门，代指乡里。

三十六

余作骈体文，押曹丕"丕"字为上声，为人所嗤。不知"丕"与"不"通，又与"负背"通，不止攀悲切也。《书》曰："是有丕子之责于天。"《史记》作"负"字。《索隐》引郑氏曰："丕读为负。"《石经》《尚书》亦作"负子"。惟今之韵书，捃摭浅漏，未经收拾。沈存中笑香山押"饿殍"为"夫"。又笑杜牧之《杜秋》诗"厌饫不能饴"，误饴糖之饴，作饮啖用。不知杜牧之用"饴"字，本东汉《童谣》："饴[①]我大豆烹芋魁。"又，晋《盛彦传》："婢使蛴螬炙饴之。"香山之押"殍"作平声，本《唐韵》"敷"字下收"殍"，作抚俱切。犹之今平韵不收"纠"字，而嵇康《琴赋》亦竟作平声押也。

三十七

《玉台新咏》实《国风》之正宗，然有不可学者。如湘东王《春日》，一句用两"新"字。鲍泉、沈约有诗八首，以五言一首为题。如"秋衰悲落桐"之类，反复千言，殊觉可憎。为唐人试帖赋得题所自仿也。

三十八

人无酒德，而贪杯勺，最为可憎。有某太守在随园赏海棠，醉后竟弛下衣，溲于庭中。余次日寄诗戏之云："客是当年夷射姑，不教虎子挈花奴。

[①] 饴：本义饴糖；另古同"贻"，赠送；读 sì，同"饲"。

但惊嬴者此阳也,谁令军中有布乎?头秃公然帻似屋,心长空有腹如瓠。平生雅抱时苗癖,日缚衣冠射酒徒。"

三十九

年家子龚友,青年好学,来诵其《白门小住》云:"秋生黄叶声中雨,人在清溪水上楼。"余为叹赏。临别,忽向余正色云:"友不好名,先生切勿以友诗告人。"余雅不喜,曰:"此子矜情作态,局面太小。"已而竟不永年①。

四十

余《哭鄂制府虚亭死节》诗云:"男儿欲报君恩重,死到沙场是善终。"乙酉天子南巡,傅文忠公向庄滋圃新参诵此二句,曰:"我不料袁某才人,竟有此心胸。闻系公同年,我欲见之,希转告之。"余虽不能往谒,而心中知己之感,恻恻不忘②。第念平生诗颇多,公何以独爱此二句?后公往缅甸,受瘴得病归,薨。方知一时感触,未尝非谶云。

鄂公拈香清凉山,过随园门外,指示人曰:"风景殊佳,恐此中人,必为山林所误。"有告余者。余不解所谓。后见宋人《题吕仙》一绝曰:"觅官千里赴神京,得遇钟离盖便倾。未必无心唐社稷,金丹一粒误先生。"方悟鄂公"误"字之意。

---

① 不永年:不长寿。
② 恻恻不忘:深切不忘。

四十一

宋刘子仪为夏英公先得枢密，乃《咏堠子①》诗曰："空呈厚貌②临官道，更有人从捷径过。"本朝朱草衣《咏雪》云："正愁前路迷樵径，先有人行路一条。"陈古渔《看桃花》云："回头莫羡人行处，曾向行人行处来。"

四十二

同年李竹溪棠，性诚悫③，而诗独清超。《感怀》云："罢官便有闲人集，才老旋生后辈嫌。"《得家书》云："急开翻恼缄封密，朗诵频教句读差。"其子燧年十岁时，余命属对"水仙花"，渠应声曰："罗汉松。"平仄虽不协，而意境极佳，遂大奇之。《归河间后见怀》云："韦司风味陶潜节，野鹤闲云伴此身。四海声名双管笔，六朝花柳一家春。须眉每向诗中见，函丈偏从梦里亲。此日著书深几许，瓣香心事属何人？"末二句，其自命亦不凡矣。

四十三

杭州张有虔先生，年九十三，皇上钦赐举人。余自幼蒙提携，故求其

---

① 堠子：古时筑在路旁用以分界或计里数的土坛。
② 厚貌：厚道的样子。
③ 诚悫（què）：诚实谨慎。

诗，不得。得其子，名济川，号南皋生者。《微雨》云："无声著林木，有色引莓苔。"《欲雪》云："风号平野急，云重暮山连。"

四十四

有人诵常州汪玉珩《咏泪》佳句云："江干斑竹墙阴草，壶内红冰镜里潮。"余以为不如其第一首云"商女含愁歌一曲，楚妃无语过三年"更觉耐想。又《偶成》云："高阁对层峦，屋角烟萝接。山雨欲来时，萧萧下黄叶。"

四十五

胡稚威云："诗有来得、去得、存得之分。来得者，下笔便有也；去得者，平正稳妥也；存得者，新鲜出色也。"

四十六

刘霞裳与余论诗曰："天分高之人，其心必虚，肯受人讥弹。"余谓非独诗也，钟鼓虚故受考[①]，笙竽虚故成音。试看诸葛武侯之集思广益，勤求启诲，此老是何等天分？孔子入太庙，每事问。颜子以能问于不能，以多问于寡。非谦也，天分高，故心虚也。

---

① 考：击打。

四十七

梁文庄公之兄启心，字守存，入翰林后，即乞归养①。其子山舟侍讲，亦早乞病，使其弟敦书仕于朝。一门家风如此。守存除夕约同人游吴山，不果，乃寄诗云："何堪岁尽复迁延，夙约都为俗事牵。多谢分吟留一席，不妨属和待明年。空山响答千门爆，落日寒迷万瓦烟。想见诸公高会处，下方人指地行仙。"《除夕》云："旧赐官袍聊一着，新颁春帖懒重书。"《晚过山庵》云："清依古佛原无梦，老笑秋虫尚有丝。"山舟性不近妇人，不宴客，亦不赴人之宴。惟余还杭州，则具华馔，一主一宾，相对而已。故余《寄怀》云："一饭矜严常选客，半生孤冷不宜花。"山舟有《反游仙》云："漫说长生有秘传，餐芝绝粒几经年。登仙直是寻常事，鸡犬由来亦上天。瑶林琼树生来有，玉宇云楼望里深。上界不闻阿堵贵，道人偏要炼黄金。曾侍朝正三殿来，遥瞻旄节下蓬莱。如何一片飞凫影，也被人间网得回？赚他刘阮是何人，毕竟迷楼莫当真。我是天台狂道士，桃花多处急抽身。扰扰蜉蝣奈若何？寸田尺宅竟蹉跎。自从偷吃嵇康髓，只觉胸中块垒多。"

四十八

尹望山相公四督江南，诸公子随任未久，多仕于朝。惟似村以秀才故不当差，常侍膝下，诗才清绝。余骈体序中，已备言之。犹记其订余往过云："清谈相订菊花期，正慰幽怀入梦时。空谷传书鸿屡至，闲庭扫径仆先知。关心尚忆他乡客　时以诗寄三兄，因病翻添数首诗。闻道芒鞋将我过，倚阑

---

① 归养：回去养老。

只恨月圆迟。"《绚春园》云："莫唤池边贪睡犬,隔林恐有看花人。"乙酉别去,庚子八月,忽奉太夫人就芜湖观察两峰之养,重过随园。见和云："迎人鸡犬闲如旧,满架琴书卖欲无。"《临别》云："故人垂老别,归舫任风移。退一步来想,斯游本不期。"似村,名庆兰。

四十九

张松园方伯不甚作诗,而落笔新颖。见张素云女校书扇上有余赠诗,乃题其后云："小住青楼醉好春,偶教踪迹落红尘。昨宵月下看歌扇,忽见文星照美人。"

五十

嘉禾征士曹廷枢古谦,与葛卜元同教习宗学。葛北方人,长于考据,自负博雅,而曹专工词章,二人不相能。虞山蒋公、满洲世公,各有所庇,遂相参劾。古人洛、蜀之分,皆由门下士起也。曹诗自佳,《咏春雨》云："两两溪边水鸟呼,渐看檐际湿模糊。凭栏花重红疑滴,隔座山横翠欲无。吟苦莫愁春冷淡,病多偏稳睡工夫。卷帘自爱虚无景,未要潇湘入画图。"

五十一

杭州柴南屏先生,名谦。作中书时,和圣祖《冬至》诗,有"雪花欲共梅花落,春意还同腊意舒"之句。圣祖谓有翰苑才,超升御史。余与其曾孙景高交,先生年八十余矣。《咏西湖》云:"月出惯留歌舞席,风生不送别离船。"

五十二

世有口头俗句,皆出名士集中。"世乱奴欺主,时衰鬼弄人",杜荀鹤诗也。"今朝有酒今朝醉,明日无钱明日愁",罗隐诗也。"一朝权在手,便把令来行",崔戎《酒筹》诗也。"闭门不管窗前月,分付梅花自主张",南宋陈随隐自述其先人诗也。"大风吹倒梧桐树,自有旁人说短长",宋人笑赵师睪欲附范文正公祠堂诗也。"晚饭少吃口,活到九十九",古乐府也,见《七修类稿》所引。"难将一人手,掩得天下目",曹邺诗也。"易求无价宝,难得有情郎",女真蕙兰诗也。"一举首登龙虎榜,十年身到凤凰池",张唐卿诗也。"平生不作皱眉事,世上应无切齿人",邵康节诗也。"儿孙自有儿孙福,莫与儿孙作马牛",徐守信诗也。"是非只为多开口,烦恼皆因强出头""自家扫去门前雪,莫管他家瓦上霜",并见《事林广记》。"黄泉无客店,今夜宿谁家",见唐人逸诗。

五十三

河督姚小坡,作别驾时,以"祭葬"二字命题。余宰江宁时,无子,《咏祭》云:"血食满天下,但看所树恩。羞将好魂魄,饥饱仗儿孙。"

五十四

余作庶常时,寓年家花园。同年吴自堂与其兄飞池借寓园中。飞池与吴女金娘有三生之约,畏妻不敢聘。金寄诗云:"残泪未消和影拭,旧书重展背人看。"诗既佳,书法亦秀媚。

五十五

云间沈大成,字学子,皓首穷经,多闻博学。尝见古庙有九原丈人之碑,不知所出。后阅《十洲记》,始知乃海神,司水者也。因作《九原丈人考》一篇。《赠邵檀波》云:"异书勘后兼金重,古砚磨多似臼深。"《即事》云:"楼头风定钟初动,湖上云开舫渐行。"

五十六

浙中遂昌教谕王世芳,字芝圃,年一百十岁,入都祝太后万寿,赐翰林侍讲衔。还乡,陈太常星斋赠诗云:"华皓何来云水头?宠加新秩返扁舟。酒钱未卜凭谁与,壶药翻叨为我投。薄宦梦惊山北檄,散仙行逐海东鸥。独留佳话传台阁,曾与耆英大父游。"王面长尺许,腰若植鳍①。自言:"少居乡,遭耿逆之变。与诸妹豆棚闲坐,一妹头忽不见,盖为飞炮击去也。"与第三子同来,白发飘萧,背转伛偻。问其长子。曰:"不幸夭亡矣。"问夭

---

① 腰若植鳍:指驼背。植鳍,竖起的鱼鳍,形容人枯瘦背脊弓曲的样子。

亡之年。曰："八十五岁。"乾隆辛未，圣驾南巡，有湖南汤老人来接驾，年一百四十岁。皇上先赐匾额云"花甲重周"，又赐云"古稀再度"。

五十七

余夏间恶蚊，常误批颊甚痛，而蚊乃飞去。偶读叶声木《谯蚊》诗，不觉大快。词曰："虎狼偶食人，人犹寝其皮。独怪蚤虱咬，嗜人甘如饴。虮虱我自生，自孽将怨谁？蚤出尘土间，跳梁亦暂时。尔蚊何为者？薨薨声殷雷①。订盟如点将，歃血遣欲飞。聚昏更为市，利析秋毫微。穿衣巧刺绣，中肤惊卓锥。深入石饮羽，潜侵剑切泥。三伏凉夜好，清风吹满怀。时方爱露坐，鸣镝一声来。误愤自批颊，怅望空徘徊。亦或中老拳，磔裂歼渠魁。无奈苦搔痒，汗粘变疮痍。呫呫么麼虫，阴毒乃如斯。长喙不择肉，呼吸若乳儿。怪底入夏瘦，毛孔成漏卮。安得通身手，左右时交挥！"叶讳诚，钱塘孝廉。

五十八

王安昆，字平圃。予少在都中，与交好，常宿其家。见其题尤贡甫《墨竹》云："几个琅玕几点苔，胜他五色笔花开。分明满幅萧萧响，似带江南风雨来。"《买竹》云："南郊过雨绿生香，底事劳人买竹忙。我一出城君入市，两边风味各分尝。"又《送罗两峰归邗上兼示舍弟瘦生》云："别时冰雪到时春，万树寒梅照眼新。邂逅若逢江上客，已归须劝未归人。"

---

① 薨薨声殷雷：嗡嗡声音大如雷。

五十九

余宰沭阳,有宦家女依祖母居,私其甥陈某,逃获。讯时值六月,跪烈日中,汗雨下,而肤理玉映。陈貌寝,以缝皮为业。余念燕婉之求,得此戚施,殊不可解。问女何供。女垂泪云:"一念之差,玷辱先人,自是前生宿孽。"其祖母怒甚,欲置之死。余以卓茂语,再三谕之。笞甥,而以女交还其家。搜其箧,有《闺词》云:"蕉心死后犹全卷,莲子生时便倒含。"亦诗谶也。隔数月,闻被戚匪胡丰卖往山东矣。予至今惜之。尝为人题画册云:"他生愿作司香尉,十万金铃护落花。"

六十

宰江宁时,有南乡钱贡甫之子某,买张某妻陈氏为妾,得价后,屡诈不遂,遂来控官。余召讯之。钱烧窑,张为其采煤者也,貌如石炭,妻嫣然窈窕。钱美少年,能诗。余意天然佳偶,欲配合之,而格于例,乃发官媒,免其笞。有役某素黠,探知官意,密授钱计,仍买归焉。钱故乡居,事过后,余不便再问消息。后十余年,余游牛首山,路见鬑鬑①者,率三婴儿,捧香伏地。问何人。曰:"钱某也。年来妻亡,扶陈氏为正室。此三儿皆其所生。某亦入上元学矣。妻闻公游山,命我来谢。"献诗云:"酬恩两个山村雀,含着金环没处寻。绿叶成阴满枝子,费公多少种花心。"

---

① 鬑(lián)鬑:须发长的样子。

六十一

李笠翁词曲尖巧，人多轻之。然其诗有足采者，如《送周参戎之浦阳》云："儒将从来重，君其髯绝伦。三迁无喜色，百战有完身。灰里求遗史，刀边活故人。仙华名胜地，细柳正堪屯。"《婺宁庵》云："谁引招提路？随云上小峰。饭依香积煮，衣倩衲僧缝。鼓吹千林鸟，波涛万壑松。《楞严》听未阕，归计且从容。"尤展成赠云："十郎才调本无双，双燕双莺话小窗。送客留髡休灭烛，要看花影照银釭。"

六十二

杭州姚君思勤、黄君湘圃、吴君锡麒八九人，同作《新年百咏》，俱典雅，而吴诗尤超。《门神》云："问尔侯门立，能知深几重？"倪经培云："爵封万户外，秩满一年中。"姚《咏拜年》云："履吉弓鞋换，催妆岁烛然。胜常称再四，利市乞团圆。"《风筝》云："面目为谁槁？心肠到底甜。"黄《咏爆竹》云："买来还缩手，毕竟让人工。"《面鬼》云："一半头衔用，几重颜甲生。"皆佳句也。金雨叔宗伯为题辞云："回首辞家十载余，旧乡风土梦华胥。卷中重认新年景，却认初来占籍居。"

六十三

《清波杂志》载："元祐间，新正①贺节，有士持门状遣仆代往。到门，其人出迎，仆云：'已脱笼矣。'谚云'脱笼'者，诈闪也。温公闻之，笑曰：'不诚之事，原不可为！'"及前朝文衡山《拜年》诗曰："不求见面惟通谒，名纸朝来满敝庐。我亦随人投数纸，世情嫌简不嫌虚。"可见贺节投虚帖，宋朝不可，明朝不以为非，世风不古，亦因年代而递降焉。

六十四

余有诗不入集中者，嫌其少作未工也。然终竟是尔时一种光景，弃之可惜，乃追忆而录之。九岁，《咏盘香》云："空梁无燕泥常落，古佛传灯影太孤。"十五岁，《咏怀》云："也堪斩马谈方略，还是骑牛读《汉书》。"《题田古农〈卖书买剑图〉》云："丈夫穷后疑无路，犹有神仙作退步。"《舟行》云："山云犹辨树，江雨暗移春。"《咏柳》云："新丝买得刚三月，旧雨吹来似六朝。"《落花》云："莫讶万枝随雨尽，须知一片自天来。"《无题》云："红豆相思多入骨，绿萝着处便生根。"在都中，《为徐相国耕籍应制》云："水到公田龙脉转，风翻仙仗杏花飞。"颇为相公称许。《和金沛恩〈咏昭君纸鸢〉》云："玉门春老恨难忘，犹逐东风谒汉王。环佩影沉天漠北，琵琶声在白云乡。素丝解作留仙带，细雨弹成坠马妆。莫怪洛城多纸贵，画图终日对斜阳。"

---

① 新正：指农历新年正月或农历正月初一。

六十五

丁卯冬，余宰江宁，以公事往扬州，阻风燕子矶。宏济寺僧默默，年九十余，导余游山，并出西林、桐城两相国及诸公卿诗相示。余亦赠四律而别。后辛未南巡，默默接驾。上问其年。奏曰："一百二岁。"上笑曰："和尚还有二十年寿。"随赐紫衣。默默谢恩而出。乾隆二十年，竟圆寂矣。方知天语之成谶也。高文定公赠以诗云："默默僧年八十余，麦塍犹爱荷春锄。抬头见客心先喜，款坐烹茶意自如。千尺娑罗庭外树，两朝丞相壁间书。救生舟送风帆稳，利涉长江信不虚。"

六十六

陶贞白云："仙人九障，名居一焉。"余不幸负虚名。丁丑，过书肆，见有作《金陵怀古》诗者，姓王，名颠客，假余序文。诗既不佳，序亦相称，余一笑置之。后三年，再过书肆，见《清溪唱酬集》一本，载上海彭金度、砀山汪元琛、太仓毕泷等，共三十余人；前骈体序，亦假我姓名。诗序俱佳，不能无讶。因买归，示程鱼门。程笑曰："名之累人如此。虽然，如鱼门之名，求其一假，尚未可得。"后十年，集中王陆湜、曹锡辰、徐德谅、范云鹏四人，都来相见。而诸君子则终未谋面。姑录数首，以志暗中因缘。范《采菱曲》云："采莲莫采菱，菱角刺侬手。采菱莫采莲，莲心苦侬口。刺手苦侬苦不深，苦口兼欲苦侬心。"汪《金陵杂诗》云："清江一曲鸭头波，相约湔裙踏浅莎。双桨月明桃叶渡，但闻人语不闻歌。"

六十七

王西庄光禄，为人作序云："所谓诗人者，非必其能吟诗也。果能胸境超脱，相对温雅，虽一字不识，真诗人矣。如其胸境龌龊，相对尘俗，虽终日咬文嚼字，连篇累牍，乃非诗人矣。"余爱其言，深有得于诗之先者，故录之。

六十八

丙辰，余将赴广西。吾乡有孔先生者，年八十余，赠诗云："画眉声里推篷坐，不是看山便读书。"

六十九

张宫詹鹏翀受今上知最深。侍直乾清门，方宣召，而张已归。上以诗责之云："传宣学士为吟诗，勤政临轩未退时。试问《羔羊》三首内，几曾此际许委蛇？"命依韵和呈，聊当自讼。张奉旨呈诗，上喜，赐以克食①。张进谢恩诗，有"温语更欣天一笑，翻教赐汝得便宜"之句。后数日，和上《柳絮》诗，托词见意云："空阶匀积似铺霜，忽起因风上玉堂。纵有别情供管领②，本无才思敢轻狂。散来欲着仍难起，飞去如闲恰又忙。剩有鬓丝堪比素，蜂黏雀啄底何妨？"《嘲春风》云："封姨十八正当家，墙角朱旙弄影

---

① 克食：帮助消化的食物，如山楂等。
② 管领：领受。

斜。扫尽乱红无兴绪，强将余力管杨花。"先生咏物诗，尤为独绝。如集中《泥美人》《雁字》《粉团》《玉环》诸题，皆能不脱不黏，出人意表。少时游楚南，太守张苍崖懋赠以序云："好穷七泽之游，勿遽吞吾云梦。试问郢中之客，谁能和汝《阳春》？"

七十

康熙庚子，常熟杜昌丁入藏，过澜沧百里，其部落曰猓猔①，有小女名伦几卑，聪慧明艳，能通汉语。昌丁来往，屡主其家，见辄呼"木瓜呀布"。"木瓜"者，尊称也；"呀布"者，犹言好也。彼此有情。临行，以所挂戒珠作赠，挥泪而别。归语士大夫，咸为怃然。沈子大先生作诗云："猓猔小女年十六，生长胡乡服胡服。红氍窄衫小垂手②，白毡贴地双趺足。汉家天子抚穷边，门前节使纷蝉联。慧性早能通汉语，含情何处结微缘？杜郎七尺青云士，仗剑辞家报知己。匹马翩翩去复回，暂借猓猔息行李。解鞍入户诧嫣然，万里归心一笑宽。笑迎板屋藏春暖，絮问游踪念夏寒。自言去日曾相见，君自无心妾自怜。妾心如月常临汉，君意如云欲返山。私语闲将番字教，烹茶知厌酪浆膻。雨意绸缪俄十日，谁言十日是千年。留君不住归东土，恨无双翼随君举。聊解胸前玛瑙珠，将泪和珠亲赠与。一珠一念是妾心，百回不断珠中缕。尘起如烟马如电，珠在君怀君不见。黄河东流黑水西，脉脉空悬情一线。"

---

① 猓（kǔ）猔（zòng）：是中国古代吐蕃部落之一，分布于云南附近，后来逐渐移居云南。
② 小垂手：柔和的小手。

七十一

郭晖远寄家信，误封白纸。妻答诗曰："碧纱窗下启缄封，尺纸从头彻尾空。应是仙郎怀别恨，忆人全在不言中。"

七十二

苏州谢沧湄老于游幕，为淮关榷使年希尧之上客。有得意句云："惟有乡心消不得，又随一雁落江南。"每旅夜高吟，则声泪俱下。《过惠山》云："路转弓弯三里赊，好风犹趁半帆斜。莺声满店二泉酒，春雨维舟①一树花。白发来游嗟已晚，青山如画欲移家。几时来傍禅灯宿，惠麓云中汲井华。"

七十三

征士王载扬，吟诗以对仗为工，有句云："百五正逢寒食节，十千谁醉美人家？"爱余《滕王阁》诗"阿房有焦土，玉楼无故钉"一联。湖州徐阶五先生《赠沈椒园》诗云："诗派同初白，官情共软红。"以沈乃初白先生外孙故也。王亦爱而时时诵之。徐知予于未遇时。记其《关山月》一首云："大牙旗卷夕阳残，旋见城边涌玉盘。鼓角无声霜气肃，山河流影镜光寒。

---

① 维舟：系船停泊。

白头汉将占星立，红泪胡姬倚马看。净扫烟尘天阙迥，清辉多处是长安。"先生名以升，雍正癸卯翰林，官臬使。

七十四

兴化郑板桥作宰山东，与余从未识面，有误传余死者，板桥大哭，以足蹋地。余闻而感焉。后廿年，与余相见于卢雅雨席间。板桥言："天下虽大，人才屈指不过数人。"余故赠诗云："闻死误抛千点泪，论才不觉九州宽。"板桥深于时文，工画，诗非所长。佳句云："月来满地水，云起一天山。""五更上马披风露，晓月随人出树林。""奴藏去志神先沮，鹤有饥容羽不修。"皆可诵也。板桥多外宠，尝言欲改律文笞臀为笞背。闻者笑之。

七十五

戴雪村学士典试顺天，为忌者所伤，落职家居。其饮酒如长鲸吸海，卒以此成疾亡。《沅州立秋》云："沅州秋信悄然生，旅思无烦雁到惊。月落尚余山桂白，露零先著海棠清。梦如蝶不离纹簟[①]，静觉蛩都就画楹。愧是上方旬日住，禅观曾未遣微情。"《镇远》云："泉脉自来檐可接，箐端时暝雨旋倾。只愁归说人难信，安得吟成更画成？"

[①] 纹簟：席纹。

七十六

杜茶村为国初逸老①,人多重其五律。余以为袭杜之皮毛,甚觉无味。独爱其《咏海棠》一句云:"全树开成一朵花。"

七十七

晁君诚诗:"小雨愔愔人不寐,卧听羸马龁②残刍。"真静中妙境也。黄鲁直学之云:"马龁枯萁喧午梦,误惊风雨浪翻江。"落笔太狠,便无意致③。

七十八

隐仙庵道士周明先善琴,能诗,离随园甚近,年未五十亡。余录其佳句云:"神仙乐事君知否?只比人间多笑声。""竹间楼小窗三面,山里人稀树四邻。""壁琴风过闻天籁,香碗灰深袅篆烟。""雨中破壁蜗留篆,醉后余腥蚁起兵。"又"新笋成时白昼长"七字,亦妙。

---

① 逸老:指遁世隐居的老人。
② 龁(hé):咬。
③ 意致:含蓄的情趣。

七十九

姑苏隐者殷如梅,字羽调。《咏桃花》云:"望去分明临水岸,开残容易逐杨花。"《咏梅》云:"自是岁寒松竹伴,无心要占百花先。"《谢人惠佛手启》云:"数来千指,屈伸总是无名。看去两枝,大小岂能垂手?"《憎蚊》云:"以启其毛,何堪供汝流歠[1]?不濡其味,亦且惊我虚声。"

八十

杭州多高士。梁秋潭先生因从子诗正贵,后遂不乡试,耻以官卷中故也。《垂钓》云:"一溪新涨失前汀,照见青山处处青。香饵自香鱼不食,钓竿只好立蜻蜓。"《题采芝图》云:"山间石上烂生光,曾受青城道士方。自采自餐还自寿,不来朝市说祯祥。"宋杏洲先生《咏槐花》云:"寄语世间诸举子,不应才到此时忙。"周征士西穆《湖上》云:"野鸥导我有闲意,新柳笑人成老夫。"施文学竹田《湖心亭》云:"六时但有蘋风至,五月来看梅雨晴。"

八十一

余读《汉书》,雅不喜董广川,而最喜贾太傅。偶读钱竹初《洛中怀古》云:"南来莫再寻遗宅,第一人才是贾生。"苏州薛皆山云:"一篇

---

[1] 歠(chuò):吸,喝。

《鹏赋》离形相，才子回头是道人。"二诗皆推崇太傅，实获我心。

八十二

余幼时游西湖，见酒楼号五柳居者，壁上题诗甚多，不久即圬去。惟西穆先生一首，墨渖淋漓字写《争坐位帖》，历七八年如新。酒楼主人及来游者皆护存之，敬其为名士故也。题是"冬日同樊榭放舟湖上，念栾城、赤凫都已下世，弥觉清游之足重也，分韵同作"，云："一角西山雪未消，镜光清照赤阑桥。小分寒影看梅色，半入春痕是柳条。闲里安排尘外迹，酒边珍重故人招。孤烟落日空台榭，岁晚重来话寂寥。"后四十年，余再至湖上，则壁诗无存。西穆、樊榭久归道山，而酒楼主人亦不知名士为何物矣。惟陈庄壁上有蒋用庵侍御《酬王梦楼招游》一首云："六朝风物正妍和，珍重乌篷载酒过。一串歌珠人似玉，四围岚翠水微波。狂夫兴不随年减，旧雨情于失路多。争奈严城宵漏急，未知今夜月如何。"

八十三

吾乡诗有浙派，好用替代字，盖始于宋人，而成于厉樊榭。宋人如"水泥行郭索①，云木叫钩辀②"。不过一蟹一鹧鸪耳。"岁暮苍官能自保，日高青女尚横陈。含风鸭绿鳞鳞起，弄日鹅黄袅袅垂。"不过松、霜、水、柳四物而已。瘦词谜语，了无余味。樊榭在扬州马秋玉家，所见说部书多，好用僻典及零碎故事，有类《庶物异名疏》《清异录》二种。董竹枝云："偷

---

① 郭索：螃蟹爬行的样子。
② 钩辀：鹧鸪鸣声。

将冷字骗商人。"责之是也。不知先生之诗,佳处全不在是。嗣后学者,遂以"瓶"为"军持","桥"为"略彴","箸"为"挟提","棉"为"芮温","提灯"为"悬火","风箱"为"扇隤","熨斗"为"热升","草履"为"不借";其他"青奴""黄奶""红友""绿卿""善哉""吉了""白甲""红丁"之类,数之可尽,味同嚼蜡。余按《世说》:"郝隆为桓温南部参军。三月三日作诗曰:'娵隅①跃清池。'桓问何物。曰:'鱼也。'桓问:'何以作蛮语?'曰:'千里投公,才得蛮部参军,那得不作蛮语?'"此用替代字之滥觞。《文选》中诗,以"日"为"耀","灵风"为"商飙","月"为"蟾魄",皆此类也。唐陈子昂出,始一洗而空之。

八十四

宝意先生:"恩同花上露,留得不多时。"万柘坡:"相逢似春雪,一夜不能留。"元微之:"伤心落残叶,犹识合昏期②。"三诗意味相似。

八十五

李穆堂先生诗,以少作为佳,位尊后有率易之病。予所喜者,皆其未第时及初入翰林之作。《东平州看杏花》云:"断云斜日过东平,杨柳风来叶叶轻。莫为春阴便惆怅,杏花如雪更分明。"《落叶》云:"寒来千树薄,秋尽一身轻。"《即事》云:"欲问春深浅,桃花淡不言。"《汤泉》云:

---

① 娵(jū)隅(yú):古代西南少数民族称鱼为"娵隅"。
② 合昏期:结婚的时候。

"汉井炎方炽,周京德肯凉?"《日暮》云:"鸟声隔屋山初暗,灯影当窗纸未温。"《驿铺》云:"短堞一空鸡绝唱,败槽百啮马无声。"晚年不屑为此种诗,亦不能为此种诗。

八十六

王阮亭尚书未遇时,受知于先达某,故诗集卷首,即录其所赠五古一篇,用"萧豪"韵。穆堂未遇时,受知于阮亭,故哭阮亭五古一篇,亦用"萧豪"韵。姜西溟《哭徐健庵司寇》诗,用张文昌《哭昌黎》韵,想见古人声应气求①,后先推挽之盛。

八十七

吾乡文学曹芝,字荔帷,以好名贫其家。中年遽亡,诗稿甚富。《宿随园》见赠云:"蓬藋②年年静掩扉,好风吹上芰荷衣③。青山一觉鹤同梦,白发满头花打围。肯与凡禽争饮啄?果然天马脱鞍鞿。陶归邴罢关何事?出处如公世所稀。"

八十八

丁丑春,陈古愚袖诗一册,来告予曰:"得一诗人矣。"适黄星岩在山

---

① 声应气求:同类的事物相互感应,比喻志趣相投的人自然地聚集在一起。
② 蓬藋(dí):蓬草和藋草,泛指草丛,后也指草舍。
③ 芰荷衣:指隐者的衣服。

中，三人披读，乃常州董潮字东亭者所作也。其《京口渡江》云："轻帆如叶下吴头，晚景苍茫动客愁。云净芜城山过雨，江空瓜步雁横秋。铃音几处烟中寺，灯影谁家水上楼？最是二分明月好，玉箫声里宿扬州。"想见其人倜傥。癸未，阅邸抄，知与香亭同中进士，入词馆。予方喜相交之日正长，不料散馆后竟病卒。余因思：未见其人，先吟其诗而相慕者，一为蒋君士铨，一为陶君元藻，皆隔十余年，欣然握手。惟董君则始终隔面。渠未必知冥冥中有此一知己也，呜呼！

八十九

曹澹泉诗："含雨花如抱恨人。"方子云云："向日花如暴富人。"陈古愚云："新绿树如人少年。"三人调同而各妙。

九十

湖广彭湘南廷梅，与长沙陈恪敏公交好。过随园时，年已七十，即席赋诗，有"落日红未尽，遥山青欲来"之句。余爱赏之。在秦淮河口占云："秦淮河畔乱沙汀，芳草魂生六代青。春去雨中人不惜，杜鹃啼与落花听。"湘南画小像：一叟坐室中，旁有偷儿，持斧穴洞而窥，号"窃比于我老彭图"，见者大笑。《秋夕宿凭虚阁》云："寻幽住此山，秋声即吾性。一阁衔夕阳，半江红不定。淡淡暮云低，漠漠松阴暝。遥见隔林灯，寒空生远映。"

九十一

昔人称王粲精思,不能有加于宿构,故拙速不如巧迟。此言是也。然对客挥毫,文不加点,亦是乐事。余平生所见敏于诗者四人:前辈中,一为宫詹张南华鹏翀,一为学士周兰坡长发;同学中,一为侯夷门嘉繙,一为金进士兆燕。俱可以击钵声终,万言倚马。乙丑,予宰江宁,侯为贰尹,招之小饮。侯即席有"龙蟠虎踞江山助,璧合珠联文字交"之句,惜忘其全篇。后得狂易之疾①,死镇江黄太守署中。秦涧泉哭以诗云:"客传京口讣音来,无际愁云望不开。妻子半船归海峤,图书千帙付蒿莱②。龙蛇应有前生梦,宇宙谁为旷世才?懊恼人天今异路,新诗定已满泉台。"又曰:"若使九原真及第,胜教五斗恋微官。"

九十二

余散馆出都,走别南华先生。先生取纸疾书《送别》云:"清时重民牧,临御简良才。经术平生裕,文章我辈推。醉辞鹓鹭侣,吟向凤凰台。民力东南急,君其保障哉。眷言③桑梓近,郑重惜分襟。暂辍《三都》笔,将听《五袴吟》。风流为政美,恺悌④入人深。千里同明月,相思寄好音。"

---

① 狂易之疾:精神失常的病。
② 蒿莱:野草,杂草。
③ 眷言:回顾貌。言,词尾。
④ 恺悌:和乐平易。

九十三

癸酉夏五，周兰坡、潘筠轩两学士同饮随园，见案上有东坡诗，撷之，笑曰："我即用其《仇池石》韵，序今日事，可乎？"余曰："幸甚。"磨墨申纸，日影未移，诗已毕矣。曰："千章夏木清，一雨洗浓绿。前月游随园，林峦看未足。北牖贪昼眠，人消边韶腹。云开峰黛妍，水长波纹蹙。窈窕离市廛①，疏狂狎樵牧。恐费十千沽，何曾再三渎？榴火吐红蕤，林篁②削青玉。老友中州归，陈人③案前伏。相约饮无何，联吟日可卜。为爱好轩楹，不辞屡征逐。绝类仲蔚园，恍入子真谷。无酒君须谋，有鱼我所欲。看锄邵圃瓜，敢顾周郎曲。剧喜天已晴，莫讶客不速。"

九十四

棕亭在江氏秋声馆即席和余四绝云："坐对名山列绮筵④，篱花争艳暮秋天。百年传得诗人宅，先把黄金铸浪仙。""近郭遥峰左右当，帆樯历历远天长。女墙穿过疏林外，放出残霞衬夕阳。""山腰奇石最伶俜，矮作阑干曲作屏。选得云根坐吹笛，新声分与万家听。""惠郎中酒眼波斜，一曲清歌遏众哗。安得将身作么凤，香丛长伴刺桐花？"

---

① 市廛（chán）：店铺集中之处。
② 林篁：丛生的竹木。
③ 陈人：故人。
④ 绮筵：华丽丰盛的宴席。

九十五

善写客情者,昔人诗如"只因相见近,转致久无书""近乡心更怯,不敢问来人"。善写别情者,如"可怜高处望,犹见故人车""相看尚未远,不敢遽回舟"。

九十六

"为学心难足,知君更掩扉",项斯《赠友》诗也。"一点村前火,谁家未掩扉",唐山人《村行》诗也。两押"扉"字,均妙。

九十七

何南园馆于汪氏,其尊人礼之甚至。后其子非解事者,而苛责馆课转严。南园赋诗云:"急管繁弦《子夜》声,宫商强半不分明。老夫听惯开元曲,听到残唐刻刻惊。"

九十八

诗有音节清脆,如雪竹冰丝,非人间凡响,皆有天性使然,非关学问。在唐则青莲一人,而温飞卿继之。宋有杨诚斋,元有萨天锡,明有高青丘。本朝继之者,其惟黄莘田乎?

九十九

吴鲁斋贤,宰甘泉,有惠政,不幸无子,四十而殂。其诗稿失散,仅记其《送友》云:"遥知白发相思苦,马上逢人便寄书。"《过洛阳》云:"最羡少年能挟策,至今天子重书生。"《衙斋偶成》云:"候吏解投山客刺,奚童不扫印床花。"《京江》云:"扬子江头月正明,夜深风露怯凄清。邻舟有客横吹笛,似说故人离别情。"

一百

偶见晚唐人辞某节度七律一首,前四句云:"去违知己住违亲,欲策羸骖屡逡巡。万里家山归养志,十年门馆受恩身。"读之一往情深,必士君子中有至性[1]者也。恨不友其人于千载以上,惜不能记其全首与其姓名。他日翻撷[2]《全唐诗》,自能遇之。

---

[1] 至性:诚挚淳厚的性情。
[2] 翻撷:翻检。

卷十

一

江宁吴模,字元理,应童子试时,年才十三,举止端肃,因唤入署,啖以果饵,旋即入泮。邑中名士沈瘦岑,以女妻之。嗣后十年,不复相见。诗人李晴洲告予曰:"元理小秀才,近诗日佳,比其外舅,骎骎①欲度骅骝②前矣。"诵其《迎秋》一首云:"碧天霭霭暮山晴,一片秋心趁月明。暑退渐教葵扇弃,风高已觉葛衫轻。绕阶草色笼烟淡,隔树蝉声咽露清。为读《离骚》更漏永,幽兰时有暗香迎。"未几,元理来,读余外集,呈二律云:"陶令无官通刺易,崔㦽有室入门难。"又曰:"传有其人应久待,我生虽晚未嫌迟。"是年,与周青原同受知于学使李鹤峰,拔③贡入都。予喜,贺以诗云:"人夸籍、湜④居门下,我道班、扬在意中。"

---

① 骎骎:形容马跑得很快的样子。
② 骅骝:赤红色的骏马,周穆王的"八骏之一",常代指骏马。
③ 拔:选拔。
④ 籍、湜:唐代文学家张籍和皇甫湜的并称,两人都是韩愈的学生。

二

余以紫玻璃镶窗，一时咏者甚多。太仓闻省谦云："一天花气镜边浮，朵朵晴霞入望收。槛外电光何处雨，山中暮色最宜秋。"尤贡父云："四面有山皆夕照，一年无日不花光。"

三

江宁高庙僧亮一，工栽菊，能使月月有花。戊辰秋，席武山别驾招余同蒋用庵侍御、姚云岫观察，同往赏花。用庵分得"有"字韵，诗云："天地之大何不有，造化乃出山僧手。山僧一手种菊花，花高十尺大如斗。四时群卉递凋残，僧寮月月如重九。石头城外普陀庵，相思半载游终负。初冬辱八书相招，盍簪花下中山酒。座客呼僧相愕眙①，问讯神方乞谁某。僧云我绝尠②师传，蕴崇只在三时厚。料寒量燠细锄泥，剔秽芟芜重缚帚。雨无苦湿晴无干，如期各有神明寿。此言虽小可喻大，士夫身世宜遵守。万物从来栽者培，枯菀纷纷都自取。东风桃李剧芳妍，此时可保秾华否？经得冰霜受得春，毕竟此花能耐久。坐中听者大轩渠，花亦从旁如点首。街鼓催人月到窗，篮舆还带余香走。"

---

① 愕眙：惊视。
② 尠（xiǎn）：同"鲜"，稀少的意思。

四

"关防"二字,见《隋书·酷吏传》,原非作官者之美名。故余知江宁时,记室史正义苕湄,时出狎游①,予爱其才,而不禁也。其《南归留别得青字》云:"浪迹深惭水上萍,漫劳今夜饯邮亭。鬓从久客无多绿,灯入篱筵分外青②。海国归帆随候雁,天涯知己剩晨星。何时载得兰陵酒,重向红桥共醉醒?"又曰:"酒沾双屐雨,人坐一庭烟。"

五

六安秀才夏宝传,生而任侠,出雅雨卢公门下。卢谪戍军台,僮仆无肯随者。夏奋曰:"我愿往。"竟策马出塞,三年后,与卢同归。卢再任转运,为捐学正一官,所以报也。程鱼门题其《橐中集》云:"磨刀冰作石,暖客火为衣。"卢亦有句云:"手僵常散筹,泪冻不沾衣。"可想见塞外之苦矣。乾隆庚子科,以年过八十,钦赐举人。陈古渔赠句云:"八旬乡榜无消息,一纸天书有姓名。"又曰:"三征尚却连城聘,一诺能轻万里行。"

六

苏州顾禄百,张匠门先生外孙也。晚年不遇,为归愚先生权记室,凡先

---

① 狎游:到妓女那里游玩。
② 灯入篱筵分外青:灯光照在饯别的筵席显得十分清幽。
③ 权:权且。

生酬应①之作，皆顾捉刀。《咏红叶》云："秋树忽春色，晓山皆暮霞。"余常叹陆放翁临终时，犹望九州恢复，而终于国亡家破，不遂其愿。禄百有句云："散关铁马平生愿，愁绝他年家祭时。"

七

蒋心馀太史居金陵时，除夕梦与余登清凉山，得句云："三春花鸟空陈迹，六代江山两寓公。"闻山寺钟鸣，掷笔而寤。

八

唐人诗曰："欲折垂杨叶，回头见鬓丝。"又曰："久不开明镜，多应为白头。"皆伤老之诗也。不如香山作壮语曰："莫道桑榆晚，余霞尚满天。"又宋人云："劝君莫恼鬓毛斑，鬓到斑时也自难。多少朱门年少子，被风吹上北邙山。"

九

杭州布衣何琪，字东甫，《咏帘钩》云："高牵缠臂金无色，误触搔头玉有声。"《金银花》云："可能华屋开常好，只恐柴门②种亦难。"

---

① 酬应：酬客应对。
② 柴门：木柴做的门，借喻老百姓。

十

学问之道，四子书如户牖①，九经如厅堂，十七史如正寝②，杂史如东西两厢，注疏如枢闑③，类书如厨柜，说部如庖湢④井匽⑤，诸子百家诗文词如书舍花园。厅堂正寝，可以合宾；书舍花园，可以娱神。今之博通经史而不能为诗者，犹之有厅堂大厦，而无园榭之乐也；能吟诗词而不博通经史者，犹之有园榭而无正屋高堂也。是皆不可偏废。

十一

江宁涂爽亭，善小儿医，能诗，年九十余。有句云："船底水鸣风力大，芦中雁语月光高。"余小女病危，爽亭活之，因来往甚欢。辛丑九月，以书来诀，一切身后事，亲自检校。予挽联云："过九秩以考终，从古名医，都登上寿；痛三号而未已，伤吾老友，更失诗人。"

十二

或传程鱼门《京中移居》诗云："势家⑥歇马评珍玩，冷客⑦摊钱问故

---

① 户牖：门和窗户。
② 正寝：卧室。
③ 枢闑：门上的转轴和大门中央所竖的短木。
④ 庖湢（bì）：厨房和浴室。
⑤ 井匽：排除污水秽物的水池和水沟。
⑥ 势家：有权势的人家。
⑦ 冷客：贫贱的行人。

书。"予笑曰："此必琉璃厂也。"询之，果然。因记商宝意移居，周兰坡与万晴初访之，见门对云："岂有文章惊海内，从无书札到公卿。"万笑曰："此必商公家矣。"询之，果然。

十三

王菊庄孝廉，名金英，性孤冷而工诗，有"残雪坠仍起，如尘空际盘"之句。余尤爱其《杨柳店梦归》云："征骑尚栖杨柳岸，归魂已到菊花庄。杖藜①父老闻声喜，停织山妻设馔忙。生菜摘来犹带露，新醅笃得已闻香。堪怜稚女都齐膝，羞涩牵衣立母旁。"《掌教永平书院》云："生徒散后庭阶静，知己逢来礼法疏。"《邗沟》云："负郭②人家堤下住，酒帘飐出树梢头。"

十四

鲁星村"猫迎落花戏，鱼负小萍移"，与宋笠田"护篱小犬吠生客，曝背老翁调幼孙"之句，皆诗中有画。鲁《沙桥道上》云："山下竹林林下屋，门前溪水带花流。"王兰泉方伯《云阳驿》云："明月似霜霜似雪，云阳驿外夜三更。"二句相似。

---

① 杖藜：拄着拐杖。
② 负郭：靠近城郭，后指穷巷或贫居。

十五

予有句云:"开卷古人都在眼,闭门晴雨不关心。"龚旭开《登石台》诗云:"短墙南畔接烟林,啼罢山禽又海禽。甚日晴明甚日雨,不曾出户不关心。"抑何暗合耶?龚有《连理枝词》云:"晓尚衣衫薄,未许开帘幕。小婢来言,东风料峭,动花铃索。海棠轩外石阑边,有风筝吹落。"

十六

山阴布衣茅商隐,客死汴城。桑弢甫为梓其诗。《晚村》云:"带声鸦易树,偶语客归村。"《山行》云:"郭外髑髅眠野草,坟前翁仲戴山花。"皆佳句也。越中故事:娶新妇至,必选处女迎之,号曰"伴姑"。茅吟曰:"十六作伴姑,含情语邻姆。今日新嫁娘,问年才十五!"

十七

王进士又曾,字毂原,诗工游览。《同人看白莲》云:"船窗六扇拓银纱,倚桨风前落晚霞。依约前滩凉月晒,但闻花气不看花。""皋亭来往省年时,香饮莲筒醉不辞。莫怪花容浑似雪,看花人亦鬓成丝。"《游陶然亭》云:"岸芦迸笋妨游屐,林蝶翻灰浣袷衣①。春浓转怕形人老,官冷真宜伴佛闲。"皆传诵一时。有《丁辛老屋集》。

---

① 袷衣:夹衣。

十八

岳水轩名梦渊，为督抚上客，居与随园相近。丁丑秋，忽作诗会，大集名流，其豪气犹勃勃可想。《江行》云："荻港人维雪里舟，雪花飞较荻花稠。篷窗人醉荻中卧，时被雪花飞上头。"《荷花》云："兰舟载丽人，摇入荷花荡。亭亭红粉姿，花与人相仿。其中有莲的，心苦惟侬赏。欲以掷奉郎，生憎金钏响。"两诗有古乐府遗音。

十九

金江声观察，名志章，在吾乡与杭、厉齐名。《壬子月夜登虎丘》云："一片深宵月，明明照虎丘。松杉交影静，萍藻上阶流。夜舫吹箫客，春灯卖酒楼。他乡有朋好，竟夕此淹留。"庚辰年，余过虎丘，山僧出此诗见示，不知余故观察年家子也。尤爱其《过冷水铺》云："白鸥傍桨自双浴，黄蝶逆风还倒飞。"《宿灵隐》云："窗虚暗觉云生壁，夜静时闻雨滴阶。"

二十

或问："刘勰言：'陆机亦有锋颖①，而腴词②勿剪，终累文骨。'近日才人，如宝意、鱼门，时蹈此病。"余晓之曰："韦端己云：'屈、宋亦

---

① 锋颖：比喻犀利的才辩，凌厉的气势。
② 腴词：多余的词。

有芜词，应、刘岂无累句？但须精选斯文者，食马留肝，烹鱼去乙可耳。此《极玄集》之所由作也。'"

二十一

汉杜钦兄弟，任二千石者十人，钦官最小，名最著。韩文公之孙衮中状元后，人但知布衣方干，不知状元韩衮。甚矣！人传不在官位也。唐人诗曰："孟简虽持节，襄阳属浩然。"简之名自在浩然下。然余到桂林，见独秀峰有简题名，笔力苍古。今之持节者，如孟简其人亦少矣。

二十二

薛中立幼时见蝴蝶，咏诗云："佳人偷样好，停却绣鸳鸯。"大为乃翁生白所赏。且云："宋时某童子有句云：'应是子规啼不到，致令我父不还家。'都是就一时感触，竟成天籁。"

二十三

闺秀少工七古者，近惟浣青、碧梧两夫人耳。碧梧《咏李香君媚香楼》云："秦淮烟月板桥春，宿粉残脂腻水滨。翠黛红裙竞妆裹，垂杨勾惹看花人。香君生长貌无双，新筑红楼唤媚香。春影乱时花弄月，风帘开处燕归梁。盈盈十五春无主，阿母偏怜小儿女。弄玉虽居引凤台，萧郎未遇吹箫侣。公子侯生求燕好，输金欲买红儿笑。桃花春水引渔人，门前系住游仙棹。奄觉纤儿想纳交,缠头故遣狡童招。那知西子含颦拒,更比东林结社高。楼中刚耀双星色,无奈风波生顷刻。易服悲离阿软行,重房难把台卿匿。天涯从此别情浓,锦字书凭若个通?桐树已曾栖彩凤,绣帏争肯放游蜂?因愁久已抛歌扇,教坊忽报君王选。啼眉拥髻下妆楼,从今风月凭谁管?《柘枝》旧谱唱当筵,部曲新翻《燕子笺》。总为圣情怜腼腆,桃花宫扇赐帘前。天子不知征战苦,风前且击催花鼓。阿监潜传铁锁开,美人犹在琼台舞。银箭声残火尚温,君王匹马出宫门。西陵空自宫人泣,南内谁招帝子魂?最是秦淮古渡头,伤心无复媚香楼。可怜一片清溪水,犹向门前呜邑流。"碧梧即孙云凤,和余《留别》诗者。有妹兰友,名云鹤,亦才女也。咏指甲作《沁园春》云:"云母裁成,春冰碾就,裹住葱尖。忆绿窗人静,兰汤悄试;银屏风细,绛蜡轻弹。爱染仙葩,偶调香粉,点上些儿玳瑁斑。支颐①久,有一痕钩影,斜映腮间。 摘花清露微粘,剖绣线,双虹挂月边。把霓裳暗拍,代他象板;藕丝自雪,掏个连环。未断先愁,将修更惜,女伴灯前比并看。消魂处,向紫荆花上,故逞纤纤。"

二十四

梁文庄公弟梦善,字午楼,生富贵家,而娟洁静好②,《孟子》所谓"无献子之家者也"。年十五,举于乡,六上春闱,不第,出宰蠡县,非其志也。年过四十而卒。《出都》一首,便觉不祥。其词云:"何处人间有雁声?暮云无际且南征。西风禾黍临官道,落日牛羊近古城。生意渐如衰柳尽,浮生只共片帆轻。劳劳踪迹年年是,凄绝天涯此夜情。"《咏熏炉》云:"梦去恰疑怀堕月,抱来错认玉为烟。"《饮沈椒园太史家》云:"微

---

① 颐:腮,颊。
② 娟洁静好:喜欢安静雅致。

吟韵许追前辈，中酒身还耐薄寒。"《述怀》云："洗马清赢潘令鬓，外人刚认一愁无。"皆清词丽句，楚楚自怜。亦有壮语，如"出塞不辞三万里，著书须计一千年"。恰不多也。

二十五

国初逸老某《赠妾》云："香能损肺熏宜少，露渐沾花采莫频。"王健庵妻张瑶英《示儿》云："教儿宝鸭休添火，龙脑香多最损花。"瑶英有《绣墨诗集》，余已为刊刻矣，兹再录其佳句。《送健庵》云："纵无多路情难别，须念衰亲游有方。"《病目》云："岂为愁多清泪落，却缘烟重午炊迟。"《偶成》云："无梦不愁鸡唱早，有书只望雁飞过。""荒院草删三径阔，破窗风入一灯危。""蛛知网湿添丝急，月待云开到槛迟。"

二十六

戊戌春，余在杭州。两姬置酒，招女眷游西湖。瑶英以诗辞云："呼女窗前看刺凤，课儿灯下学涂鸦。韶光一刻难虚掷，那有闲看湖上花？"既而，遣人劫之，曰："娘子不来，怕作诗耶？"果飞舆而至，到湖心亭，书二十八字云："酿花天气雨新晴，一片清光两岸平。最好湖心亭上望，满堤人似水中行。"

二十七

李宏猷秀才设帐尹制府署中。《咏新竹》云："节已凌云未出头。"未几病重，荐其友周青原入署相代。青原来见，袖中出《西园池上》诗云："目不窥园已浃旬，小池春涨绿鳞鳞。得鱼鸟胜垂纶客，临水花如照镜人。欲扫闲庭苔莫损，偶扳芳树蝶相亲。笑余三月裘还着，只为调停病起身。"末句，余略为酌改，周欣然辞出。良久，闻门外尚有吟哦声，则以肩舆未至，故得意而徐步呻吟也，其风趣如此。后官中书，在京师《寄怀》云："我如脱衔驹，恣意骋原隰。不读五千卷，辄入崔儦室。又如舔丹鼠，吐肠还自悼。空得成连师，未谙《水仙操》。川虽难学海，磁则曾引针。千秋一瓣香，顶礼优钵林。"

二十八

金陵妓郭三为讼事，江宁王令拘讯之。香亭为关说求免。王复札云："昨承简翰①，诚恐狼藉花枝；欲于园中立五彩幡，使封家十八姨莫逞其势。然弄郭郎者，只是逢场作戏；须俟上台时，看作如何扮演，再理会下场可耳。"香亭乃寄诗云："一波才定又生波，屡困风姨可奈何？不是花奴偏惹事，总缘柳弱受风多。""登场更比下场难，牛鬼威风色已寒。要识李夫人面目，何如留待帐中看？"

---

① 简翰：书信。

二十九

秦邮沈均安，字际可，官江右，以廉洁称。能诗工书。由赣邑令，擢莲花厅司马。《留别邑人》云："民称张旭书堪宝，我比时苗犊并无。"

三十

真州郑中翰沄，字晴波，新婚北上，《留别闺中》云："来年春到江南岸，杨柳青青莫上楼。"其同年周舍人发春喜诵之。时有陈庶常濂，与周相善，而未识郑。一日公宴处，周、郑俱在，陈忽语周曰："昨闻有人赠内之句，情韵绝佳，当是晚唐人手笔。"周急叩之。则所称者，即郑诗也。郑闻而愕然。周因指郑示陈曰："此即赋'杨柳青青'之晚唐人矣！"三人大笑。真州程灌夫亦有句云："春风自绿垂杨色，何事羁人怕倚楼？"

三十一

宝意先生告余云："己卯秋，过龙潭，见旅壁题诗四绝，清丽芊绵[①]，后书'桂堂'二字，横胸中数十载，终不知其为谁。题作《秦淮偶兴》云：'淡黄杨柳晓啼鸦，丝雨温香湿落花。应有鲥鱼吹雪上，水边亭子正琵琶。''水榭湘帘特地清，朝烟上与曲阑平。旧时红豆抛残处，只恐风吹子又生。''篱门过雨绿烟铺，檀板金尊俗有无。小艇已将烟月去，人间空说

---

① 芊绵：原意为草木茂盛的样子，后形容人富有文采。

女儿湖。''鳞鳞碧瓦照春莱,眢井①宵深鸟语哀。第一林泉谁省得,数枝犹发旧宫槐。'"

冬友自言:"九岁时,侍先大父②过淮,舟中人限'吞'字韵为诗,多未稳③。予有句云:'横桥风定帆全卸,小艇潮来势欲吞。'大父曰:'此子将来必无患苦。'或问其故。曰:'凡诗押哑韵而能响者,其人必贵;押险韵而能稳者,其人必安。生平以此衡人,百不失一。'"大父讳馨,字星标。

吴中七子中,赵文哲损之诗笔最健。丁丑召试,与吴竹屿同集随园,爱诵余"无情何必生斯世,有好都能累此身"一联。后从温将军征金川,死难军中。过襄阳时,以《怀诸葛故居》诗四首见寄云:"洵美躬耕地,千秋一草庐。勋名微管亚,出处有莘如。巾服渔樵里,川原战阵余。西风渭滨路,尚忆沔南居。""四海占龙卧,萧条一亩宫。泊如明厥志,行矣慎吾躬。变化遭非偶,栖迟道岂穷?可知《出师表》,慷慨本隆中。""崔、徐二三子,来往定欣然。逸事风尘外,高评月旦前。襟期《梁甫曲》,生计汉阴田。当日如终隐,鸿妻亦最贤。""宇宙声名大,遗踪锦水长。人歌千尺柏,公念百枝桑。涕尚沾遗老,魂应恋故乡。溪毛如可荐,此地合祠堂。"

---

① 眢(yuān)井:干枯的井。

② 大父:即祖父。

③ 稳:踏实,稳当。未稳,这里喻诗写得不妥当。

三十四

江宾谷《在楚中寄信托家人山庄栽树》云:"老去菟裘①身后冢,他年都要此中来。"何言之亲切而有味也!《汉上喜晤汪丈》云:"他乡执手感前盟,白发垂肩阅变更②。问旧可堪皆后辈,抱书犹记拜先生。渐成安土如秦赘,别后添丁尽楚声。客况中年复谁遣,一尊寒雨故人情。"

三十五

香亭弟随叔父健磐公生长广西,叔父亡后,余迎归故里。年十五,即见赠云:"坐无尼父为师易,家有元方作弟难。"又《即目》云:"山气腾空欲化云。"余早知其能诗也。孤甥陆建,号豫庭,字湄君,幼为余所抚养,与香亭同岁。己巳春,余辞官,挈两人读书随园,时相唱和。后予官秦中,二人过随园见忆。香亭云:"共寻幽径访柴扉,遥见高台出翠微③。蜡屐重临秋色冷,青山如故客情非。枯荷带雨碧连水,荒藓盈庭绿染衣。满树寒鸦鸣不已,斜阳烟草更依依。"豫庭云:"自别青山两载余,风光较昔更何如?竹梅添种阶前树,诗史空堆架上书。窗外叶飞人去后,天边月冷雁来初。灞桥此日秋风早,应向江南忆故庐。"豫庭赘于宿州刺史张公处。张名开士,字轶伦,杭州壬戌进士,历任有循声。谓豫庭曰:"作时文则我教卿,作诗则卿教我。"豫庭年三十余,以瘵亡④。张忽忽不乐,如支公之丧法虔也,月余亦亡。豫庭《赠妇翁》云:"喜我绛纱深有托,半为娇客半门生。"《赠

---

① 菟裘:古邑名,春秋鲁地,后世称士大夫告老退隐的处所为"菟裘"。
② 阅变更:阅尽人世沧桑。
③ 翠微:形容山光水色青翠缥缈,也泛指青翠的山。
④ 以瘵亡:因痨病而死。

妇》云："未有肉能凭我割，不妨酒更向卿谋。"张诗亦佳。《宿华严寺》云："竹里琴声秋涧落，定中灯火石床分。"《感怀》云："臣心自问清如水，世道尤难直似弦。"

三十六

余三妹皆能诗，不愧孝绰门风，而皆多坎坷，少福泽。余已刻《三妹合稿》行世矣，兹又抄三人佳句，以广流传。三妹名机，字素文。《秋夜》云："不见深秋月影寒，只闻风信响阑干。闲庭落叶知多少，记取朝来着意看。"《闲情》云："欲卷湘帘问岁华，不知春在几人家。一双燕子殷勤甚，衔到窗前尽落花。"他如"女娇频索果，婢小懒梳头""怕引游蜂至，不栽香色花"，皆可诵也。遇人不淑，卒于随园。香亭弟哭之云："若为男子真名士，使配参军信可人。无家柱说曾招婿，有影终年只傍亲①。"豫庭甥哭之云："谁信有才偏命薄，生教无计奈夫狂。""白雪裁诗陪道韫，青灯说史侍班姑。"

三十七

四妹名杼，字静宜。《游鸡鸣寺》云："苍苍烟树带斜晖，石塔层峦傍翠微。无复萧梁宫殿在，台城犹见纸鸢飞。"《秋园踏月》云："蔼蔼山光映碧空，参差树影乱西风②。芦花几朵明如雪，吹在横桥曲涧中。"他可诵者，如"描花嫌纸窄，学字借书抄""宾鸿云作路，蟋蟀草为城""画阁偏

---

① 有影终年只傍亲：生前长年都和娘家亲戚住在一起。
② 乱西风：被西风吹得四处摇摆。

闻雏燕语，乱书常被懒猫眠"。《课女》云："花簪一朵休嫌少，字课三张莫厌多。"《挽葛姬》云："断线几条犹委地，南楼一榻已生尘。"

三十八

堂妹棠，字秋卿，嫁扬州汪楷亭。家颇温饱，伉俪甚笃。《咏燕》云："春风燕子今年早，岁岁梁间补旧草。华堂叮嘱主人翁，珍重香泥莫轻扫。吁嗟乎！千年田土尚沧桑，那得雕梁常汝保？"余读之不乐，曰："诗虽佳，何言之不祥也！"已而竟以娩难亡。又二年，楷亭亦卒。妹《寄二兄香亭》云："鹏程人与白云齐，君独年年借一枝。闻道故交多及第，更怜归客尚无期。琴书别后遥相忆，雪月窗前寄所思。常对芙蓉染衣镜，堪嗟侬不是男儿。"《于归扬州》云："不堪回忆武林春，娇养曾为膝下身。未解姑嫜深意处，偏郎爱作远游人。""绿杨堤畔行游子，红粉楼中冷翠帷。为问秦淮江上月，今宵照得几人归？"亡后，香亭哭以诗云："最苦高堂念，怀中小女儿。至今传死信，未敢与亲知。书远摹多误，人稠语屡歧[1]。调停两边意，暗泣泪如丝。"

三十九

余在苏州，四妹《寄怀》云："长路迢迢江水寒，萧萧梅雨客身单。无言但劝归期速，有泪多从别后弹。新暑乍来应保重，高堂虽老幸平安。青山寂寞烟云里，偶倚阑干忍独看？"余读之凄然。当即买舟还山。四女琴姑，从妹受业。妹赠以诗云："有女依依唤阿姑，忝为女傅教之无？欲将古典从容说，失却当年记事珠。"妹嫁韩氏，生一儿，名执玉。十四岁，咏《夏

---

[1] 人稠语屡歧：人多话就不一样了。

雨》云："润回青簟色,凉逼采莲人。"学使窦束皋先生爱之,拔入县学。未一年,得暴疾亡。目将瞑矣,忽坐起问阿母曰:"唐诗'举头望明月',下句若何?"曰:"低头思故乡。"叹曰:"果然!"遂点头而仆。故妹哭之云:"伤心欲拍灵床问,儿往何乡是故乡?"

四十

诗有情至语,写出活现者。许竹人先生督学广西,《接弟石榭凶问》云:"望书眼欲穿,拆书手欲争。抱书心忽乱,隔纸字忽明。挥手急屏置,忍泪雨暗倾。老亲中庭立,念远心悬旌。病讯百计匿,矧①可闻哭声?违心方饰貌,哀抑喜且盈。趋言梦弟至,所患行已平。"

四十一

随园每至春日,百花齐放,家中内子及诸姬人,轮流置酒,为太夫人寿。太夫人亦尝设席作答。余有句云:"高堂戒我无他出,阿母明朝作主人。"盖实事也。香亭《同赏梅》诗云:"为爱梅花敞绮筵,合家春聚画堂前。忽怜香气传风外,却喜花开在雨先。人影共分千竹翠②,帘光高卷一山烟。知他万片随云去,还赴璚楼③宴列仙。"呜呼!自先慈亡后,此席永断,而香亭亦远宦粤中矣。

---

① 矧(shěn):连词,表示意思进一层,相当于"况且""何况"。
② 人影共分千竹翠:人影乱晃在翠竹之间。
③ 璚楼:琼楼,形容华美的建筑物,诗文中指仙宫中的楼台,传说中王母娘娘宴请宾客的地方。

四十二

江宁城中，每至冬月，江北村妇多渡江为人佣工，皆不缠足，间有佳者。秦芝轩方伯席上集唐句戏云："一身兼作仆，两足白于霜。"

四十三

桐城诗人分咏古镜。方正瑷云："绝代应怜颜色少，六宫曾识旧人多。"姚孔锌云："相对不知何代物，此中曾老几朝人？"皆佳句也。姚又有句云："病后精神当酒怯，静中情性与香宜。"

四十四

余己未座主，为泰安相国赵公仁圃。公以长垣令有政声，受知世宗，晋秩①卿贰。平生爱时文，虽入纶扉②，犹手校成，弘诸大家，孜孜不倦。《晚泊小米滩》一绝云："回桡舣艇傍平沙，客路停舟便是家。坐久鸟惊山吐月，话长人喜烛生花。"作令时，以勘灾故，足浸水中三日，故病跛。每入朝，许给扶以行。讳国麟，山东人。

---

① 晋秩：进升官职或等级。
② 纶扉：明清时称宰辅所在之处。

四十五

余习国书，读十二乌朱①，受业于邹泰和学士。记其《丁香》一首云："春空烟锁缀星星，两树琼枝占一庭。交网月穿珠络索，小铃风动玉冬丁。傍檐结密人难折，拂座香多酒易醒。只恐天花散无迹，拟将湘管写娉婷。"又，《白云寺》云："飞鸟没边孤塔见，乱山缺处夕阳明。"先生戊戌翰林，和雅谦谨，有爱猫之癖，每宴客，召猫与儿孙侧坐，赐孙肉一片，必赐猫一片，曰："必均，毋相夺也。"督学河南，按临商丘毕，出署，失一猫，严檄督县捕寻。令苦其烦，用印文详报云："卑职遣干役四人，挨民家搜捕，至今逾限，宪猫不得。"

四十六

陕西薛宁庭太史，与江宁令陆兰村为同年。丙戌，到白门相访，偕公子雨庄与其师高东井泛舟秦淮，作诗云："衣带一条水，兰舟小亦佳。南朝留胜览，北客壮吟怀。绰约虹桥束，参差画槛排。冲炎偶然出，记取始秦淮。""谁与偕来者？诗人高达夫。看山挥玉麈，忘暑对冰壶。乍可清谈足，宁教佳句无？士龙君弟子，架笔也珊瑚②。"

---

① 十二乌朱：指满文字的十二个字头，即满文的拼写规则。乌朱，满语"头"。
② 架笔也珊瑚：文笔也十分优秀。

四十七

金陵承恩寺僧行荦，能诗。有句云："雨晴云有态，风定水无痕。"其师阐乘有五绝云："香气透窗纱，风轻日未斜。午堂春睡起，双燕下含花。"又有句云："才展《金刚经》了了，《金刚经》夹小吟笺。"余尝云："凡诗之传，虽借诗佳，亦借其人所居之位份。如女子、青楼、山僧、野道，苟成一首，人皆有味乎其言，较士大夫最易流布。"

四十八

余改官江南，赋《落花》诗，祁阳中丞内幕程南耕爱而和之。记数联云："燕垒漫教留粉在，马蹄几度踏香来。""升沉我已参名理；落莫人还惜异才。"程名嗣章，绵庄先生之弟，中年病聋。每来，则以笔代口，先以一函相订。故余赠句云："见面预安双管笔，焚香先捧一函书。"

四十九

朱学士筠，字竹君，考据博雅，不甚吟诗。有《登湖楼》一律云："载月来登湖上楼，飘然便可御风游。帆如不动暮天没，岸竟欲斜秋水流。何寺一声孤磬远？长空万点乱鸦愁。酒杯频劝君何苦，未使春波负秀州。"

五十

姊夫王贡南,名裕琨。《雨过富春》云:"历乱如丝小雨微,相呼舟子授蓑衣。鱼争新水穿萍出,鸟怯寒风贴地飞。宿雾半藏临涧屋,好花多落钓鱼矶。纷纷鱼艇随波散,撒网闲歌何处归?"《寄内》云:"好奉慈姑勤菽水①,莫同邱嫂戛杯羹②。"余时年十四,爱而记之。即健庵父也。

五十一

海宁许铁山惟枚,与余同官金陵,一时有"二枚"之称。余已荐牧高邮,而许犹有待,意有所感,和余《河房宴集》诗云:"朱帘斜卷晚风前,杨柳萧疏隔岸烟。一样楼台都近水,向南明月得来先。"《园梅》云:"腊③尽还微雪,春来尚薄寒。迎风飞片易,背日坼苞难。疏蕊明高阁,低枝韵小栏。莫教吹短笛,我正倚阑干。"许性严重,秦淮小集,坐有歌郎,君义形于色,将责其无礼而答之。余急挥郎去,而调以诗云:"恼煞隔帘纱帽客④,排衙花底打鸳鸯。"

五十二

同试鸿博陈鲁章士璠,杭州人,以诸生中式,即授庶常。《途中纪事》

---

① 菽水:豆与水,常用来指晚辈对长辈的供养。
② 莫同邱嫂戛杯羹:意思是不要因为一些鸡毛蒜皮的小事同长嫂争吵。
③ 腊:冬月,冬季。
④ 纱帽客:官员。

云:"月映湖光分外明,芦花影里一舟横。夜深闻有乡音在,晓起开篷问姓名。"

五十三

毛西河言:"古人诗题,所云'遥同'者,即遥和也。谢朓《同谢咨议铜雀台诗》、卢照邻《同纪明孤雁诗》,皆是和诗,非同游也。"

五十四

见吴小仙画《骑驴图》题云:"白头一老子,骑驴去饮水。岸上蹄踏蹄,水中嘴对嘴。"顾赤芳题云:"张果倒骑驴,不知是何故。为恐向前差,忘却来时路。"庆两峰《落齿》云:"无端一齿落,探口不知故。且喜刚者亡,免与世龃龉。"

五十五

乙亥年,高文端公为江宁方伯,过访随园。余上诗云:"邻翁争羡高轩过,上客偏怜小住佳。"亡何,巡抚皖江,将瞻园牡丹移赠随园。余谢云:"忘尊偏爱山林客,赠别还分富贵花。"两诗俱以折扇书之。后戊子年,公总制两江,招饮,席间出二扇,宛然如新。余问:"公何藏之久也?"公笑曰:"才子诗,敢不宝护?"余自念平日受人诗扇,不下千百,都已拉杂摧烧,而公独能爱惜如此,不觉感叹,因再作诗献。有句云:"旧物尚存怜我老，爱才如此叹公难。"后公薨于黄河工所，口吟云："梦中还有梦，家外岂无家？"

五十六

张药斋宗伯，予告还桐城。兄文和公为首相，作诗送云："七十悬车事竟成，轻车远称秩宗清。几人引退能如愿？先我归休觉不情。图籍开缄珍手泽，墓田作供好躬耕。阿兄他日还初服，挂杖花前一笑迎。"周长发太史和云："从古人伦重老成，秩宗真不愧寅清。引年久切归田志，予告翻增恋阙情。万卷缥缃藏古箧，一犁烟雨课春耕。龙眠山色春如黛，知有群仙抗手迎。"清真绵丽，一时和者皆不能及。

五十七

乾隆癸酉，尹文端公总督南河。赵云松中翰入署，见案上有余诗册，戏题云："八扇天门跌荡开，行间字字走风雷。子才果是真才子，我要分他一斗来。"

五十八

先师史玉瓒先生，以朱笔书《仆固怀恩传》后云："怀恩本不负君恩，青史何曾照覆盆？万里灵州荒草外，至今夜夜泣英魂。"余时七岁，偷读而记之。

五十九

余绍祉布衣有《黄山》诗四首,警句云:"松生绝壁不知土,人住深崖只见烟。"又曰:"山中人习闻天乐,石上松曾见古皇。"余游黄山,至佳处,叹其言之果然。

六十

余过苏州,许穆堂侍御极夸方大章名燮者之诗,蒙以诗册见投。七古学少陵,颇有奇气;七律似明七子。录其《题内子桃源放舟小照》云:"碧桃湾里听鸣榔,水复山重路渺茫。过此便为仙世界,来时还着嫁衣裳。云中鸡犬应同听,月下房栊好对床。愿种秋秔三十亩,画眉窗下话羲皇。"尹文端公有紫骝马,骑三十年矣,怜其老毙,以敝帷瘗之。穆堂吊以诗云:"万里云霄空怅望,一生筋力尽驰驱。"又曰:"朽骨漫留贤士口,敝帷应念主人恩。"尹公读之泣下。

六十一

人闲居时,不可一刻无古人;落笔时,不可一刻有古人。平居有古人,而学力方深;落笔无古人,而精神始出。

六十二

萍望张宏勋名栋，自号看云山人，工诗善画。与余在长安，有车笠之好①。同谱中，如沈椒园、张少仪、曹麟书俱显贵。庄容可官至大学士，而宏勋终不一第。晚依扬商汪怡士以终。有《看云楼诗集》。《闺怨》云："镜台寂寂掩芳尘，又换深闺一度春。除却殷勤花上鸟，他乡应少劝归人。"《郊外》云："春来是处足春游，风转长堤草色柔。客过不须频勒马，花扶人影出墙头。"

六十三

余有汪甥兰圃，名庭萱，亦能诗，为贫所累，未尽其才。有句云"潮落岸从洲外露，风高云向岭头平"，又"杨柳护田蒙绿雾，桃花隔水坠红云"，皆妙。

六十四

余在端州，丰川令彭鬵，字竹林，云南人，以诗来见。有句云："一官手板随人后，万里乡心入雁先。"余击节不已。竹林喜，见赠云："盛世岁星终执戟，南华隐吏有随园。""云里筇才双足峙，鸥边舫已万花扶。"

---

① 车笠之好：即车笠之交，不以贵贱而异的朋友。

六十五

高要令杨国霖兰坡，作吏三十年，两膺卓荐，傲兀不羁。与余相见端江，束脩之馈，无日不至。闻余游罗浮归，乞假到鼎湖延候，以诗来迎云："山麓峰峦秀色殊，如何海内姓名无？全凭大雅如椽笔，为我湖山补道书。"道书：海内洞天二十四，福地三十六，鼎湖不与焉。"杖履闲从天上来，教人喜极反成猜。飞骑为报湖山桂，不到山门不许开。"及余归时，送至十里外，临别泣下，口号云："送公自此止，思公何时已？有泪不轻弹，恐溢端江水。"

六十六

余丙辰到广西，蒙金抚军荐入都，今五十年矣。因访亲家汪太守，故重至焉。吴树堂中丞垣，引余至署，周历旧游。余席间称金公任藩司时，作官厅对联云："坐此似同舟，宦情彼此关休戚；须臾参大府，公事何妨共酌商。"用意深厚，有名臣风味。公因诵其乡人徐公士林作臬司题庭柱云："看阶前草绿苔青，无非生意；听墙外鹃啼雀噪，恐有冤魂。"真仁人之言。树堂见和一律，有"洞箫声重三千玉，《铜鼓》词传五十春"之句。所云"铜鼓"者，丙辰余试鸿博赋题也。金公刻入《省志·艺文》类中，今五十载矣。重得披览，恍若前生。

六十七

桂林向有诗会。李松圃比部、马嵰山中翰、浦柳愚山长、朱心池明府、朱兰雪布衣，时时分题吟咏。余到后，得与文酒之会，同访名山古刹。临行时，五人买舟相送，依依不舍，见赠篇什，不能尽录。仅记心池云："五十年前跨鹤行，重来无复旧同群。一囊新句千丝雪，万叠青山两屐云。好古不求唐后碣，论文谁撼岳家军？灵皋健笔渔洋句，才力输公尚十分。""卅载心惊绝代才，何缘杖履得追陪？文章真处性情见，谈笑深时风雨来。一棹方回仙掌外，片帆又挂楚江隈。湘灵也解延名士，九面奇峰次第开。"柳愚云："筋力登临老尚优，每逢佳处辄勾留。谁能鹤发六千里，来证鸿泥五十秋？旧事略知余白足 僧明远，能谈金中丞遗事，残碑尽拓付苍头。闻公欲挂湘帆去，又向衡山作胜游。"兰雪云："六朝偶恋烟花迹，一代先收翰墨勋。"

松圃父丹臣先生少贫，以笔一枝，伞一柄，至广西，不二十年，致富百万。松圃诗才清绝，不慕显荣。父子皆奇士也。《晓行》云："朦胧曙色噪归鸦，风撼疏林一径斜。满地白云吹不起，野田荞麦乱开花。""芦荻飞花白满汀，停车小憩水边亭。前林一线炊烟起，画断遥山半角青。"《秋思》云："凉笛声兼风叶下，归鸦影带夕阳来。"

六十八

余试鸿词报罢，蒙归安，吴小眉少司马最为青盼。五十年来，其家式微。今年游粤东，过飞来寺，见先生题诗半山亭云："西径崎岖上，东峰宛转行。半山山过半，飞鸟一身轻。"读之，如重见老成眉宇。先生讳应棻，弟讳应枚,其封君梦苏眉山兄弟而生,故一字小眉,一字小颖。小眉巡抚湖北,平反麻城冤狱,为海内所称。小颖亦官至礼部侍郎。

六十九

李怀民与弟宪桥选唐人主客图,以张水部、贾长江两派为主,余人为客,遂号所咏为《二客吟》。怀民《赠人盆桂》云:"送花如嫁女,相看出门时。手为拂朝露,心愁摇远枝。"《送张明府》云:"在县常无事,还家只有身。随行一舟月,出送满城人。"宪桥《咏鹤》云:"纵教就平立,总有欲高心。""不辞临水久,只觉近人难。"《历下厅》云:"马餐侵皂雪,吏扫过阶风。"《送流人》云:"再逢归梦是,数语此生分。"二人果有贾、张风味。

七十

余过大庚,邑宰袁镜伊欣然相接,自言倾想者三十年。同游了山,又亲送过梅岭。自诵《雪》诗云:"远远枝横千树玉,往来人负一身花。"《赠人》云:"雪调静听孤唱远,云程遥望一痕青。"本籍宣化,故有句云:"山排云朔从天下,水合桑汙入地无。"皆佳句也。镜伊名锡衡,乙酉孝廉。有勋贵过境,傔从殴伤平民,镜伊缚置狱中,取保幸限状。嗣后过者肃然。

七十一

山左朱海客先生，名承煦，素无一面。忽遣人投书，署云："上天下大才子某。"余感其意，过京口时，访于海岳书院。先生已七十矣，留饮再四①，余因风扬帆，不克小住。未半年，先生竟归道山。又六年，遇其子銮坡于广州，急索乃翁诗稿，得《示内》二句云："剪刀声歇栽花后，并臼功余问字初②。"

七十二

余病广州，乐昌令吴公世贤，每公事稍暇，必至床前问讯。余爱其诗笔清丽，可作陈琳之檄。《咏钓竿》云："淇园籦籦③折新枝，人到忘机鸥鹭知。风雪寒江应忆我，英雄末路悔抛伊。"《羽扇》云："常使指挥天下事，不羞憔悴月明中。"《皮蛋》云："个中偏蕴云霞彩，味外还余松竹烟。"吴号古心，松江人。

七十三

海阳令邱公学敏，闻余到端州，即驰书④与香亭，必欲一见。果不远千里，假公事到省，畅谈竟日，馈遗殊厚。记其佳句云："山连齐、鲁青难了，树入淮、徐绿渐多。"

---

① 再四：再三再四，指多次。
② 问字初：字怎么写。
③ 籦（tì）籦：长而细的竹子。
④ 驰书：赶快写信。

七十四

鱼门太史于学无所不窥①,而一生以诗为最。余《寄怀》云:"平生绝学都参遍,第一诗功海样深。"寄未一月,而鱼门自京师信来,亦云:"所学惟诗自信。"不谋而合,可谓知己自知,心心相印矣。屡托余买屋金陵,为结邻计。不料在广州,孙补山中丞招饮,告以鱼门殁于陕西毕抚军署中。彼此泣下,衔杯无欢。因思毕公一代宗工,必能收其遗稿;然鱼门所刻《蕺园集》,仅十分之三耳。记其未梓者,《书怀》云:"才难问生产,气不识金银。"《题阮吾山行卷》云:"无劳叹行役,行役是闲时。"《对雪》云:"闹市收声归阒寂②,虚堂敛抱对寒清。"《乞假》云:"官书百卷从担去,病牒三行有印钤。"呜呼!此乾隆三十五年,假归寓随园,以近作见示,而余所抄存者也。不意竟成永诀!

七十五

余戊午秋闱,与锡山李君时乘,同寓马姓家,同登秋榜,垂五十年。今岁在粤东,其子邕来见访,出诗见示。录《山居》二首云:"一从疏世事,终日把犁锄。村色牛羊外,秋砧水石余③。山深迟刈麦,潭冷不生鱼。倘有诗人至,犹堪剪韭蔬。""闲云上小楼,落日林塘幽。溪雨蛙声聚,山风槲叶秋。一囊方朔米,卅载晏婴裘。便欲烟霞外,将身作隐侯。"

---

① 无所不窥:没有不涉及的,形容涉及面非常广泛,文采斐然。
② 阒(qù)寂:死寂,寂静无声。
③ 秋砧水石余:秋风吹拂这里的山山水水。

七十六

余宰江宁时，侯君学诗苇原，年十四，应童子试。后夏醴谷先生屡称其能诗，终未见也。今宰新会，余往相访，同游圭峰望海。读其诗，长于古风，盖深于杜、韩、苏三家者。佳句云："绿遮人外柳，红落渡前花。""狂药看人频动色，樗蒲到老不知名。"

七十七

风情之事，不宜于老；然借老解嘲，颇可强词夺理。康节先生《妓席》云："花见白头花莫笑，白头人见好花多。"余仿其意云："若道风情老无分，夕阳不合照桃花。"方南塘六十岁娶妾，云："我已轻舟将出世，得君来作挂帆人。"

七十八

余幼居杭州葵巷，十七岁而迁居。五十六岁从白下归，重经旧庐。记幼时游跃之场①，极为宽展；而此时观之，则湫隘已甚②；不知曩者何以居之恬然也？偶读陈处士古渔诗曰："老经旧地都嫌小，昼忆儿时似觉长。"乃实获我心矣。

---

① 游跃之场：游玩的地方。
② 湫隘已甚：十分低洼狭小。

七十九

掌科丁田澍先生乞假归。《留别都人》云:"亦知苕菲才无弃,其奈桑榆影渐低?""论事偶然分洛蜀,交情原自比雷陈。""晓钟催去朝天客,过巷车声枕畔听。"皆妙。

八十

苏州缪孝廉之惠妻王氏。《咏马》云:"死有千金骨,生无一顾人。"《漫兴》云:"天有风云常欲暮,山无草木不知秋。"

八十一

桐城马相如、山阴沈可山,少年狂放,路逢亲迎者,不问主人,直造其家,索纸笔。《替新妇催妆》云:"江南词客太翩跹[1],打鼓吹箫薄暮天。应是天孙今夕嫁,碧空飞下两云仙。""随郎共枕心犹怯,别母牵衣泪未干。玉箸休教褪红粉,金莲烛下有人看。"娶妇家颇解事,读之大喜,饮以玉爵[2],各赠金花一枝。

---

[1] 翩跹:十分潇洒,风度翩翩的样子。
[2] 饮以玉爵:用玉制的酒杯赠饮酒。

八十二

余最爱言情之作，读之如桓子野闻歌，辄唤奈何。录汪可舟《在外哭女》云："遥闻临逝语堪哀，望我殷殷日百回。死别几时曾想到，岁朝无路复归来。绝怜艰苦为新妇，转幸逍遥入夜台。便即还家能见否，一棺已盖万难开。"《过朱草衣故居》云："路绕丛祠鸟雀飞，依然门巷故人非。忆寻君自初交始，每渡江无不见归。问疾榻前才转盼，谈诗窗外剩斜晖。绝怜童仆相随惯，未解存亡欲扣扉。"沙斗初《经亡友别墅》云："千石鱼陂占水乡，四时烟景助清光。弟兄不隔东西屋，宾主无分上下床。斗酒几番当皓月，题诗多半在修篁。今朝独棹扁舟过，回首前欢堕渺茫。"厉太鸿《送全谢山赴扬州》云："生来僧祐偏多病，同往林宗又失期。两点红灯看渐远，暮江惆怅独归时。"王孟亭《归兴》云："漫理轻装唤小舠，何缘归兴转萧骚①。老来最怕临歧语，灯半昏时酒半消。"宗介馺《别母》云："垂白高堂八十余，龙钟负杖倚门闾。泣惟张口全无泪，话到关心只望书。"某妇《送夫》云："君且前行莫回顾，高堂有妾劝加餐。"

八十三

壬辰年，王光禄礼堂来白下，访江宁令陆兰村。予问："有新诗否？"光禄书《赠内》云："几载东华不自聊，绿窗并坐感萧骚。寒闺刀尺陪宵读，瓦鼎茶汤候早朝。马磨劳生还忆共，犬台残魄可能招？却嗤割肉容臣朔，但把清斋学细腰。""一室流尘玉漏穷，更阑深掩小房栊。何妨放诞时卿婿，听唱风波欲恼公。天畔登楼长客里，灯前拥髻只愁中。一龛低处双栖

---

① 萧骚：原形容风吹树木的声音，此处意萧条凄凉。

稳，雪北香南结托①同。"又《从围》句云："日占戊好军容壮，牡奉辰多典礼偕。""霜浓牛马通身白，林冻乌鸦闭口喑。"一用《毛诗》，一用《北史》，俱典雅。

八十四

安庆诗人，以"二村"为最。一李啸村葂，一鲁星村斌。鲁五言如"久客神常倦，还家似在舟""鸟散雪辞竹，烟消山到门""风竹不留雪，冰池时集鸦"，七言如"舟行忽止冰初合，窗暗还明月未沉""避雪野禽低就屋，忘机小鼠渐亲人"，皆可诵也。又"雀浴乘冰缺"，五字亦佳。

啸村工七绝，其七律亦多佳句。如"马齿坐叨人第一，蛾眉窗对月初三""卖花市散香沿路，踏月人归影过桥""春服未成翻爱冷，家书空奇不妨迟"，皆独写性灵，自然清绝。腐儒以雕巧轻之，岂知钝根人，正当饮此圣药耶？乾隆丙寅，观补亭阁学，科试上江，点名至啸村，笑曰："久闻秀才诗名，此番考不必作四书文，作诗二首，可也。"题是《卖花吟》。李有句云："自从卖落行人手，瓦缶金尊插任君。"又曰："自笑不如双粉蝶，相随犹得入朱门。"阁学喜，拔置一等。

八十五

朱竹君学士督学皖江，任满，余问所得人才。公手书姓名，分为两种：朴学②数人，才华③数人。次日，即率黄秀才名戉字左君者来见，美少年也。

---

① 结托：结交依托。
② 朴学：学力扎实。
③ 才华：才华出众。

其《京邸夜归》云："入城灯市散，有客正还家。新仆欲通姓，娇儿不识爷。春光满茅屋，喜气上灯花。乍见翻无语，徘徊月正华。"七言如"小艇自流初住雨，夹衣难受嫩情风"。殊有风流自赏之意。

八十六

乾隆丙辰，予于李敏达公处，见厉子大先生，时为少司寇。以冢宰文恭公之子，未弱冠，即入翰林，诗才清妙。《岁除和韵》云："一年清课为花忙，无事花间倒百觞。日落归鸦喧古木，家贫饥鹤唳空仓。楸枰①静设迟棋客，彩笔吟成和省郎。官柳未黄桃已烂，春风早晚亦何尝。"《独酌》云："萍分云散故人离，尊酒应怜独酌时。夜漏渐沉烧烛短，残书未了引眠迟。罗江春信盆梅报，纸帐宵寒鹤梦知。皎皎庭除余落月，屋梁相照此心期。"

八十七

金陵曹淡泉秀才，以"一夕春风暖，吹红上海棠"一联，为予所赏，遂刻意为诗。《赠妹》云："吾妹何贤淑，能箴女史词。倩人教织素，随嫂学烝梨。母病繙经早，家贫得婿迟。天然心爱好，常诵阿兄诗。"《繖山道中》云："南陌草萋萋，新秋插未齐。投村先问路，隔坞但闻鸡。坝断溪声急，山高日影低。夜来经雨过，牛迹满荒堤。"他如"老牛舐犊沿修埂，雏燕分巢过别家""岁逢闰月春来早，山背朝阳雪化迟"，俱妙。

---

① 楸枰：围棋棋盘。

八十八

桐城刘大櫆耕南,以古文名家。程鱼门读其全集,告予曰:"耕南诗胜于文也。"《听琴》云:"香台初上日,檐铎受风微。好友不期至,僧庐同叩扉。弹琴向佛坐,余响入云飞。余亦忘言说,乌栖犹未归。"《独宿》云:"江村黄叶飞,犹掩萧斋卧。时有捕鱼人,橹声窗外过。"真清绝也。《哭弟》云:"死别渐欺初日诺,长贫难作托孤人。"

八十九

苏州孝廉薛起凤,字皆三,性孤冷,亡后,彭尺木进士为梓其遗诗,《过范文正公祠》云:"忧乐平生事,藎咸志在斯。由来天下任,只在秀才时。"《对雪》云:"天风剪水水争飞,飞上寒山浣石衣。一夜雪深迷涧道,不知何处叩岩扉。"

九十

金陵龚秀才元超,字旭开,余诗弟子也。《月夜》云:"江水洗江月,荻花寒不飞。林园足烟景,屋宇湛霜辉。戍角宵将半,溪船渔未归。沿堤采芳芷,似胜北山薇。"《送从兄酌泉夜归》云:"前番不识路,闻语碧萝丛。此次逢招饮,衔杯红叶中。山深花木好,客妙性情同。归路谁先醉?应扶白发翁。"《渔家》云:"轻縠纹生玉溆斜,晚风吹雨湿桃花。红裙双腕急摇橹,前面垂杨是妾家。"

九十一

杭州吴飞池，学诗于樊榭先生。先生爱其"红蓼花深冷葛衣"一句，谓可镌入印章。其《澶州杂诗》云："晨光黯黯树稀微，云带炊烟湿不飞。多少人家秋色里，满天白露漫柴扉。"《过洛阳问牡丹》云："花浓洛下种应真，我却来时不是春。到耳尽夸颜色好，未开先赏断无人。"他如"林间一鸟过，池面数花欹①""岸仄疑无路，灯明似有村""晓月光微难辨树，西风吹冷不知衣"，皆清脆可喜。

九十二

余祖居杭州艮山门内大树巷。邻有隐者桑文侯，鬻粽为业②，性至孝。父病膈③，文侯合羊脂和粥以进。父死，乃抱铛④而哭。人为绘《抱铛图》，征诗。万君光泰诗最佳。其词曰："羊脂数合米一匊，病父在床惟啖粥。父能啖粥子亦甘，粒米胜于五鼎肉。升屋皋某⑤无归魂，束薪断火铛寡恩。床前呼父铛畔哭，抱铛三日铛犹温。呜呼！恨身不作铛中米，临殁犹能进一匕，谓铛不闻铛有耳。"

文侯之子殹甫先生，性孤癖，能步行百里，弃主事官，裹粮游五岳。《留别袁石峰》云："莫定畸人物外踪，梦魂飞入碧霞重。浮云形似世情

---

① 欹（yī）：倾斜不正。
② 鬻粽为业：以卖粽子为职业。
③ 病膈：中医指胸腹胀痛，下咽困难，常打嗝。
④ 铛：平底锅。
⑤ 升屋皋某：见《礼记·礼运》古人认为人死了魂从屋顶飘走，要举行仪式，在屋顶上嗥叫，叫魂回来。

幻,秋树色添游兴浓。白练横过天际马,乌藤直上岭头龙。凭将一斗鞔糜汁,洒遍天门日观峰。"《过华山》云:"华山门下雨盈盈,玉女秋期会玉京。十万云鬟梳洗罢,漫空盆水一齐倾。"《嵩洛杂诗》云:"铁梁大小石纵横,似步空廊屧有声。世外多情一明月,直陪孤影到三更。"非深于游山者不能言。先生名调元。

九十三

姬传姚太史云:"诗文之道,凡志奇行者易为工,传庸德者难为巧。"理固然也,然亦视其人之用笔何如耳。吾族柳村有侧室韩氏,年逾二十,即守节教子,居竹柏楼十五年而卒。子又恺请旌于朝,又画《楼居图》志痛。一时士大夫咏其事者如云,号《霜哺遗音集》。此庸行也。余独爱少詹钱辛楣七古云:"郊居岑蔚竹柏交①,秋霜轹物群英凋。小楼一灯青不摇,课儿夜诵声咿咬。柳村岳岳古英豪,山丘华屋如惊泡。淑姬寤言矢终宵,手持刀尺敢惮劳?《离鸾别鹄》哀弦操,可怜荻影风萧萧。熊丸茹苦胜珍肴,湛侃复见良足褒。仁看紫诰庆所遭,乌头绰楔荣光高。何图蕙草谢一朝,楼存人去魂难招。郎君玉立森兰苕,春晖未报心忉忉。音徽追溯倩画描,披图展拜恒号咷。我为歌咏辉风骚。"又无锡进士顾钰五律第二首云:"非拟怀清筑,萧然坐一林。竹森环户翠,柏古落庭阴。画荻②慈亲志,登楼孝子心。当年纺绩处,倾听有遗音。"柳村名永涵,苏州人。

---

① 竹柏交:竹子和松柏树枝相交的影子。
② 画荻:用荻教写字。荻,多年生草本植物,形状像芦苇。

一

古陶太尉、欧阳少师之母，俱以教子贵显，名传千古。然两母之著述不传。即宣文夫人讲解经义，几与孔子并称，而吟咏亦无闻焉。近惟毕太夫人兼而有之。夫人名藻，字子湘，印江令笠亭先生之女，余同征友少仪观察之妹也。偶《咏梅》云："出身首荷东皇赐，点额亲添帝女装。"首句本出无心，未几秋帆尚书果殿试第一，继王沂公而起。吉人之词，便成诗谶，事亦奇矣。太夫人虽在闺阁，而通达政体。尚书出抚陕西，太夫人作诗箴之云："读书裕经纶，学古法政治。功业与文章，斯道非有二。汝宦久秦中，浒膺封圻寄。仰沐圣主慈，宠命九重贲。日夕为汝祈，冰渊慎惕厉。譬诸欂栌①材，斫小则恐敝。又如任载车，失诫则惧踬②。扪心五夜惭，报答奚所自？我闻经纬才，持重戒轻易。教敕无烦苛，廉察无猥细。勿胶柱纠缠，勿模棱附丽。端己励清操，俭德风下位。大法则小廉，积诚以去伪。西土民气淳，质朴鲜糜费。丰镐有遗音，人文郁炳蔚。况逢郅治隆，陶钧③综万类。民力久

---

① 欂栌：柱子承托横梁的方形短木，即斗拱。
② 踬：被绊倒。
③ 陶钧：指制造陶器时用的转轮，比喻陶冶、造就。

普存，爱养在大吏。润泽因时宜，樽节善调理。古人树声名，根柢性情地。一一践履真，宽心见实事。千秋照汗青，今古合符契。不负平生学，不存温饱志。上酬高厚恩，下为家门庇。我家祖德诒，箕裘罔或坠。痛汝早失怙，遗教幸勿弃。叹我就衰年，垂老筋力瘁。曳杖看飞云，目断秦山翠。"读其诗，可谓训词深厚，不减颜家庭诰。未几，太夫人就养官署，一路关心，访察政声。闻长安父老俱称尚书之贤，太夫人喜，抵署又赋诗曰："骎骎午解路三千，风物琴川慰眼前。到处听来人语好，频年丰乐使君贤。""连朝话旧到更深，不尽娄江望远心。莫怪老人添白发，儿童几辈换乡音。""周遭竹屿与花潭，槛外云光映翠岚。尽有琐窗诗料在，不须回首忆江南。"太夫人受封极品，考终官署。庚子，上巡江浙，尚书居忧里门，谒于行在，具陈母氏贤行。上赐"经训克家"四字。尚书建楼于灵岩别业，以奉宸章，当世荣之。有《培远堂诗集》行世。

《培远堂集》中，美不胜收，摘其尤者，五古如《灵岩山馆夜坐》云："圆景下绝壁，山馆忽已暝。石磴静张琴，雪泉清沧茗。不知夜已深，月上青松顶。"五律如《正月十二夜》云："银釭暗画堂，坐数漏偏长。雁影半墙月，鸡声万瓦霜。夜吟多遣兴，春梦不离乡。庭下微风起，梅花入幕香。"《落叶》云："微霜零木叶，秋气乍萧森。乱逐西风下，多随凉雨深。纸窗延皎月，苔磴失层阴。偶尔凭栏立，平林露远岑。"七律如《小园》云："小园半亩寄西城，每到春深信有情。花里帘栊晴放燕，柳边楼阁晓闻莺。《汉书》旧读文犹熟，晋帖初临手尚生。自笑争心犹未忘，闲招邻女对棋枰。"七绝如《探梅》云："光福寺前日欲曛，上阳村外望绷缊。千林万壑浩无际，不辨湖光与白云。"《春残》云："棐几熏炉百衲琴，绿阴门巷昼沉沉。春来小苑无人扫，花落窗前一寸深。"《松径》云："曲径弯环石级高，满亭山色绿周遭。松风似厌泉声小，自写云门百尺涛。"五排如《雁字》云："一片云蓝纸，鸿文绝点瑕。《禽经》殊古雅，羽檄等纷拏。每作缠联起，何曾叙次差？衔芦如运笔，游雾类涂鸦。凡鸟徒贻诮，家鸡讵用夸？缄情来塞北，传信向天涯。四出惊风急，低横远岫遮。谐声呼伴侣，破体遇弓靫。行断疑从缺，书空点不加。奇姿多缥缈，取势故欹斜。敛翰停摘藻，临池戏划沙。鹅群犹逊巧，凤策足联华。水映腾清稿，烟笼护碧纱。掞天才不愧，逸兴寄云霞。"五言绝如《雨夜》云："向晚花冥冥，独坐理琴谱。一缕茶烟生，疏帘散春雨。"六言绝如《夏日作》云："拨火炉香飐来，卷帘梁燕飞去。吴门六月犹寒，雨在江南何处？"皆有清微淡远之音，真合作也。其他名句，五言如《望华》云："日生常夜半，云到只山腰。"《尝新茶》云："未干春露气，犹带晓云香。"《虎丘》云："隔花皆有阁，入寺始知山。"《江村寓目》云："山吞将落日，风抵欲来潮。"七言如《梅花》云："独与白云如有约，遥疑积雪亦生香。"《闻虫》云："花径雨过苔乍冷，豆棚风定月初明。"《野望》云："雨余霜叶红于染，风定炊烟白欲凝。"《灵岩怀古》云："香径花开人去后，屧廊风响月明中。"《登澄观楼》云："积雪明多能淡日，远山寒极不生烟。"

二

仁和沈椒园庭芳，查声山学士外孙也。其尊甫麟洲先生，宰文昌，被累，戍宁夏。母查太淑人留居嘉善，不从行。椒园每岁南北省亲，极行路之苦。有诗云："秋生红豆辞南国，春到青铜赴朔方。""青铜"者，宁夏山名。又"云影有心随望眼，泪痕和线绽征衣"为厉樊榭孝廉所赏。沈殁后，张少仪有诗哭之，云："塞上草枯双泪白，瀛州云净一襟清。""草枯"，用裴子野事，盖纪实也。观察尊甫笠亭先生，宰印江，与沈同戍。观察徒跣万里，号呼求救，卒获安全。呜呼！三君皆与余同举词科，而沈、张两观察，又同举诗社于李玉洲先生家，往来尤狎。今皆先后化去。追思六十年中，升沉聚散，音尘若梦，可为於邑[①]！张母顾恭人若宪，即毕太夫人母

---

① 於（wū）邑：同"呜唈"，犹呜咽。

也。有《挹翠阁集》。与武林林以宁、顾姒齐名。随宦样牁，卒于官所。太夫人有《得黔中信》二首，最凄恻，诗云："黔中驿使到，肠断血沾襟。绝域怀归意，频年忆女心。不曾虚药物，犹为寄华簪。凄绝离亭语，迢遥遂至今。""官舍千山外，飘飘丹旐①悬。望云空白发，绕膝待黄泉。犹有清吟在，应教彤管传。阿兄归日近，负土在明年。"其后，尚书迎养秦关，少仪自滇中解组来署，白头兄妹，唱和终朝。太夫人又作云："千里迢遥客乍回，相逢岁尽笑眉开。廿年发逐梅花白，一夜春随爆竹来。谁料异乡逢雁序，细谈旧事划炉灰。殷勤传语司更者，漏箭城头莫浪催。"

三

吴中诗学，娄东为盛，二百年来，前有凤洲，继有梅村，今继之者，其弇山尚书乎？《过吴祭酒旧邸》诗云："我是娄东吟社客，瓣香私淑②不胜情。"其以两公自命可知。然两公仅有文学，而无功勋，则尚书过之远矣。尚书虽拥节钺，勤王事，未尝一日释书不观，手披口诵，刻苦过于诸生。诗编三十二卷，曰《灵岩山人诗集》。灵岩者，尚书早岁读书地也。

四

蒋用庵有句云："花以春秋分早晚，天于才命各升沉。"斯言是也。然有才无命，终不能展布经纶③。徐英公遣将，必用方面大耳者，曰："取

---

① 丹旐（zhào）：丧家用来题死者名衔的铭旌。
② 瓣香私淑：喻没有得到亲身传教，就获好的影响。
③ 展布经纶：施展抱负才能。

彼福力,成我功名。"余按:嵩阳,毒地也,代公到而龙远徙;乐阳,苦泉也,房豹临而味变甘。此其明效也。天子知拿山尚书最深,故中州奇荒,移公于秦中;荆州水灾,移公于楚省。公所到处,便能变醨养瘵,元气昭回。古今人若合一辙。然非有至诚惨怛之怀,亦不能上格天心,而下孚民望。公有《荆州述事》诗十首,仁人之言,不愧次山《舂陵行》。今录其八,云:"一色长天接混茫,登高无地问苍苍。突如祸比焚巢惨,蠢尔危于破釜忙。海市应开新聚落,渚宫重见小沧桑。最怜豸绣乌台客,披发何由诉大荒?鲁侍御赞之,全家陷没""凉飙日暮暗凄其,棺翣①纵横满路歧。饥鼠伏仓餐腐粟,乱鱼吹浪逐浮尸。神镫示现天开网 闻水患前数日,江上时有神镫来往,息壤难埋地绝维。那料存亡关片刻,万家骨肉痛流离。""浪头高压望江楼,眷属都羁水府囚。人鬼黄泉争路出,蛟龙白日上城游。悲哉极目秋为气,逝者伤心泪迸流。不是乘桴便升屋,此生始信即浮沤。""生生死死万情牵,骚客酸吟《哀郢》篇。慈筏津迷登彼岸,滥觞势骤竟滔天。不知骨化泥涂内,只道身经降割前。此去江流分九派,魂归何处识穷泉?""云梦苍茫八九吞,半皆饿口半游魂。鲛绡有泪珠应滴,鳌足无功极恐翻。救急城填成死劫,劈空刀落得生门。若非帝力宏慈福,十万苍灵几个存?""手敕亲封遣上公,勤民堂陛一心通。金钱内府催加赈,版筑《冬官》记《考工》。直欲犀然穷罔象,肯教鹖结哭鸿濛?宵衣五夜批章奏,饥溺真如一己同。""大工重议筑方城,免使虫甿祝癸庚。凉月千家嫠妇②泪,清霜万杵役夫声。蚁生渐整新槐穴,虎旅重开旧柳营。我有孝侯三尺剑,誓将踏浪斩长鲸。""江水茫茫烟霭深,纸钱吹满挂枫林。冤埋鱼腹弹湘怨,哀谱鸿鸣写楚吟。南国郑图膏雨逮,西风潘鬓镜霜侵。莫嗟病骨支离甚,康济儒生本素心。"

---

① 翣(shà):古代殡车棺旁的丧葬礼器。
② 嫠妇:寡妇。

五

古名臣共事一方，赓唱叠和①，最为佳话。唐白太傅刺杭州，而元相观察浙东，彼此以诗往来，为升平盛事。近日秋帆尚书总督两湖，适蒙古惠椿亭中丞来抚湖北，致相得也。尚书知余作《诗话》，因寄中丞诗见示。读之钦为名手，仅录其《过哈密》云："西扼雄关第一区，鞭丝遥指认伊吾。当年雁碛劳戎马②，此日人烟入版图。路向车师云黯淡，天连吐谷雪模糊。寒威阵阵催征骑，不问村醪尚有无。"《过潼关》云："百二秦关万古雄，片帆黄水渡西风。马嘶沙岸寒涛外，人倚山城夕照中。眼界一时穷古碛，爪痕三度笑飞鸿　余自湟中往返，并此凡三次。来朝又入华阴道，饱看霜林几树红。"《果子沟》云："山势嶙峋水势西，过沟百里属伊犁。断桥积雪迷人迹，古涧堆冰碍马蹄。驿骑送迎多旧雨，征衫检点半春泥。数间板阁风灯里，犹有闲情倚醉题。"中丞早岁工诗，后即立功青海、伊犁及天山南北，凡古之月支、鄯善，足迹殆遍。以故以所见闻，彰诸吟咏，宜其沉雄古健，足可上凌七子，下接黄门矣。

中丞诗不专一体，亦有清微委婉得中唐神味者。如《静坐》云："夕阳留恋最高枝，帘影垂垂小困时。梦里不忘身是客，镜中怕见鬓如丝。黄花秋绽东篱早，紫塞③人怜北雁迟。悄爇一炉香静坐，篆烟缕缕结相思。"《秋宵》云："离怀轻易岂能休，打叠新愁换旧愁。宿酒大都随梦醒，残灯多半为诗留。月扶花影偏怜夜，风得棋声亦带秋。渐觉宵寒禁不起，笑披鹤氅也温柔。"《过华峰题壁》云："主人爱客独超群，小队招邀过渭汾。三十六峰无所赠，随缘分与一溪云。"《题画》云："谁家亭子碧山巅，白板桥通

---

① 赓唱叠和：相互以诗词酬答。

② 雁碛（qì）劳戎马：大兴兵马，奔波在北方边塞地区。

③ 紫塞：北方边塞。

屋几椽。远树层层山半角,杖藜人立夕阳天。"其他佳句如"柳围双沼水,花掩一房山""渡口云连春草碧,波心浪涌夕阳红",皆可传也。

六

湖北陈望之方伯,为其年检讨之后人,诗才清妙,绰有家风。官楚时,适与毕、惠两公共事,可谓天与诗人作合也。第方伯诗,余只录见赠佳句,入三卷中,此外未窥全豹。忽有松江廖某持《养鹤图》见题,中有方伯一绝云:"美人自结岁寒盟,入座云山照眼明。料理鹤粮门尽掩,松花如雨扑帘旌。"清脆绝尘。尝鼎一脔,亦可知味矣。

七

毕尚书宏奖风流,一时学士文人,趋之如鹜。尚书已刻黄仲则等八人诗,号《吴会英才集》。此外,尚有吴下张琦,字映山者,亦在幕中。生平不甚读书,而工作韵语。五言如《咏帘》云:"西北小红楼,湘帘懒上钩。织成千缕恨,添得一层愁。夜逗玲珑月,风穿琐碎秋。炉香隔不断,偷出画檐浮。"七律如《登妙高台》云:"海门中折大江开,浩浩风涛白雪堆。楼阁自盘飞鸟上,淮徐争送好山来。千秋吊古空搔首,二月怀人正落梅。满池江湖双白眼,与谁同覆掌中杯?"《夏日感怀》云:"笠泽湖边是我家,钓竿鱼艇足生涯。酒泉恋酒不归去,开过几番菡萏花?"和人《寒食忆旧》云:"春好因寻方外交,小楼高出万松梢。山童遥指向予笑,开士作家如鸟巢。""六桥春水曲还通,载酒舟行夕照中。指点莺声好楼阁,小桃斜出一枝红。""醉笔灯前杂草行,已闻遥巷 鸡鸣。登床倘有梦归去,好趁半街残月明。"《游霭园》云:"峰峦曲折水淙淙,花映藩篱竹映窗。最好小亭东北望,青山缺处露秋江。"五言绝句《咏温泉》云:"欲访阿房迹,平原烟树昏。楚人一炬后,赢得水长温。"

映山弟名瑗,字慕蓬。予于吴门见之。听其言,令人不衣自暖。诗有家风。《道中》云:"人家屈曲居山腹,客骑盘旋走树头。"《舟中》云:"远滩沙涨疑分港,顺水帆飞似逆流。"《应山道中》云:"危峰有路人烟少,破庙无门水鸟栖。"《黄鹤楼》云:"巴蜀浪喷天欲湿,荆襄云起树全无。"《题高校书小照》云:"胭脂山接楚王宫,人好先知境不同。一阁岩岩阑曲曲,春深门闭百花中。"

八

王梦楼从云南归,尝诵宝意先生《忆旧》一绝云:"莺花庭院绮罗年,筝语琴心记不全。剩有旧时金屈戌[1],画楼深锁五更天。"

九

上元有任东白者,《哭方行之》云:"此日曾无杯酒奠,夜台[2]应谅故人贫。"陈古渔为予诵而伤之,未几,任亦死。

---

[1] 屈戌(xū):门窗、屏风、橱柜等的环纽、搭扣。
[2] 夜台:坟墓,指阴间黄泉之下。

十

　　隐僻之典，作诗文者不可用，而看诗文者不可不知。有人诵明季杨维斗先生诗，曰："'吾宫萝蔔①火，咳唾地榆生。'所用何书？"余按《北史》："魏昭成皇帝所唾处，地皆生榆。""萝蔔火"不知所出。后二十年，阅《洞微志》："齐州有人病狂，梦见红裳女子，引入宫中，歌曰：'五灵楼阁晓玲珑，天府由来是此中。惆怅闷怀言不尽，一丸萝蔔火吾宫。'旁一道士云：'君犯大麦毒也。少女心神，小姑脾神，知萝蔔制面毒，故曰火吾宫。火者，毁也。'狂者醒而食萝蔔，病遂愈。"夏醴谷先生督学楚中，岁试题"象日以杀舜为事"。有一生文云："象不徒杀之以水，而并杀之以火也。不徒杀之于火，而又杀之以酒也。"幕中阅文者大笑，欲批抹而置之劣等。夏公不可，曰："恐有出处，且看作何对法。"其对比云："舜不得于母，而遂不得于父也；舜虽不得于弟，而幸而有得于妹也。"通篇文亦奇警②。夏公改置一等，欲召而问之，而其人已远出矣。余按：舜妹敤首与舜相得，载《帝王世纪》。祖君彦檄炀帝云："兰陵公主逼幸告终，不图敤首之贤，反蒙齐襄之耻。"是此典六朝人已用之。惟以酒杀舜，不知何出。又十余年，读马骕《绎史》，方知象饮舜以药酒，见刘向《列女传》。

　　许太夫人《夜坐》云："瘦削吟肩诗满腔，春灯独坐影幢幢。可怜落月横斜照，画稿分明印纸窗。"毕太夫人《夜坐》云："晚睡才兴理鬟鸦③，

---

① 萝蔔：即萝卜。
② 奇警：文字或言论含义新颖、深切。
③ 鬟鸦：乌黑的头发。

侍儿擎到雨前茶。爱看写月桃花影，移上红窗六扇纱。"两题两诗，工力悉敌。

十二

严东有选《宋人万首绝句》，采取最博。余流览说部，嫌有遗珠，为录数十首，以补其缺。未及交付，东有已亡。乃仿王渔洋《池北偶谈》采宋绝句之例以补之。其题、其作者姓名，俱不省记也。其诗云："镇日寻春不见春，芒鞋踏遍陇头云。归来偶过梅花下，春在枝头已十分。""昨日厨中乏短供，娇儿啼哭饭箩空。阿娘摇手向儿道，爷有新诗上相公。""十年山馆始围墙，竹里开门笋最长。一辆小车行得过，不愁花露湿衣裳。""行尽疏篱见小桥，绿杨深处有红蕉。分明眼界无分别，安置心头不肯消。""白头波上白头翁，家逐船移浦浦风。一尺鲈鱼新钓得，儿孙吹火荻芦中。""桃花雨过碎红飞，半逐溪流半染泥。何处飞来双燕子？一时含到画梁西。""金针刺破南窗纸，偷引寒梅一阵香。蝼蚁也知春富贵，倒拖花片上宫墙。""白云山上白云泉，泉自无心云自闲。何必奔流下山去，又添波浪在人间。""与郎相期月上时，及至月上郎不知。妾在平地见月早，郎在深山见月迟。""风急云惊雨不成，觉来春梦甚分明。当时苦恨银屏影，遮隔仙娥只听声。""寄语沙边鸥鹭群，也须从此断知闻。诸公有意除钩党，甲乙推排恐到君。""浪静风平月正中，自摇柔橹驾孤篷。若非三万六千顷，把甚江湖着此翁？""小桃无主自开花，烟草茫茫带晚霞。几处败垣围故井，向来一一是人家。""校猎山阴几度春，雕弓羽箭不离身。于今老去浑无力，看见飞鸿指示人。""鸣髇直上三千尺，风紧秋高雪正干。碧眼胡儿三百骑，尽提金勒向云看。""花前洒泪临寒食，醉里回头问夕阳。不管相思人老尽，朝朝容易下西墙。""桑麻不扰岁常登，边将无功吏不能。

四十二年如梦醒,春风吹泪过昭陵。""绣袖翻翻上翠茵,舞姬犹是旧精神。座中莫怪无欢意,我与将军是故人。""相思无路莫相思,风里杨花只片时。惆怅深闺独归客,晓莺啼断落花枝。""嘱咐花香莫过墙,隔墙人正绣鸳鸯。闻香定要停针线,绣不成双不寄将。""花飞一片减春光,恰逐春风送夕阳。莫放珠帘遮燕子,好教含得上雕梁。""春风永巷闭娉婷,长使青楼误得名。不惜卷帘通一顾,怕君着眼未分明。""南邻北舍牡丹开,年少寻芳日几回。惟有君家老松树,春风来似未曾来。""雾里江山看不真,只凭鸡犬认前村。渡船满板霜如雪,印我青鞋第一痕。""牛渚矶边渺渺秋,笛声吹月下中流。西风不识张京兆,画得蛾眉如许愁。""未得霜晴不是晴,霜晴无复点云生。鹭鸶不遣鱼惊散,移脚惟愁水作声。""竹里茅茨竹外溪,粼粼白日护鱼矶。想因日日来垂钓,石上蓑衣不带归。""春山灵草百花香,谁识仙家日月长。满院莓苔绿阴匝,棋声何处隔宫墙。""田家汩汩水流浑,一树高花明远村。云意不知残照好,却将微雨送黄昏。""小白长红又满枝,筑毬场外独支颐。春风自是人间客,主张繁华得几时。""月团新碾瀹花瓷,饮罢呼儿课《楚词》。风定小轩无落叶,青虫相对吐秋丝。""夜凉吹笛千山月,路暗迷人百种花。棋罢不知人换世,酒阑无奈客思家。""胡虏安知鼎重轻,指踪先自汉公卿。襄阳耆旧惟庞老,受禅碑中无姓名。""欲挂衣冠神武门,先寻水竹①渭南村。却将旧斩楼兰剑,买得黄牛教子孙。""一年春事又成空,拥鼻微吟半醉中。夹道桃花新雨过,马蹄无处避残红。""帘里孤灯觉晚迟,独眠留得画残眉。珊瑚枕上惊残梦,认得萧郎马过时。""淡黄越纸打残碑,都是先王御制诗。白发内人含泪读,为曾亲见写诗时。"

---

① 水竹:有水有竹,环境清幽的地方。

十三

唐开元之治，辅之者：宋璟以德，姚崇以才，张说以文，皆称贤相。本朝巡抚苏州者：汤潜庵以德，宋牧仲以文，皆中州人也。近日中州胡云坡司寇秉臬苏州，继二公而起，政简刑清，屡开文宴，一时名士如平瑶海太史、顾星桥进士，时时过从。余至吴门，必招赴会。公领尚书后，都中犹寄怀云："过江名士久推袁，吴下相逢月满轩。鸾掖文章①留旧价，仓山著述综群言。平生契合惟元老，半世栖迟为寿萱。我上燕台每南望，最关情处是随园。"后又寄《扈从纪事》诗十二首来，不作颂扬泛语，自出心裁。《从围》云："一望灯光列星斗，始知身在五云边。"想见待漏晨趋，身傍九霄之光景。"策马上山寻别路，忽闻绝壑响松涛。"想见热处冷行，不争冲要之识力。至于"才过残月又新月，几度排班看打围"，则又明写湛露龙光、昼日三接之恩荣焉。有札命余和韵。余以诗贵清真，目所未瞻，身所未到，不敢牙牙学语，婢作夫人，故不敢作也。

十四

檇李顾牧云流寓襄阳。一日独游隆中，凭吊武侯遗迹，避雨临龙冈，见山腰有茅庵，一叟出迎，风貌奇古。正欲与言，则庵侧蹲一猛虎，顾惊且仆。老翁笑曰："子无惧，此虎已归依我作弟子矣。"且曰："知子能诗，盍题数言见赠？"顾辞以目疾。翁取几上芋与食，命瞑坐一刻②，开眼，果察秋毫。顾异之，即题石壁云："一衣一钵一军持，云水天涯任所之。莫笑

---

① 鸾掖文章：朝廷赞叹的文章。鸾掖，宫殿。
② 瞑坐一刻：闭目静坐一会儿。

道人无侣伴，新收猛虎作童儿。""偶向山前咒毒龙，风雷欲拔万株松。须臾明月当空起，归到茅檐打晚钟。"翁留宿庵中。临别，曰："明年正月上寅日，吾开丹炉，与子服一粒，体轻成仙，勿忘此嘱！"次年，及期赴约，行未十里，风雪大作，山无行径，又恐老翁不在，猛虎独存，怅怅而返。后十余年，目渐昏，体渐衰，悔从前向道之心不勇。又赋诗云："老堪嗟，驻颜何处觅丹砂？老堪恼，五官虽具无一好。凋零浑似过时花，憔悴不殊霜后草。手频战，头屡颠，行来蹩躠①足不前。自憎容貌改，人恶性情偏。吁嗟乎！我今八十已如此，愁煞蓬莱千岁仙。"

十五

《毛诗·伐木》章有"求其友声"之语。杜陵有"文章有神"之句。余初不信此言，后历名场五十年，方知古人非欺我也。戊申八月，年家子许香岩告余云：其同乡程薇园明府，宰武进。六月望后，苦热，移榻桑影山房，读小仓山房诗而爱之。夜梦题后云："吟坛瓯北及新畬，盟主当时让本初。抟古为丸知力大，爱才若命见心虚。仙人偶戏蓬壶顶，下士争酬墨沈余。格调不能名一体，香山窃比意何如？"满洲诗人法时帆学士与书云："自惠《小仓山房集》，一时都中同人借阅无虚日。现在已钞副本。洛阳纸贵，索诗稿者坌集，几不可当。可否再惠一部。何如？"外题拙集后云："万事看如水，一情生作春。公卿多后辈，湖海有幽人。笔阵驱裙屐，词锋怖鬼神。莫惊才力猛，今世有谁伦？"此二人者，素不识面，皆因诗句流传，牵连而至，岂非文字之缘，比骨肉妻孥，尤为真切耶？又有皖江鲁沂者，见赠云："此地在城如在野，其人非佛亦非仙。"却切随园。薇园名明愫，孝感人。时帆名式善，满洲人。

---

① 行来蹩躠（bié xiè）：行走不正，跛行的样子。

十六

有僧见阮亭先生,自称应酬之忙,颇以为苦。先生戏云:"和尚如此烦扰,何不出家?"闻者大笑。余按,杨诚斋有句云:"袈裟未着嫌多事,着了袈裟事更多。"

十七

虞山赵再白孝廉作诗,如武侯出师,志吞吴、魏,而气力不足。摘其《中秋呈鄂文端公》云:"楼虚贮月光常满,水阔涵星影自稀。"可谓颂扬得体。《真州朝阳楼》云:"万重山去围如海,千里江来折到楼。"《自嘲》云:"名士本来如画饼,古人原不好真龙。"又《渡江》有"水立不动天无容"七字,殊奇。曾为余诵鄂公未遇时句云:"一饭便留客,得钱仍与人。"相公气局之大,早可想见。

十八

齐田骈不屑仕宦,而家甚富。或戏之曰:"臣邻女貌称不嫁,行年三十而有七子;不嫁则不嫁,然而嫁过毕矣。今先生设为不宦,訾养千钟[①];不宦则不宦,而宦过毕矣。"孙芷亭仿其意,《咏息夫人》云:"无言空有泪,儿女粲成行。"

---

① 訾养千钟:有千万家资,指资财俸禄很多。

十九

沈永之与余同榜。五十年,官云南驿盐道。乞病归,途中信来,道生一女。适余生阿迟。念二人俱是么豚暮鹨①,遂相订为婚。沈寄诗云:"天留蔗境与公尝,六十逾三学弄璋。"又曰:"兰谱同年交最旧,锦绷合璧②事尤奇。"未几,沈来山中,云:"女为旁妻殷氏所出,本籍江宁。父某,康熙间作云南守备,侨居滇中,年八十余,闻沈失配,愿以女供箕帚③。沈辞年老。殷强聒不已。问何故。曰:'我本江南人,坟墓现在金陵。公南人也,以女从公,庶几留江南一脉耳。'"吁!当殷翁起念时,岂料真有余之侨居江宁者一段因缘哉?天下事巧凑之奇,往往如此。为赋《感婚》长篇,中数句云:"果然此老嬉游处,安置他家女外孙。万里合教青鸟使,一函先报白头人。"殷夫人号称国色,携其女来随园相婿,故又云:"娇娃抱出珠相似,阿母同来花见羞。"沈得诗,以示梁瑶峰相公。公连读此二句,音较响,胡云坡尚书在座,不觉大笑。

二十

金陵太守谢煌,抵任时,索余对联。余赠云:"太守风清,江左依然迎谢傅;先生来晚,山中久已卧袁安。"陈省斋先生继其父署守镇江。余代作对联云:"守郡继先人,问江水长流,剩几个当年父老?析薪绵世泽,愿黄堂少住,留一枝此日甘棠。"

---

① 么豚暮鹨(liù):比喻暮年得子女。豚,泛指猪;么豚指小儿子。鹨,小鸡。
② 锦绷合璧:结为儿女亲家。
③ 以女供箕帚:将女儿许配做妻妾。

二十一

偶过竹林寺,见题壁云:"晓来一雨动新凉,独展残编坐竹房。无数风枝堕残滴,红阑干外即潇湘。"或云:"此近人赵鲁瞻诗也。"

二十二

李方膺明府善画梅,性傲岸,而与余交好。殁后,其子某见赠云:"记得先君交两友,一子才子一梅花。"殊有风趣。有郭耕礼者,嫌其称父执之字为不恭。余曰:"仲尼祖述尧、舜。子思且字其祖矣,何不恭之有?"

二十三

桐城张文和公七十寿辰,上赐对联云:"潞国晚年犹矍铄,吕端大事不糊涂。"梁文庄公乞假养亲,上赐诗云:"翻祝还朝晚,卿家庆更深。"常州陈文恭公某相国挽联云:"执笏无惭真宰相,盖棺还是旧书生。"

二十四

予幼时,大母①常为予言:大父旦釜公,性豪侠,与沈遹声秀才交好。秀才中表杨大姑,有文君夜奔之事,托先祖为之道地。杨纤足,夜行不能逾

---
① 大母:祖母。

沟。先祖助沈，为扶而过之。事发，藏匿余家。大姑纤腰美盼，吐属娴雅。大母亦怜爱之。母家讼于官。太守某恶其越礼，鬻与驻防旗下。大姑佯狂披发，自唼其溺。旗人不能容。沈暗遣人买归，终为夫妇，生一女而亡。后阅《香祖笔记》载此事，称武林女子王倩玉者，盖即杨氏，讳其姓为王也。其寄沈《长相思》一曲云："见时羞，别时愁，百转千回不自由，教奴争罢休！懒梳头，怕凝眸，明月光中上小楼，思君枫叶秋！"

二十五

戊申，过虞山，竹桥太史荐士六人。孙子潇《长干里》云："门前春风其来矣，珠箔[1]无人自卷起。"《对酒》云："黄金能买如花人，不能买取花时春。"陈声和《西庄草堂》云："水高帆过当窗影，风起花传隔岸香。"《偶成》云："生怕晓风吹絮落，愿为残烛照花眠。"皆少年未易才也。

二十六

余不耐学词，嫌其必依谱而填故也。然爱人有佳作。老友何献葵之长郎名承燕者，其《寿内》云："纸阁芦帘[2]偕老，欣欣十载于兹。算百年荏苒，三分去矣；半生辛苦，两个同之。弄杼秋宵，检书寒夜，常伴窗前月半规。惭相对，把青云稳步，望了多时。今宵喜溢双眉，是三十平头设帨期。记去年寿我，一杯新酿；我今寿尔，一曲清词。尔本荆钗，我非纨绮，风味儒家类若斯。还堪笑，笑梅花绕屋，又放枝枝。"《春雨》云："帘外轻寒傍晓多，试问鹦哥，春色如何？为言昨夜雨婆娑；红了庭柯，绿了檐萝。流

---

[1] 珠箔：珠帘。
[2] 纸阁芦帘：糊纸为阁，芦苇编织为席。形容十分清贫。

水茫茫卷逝波，春事蹉跎，花事蹉跎。寻芳休待楚云过，放下香螺，披上烟蓑。"《留须》云："马齿频加，鹏程屡蹶[1]，还容尔面添何物？丈夫欲表必留须，试问那个些儿没？窥镜多惭，染羹谁拂，髦髦博得罗敷悦。从今但拟学诗人，闲吟便好将他捋。"《咏眼镜》云："非关四十视茫茫，也欲借君光。自从与子，囊中相处，一鉴休亡。谁为白眼谁青眼，相对总无妨。阅人世上，观书灯下，只怕心盲。"《吸烟美人》云："吐纳樱唇，氤氲兰气，玉纤握处堪怜。脂香粉泽，分外觉清妍。岂是阳台行雨，刚来自十二峰边？阑干外，风鬟雾鬓，犹自绕云烟。流连，怎禁得相思暗结，闲闷难捐。算消遣春愁，此最为先。怪底鸳鸯绣倦，停针坐，便尔情牵。恰喜有知心小婢，一笑递婵娟。"《无题》云："遮遮掩掩，心下难抛秋一点。微露鞋尖，妾隔珠帘郎轿帘。帘垂人远，只道西风吹不卷。风更风流，不卷帘儿誓不休。"记黄仲则有《禽言》断句云："谁是哥哥，莫唤生疏客。"尖新至此，令人欲笑。

二十七

皇甫古尊在金陵市上得金字扇一柄，乃前朝名妓徐翩翩所书。扇尾署名曰"金陵荡子妇某"。古尊喜甚，求题于厉太鸿先生，得《卖花声》一阕，云："花月秣陵秋，十四妆楼。青溪回抱板桥头，旧日徐娘无觅处，芳草生愁。金粉一时休，团扇谁留？媵人只有小银钩。句尾可怜书荡妇，似诉漂流。"余读之，不觉魂消，亦以《挥扇士女图》索题。先生为填《南乡子》，云："思梦髻慵梳，鹦鹉惊回依井梧。扇影似人人似月，圆初。十六盈盈十五余。并蒂点红蕖，更有关心好句书。不用近前频掩面，生疏。水院云廊见也无？"

---

[1] 鹏程屡蹶：前途屡屡受到挫折。

二十八

　　心馀未入翰林时，彼此相慕未见，寄长调四首来。其《贺新凉》云："记向秦淮水，问何人、小楼吹笛。劝人愁死，雨皱岚皴多偃蹇，我与蒋山相似。白下柳，又添憔悴。却到江山奇绝处，遇双鬟、都唱袁才子。情至者，竟如此！罗衫团扇传名字，比风流，淮南书记、苏州刺史。常听东华故人说，肠断江南花底。何苦较、天都人世？楼阁虚无平等看，谪尘寰①，终是神仙耳。花落恨，莫提起。"《百字令》云："才人为政，羡宦成，三十居然不朽。互听参观如善射，转侧皆能入彀。游戏奇情，循良小传，千里传人口。西清余子，旁观且袖双手。底事抛掷西湖，勾留南国，展放林端牖？六代青山横浅黛，都做袁家新妇。酒客清豪，名姬窈窕，小令歌红豆。香名艳福，几人兼此消受？"《梦芙蓉》云："忽拜鱼书贶，有十分思忆，十分惆怅。不曾相识，相识如何样。泛词源春涨，十队飞仙旗仗。情至文生，纵编珠组绣，排比亦清旷。眼底金刚纷变相，问谁能寂坐莲幢上？低首前贤，焉敢角瑜亮？几人怜跌宕，难觅酒楼歌舫。一卷新词，待求君按节，分遣小红唱。"《迈陂塘》云："拣乡山、绝无佳处，躬耕又乏南亩。尘容俗状真难耐，待觅灌夫行酒。寻犀首。奈泪洒黄垆②，渐失论文友。小人有母，但北望京华，徘徊小院，寂寞倚南斗。食肉者，俊物粗才都有。半是望秋蒲柳。东涂西抹年华改，说甚色丝虀臼。牛马走，约丁字帘前，共剪春盘韭。故人归否？唱'山抹微云''大江东去'，准备捉秦九。"谓砚泉同年。

---

① 谪尘寰：天上的神仙被贬谪到人间。
② 黄垆：黄泉，坟墓。

二十九

乾隆戊辰,李君宗典,权知甘泉,书来,道:女子王姓者,有事在官,可作小星之赠[①]。予买舟扬州,见此女于观音庵,与阿母同居,年十九,风致嫣然,任予平视,挽衣掠鬓,了无忤意。欲娶之,而以肤色稍次,故中止。及解缆,到苏州,重遣人相访,则已为江东小吏所得。余为作《满江红》一阕云:"我负卿卿,撑船去、晓风残雪。曾记得庵门初启,婵娟方出。玉手自翻红翠袖,粉香听摸风前颊。问姮娥何事不娇羞?情难说。既已别,还相忆;重访旧,杳无迹。说庐江小吏公然折得。珠落掌中偏不取,花看人采方知惜。笑平生双眼太孤高,嗟何益!"

三十

随园四面无墙,以山势高低,难加砖石故也。每至春秋佳日,士女如云,主人亦听其往来,全无遮拦。惟绿净轩环房二十三间,非相识者不能遽到。因摘晚唐人诗句作对联云:"放鹤去寻三岛客,任人来看四时花。"

三十一

舒城沈生本陛,字季堂,年已艾矣。戊申秋,以诗求见,各体俱工。古风如《白石山》《古柏行》等篇,诗长不能备录。五言如《西施洞》云:"香草美人远,春山古洞寒。"见赠云:"记吟诗句从黄口,得傍门墙已白

---

① 小星之赠:赠给别人做小妾。

头。"俱妙。余三首,已采入《续同人集》中。其祖名长祚者,康熙间举鸿博,有《竹香园集》。《过友人草堂》云:"春云遮不尽,柳色认君家。到径听微雨,开门见落花。古心征直谅,闲语及桑麻。饮量年来减,村醪莫更赊。"《哭友》云:"修短难将理问天,人间福慧应难全。他生好向空王乞,少占才华自永年。"

三十二

张南垣以画法垒石,见者疑为神工。吴梅村、黄梨洲皆为之传,载文集中。太仓菉瀯园,为王麟洲奉常别业;园中假山,南垣遗制。后归弇山尚书,为奉母地,更名静逸园。毕太夫人《秋日闲居》诗题五律云:"胜迹留城市,幽居得小园。吾生淡相寄,往事漫追论。人忆乌衣旧,名怜香草存。只今耽静逸,秋景满丘樊。""字摹王内史,诗爱郑都官。石色青书幌,花阴冷画阑。池鱼一二寸,庭竹两三竿。于此端居好,身闲梦亦安。""地回人稀到,风清暑罢侵。竹帘香细细,桐阁绿愔愔。隐几时看画,安弦静谱琴。夜凉明月上,扫石坐深林。""磴小花枝密,廊深书舍藏。有时翻秘帙,随意坐匡床。诗遇前春稿,炉凝隔夜香。庭前蹲石丈①,亲见历沧桑。"

三十三

金陵秋试之年,上下江名士毕集。余止而觞之,各有赠诗,约三千余首。其尤佳者,梓入《续同人集》矣。尚有断句可采者,如虞山王陆隄云:"丛丛著述皆千古,草草功名只十年。"长洲顾星桥云:"渡江名士推前辈,扶辇门生半少年。"王又云:"休夸翁子乘车日,已是悬车十七年。"

---

① 石丈:奇石的代称。

三押"年"字，俱妙。金陵管松年云："四海文章经口贵，百年心事问花知。"无锡徐冔云："姓氏直疑前代客，语言妙是一家诗。"青阳程蔚云："一将治绩乘时著，便把尘缘当梦看。"

三十四

以部娄拟泰山，人人知其不伦①；然在部娄，私心未尝不自喜也。秋帆尚书德位兼隆，主持风雅。枚山泽之癯，何能及万分之一？乃诗人好相提而并论。孙渊如太史云："惟有先生与开府，许教人吐气如虹。"徐朗斋孝廉云："弇山制府仓山叟，海内龙门两扇开。"

三十五

壬戌年，余改官外出，客送诗者，动以王嫱见戏。余因口号云："琵琶一曲靖边尘，欲报君恩屡顾身。只是内家妆束改，回头羞见汉宫人。"后十年，再入朝，则凤池诸客，都非旧人。又戏吟云："晓日曈昽②玉殿开，春风回首认蓬莱。三千宫女如花貌，都是明妃去后来。"

三十六

张文敏公同南华先生上朝，值春雪初霁。南华见午门外檐下冰柱，赋七律一章。文敏公疑为宿构。南华请面试。文敏出所佩小玉羊为题。南华应声

---

① 伦：相配。
② 曈昽：同"曈昽"，指日初出渐明貌。

云："宛尔成形质，居然或寝讹①。"方欲续下，而皇上有旨，命和《汤圆》诗。南华在朝房，立进二十四韵。警句云："甘白俱能受，升沉总不惊。"文敏叹服曰："不料仓卒间，先生犹能自见身份也。"为序其集云："春雨着物，万花怒开。神工鬼斧，不可思议。似之者病，学之者死。"

三十七

秋帆尚书抚陕时，有《上元灯词》十首，庄重高华，是金华殿上语。一时幕中学士文人，俱不能和。为录四章云："碧树红阑万点明，戟门莲漏转三更。交春便抱祈年意，不听歌声听雨声。""鼓钲殷地走轻雷，宝焰千枝百戏开。瞥见广场波浪直，双龙争挟火珠来。""仙馆明辉丽绛霄，铜驼四角缀琼翘。夜长桦烛添寒焰，春晓终南雪未消。""十年持节驻秦关，梦断蓬瀛供奉班。记得披香频侍宴，红云万朵驾鳌山。"

三十八

裴二知中丞巡抚皖江，每至随园，依依不去。举家工琴，闺阁中淡如儒素。其子妇沈岫云能诗，著有《双清阁集》。《途中日暮》云："薄暮行人倦，长途景尚赊。条峰疏夕照，汾水散冰花。春暖香迎蝶，天空阵起鸦。此身图画里，便拟问仙家。"在滇中《送中丞枢归》云："丹旐秋风返故乡，长途凄恻断人肠。朝行野雾笼残月，暮宿寒云掩夕阳。蝴蝶纸钱飘万里，杜鹃血泪落千行。军民沿路还私祭，岂独儿孙意惨伤？"读之，不特诗笔清新，而中丞之惠政在滇，亦可想见。余方采闺秀诗，公子取其诗见寄，而夫

---

① 寝讹：指牛羊的卧息与活动。出自《诗经·小雅·无羊》。

人不欲以文翰自矜。公子戏题云："偷寄香闺诗册子，妆台佯问目稍嗔。"亦佳话也。中丞名宗锡，山西人。公子字端斋。

三十九

韩慕庐尚书，虽为徐健庵司寇所识拔，而在朝中立不倚，于牛、李之党，两无所附，然官爵崇隆，终身平善①：可知仕途之不须奔竞也。近今张警堂先生，以县令起家，官至监司，皆委怀任运②，不营求而自得。诗才清妙。《过卢生庙》云："快马冲风急，添衣御晓寒。平生无好梦，醒眼过邯郸。"其襟怀之淡，定可知矣。又《宣城夜行》云："夜半张灯起，披衣上马鞍。月明如欲曙，风敛不知寒。此景人谁见，长途心转安。襄阳旧游处，明日且盘桓。"刘霞裳秀才出公门下，仿其意作《铅山夜行》云："车比凫尤仄，心闲坐颇安。清冰明似镜，冻月小于丸。灯远知村到，更深唤渡难。渐看浮草白，霜重夜将阑。"可谓工于窃比者③矣。先生又《过铜雀台》云："可怜肠断分香日，输与开门放婢人。"使老瞒在九原，为之汗下。先生名铭，江西己卯孝廉。

四十

金陵张止原居士，立身端谨，为秋帆尚书所重，以家政托之。尝腊底冒雨招余游灵岩山馆，其襟怀可想。舟中诵其《春暮书事》云："山苑浓阴覆绿苔，意行敷坐自徘徊。池边柳弱莺难驻，庭畔花残蝶未回。酒盏怕空先料

---

① 终身平善：终身平稳顺利。
② 委怀任运：听凭命运的安排。
③ 工于窃比者：善于模仿的人。

理,柴门喜静且长开。人生得丧何须计?一任浮云过眼来。"《步尚书青门柳枝韵》云:"绿烟漠漠袅晴岚,紫陌轻阴月正三。怕上乐游原上望,引人离恨到江南。"居士名复纯,兼通医理,工赏鉴。

四十一

壬寅冬,余游雉皋,何春巢引见其亲家徐湘圃司马。其人吐气如虹,不可一世;家有园亭之胜,招致名姝,宴饮竟夜。见赠云:"一病经年喜再生,西风吹客过江城。虎溪大笑酬前愿,雁荡闲游寄远情。荒径漫劳携杖访,倾心不待整冠迎。夜来天际文星聚,珠玉惊闻掷地声。""飒飒空林乱叶声,相逢慰我寂寥情。多邀红袖同行酒,小摘寒蔬为煮羹。对月且拚三五夜,看花莫问短长更。幽怀万种愁千斛,不遇先生不肯鸣。"

卷十二

一

戴喻让有句云:"夜气压山低一尺。"周蓉衣有句云:"山影压船春梦重。"皆妙在可解不可解之间。

二

人人共有之意,共见之景,一经说出,便妙。盛复初《独寐》云:"灯尽见窗影,酒醒闻笛声。"符之恒《湖上》云:"漏日松阴薄,摇风花影移。"女子张瑶英《偶成》云:"短垣延月早,病叶得秋先。"郑玑尺《雪后游吴山》云:"人来饥鸟散,日出冻云升。"顾文炜《立夏》云:"病骨先愁暑,残花尚恋春。"女子孙云凤《巫峡道中》云:"烟瘴寒云起,滩声骤雨来。"沈大成《登净慈寺》云:"花气随双屐,湖光纳一窗。"姜西溟《野行》云:"桥欹眠折苇,槛倒坐双凫。"

三

有全首在人意中者：门生蔡家璋《舟中》云："孤客心情急去旌，榜人①带月趁宵征②。去舟时共来舟语，残梦依稀听不明。"汪舟次《田间》云："小妇扶犁大妇耕，陇头一树有啼莺。儿童不解春何在，只向游人多处行。"此种诗，儿童老妪，都能领略；而竟有学富五车者，终身不能道只字也。他如汤扩祖之"事当失路工成拙，言到乖时是亦非"，方子云之"优孟得时皆贵客，英雄见惯亦常人""酒常知节狂言少，心不能清乱梦多"，吴西林之"贫士出门非易事，豪门投刺岂初心"，皆使闻者人人点头。

四

吾乡郑玑尺先生，名江，康熙戊辰翰林。幼孤贫，里中有商人张静远者，助其读书。先生貌寝，眇一目，湛深经学，而诗独风骚。《自嘲》云："自号小冠杜子夏，人嗤一目江东王。"藏花片于书中，题云："卷里崔徽帐中李，何如通替见殷妃？"

五

咏云者：吴尺凫焯有句云"芦花摇雪③碍船过，云叶随风逐雁飞"，陈心田寅有句云"一雁披霜千树冷，片云移日半山阴"。嫌饭迟者：刘悔庵云

---

① 榜人：船夫，舟子。
② 宵征：夜行。
③ 芦花摇雪：芦苇摇落白雪似的芦花。

"冷早秋衣薄,天阴午饭迟",顾牧云云"衣轻晓寒逼,薪湿午炊迟"。咏新仆者:汪舟次云"见事先人往,应门答语轻",吴野人云"长者尊难近,新名答尚疑"。四人皆无心之雷同而俱妙。又,张哲士《咏老仆》云"旷职身常病,应门语每讹",亦趣。

六

六合彭厚村,家资百万,慷慨好施,年六十,而家资罄矣。不得已,辞家远出,卒于乃弟孝丰署中。葛筠亭哭以诗云:"头盈白发翻为客,手散黄金可筑台。"又曰:"侠传众口难为富,患在无钱不认贫。"真厚村小传。其弟迪庵,葛弟子也。葛往访之,赠诗云:"笑随童叟来听政,要借云山去赋诗。"《在西湖夜望》云:"月光山色静窗扉,夜景空明水四围。多少渔灯风不定,满湖心里作萤飞。"葛诗笔绝佳,半生为时文所累,然高达夫五十吟诗,故未迟也。

七

有人画七八瞽者,各执圭、璧、铜、磁、书、画等物,作张口争论状,号《群盲评古图》,其诮世也深矣。刘鸣玉题云:"耳聋偏要逢人聒,足跛转喜登山滑。可惜不逢周师达,眼珠个个金篦刮。"

---

① 瞽者:失明的人。

八

又有人画《牵车图》,将妻子、奴婢、器具、食物尽放车中,一枯瘦男子,牵长绳背负而走,空中一鬼,持鞭驱之。亦醒世意也。余题云:"人世肩头各一担,梅花驮过杏花残。暗中何必长鞭打,就作神仙懒亦难。"

九

宝意先生有女曰可,字长白,有才而夭。《咏苔》云:"昨宵疑有雨,深院久无人。"《题画》云:"黄雪褵褷点翠环,秋光一抹上房山。采云飞尽碧天远,半夜月明响佩环。"宝意编其诗,号《昙花一现集》。

十

张麟圃计偕入都,与某同寓。梦至大海,四望皆五色牡丹,鸾麟翔跃。有女郎容貌绝世,袖中出碧玉版,如桐圭,曰:"此'女娲笺'也,求郎题诗。"张题一绝。女曰:"郎诗固佳,未惬妾意。须倩某郎为之。"所云某者,即其同寓友也。次早起行,述所梦相同。是科,张竟落第,而某捷南宫矣。某所题仅记二句云:"泪花逗雨鲛珠死,画屏几叠扶桑紫。"

十一

山阴女子陈淑旂《晚思》云:"弱质怯春寒,名花带月看。惜花兼惜影,不忍倚阑干。"

十二

余乙卯科试,考列前茅。其时,在帅学使幕中阅卷者,邵君昂霄也。相遇湖上,有所赠云:"韵到梅花清有骨,软于杨柳怯当风。"余有知己之感,故至今诵之。

十三

山阴沈冰壶,字清玉,有《古调独弹集》,以新乐府论古事,极有见解。如辨永王璘之非反,李白之受诬,作《夜郎行》;雪李赞皇之非党,作《崖州行》;笑隋主诛宇文,身死于宇文,作《南氏怨》。以何平叔之不父曹瞒为孝,不从司马为忠,其粉白不离手之说,即梁冀诬李固之胡粉饰貌也。人言崔浩毁佛遭祸,乃《咏崔浩》云:"仙不能救,佛岂能厄?"尤为超脱。

十四

汤中丞莘来聘湖上，云："小桥隔岸时通马，细柳如烟不碍莺。"江西杨子载《偶成》云："渔灯欲灭见渔火，细雨无声添落花。"

十五

胡伟然《钓台》云："在昔披裘客①，浮名著意②逃。江流日趋下，益见钓台高。"钱相人方伯《钓台》云："图画功名安在哉，高风千古一渔台。此情惟有江潮解，流到滩前便急回。"余过钓台，见石刻林立，独爱此二首。

十六

题画诗最妙者，徐文长《画牡丹》云："毫端③顷刻百花开，万事惟凭酒一杯。茅屋半间无住处，牡丹犹自起楼台。"唐六如《画山水》云："领解皇都第一名，猖披④归卧旧茅衡⑤。立锥莫笑无余地，万里江山笔下生。"余之扫墓杭州也，苏州陆生鼎画扇赠云："一枝兰桨鸭头波，两个渔翁载酒过。好看旧山似新妇，迎门先为扫双蛾。"

---

① 披裘客：隐居的人。
② 著意：立意。
③ 毫端：毛笔的笔尖。
④ 猖披：衣不系带，散乱不整的样子。
⑤ 茅衡：借指隐者所居。

十七

诗中用虎点缀者最少。吴尊莱有句云:"樵声密云隔,虎迹落花封。"雪峤大师有句云:"残雪枝头雪未消,熟眠老虎始伸腰。"唐人句云:"夜深童子唤不起,猛虎一声山月高。"

十八

崔尚书应阶督浙、闽,自称研露老人,书扇赠歌者樱桃云:"柳䍿①花娇已断魂,春风空自与温存。歌筵一曲当年事,犹识金环旧指痕。"

十九

松江何啸客有《西湖诗》四十首,或诵二首,云:"秦亭山头暖气匀,秦亭山下早梅新。嫁郎愿嫁秦亭住,占得梅花第一春。""长短兰桡拂渚汀,声声箫鼓集西泠。为谁唱出《桃花曲》,尽着萧郎帘外听。"

二十

诗改一字,界判人天,非个中人不解。齐己《早梅》云:"前村深雪里,昨夜几枝开。"郑谷曰:"改'几'字为'一'字,方是早梅。"齐乃

---

① 䍿(duǒ):下垂。

下拜。某作《御沟》诗曰:"此波涵帝泽,无处濯尘缨。"以示皎然。皎然曰:"'波'字不佳。"某怒而去。皎然暗书一"中"字在手心待之。须臾,其人狂奔而来,曰:"已改'波'字为'中'字矣。"皎然出手心示之,相与大笑。

二十一

沈存中云:"诗徒平正,若不出色,譬如三馆楷书,不可谓不端整,求其佳处,到死无一笔。"此言是也。然求佳句,诗便难作。戴殿撰有祺句云:"但得闲身何必隐,不耽佳句易成诗。"

二十二

宋人《咏五月菊》云:"为嫌陶令醉,来就屈原醒。"《咏十月桃》云:"刘郎再来岁云暮①,王母一笑天为春。"两用事,俱清切。近日姜绍渠《咏诸葛菜》云:"至味于今思淡泊,军行到处寓农桑。"

二十三

己卯秋,陈竹香从都门来,替余长女成姑议婚。所议者,曹来殷舍人也。诵其句云:"水连铁瓮无边白,山到金陵不断青。"余极赏之。陈以书寄曹,曹欣然允诺。两家已有成说矣,适苏州故人蒋诵先剽嬲不已②,遂定蒋

① 岁云暮:一年将尽。
② 剽嬲(niǎo)不已:不停地纠缠。剽嬲,纠缠。

而辞曹。嫁未半年，女与婿俱亡。数之不可挽也如是！曹旋入词林。

二十四

圣人称诗"可以兴"，以其最易感人也。王孟端友某在都娶妾，而忘其妻。王寄诗云："新花枝胜旧花枝，从此无心念别离。知否秦淮今夜月，有人相对数归期？"其人泣下，即挟妾而归。

二十五

杭州汪秋御夫人程慰良，《咏秧针》云："陌旁柳线穿难定，水面罗纹刺不禁。"可谓巧而不纤[①]。又有句云："事从悟后言皆物，诗到工时心更虚。"真学者之言。有二女，皆能诗。长女姗，和母句云："松留石下千年药，雨引池中二寸鱼。"次女妌云："皓日穿窗飞野马，平池贮水数浮鱼。"

二十六

王生同太守母夫人杨氏，江都人，为昭武将军讳捷者之女孙。《咏琴》云："游鱼浮水听，大蟹出沙行。"年十九生生同，十四日而亡。故生同有《十四日儿谱》行世。

[①] 巧而不纤：写得巧而又不做作。

二十七

余入学，年才十二。龚立夫名木者，亦髫年①。同复试时，立夫着绣领红裤，为学使王交河先生所呵。今五十余年矣，老而不遇。有人传其《看庭桂》一首，云："牡蛎墙阴碧藓封，连蜷古干影重重。晓风吹过叶微动，夜雨渍来香更浓。好就曲栏敷坐具，时从幽境策吟筇。天香满院娱清昼，一任泥深断客踪。"

二十八

余泊高邮，邑中诗人孙芳湖、沈少岑、吴螺峰招游文游台，是东坡、莘老、少游、定国四人遗迹。席间，沈自诵其《春草》云："山经烧后痕犹浅，雪到消时色已浓。"余甚赏之。屏上有王楼村诗，云："落日倒悬双塔影，晚风吹散万家烟。"真台上光景。螺峰云："楼村以七律一联，受知于宋商丘中丞，遂聘在门墙，列江左十五子中，大魁天下。诗云'尊中腊酒翻花熟，案上春联带草书'，不过对仗巧耳。前辈之爱才如此。"十五子中，宰相、尚书，不一而足，惟李百药一人以诸生终。而诗尤超绝。

二十九

熊观察学骥，字蔗泉，自楚中归，两目盲矣，其晋接周旋，较胜有目者。居秦淮水阁，与余晨夕过从，死前半月，赋《秦淮杂咏》，云："秦淮

---

① 髫年：指幼童时期。

三月画帘开，便有游人打桨来。燕子不归春又暮，几家闲煞好楼台。""笑语勾留画舫停，红妆绿鬓影娉婷。帘前灯映楼头月，十里人家一画屏。"亡后，余哭之哀，作挽联云："生祭有祠，楚国至今歌善政；风骚无主，秦淮那可丧斯人！"

三十

六合孝廉张廷松，清才不寿；诗不多，而饶有唐音。《古意》云："荷叶风香隔水涯，吴姬荡桨湿裙纱。晚来满载新莲子，月上横塘正到家。"

三十一

金坛虞广文景星，康熙壬辰进士。年八十余，与余相遇苏州。诗才清妙，都未付梓。《偶成》云："贫不卖书留子读，老犹栽竹与人看。""将雪论交人尚暖，与梅相对我犹肥。"《解组》云："人情验自休官后，我意浑如出梦时。"《训儿》云："偶然为汝父，未免爱吾儿。"

三十二

壬戌，余与陶西圃铺俱以翰林改官。陶先乞病。庚午，余亦解组随园。陶与余同踏月，云："偷得闲身是此宵，白门何处不琼瑶？芒鞋醉踏三更月，犹认霜华共早朝。"壬申，余从陕西归，陶方起病赴都，见赠云："草草销魂过白门，故人招我住随园。同看昨岁此时雪，仍倒空山累夕尊。竹压千竿青失影，峰铺四面白无痕。君行万里诗奇绝，何意重逢一快论！"余置酒，出路上诗相示。陶读至《扁鹊墓》云："一坏尚起膏肓疾，九死难医嫉妒心。"不觉泪下。询其故，为一爱姬被夫人见逐故也。余欲安其意，适家婢招儿，年将笄矣，问："肯事陶官人否？"笑曰："诺。"遂以赠之。正月七日，方毓川掌科、王孟亭太守、朱草衣布衣、吕星垣进士，添箱赠枕，各赋催妆。陶有诗云："脱赠临岐感故人，相携风雪不嫌贫。当他意处无多少，未老年华欲仕身。"余和云："故人临别最销魂，万里携囊补被身。欲折长条无别物，自家山里一枝春。"十余年后，陶从山右迁楚中司马，挈招儿再过随园，则子女成行矣。子时行，小名佛保，亦能诗。《听雨》云："连朝三日碧苔生，疏馆萧条夜气清。红烛当筵花拂帽，爱听春雨到天明。"《雨窗》云："照眼花枝亚短墙，晓看风雨太颠狂。生憎帘卷危檐近，点点飘来溅笔床。"佛保入泮后，年二十，以瘵疾亡。

三十三

山东曾南村尚增，风貌伟然，以庶常改知芜湖。尝诗戏西圃云："几载柴桑为刺史，当年元亮是州民。"因西圃居芜湖故也。同舟访余白下，一路唱和，云"潮通燕子趋京口，帆带蛾眉认小姑""风微渔火重生焰，寺僻钟声半代更"，皆佳句也。后刺郴州，署中不戒于火，女以救母故，与母俱焚；郴人为立孝女祠，南村亦以悸卒。

三十四

漕帅杨清恪公锡绂，德望冠时，而诗才清妙。《夜行》云："好风潜入夜，明月正当头。宇碧兼空阔，舟轻足泳游。微凉双袖薄，小照一萤流。此意凭谁识？前矶有钓钩。"《杨村》云："微云不成雨，片月复宵明。柳外烟无际，河边市有声。飞流缘涨急，气肃为秋清。咫尺杨村近，吾宗有送迎。"《泊北夏口》云："舟维凉雨后，人坐晚灯初。叶湿全低柳，波寒不上鱼。揽衣嫌葛细，得酒爱更余。亦有耽吟客，瑶篇①孰起予？"《夕阳》云："一棹秋风里，行行又夕阳。飞还鸦影乱，舞罢柳丝黄。客意衔山急，帆阴卧水凉。何人方独立？觅句向苍茫。"

三十五

裘文达公日修，与余同出蒋文恪公门下。己未入都，过阜城，悦女校书采玉，意殊拳拳②。后乞假归觐③，余送行诗戏云："阜阳女儿名采玉，当筵一曲歌《杨柳》。今日临邛负弩迎，可还杜牧寻春否？"又十年，余入都补官，裘典试江南，相逢住平道上。见赠云："车中遥指影翩翩，忽讶相逢古道边。粗问行藏知大概，谛观颜色胜从前。南来我愧山涛鉴，北去君夸祖逖鞭。后会分明仍有约，归程期在暮春天。"是夜宿旅店，见余壁上有诗，和其后云："漫空飞絮揽春情，十日都无一日晴。水断虹桥迷古渡，云埋雉堞隐孤城。故人已别心犹惜，旧壁来看眼忽明。我正耸肩闲觅句，不劳津吏远相迎。"己卯秋，裘又典试江南，到山中为余诵之。

公出使伊犁，襄赞军事，《在黄制府行台即席有作》云："使相钧衡大将旗，西来宾阁喜追随。谈深席上杯行数，坐久窗间日过迟。任事肩无旁卸处，安边功是已成时。天兵讨叛非勤远，此意须教万姓知。"又《元旦试笔》云："年年染翰挥毫手，乍喜金鞭控铁骢。"呜呼！以一书生，而能走万里，赞军机，与沈文悫公以诗人而受帝宠者，皆近今所未有。可称吾榜中得人最多，张乖崖不得擅美于前。

---

① 瑶篇：美好的文章。

② 意殊拳拳：情意绵绵。

③ 归觐：回家探亲。

三十六

卢雅雨先生转运扬州,以渔洋山人自命,尝赋《红桥修禊》四章,一时和者千余人。余俱未见。而先生原唱,余亦不甚爱诵也。及其致仕,《留别扬州》诗,竟成绝调;真所谓欢愉之词难工,感怆之言多妙耶。其词曰:"脱却银黄敢自怜?不才久任受恩偏。齿加孙冕余三岁,归后欧公又九年。犬马有情仍恋主,参苓无效也凭天。养疴得请悬车日,五福谁云尚未全?""平山回望更关愁,标胜家家醉墨留。十里亭台通画舫,一年箫鼓到深秋。每看绛雪迎朱旆,转似青山恋白头。为报先畴墓田在,人生未合死扬州。""长河一曲绕柴门,荒径遥怜松菊存。从此风波消宦海,始知烟月足家园。岁时社集牛歌好,乡里筵开鹤发尊。痴愿无多应易遂,杖朝还有引年恩。"呜呼!后公果将杖朝矣,乃竟不得考终。余吊之曰:"潘岳闲居竟不终,褚渊高寿真非福。"《列子》云:"当生而生,福也;当死而死,福也。"其信然欤!

三十七

余髫年入泮,人来相贺,而余不知其何以贺也。读宋人李昉《赠贾黄中童子》云:"见榜不知名字贵,登筵未识管弦欢。"方知古人措词之切。

三十八

声音不同,不但隔州郡,并隔古今。《穀梁》云:"吴谓'善伊'为

'稻缓'，淮南人呼'母'为'社'。"《世说》王丞相作吴语曰："何乃渹？"《唐韵》："江淮以'韩'为'何'。"今皆无此音。

三十九

偶见坊间俗韵，有以"真元"通"庚青"者，意颇非之。及读"三百篇"，爽然若失。"山榛""隰苓""十真"，通"九青"。"有鸟高飞，亦傅于天。彼人之心，于何其臻？曷予靖之，居以凶矜"，是"一先""十一真""十蒸"俱通也。《楚辞》"肇锡余以佳名""字余曰灵均"，"八庚"通"十真"也。其他《九歌》《九辨》，俱"九青"通"文元"。无怪老杜《与某曹长诗》，"末"字韵旁通者六；东坡《与季长诗》，"汁"字韵旁通者七。

四十

余祝彭尚书寿诗，"七虞"内误用"余"字，意欲改之。后考唐人律诗，通韵极多，因而中止。刘长卿《登思禅寺》五律，"东"韵也，而用"松"字。杜少陵《崔氏东山草堂》七律，"真"韵也，而用"芹"字。苏颋《出塞》五律，"微"韵也，而用"麾"字。明皇《饯王晙巡边》长律，"鱼"韵也，而用"符"字。李义山属对最工，而押韵颇宽，如"东冬""萧肴"之类，律诗中竟时时通用。唐人不以为嫌也。

四十一

沈总宪近思，在都无眷属。项霜泉嘲之，云："三间无佛殿，一个有毛僧。"鲁观察之裕，性粗豪而屋小，署门曰："两间东倒西歪屋，一个南腔北调人。"薛征士雪善医而性傲，署门曰："且喜无人为狗监，不妨唤我作牛医。"

四十二

同年成卫宗，宰南安。小婢春桂于后园获石印，文曰："忠孝传家。"成题云："孔龟张鹄难重觏，此石摩挲亦颇宜。愧我平生期许在，尽教世守作良规。"余宰江宁时，聘史苕湄为记室，成识之于署中。后为台湾司马。史馆冯观察家，相见甚欢。秩满[①]将西渡，留别史云："卅年旧雨各西东，忽漫相逢大海中。自是壮怀同作客，不堪衰鬓已成翁。世情转烛贫交久，物态浮云老眼空。他日故园应聚首，一樽相对话松风。"

四十三

寇莱公梦中诗云："渡海只十里，过山已万重。"后贬雷州渡海，方悟前诗成谶。范文正公《咏月》云："已知千里共，犹讶一分亏。"后终于参知政事。

---

① 秩满：任期已满。

四十四

姑母嫁沈氏，年三十而寡，守志母家。余幼时，即蒙抚养。凡浣衣盥面，事皆依赖于姑。姑通文史。余读《盘庚》《大诰》，苦聱牙，姑为同读，以助其声。尝论古人，不喜郭巨，有诗责之云："孝子虚传郭巨名，承欢不辨重和轻。无端枉杀娇儿命，有食徒伤老母情。伯道沉宗因缚树，乐羊罢相为尝羹。忍心自古遭严谴，天赐黄金事不平。"余集中有《郭巨埋儿论》，年十四时所作，秉姑训也。

四十五

江西帅兰皋先生，名念祖，督学浙江，一时名宿都入网罗；半皆苏耕馀广文为之先容。苏故癸巳进士，长于月旦。吾乡名士，多出其门。惟余年幼未往。帅公来时，余年十九，考古学，《赋秋水》云："映河汉而万象皆虚，望远山而寒烟不起。"公加叹赏。又问："'国马''公马'何解？"余对云："出自《国语》，注自韦昭。至作何解，枚实不知。"缴卷时，公阅之，曰："汝轻年，能知二马出处足矣；何必再解说乎？"曰："'国马''公马'之外，尚有'父马'，汝知之乎？"曰："出《史记·平准书》。"曰："汝能对乎？"曰："可对'母牛'，出《易经·说卦传》。"公大喜，拔置高等。苏先生闻之，招往矜宠，以不早识面为恨。先辈之爱才如此。后帅公为陕西布政使，窜死台上。余赋五古哭之，末四句曰："青蝇宦海飞，白骨沙场抛。何当抱孤琴，塞外将魂招。"

四十六

诗有正喻夹写①，似是而非之语，最妙。王介祉《咏铁马》云："依人帘宇下，底作不平鸣？"香亭《阻风》云："想通天上银河易，力挽人间风气难。"周之桂《咏秋暑》云："傍晓灯偏光焰大，罢官人更热中多。"董曲江太史《过十八滩》云："漫夸利涉乘风便，始信中流立脚难。"周诗成时，适有罢官者冒酷暑入都，读者愈觉其佳。

四十七

余少时气盛跳荡②，为吾乡名宿所排。惟柴秀才名致远号耕南者，一见倾心。乙卯春，柴读书孤山，余寄札云："秋将至矣，颇欲掩帷；春实佳哉，未能端坐。"余数行，泛论友朋。柴答云："赤炜未来，青春可爱。足下端坐未能，仆且懒索香熏矣。来书惓惓人物，此间俗子如春萍，何从觅佳客？昨无聊，闲步登孤山之巅，折梅谁赠？可怜！可怜！某某辈，仆不能定其为人。鄙意以仲翔针芥之言求知己，以君子全交之道待泛交，如是而已。晴日早来，当以此论，质之逋老。"余爱其措词隽雅，有谷子云笔札之妙，藏箧中五十余年。耕南《夜游孤山》有句云："月行疑踏水，花坐当熏衣。"后客死广西。己亥年，余至其家，夫人出见，白发萧然，有陆鲁望重过张处士故居光景。

---

① 正喻夹写：即正喻夹写法，是说理散文常用的表达方式。阐发道理的过程中，一边正面叙述或说明正题，一边夹用比方，以使道理阐释得更形象、更透彻，富于说服力。
② 气盛跳荡：年轻气盛，有傲气。

丙辰春，余欲西行，苦无路资。适耕南之兄东升就馆高安，挈余同至署中，赠金一笏，裁得裹粮至粤。一路舟中联句。过鄱阳湖，野有树，大可蔽牛，已朽折委地矣，旁一小枝，穿根而出，高十丈余。相传明太祖与陈友谅战时，此树代受炮，故封为"将军"。至今尚有烧灼痕。柴首唱云："大树兵火余，枯根尚委地。"余续云："曾抱纪信忠，一死代汉帝。"柴云："轮囷根盘存，焦枯枝叶弃。"余云："丛丛莓苔痕，郁郁霜露气。"柴云："祖干扶桑倾，孙枝小龙继。"余续云："穿出盘古坟，犹作拏云臂。"东升叹曰："二语险绝，可不必续成矣。"彼此一笑而罢。东升赠余五古，仅记二句云："浩气盘九疑，晴襟豁万谷。"呜呼！当日无柴君，则余何由得见金公？又何由得从粤西至都下哉？后戊戌年，余往杭州访柴，邻人云："全家都在广东。"东升亡后，未曾归葬。余哭以诗，载集中。

四十八

余弱冠①时，与王复旦卿华为至交，其父星望公官御史。丙辰春，余从广西入都。卿华举浙江乡试，漏尽，作家信，报其尊人，犹再三道余不置。已而同到京师，彼此失意，往来更密。其大父子坚先生，亦以国士相待。次年八月，卿华归娶，同骑马至彰义门外，两人泣别。戊午秋，星望公病笃，犹读余闱墨，许为第一。初十日，榜发，余获隽，而先生即于是日委化。余感生平知己之恩，往视含殓，颜色惨凄。其戚唐某疑余落第，再三道屈，坐客无不掩口而笑。卿华赠余改官云："朝士尽将韩愈惜，都人争作李邕看。"又数年，闻其再落第，缢死长安。余哭以七古一章，载集中。己亥春，余归杭州，访其墓，则四至埏道②，被势家侵占，为告之官，而断还其后人。

---

① 弱冠：二十岁。
② 埏（shān）道：墓道。

四十九

余六十三岁,方生阿迟。时家弟春圃观察在苏州,勾当①公事;接江宁方伯陶公飞檄文书,意颇惊骇,拆之,但有红笺十字云:"令兄随园先生已得子矣。"常州赵映川舍人诗云:"佳问有人驰驿报,贺诗经月把杯听。"

五十

余弱冠在都,即闻吴江布衣徐灵胎有权奇倜傥之名,终不得一见。庚寅七月,患臂痛,乃买舟访之,一见欢然。年将八十矣,犹谈论生风,留余小饮,赠以良药。门邻太湖,七十二峰招之可到。有佳句云:"一生那有真闲日,百岁仍多未了缘。"《自题墓门》云:"满山灵草仙人药,一径松风处士坟。"灵胎有《戒赌》《戒酒》《劝世道情》,语虽俚,恰有意义。《刺时文》云:"读书人,最不齐,烂时文,烂如泥。国家本为求才计,谁知道变做了欺人技。三句承题,两句破题,摆尾摇头,便道是圣门高弟。可知道'三通''四史',是何等文章?汉祖、唐宗是那一朝皇帝?案头放高头讲章,店里买新科利器。读得来肩背高低,口角嘘唏,甘蔗渣儿嚼了又嚼,有何滋味?孤负光阴,白白昏迷一世。就教他骗得高官,也是百姓朝廷的晦气!"

---

① 勾当:办理。

五十一

唐当治平时,或咏所见,曰:"可惜数枝红艳好,不知今夜落谁家。"及世乱矣,或咏所见,曰:"无穷红艳烟尘里,骤马分香散入营。"

五十二

广东称妓为"老举",人不知其义。问土人①,亦无知者。偶阅唐人《北里志》,方知唐人以老妓为都知,分管诸姬,使召见诸客,一席四环,烛上加倍,新郎君更加倍焉。有郑举举者,为都知,状元孙偓颇惑之。卢嗣业赠诗云:"未识都知面,先输剧罚钱。"广东至今有"老举"之名,殆从此始。

五十三

谢深甫云:"诗之为道,标举性灵,发舒怀抱,使人易于矜伐②。"此言是也。然如杜审言临终谓宋之问曰:"不见替人,久压公等。"袁嘏自称己所作诗,"须以大材迮之③,不尔,飞去"。言虽夸,尚有风趣。汉桓帝时,马子侯自谓知音,弹《陌上桑》,左右尽笑,而子侯犹摇头自得;则蚩狞太过矣。今之未偕竞病而诗狂欲上天者,毋乃类是?

---

① 土人:世代居住当地的人。
② 矜伐:恃才夸功、夸耀。
③ 以大材迮之:须用大树来困住他。

五十四

孙兴公说高辅佐："如白地光明锦①，裁为负版裤。虽边幅颇阔，而全乏剪裁。"宋诗话云："郭功甫如二十四味大排筵席，非不华侈，而求其适口者少矣。"一以衣喻文，一以食喻诗，作者俱当录之座右②。

五十五

淮南程氏虽业禺䇲甚富③，而前后有四诗人：一风衣，名嗣立；一虁州，名鉴；一午桥，名梦星；一鱼门，名晋芳。四人俱与余交，而风衣、虁州，求其诗不得。鱼门虽呼午桥为伯父，意颇轻之。余曰："午桥先生古风力弱，近体风华，不可没也。如《看花不果》云'蜡屐也思新草色，病酲④偏负晓莺声'，《赠僧》云'楼前常设留宾榻，岩下多栽献佛花'，《桐庐》云'百里烟深因近水，一年秋早为多山'，皆佳句也。"

五十六

齐武帝于兴光楼上施青漆，谓之"青楼"。是青楼乃帝王之居，故曹植诗："青楼临大路。"骆宾王诗："大道青楼十二重。"言其华也。今以

---

① 光明锦：发亮的锦缎。
② 录之座右：作为座右铭来提醒自己。
③ 业禺䇲甚富：经营盐业使家里十分富有。禺䇲，古籍中多写作"禺筴"，指盐业，出自《管子·海王》；筴（cè），同"策"。
④ 酲（chéng）：酒醉后引起的病态。

妓为青楼，误矣。梁刘邈诗曰："倡女不胜愁，结束下青楼。"殆称妓居之始。

五十七

《小雅》："惟桑与梓，必恭敬止。"考上下文，并无乡里之说。张衡《南都赋》："永世克孝，怀桑梓焉。真人南巡，睹旧里焉。"后人因之，遂以桑梓为乡里。

五十八

宋潜溪曰："人皆云：'陶渊明不肯用刘宋年号，故编诗但书甲子。'此误也。陶诗中凡十题甲子，皆是晋未亡时，最后丙辰，安帝尚存，琅琊王未立，安得弃晋家年号乎？其自题甲子者，犹之今人编年纂诗，初无意见。"

五十九

黄鲁直诗"月黑虎夔藩"，用少陵《课伐木诗序》云"有虎知禁"，"必昏黑撑突夔人屋壁"。夔者，夔州人也。鲁直以"夔"字当"窥"字解，为益公《题跋》所讥。

六十

郭注《尔雅》:"阏逢摄提格,未详。"司马贞《索隐》以《尔雅》为近今所作,所记年名不符古。钟鼎从未有以阏逢摄提纪年者。郑夹漈曰:"今人编年,好用《尔雅》,名甲为阏逢,乙为旃蒙:是以一元大武为牛也。夫隐语为眢井逃难之言,岂可施于简编乎?"顾宁人有古人不以甲子纪岁之说,又云:"古人不以王父字为字。"按《通志》历举春秋时以王父字为字者八十余条。顾最博雅,竟不曾见过《通志》,何耶?

六十一

吴冠山先生言:"散体文如围棋,易学而难工;骈体文如象棋,难学而易工。"余谓古诗如象棋,近体如围棋。

六十二

何南园《咏野菊》云:"绝无人处偏逢我,不寄篱边独羡君。"写"野"字妙。李琴夫《咏瓶菊》云:"未许园林终晚节,不妨风雨到重阳。"写"瓶"字妙。李又有"风定雨丝直",五字亦佳。

六十三

鱼门太史云:"古文有可读者,有可观者。"余谓诗亦然:有可读者,有可观者。可观易,可读难。

六十四

鲍雅堂之妹,诗人步江女也,名季姒,工吟诗。金棕亭赠云:"续史正堪兄作伴,工吟恰好父为师。"

六十五

己卯冬,余在扬州,见门生刘伊有《游平山诗册》,作者十余人,俱押"厄"韵。余独赏如皋顾秀才驹"清响忽传楼外笛,严寒争避手中厄"之句。后官湖北归,卜筑①于如皋百步②。余过其居,主人感二十年前知己,欣然款接,宴饮水窗,出新诗相示。《西湖》云:"白沙堤外荡舟行,烟雨空濛画不成。忽见斜阳照西岭,半峰阴间半峰晴。""花坞斜连花港遥,夹堤水色淡轻绡。外湖艇子里湖去,穿过湖西十二桥。"《虎丘》云:"片石尚留金虎迹,千花都是玉人魂。"

---

① 卜筑:择地建造。
② 百步:形容距离很近。

六十六

余过如皋，访冒辟疆水绘园。荒草废池，一无陈迹，惟败壁上有断句云："月因恋客常行缓，风为吹花不忍狂。"刘霞裳有句云："一片乱红吹满地，看来最忍是东风。"正与此意相反。

六十七

杭州何春巢年少耳聋，而风情独绝。有《秦淮竹枝》云："猩红一点着樱唇，淡抹春山黛色匀。压鬓素馨[①]三百朵，风来香扑隔河人。""远近听来笑语声，板桥西畔泛舟行。寻常一柄芭蕉扇，摇动春葱便有情。""兰桡最是晚来多，万点红灯映碧波。我已三更鸳梦醒，犹闻帘外有笙歌。""夕阳两岸画楼台，红藕香中一棹回。别有芳心卿不解，扁舟岂为纳凉来？"

六十八

吾乡王百朋先生《过李白庙》云："气吞高力士，眼识郭汾阳[②]。"只此十字，可以概太白生平。

[①] 素馨：白色的小花。
[②] 郭汾阳：唐代名将郭子仪的别称。

六十九

郭明府起元，字复堂，闽中孝廉，受业于蔡闻之宗伯。蔡为理学名儒，而郭以任侠闻。蔡有家难，郭为证佐，至受官刑，交臂历指，口无二辞。后宰盱眙，与余同官。有《客中秋思》一绝云："销魂何处盼仙槎？客鬓逢秋白更加。遥指断桥垂柳岸，前年曾宿那人家。"《赠方南堂》云："一瓢自可轻千乘，三径还堪抵十洲。"《比舍》云："薰衣香出红窗外，斗草声喧绿树边。"其母夫人陈玉瑛，自称左芬侍史。佳句云："欲别难为别，吞声①古渡头。妾心如此水，相送下渝州。"

七十

刘悔庵有句云："石交惟旧砚，火伴是寒炉。"陈古渔《吊六朝松》云："剧怜儿辈不及见，真似古人难再生。"俱有东坡风味。

七十一

霞裳与其父役于慈湖，舟覆江中。时当腊月，两人赖衣裘，故浮水不沉。有救船至，父曰："我老矣，速救我儿！"儿曰："不救吾父，我不受救！"父子推让，适又有船来，遂得两全。陶景山明府赠以诗曰："本是龙门客，龙宫今到来。孝慈应默佑，风浪不为灾。"其孙涣悦亦赠云："从今吸尽西江水，吐属文章更不同。"

---

① 吞声：忍住眼泪，无声地哭泣。

七十二

程鱼门《覆舟诗》原稿，写眼前惊悸情景最真。后改本有意修饰，转不如前。今特录其原作云："扬州西去一宵程，小艇无端夜忽倾。制命不烦沧海润，澡身先试暮流清。诗书失后无余本，戚友来时话再生。莫叹遭逢磨蝎重，世间风浪几曾平？""客舟猛疾势如风，南北相持力不同。绝叫已惊身在水，举头犹见月如弓。慈航倏至关天幸，只履飘然悟大空　时失去一履。揽芷搴裳平日愿，险随骚魄葬珠宫。"余赋诗调之云："《水经注疏》《河渠考》，此后输君阅历深。"

七十三

善写风水之险者，吾乡粮道程公光钜有《华阳行》云："滔滔汨汨长江水，扁舟一叶天涯子。船头船尾白浪高，片云黑处狂风起。舟子喧呼语未终，布帆半曳浪浇篷。桅竿百尺横斜立，欲卧不卧奔涛中。涛涌如山高莫比，青山头落江心里。一倾一仄①强撑风，欲上船舷见船底。小儿无知向母啼，大儿解事欲登堤。面面相看心胆折，男号女哭一齐歇。翻身挣立唤邻舟，邻舟早向潮头没。须臾岸回风势顺，回首惊魂才一瞬。电掣雷轰万马驱，举头已到华阳镇。华阳已到惊未平，老妻尚有念佛声。"

---

① 一倾一仄：倾斜。

七十四

金陵张秀才培,饶有风貌。正月间,与画师邹若泉来。余心识之。亡何,又与常君得禄来。余转问:"可认张某乎?"已而知即前人,自惭老眼之昏。乃诵刘悔庵诗曰:"闲行那可忘携杖,欲揖还愁错认人。"

七十五

杭州孙中翰传曾,与余三世通家,诗才清逸。《春朝》云:"莺啼迎晓霁,蝶梦怯花寒。"《上巳》云:"人临曲水偏愁雨,天惜桃花忽放晴。"

七十六

近人起句之妙者:新安张节《夜坐》云"雨霁月忽满,墙阴树影摇",陈月泉《舟中》云"独起对江月,满船闻睡声",某《春早》云"不待清明近,莺花已自忙"。三起俱超。结句之妙者:"月中无事立,草上一萤飞""殷勤语江岭,归梦莫相妨""远山深树里,钟断有余声"。三结俱超,惜忘题目及作者姓名。

七十七

丁未,余游武夷,夜泊江山,闻邻舟有客说鬼,口杭音。余喜语怪,乃揖而进之。其人姓陆,名梦熊,字莹若,乃吾乡诗人也。别后蒙寄《晚香堂诗》二十余卷。《晓起见雪》云:"夜静无风冷莫支,檐前冻雀早应知。关心喜见头番雪,扫径先扶竹树枝。红友有情还爱我,绿梅无梦亦相思。断桥久废冲泥屐,欲踏琼瑶访莫迟。"《鹅湖寺》云:"地寒花未放,僧朴语无多。"皆妙。

七十八

读诗不读史,便不知作者事何所指。李焘《长编》载宋真宗为李沆还债三十万。故宋人诗云:"新祠民祭祀,旧债帝偿还。"《唐书》载王毛仲奏明皇:愿得宋璟为客。帝许之。故徐骑省《赠陈侍郎花烛》云:"坐客亦从天子赐,更筹须为主人留。"

七十九

高文端公之父嵩瞻都统《赠弟斌》云:"与君一世为兄弟,今日相逢第二场。"想见勋贵家,国尔忘家之义。有《积翠轩诗集》,文端公属余为注释,编上、下两卷。

八十

雅谑自佳。或以诗示仲小海。仲曰:"诗佳矣,可惜太甜。"其人愕然问故。曰:"有唐气,焉得不甜?"蔡芷衫好自称"蔡子",以诗示汪用敷。汪曰:"打油诗也。"蔡怒曰:"此《文选》正体,何名打油?"曰:"菜子不打油,何物打油?"

八十一

前朝说部，有俚语可存者：如晓学仙者云"服药求长生，莫如孤竹子①。一食西山薇，万古长不死"，《戒溪刻者》云"幸门如鼠穴，也须留一个。若皆堵塞之，好处都穿破"；刺暴贵者，《咏鸱吻》云"而今抬在青云上，忘却当年窑内时"；嘲官昏者，《咏伞》云"常时撑向马前去，真个有天没日头"；刺好谮人者，《咏蝉》云"莫倚高枝纵繁响，也应回首顾螳螂"；刺代人劾友者，《咏金》云"黄金自有双南贵，莫与游人作弹丸"。

八十二

元人《吊脱脱丞相》云："百千万贯犹嫌少，堆积黄金北斗边。可惜太师无脚费，不能搬运到黄泉。"

八十三

杨子载《漫兴》云："客中恍过曾游境，梦里常逢未见书。"郭麟秀才见赠云："园疑曩昔曾窥处，人似生平未见书。"

---

① 孤竹子：伯夷、叔齐的代称。

八十四

耿上舍湘门《题素斋舫壁》云:"背郭临河静不哗,一轩深筑抵山家。茶烟出户常蒙树,池水过篱欲漂花。小睡手中书欲堕,半酣窗下字微斜。丛兰不合①留香久,勾引游蜂入幕纱。"

八十五

海宁陈心田寅,与诸友以禁体②咏梅云:"已看无不忆,未见必先探。"汪秋白云:"一枝怀故宅,几度忆前生。"陈谷湖云:"交枝香不断,一白树难分。"顾竹坡《咏绿梅》云:"窥春自怯荷衣薄,倚竹谁怜翠袖寒?"俱妙。又有梅花宜称诸咏,《夕阳》云:"残香漠漠山家暝,犹作宫人半额黄。"《疏篱》云:"有客来探门未启,先从麂眼认琼枝。"《微雪》云:"料峭寒凝天半黄,霏烟漠漠集池塘。是梅是雪两三点,飞絮因风想谢娘。"《枰下》云:"花底消闲对弈时,棱棱石角拥寒枝。微风吹堕两三朵,绝似山人落子时。"

八十六

戊寅二月,过僧寺,见壁上小幅诗云:"花下人归喧女儿,老妻买酒索题诗。为言昨日花才放,又比去年多几枝。夜里香光如更好,晓来风雨可

---

① 丛兰不合:一丛丛的兰花开放着。
② 禁体:即禁体诗,一种遵守特定禁例写作的诗。

能支？巾车归若先三日，饱看还从欲吐时。"诗尾但书"与内子看牡丹"，不书名姓。或笑其浅率。余曰："一片性灵，恐是名手。"乃录稿问人，无知者。后二年，王孟亭太守来看牡丹，谈及此诗，方知是国初逸老顾与治所作。余自负赏识之不误。王因云："国初前辈，不登仕途，与老妻相对，往往有此清妙之作。"因诵吴野人《寿内》云："潦倒丘园二十秋，亲炊葵藿慰余愁。绝无暇日临青镜，频过荒年到白头。海气荒凉门有燕，溪光摇荡屋如舟。不能沽酒持相祝，依旧归来向尔谋。"觉风趣更出顾诗之上。

八十七

尹文端公曰："言者，心之声也。古今来未有心不善而诗能佳者。'三百篇'大半贤人君子之作。溯自西汉苏、李五言，下至魏、晋、六朝、唐、宋、元、明所谓大家、名家者，不一而足，何一非有心胸、有性情之君子哉？即其人稍涉诡激，亦不过不矜细行①、自损名位而已，从未有阴贼险狠、妨民病国之人。至若唐之苏涣作贼、刘叉攫金、罗虬杀妓，须知此种无赖，诗本不佳，不过附他人以传耳。圣人教人学诗，其效可睹矣。"余笑问："曹操何如？"公曰："使操生治世，原是能臣。观其祭乔太尉、赎文姬，颇有性情，宜其诗之佳也。"

八十八

余以雍正丁未年入泮，今又丁未矣！戏仿重赴鹿鸣故事，作《重赴泮宫诗》，云："记得垂髫泮水游，一时佳话遍杭州。青衿②乍着心虽喜，红粉争

---

① 不矜细行：不拘小节。
② 青衿：青色交领的长衫，借指学子。

看脸尚羞。梦里荣华如顷刻，人间花甲已重周。诸公可当同年看，替采芹香插白头。"杭州同入学者，只钱玙沙方伯一人，和云："岁岁黉门文运开，刘郎老去又重来。壶中日转前丁未，册上名存旧秀才。两领青衫真法物，一头白发笑于鬽①。平生几枕邯郸梦，屈指黄粱第一回。"此外，和者百余人。如毛侯园广文云："久于馆阁推前辈，又向宫墙领后生。"梅衷源云："锦袍笑赴青衿会，似把灵光照泮宫。"卢元珩云："子衿一赋年周甲，圣阙重来岁又丁。"

八十九

余不喜时文，而平生颇得其力。壬寅，游天台，渡钱塘江，到客店，无舟可雇。遇查广文耕经有赴任船，用名纸借之，欣然来见，曰："向读先生文登第，让船，所以报也。"余赠诗云："一只孝廉船肯让，期君还作后来人。"到新昌，邑令苏公曜，素不相识，遣车远迎，供张甚饰。余骇然，询其故，如查所语。余赠诗云："羁旅忽逢倾盖客，文章曾是受知人。"苏宣化孝廉，作官有惠政，解饷入都，后任反其所为，民苦之。余到时，适苏回任，邑人争迎，上匾云："还我使君。"对联云："三春花雨重携鹤，百里笙歌早入云。"不料新昌僻县，竟有文人颂扬甚雅。

九十

余过处州，想游仙都峰，以路远中止。出县城，到黄碧塘，将止宿矣，望前村瓦屋翚如②，随缓步焉。与主人虞姓者，略通数语，即还寓。将弛衣

---

① 鬽（shì）：胡须多的样子。
② 翚如：高貌。翚，通"皋"。

眠①，闻户外人声嗷嗷，询之，则虞氏见余名纸，兄弟六七人来问："先生可即袁太史耶？"曰："然。"乃手烛上下照，诧曰："我辈读太史稿，以为国初人。今年仅花甲，是古人复生矣，岂容遽去？愿作地主，陪游仙都。"于是少者解帐，长者卷席，诸奴肩行李，相与舁至其家。余留诗谢云："我是渔郎无介绍，公然三夜宿桃源。"

九十一

游仙之梦，斑竹最佳。离天台五十里，四面高山乱滩，青楼二十余家，压山而建。中多女郎，簪山花，浣衣溪口，坐溪石上。与语，了无惊猜，亦不作态，楚楚可人，钗钏之色耀入烟云，雅有仙意。霞裳悦蒋校书，为留一宿。次日，天未明，披衣而至，云："被四面滩声惊醒。"余赋诗云："茅屋背山起，山峰枕上看。饭香人弛担，梦醒客闻澜。花野得真意，竹多生暮寒。青溪蒋家妹，欢喜遇刘安。"

九十二

温州虽多佳丽，而言语不通。有织藤盘者，甚明媚，彼此寒暄，了不通晓。余戏赠云："安得巫山置重译，替郎通梦到阳台？"

九十三

温州风俗：新婚有坐筵之礼。余久闻其说。壬寅四月，到永嘉。次日，

---

① 将弛衣眠：正要脱衣睡觉。

有王氏娶妇，余往观焉。新妇南面坐，旁设四席，珠翠照耀，分已嫁、未嫁为东、西班。重门洞开，虽素不识面者，听人平视，了无嫌猜。心羡其美，则直前劝酒。女亦答礼。饮毕，回敬来客。其时，向西坐第三位者，貌最佳。余不能饮，不敢前。霞裳欣然揖而酹焉。女起立侠拜，饮毕，斟酒回敬霞裳，一时忘却，将酒自饮。傧相呼曰："此敬客酒也！"女大惭，嫣然而笑，即手授霞裳。霞裳得沾美人余沥以为荣。大抵所延，皆乡城粲者，不美不请，请亦不肯来也。太守郑公以为非礼，将出示禁之。余曰："礼从宜，事从俗，此亦亡于礼者之礼也。"乃赋《竹枝词》六章，有句云："不是月宫无界限，嫦娥原许万人看。"太守笑曰："且留此陋俗，作先生诗料可也。"诗载集中。

九十四

雁荡观音洞最高敞，可容千人，石坡共三百七十七级，余贾勇登焉。相传嘉靖二十年，按察使刘允升偕二女，成仙于此。塑像甚美。余低徊久之，下坡留恋，口号云："垂老出仙洞，一步一踌躇。自知去路有，断然来时无。"

九十五

余游览久，得人佳句，必手录之。过安庆，见司狱许健庵扇上自题云："权支薄俸初成阁，自爱闲曹好种花。"到黄公垆杏花村，见陈省斋太守有对云："至今村酿黄公酒，依旧花开杜牧诗。"庐山开先寺见程巨山有对云："树里月光才露影，山中云气不分层。"小姑山有俞楚江对句云："入寺恍疑雨，终宵只觉寒。"巨山姓程名岩，余己巳同年，官至少宰。

九十六

罗浮只华首台、五龙潭数处,景尚幽渺,其余如梅花村、冲虚观,平衍散漫,颇无足观。不知何以洞天福地,负此盛名?节相李侍尧勒石云:"黄土卧黑石,此外一无有。只可一回来,不堪再回首。"

九十七

游武夷,路过苏岭,见关庙中公卿题句甚多。庄培因太史云:"竹林初过雨,僧寺午生凉。"朱石君侍郎《己亥过》云:"山僧谈旧雨,使者阅流星。"《癸卯再过》云:"字迹惊分雁,参居竟隔星。"盖第一次与其兄竹君作学使交代,第二次伤竹君之已亡也。秦大士学士题云:"幽境爱耽禅悦永,老僧阅尽使星忙。"

九十八

武夷胜处,以第七曲天游一览亭为最。寺中揭炼师字子文者,颇能诗,留宿一宵。诵其《自寿》云:"病能自药容身健,道不人谈免俗讥。"庭柱有对云:"世间有石皆奴仆,天下无山可弟兄。"末署"毛大周题"。

卷十三

一

李穆堂侍郎云:"凡拾人遗编断句,而代为存之者,比葬暴露之白骨,哺路弃之婴儿,功德更大。"何言之沉痛也!余不能仿韦庄上表,追赠诗人十九人;乃录近人中其有才未遇者诗,号《幽光集》,以待付梓。采取未毕,姑先摘数首及佳句,存《诗话》中。归安姚汝金,字念慈,初名铼,性落拓,冠履欹斜,有南朝张融风味。《谢吴眉庵少司马荐鸿博启》云:"十年老女,犹画蛾眉。百战将军,空争猿臂。"一时传其工整。《题〈李将军夜逢醉尉图〉》云:"陇西将军雄且武,猿臂闲来聊射虎。良宵与客饮田间,饮罢归遭亭尉侮。将军醉矣尉未醒,宿之亭下良复苦。羸马单车野次偕,昏灯淡月残更吐。是时将军正失官,意岂须臾忘灭虏?暂屈龙沙熊豹姿,试听鹭堠虾蟆鼓。画师摹写如目睹,面带微酣色微怒。古者门官各有司,彼候人兮实主之。夜行必禁犯必罚,由来启闭惟其时。今将军尚不得尔,斯言良是非醉词。傥师文帝奖细柳,此尉应得蒙恩知。或如丙相恕酒失,异日可借闻边机。请俱一旦快私忿,将军之量宜偏裨。"《看剑》云:"齐金楚铁擅名高,碧血模糊旧战袍。不跃不鸣兼不化,问渠何处异铅刀。"念慈受知于鄂文端公。公卒,念慈哭云:"未报公恩徒一恸,自怜此泪亦千秋。"在山左时，有讹传其死者。后入都，诸桐屿太史赠诗云："学道终朝银阙①去，入都快比玉门还。"念慈答云："欠来一事能逃否，闻到同心自愕然。"

二

金陵刘春池，名芳，织造府计吏也。不戒于火，将龙衣贡物，俱付焚如。赔累后，既贫且老，而诗兴不衰，如"贫难好客如当日，老觉逢人羡少年""三间屋仅栖儿女，一领裘还共祖孙""从古诗惟天籁好，万般事让少年为"，皆佳句也。其《忆半野园旧居》云："半野园堪遂隐沦，山为屏障水为邻。林亭已入天然画，休息难终老去身。乔木昔曾经我种，好花今复为谁春？伤心最是重来燕，不见堂前旧主人。"《吊香橼树》云："自别园林甫二旬，忽枯此树是何因？伊如义不迎新主，我独悲同哭故人。物与情通原有感，木经岁久岂无神？尚须留取根株在，犹望仍回旧日春。"刘以欠帑入狱，予向尹文端公诵其诗。尹惊其才，即命宽限，一时传为佳话。其子曾，字悔庵，亦好吟诗，不省家事，人目为痴。然得一二句，便写示余。《岁晏》云："檐以低常暖，裘因敝转轻。"见赠云："新稿只呈萧颖士，长裾不谒郑当时。"呜呼！胸襟如此，何得目为痴哉？

春池尚有佳句云："道在己时惟自适，事求人处总难凭""衰龄转作无家客，多寿还须有福人""异地几忘身是客，禅门今已熟于家"。

春池富时，有穷胥倚以生活，后竟负之。故《咏落叶》云："积怨堆愁委地深，西风衰草乱虫吟。此时狼藉无人问，谁记窗前借绿阴？"《雨中海棠》云："黑云若得明朝霁，红雪犹余未放枝。我独笑花花笑我，今年俱未得逢时。"此虽仿罗隐《赠妓》诗意，而运用恰新。

---

① 银阙：道家谓天上有白玉京，为仙人或天帝所居。

三

乌程凌云,字香坪,少有《吴门纪事诗》,极酒场花径之乐。晚年就馆李参戎家,郁郁不得志而卒。《胥门感旧》云:"金阊曾度五清明,选胜携朋取次行。杨柳堤边调细马,杏花村里听娇莺。春风久负青山约,旧雨难寻白鹭盟。今日胥江重舣棹,斜阳芳草不胜情。"《过分水龙王庙》云:"汶河西注水汪洋,南北中分界两行。从此空弹游子泪,随波流不到家乡。"他如"雨积山多瀑,烟收树满村""鱼跳惊烛影,鸡唱乱挐音",俱有风味。

四

表弟章䞍斋秀才,名袁梓,性迂碎,有洁癖,好神仙吐纳之术,自谓可长生,而卒不验。《睢阳客兴》云:"几度飘蓬动客嗟,况逢迟日感韶华。阶前杖响谁看竹,月下烟飞自煮茶。游骑踏残零露草,幽禽含过隔墙花。寻芳孺子知时节,也着新衣到酒家。"《对雪》云:"素光灿烂映檐楹,未许疏狂叹独清。隔夜江山都改色,连朝猿鸟并无声。风飘堕瓦寒冰响,鼠灭残灯外户明。画帐香茵初睡起,举头错认是天晴。"其他佳句云"有梅人坐静,踏雪鹤行徐""风枝挑瓦堕,石笋引藤缠""宵柝暗惊孤客梦,寒鸡时作故乡声""蜂能负子应知老,燕屡升堂若贺贫""花香夹路人归缓,水影摇天月上迟""投杖惊逃穿屋鼠,围棋引进过门人",俱妙。

五

高文照字东井,少年韶秀,嶷嶷自立①。父植,宰德化,有贤声。所得俸,尽为东井买书。年未二十,诗已千首。目空一世,于前辈中所心折者,随园与心馀而已。举甲午乡试,后卒于京师。诗稿不知流落何处。见赠云:"万壑千峰裹一门,仙家住老百花村。重开朱户楼台出,未改青山面目存。执手各探新得句,惊心难定旧离魂。怜才谁似先生切,替拭襟前积泪痕。""宏奖何人得到斯,文章风义一身持。眼无后起偏怜我,座有先生敢论诗?转柁风看收柁候,在山泉话出山时。才名官职谁多少,未要区区世上知。""此身几肯受人怜?低首为公拜榻前。不朽文章传郭泰,得闻丝竹许彭宣。女嬃詈予申申日,邓禹嗤人寂寂年。想到平生知己报,商量只有祖生鞭。"其他佳句如:《过衢州》云"水回双碓落,滩急一篙争";《寿山庵》云"一磬隔花出,片幡当殿阴";《送人》云"且将一点思乡泪,洒向君衣好寄归";《赠方子云》云"门外市声三日雨,帘前风色一床书";《过阮怀宁故宅》云"鸟语尚疑偷法曲,池波无复照明妆"。

六

昆山徐柱臣,字题客,健庵尚书之孙,余亲家也。《饮外舅张氏青山庄》云:"东风报花信,春色来南枝。辍耀风渐细,到门香已知。绿野占胜迹,青山似昔时。登楼俯林杪③,雪影何离离。"《舟中晚眺》云:"天垂余霭横,船在镜中行。拍手沙禽起,回头明月生。向南寒气减,

---

① 嶷嶷自立:自幼聪慧自立,喻壮盛威武。
② 女嬃:屈原的姐姐。
③ 林杪:树梢。

入夜酒怀清。不有兰陵酿，衔杯空复情。"题客性耽①词曲，晚年落魄扬州，为洪氏司音乐以终。惜哉！又有句云："看惯旧书多脱线，移来新树少开花。"

七

徐绪，字徽园，苏州人，貌短小，为李守备炯记室，终日以酒一壶、杜诗一卷自娱，此外不知有人间事。余题其小像云："吴市布衣大，杜陵诗骨尊。"卒贫死。诗稿散失。余录其《雨阻胥江》云："系桥严城闭，相依再宿舟。一天惟是雨，六月竟如秋。渐觉江湖满，能无稼穑忧？萍踪怜乞食，华发早盈头。"《移居》云："剥啄衡门启，时过话老农。却欣环泮水，不厌此萍踪。对酒东邻树，催诗南寺钟。隔城山色好，落日见芙蓉。"《归舟至盘溪》云："漂泊仍长铗②，归来买钓艖。顺流风势缓，近岸雨声多。小鸟冲烟起，低桥拨棹过。家人应识我，篷底远闻歌。"《盆菊》云："束瓦为花盎，无须金屋藏。带霜移牖下，就日列阶旁。种细开尤晚，名多记辄忘。到残应匝月③，不限举壶觞。"《寒檐》云："寒檐短景如风驰，迢迢长夜占八时。弱女刺绣补不足，一灯豆大燃残脂。呼儿剧论千古事，老妻来聒明朝炊。掩耳疾走且相避，隔屋吾弟能吟诗。不图转落乃嫂笑，小郎亦有儿啼饥。"《西邻哭》云："夜闻西邻哭，哭声一何悲！云是母哭儿，声声哭入老夫耳。老夫亦有丈夫子，同日辞家分路死。死弗及见哭凭棺，三月到今泪未干。伤心有口那能言：君不见，乌生八九子，一一飞上青林端。"《新竹》云："森森碧玉已成行，一雨长梢尽过墙。微露粉痕初解箨，疑君已带九秋霜。"

---

① 性耽：酷爱。
② 长铗：长剑。
③ 匝月：满月。

八

杭州仲蕴檠，字烛亭，与余同庚。雍正癸丑，两人初学为诗，彼此吟成，便携袖中，冒雨欣赏。后余官白下，而烛亭亦就幕江南，常得把晤。岁辛卯，相见苏州，怪其消瘦，不类平时壮佼，然意致尚豪，犹令小妻出拜，尚无子。亡何，讣至。记其《长至日饮随园》云："老大空怜役库车，清樽小语过精庐。二千里客易中酒，半百外人无熟书。断雁贴云寒雨后，归鸦拥树晚晴初。今朝庵画轩西醉，觅句差贪一线余。"《莫愁湖》云："晴波嫩柳旧歌台，一眺愁心略小开。湖影淡拖山色去，春烟冷送夕阳来。游丝不绾金跳脱，水调空沉《阿滥堆》。谁更风流问徐九，销魂无那索茶杯。"《郊行》云："雨霁郊坼笑语哗，裙腰碧过四娘家。游思解渴问荒店，春尚慰人留病花。远寺钟随迟日度，隔江山挟晚青斜。零星落地榆钱好，贱买村醪敌岁华。"他如"月于低处作湖色，山渐暝时生水烟"。皆瘦硬自喜。

九

余甲子分校南闱，题《乐则韶舞》。有一卷云："一人奏琯而八伯歌风。"爱其文有赋心，荐而未售①。出榜后，遇外监试商宝意先生，曰："我收卷，见一文绝丽，问之，乃吴梅村先生孙也。我告之曰：'此文若遇袁太史，必能赏识。'"因诵此二句。予告以果力荐矣，彼此大喜，觉论文有心心相印之奇。未几，吴到沭来谒，貌如美女，年才弱冠，益器重之。癸酉，余从秦中归随园，而吴已中经魁②，来见，则呕血失音，非复曩时玉貌。予心

---

① 荐而未售：就推荐他但没有被选上。
② 经魁：经科魁首。

忧之。赴都会试，竟死场中，年二十七。其时同荐者，有松江廪生陈迈晴，亦奇才也。场后赋百韵诗来谒，惜未存其稿，先吴卒。吴在席上《题盆中飞白竹》云："渭水清风谱，流传有别支。出蓝夸逸品，飞白擅奇姿。名以中郎重，根从子敬移。森然一笔起，暖若八分披。卷叶轻于縠，抽枝弱比丝。映花风独转，拂草露俱垂。细细分龙节，轻轻洗玉肌。生来凤尾贵，不怕雀头痴。影落屏风小，香传棐几①迟。恰添承旨石，同上伯英池。专室居何愧？登床赏自奇。地依萧寺好，人在晚晴宜。擢彼东南秀，珍逾十二时。品题无与可，笃好有羲之。北馆承家学，南宫得画师。绿窗窥窈窕，红烛照参差。兰墨传新样，鱼笺写折枝。好将端献笔，追取顺陵碑。"吴讳维鹗，太仓人。佳句尚多，仅录其吉光片羽者，不料其即赴玉楼②也。陈生五策，博引群书，两主试愕然不知来历。余尔时年少气盛，语侵主司，以故愈不得售，亦其命运使然耶？有《哀两生》诗，存集中。

十

常熟王陆禔，字介祉，瘦长骨立，两眸荧然，家贫母老，又遭冯敬通之厄，客死长沙，年三十二。其诗清丽。《苏台纪事序》云："仆本恨人，尤希好事。趁兰膏之余焰，述花月之新闻。则有参佐名流，宏农妙裔。王昌居处，迹近金堂；韩寿来时，香通青璅。墙头一笑，秋风客钻穴相窥；枕畔五更，夜度娘凿坯而遁。不须青鸟，为约佳期；何必玄驹，始谐欢梦。手提金缕，逾沓冒以声希；怀落细钗，罥③流苏而影乱。轻拢屈戍，潜由顾恺之厨；

---

① 棐几：用棐木做的几桌。
② 玉楼：归西。
③ 罥（juàn）：悬挂。

反合仓琅①，永匿梁清之洞。遂致空闺大索，徒劳阿母闱门②；邻壁旁求，共讶彼姝履阅。倘属无妻之牧犊，或易牵丝；偏为有婿之罗敷，难收覆水。雾生三里，叶不翳蝉；风挂一帆，花终恋蝶。可怜月姊，随蟾魄以俱奔；讵耐冰人，赋鼠牙而作讼。谋成秘计，大都鹦鹉之禅；下得官符，不是鸳鸯之牒。怅三生兮永别，未消圆泽之烟；纵九死以无辞，难觅茅山之药。是则炼娲皇之石，莫补离天；弯后羿之弓，长仇怨日者矣。呜呼！人生行乐，难禁赠芍遗椒③；我辈钟情，未免焚芝叹蕙。触哀弦于旧轸，侬亦情狂；戒覆辙于前车，卿休放诞。不逢白傅，谁裁《长恨》之歌？为语双文，我作《会真》之记。"诗云："东风如梦春如画，萝蔓须扶薇待架。黄雀飞飞镜槛边，斑骓得得楼栏下。绿杨门巷是儿家，青粉墙高隔乱鸦。惜艳羞窥留影镜，耽闲懒逐斗风车。柔怀脉脉怜幽独，少小红丝曾系足。萧史迟吹引凤箫，马卿忽奏《求凰》曲。寻常声息互知闻，促漏遥钟两断魂。侧帽望残窗竹影，抽钗划遍砌苔痕。蓬莱咫尺休嗟远，綷縩④轻裙便往返。晓把豪犀故剔梳，宵扪了鸟还加键。怀中转侧掌中擎，殷荐难描婐妮⑤形。蛤帐霞光犹恍忽，蜃窗日彩更晶荧。刻骨恩同胶漆洽，迷藏秘戏贪嬉狎。连天梦雨罢阳台，平地风波生楚峡。无端阿母唤匆匆，卷幔披帷室是空。鹦鹉搅翻脂盝粉，狸奴搔乱绣床绒。侍儿寻觅争牵惹，瞥见微光抽替问。间道斜通鸟鼠山，颓垣近接鸳鸯社。防闲始悔未周遭，直待亡羊与补牢。瓜字分明惭碧玉，藕丝宛转怨金刀。多生久作双飞侣，岂忍禁持别离苦？携手潜登范蠡舟，齐眉共寄梁鸿庑。夭桃已放出墙枝，元稹从题决绝词。无奈鸩媒偏作恶，不容雁婿永追随。诉牒侁傗控花县，狐城兔窟征求遍。里胥排日计邮签，亭长分程驰驿传。替戾冈旋劼兀当，可怜屈体受银铛。淋铃雨泣红颜妇，贯索星临白

---

① 仓琅：即仓琅根，装置在大门上的青铜铺首及铜环。
② 闱（wěi）门：开门。
③ 赠芍遗椒：表示男女之情。
④ 綷（cuì）縩（cǎi）：衣服摩擦声。
⑤ 婐（wǒ）妮（nuǒ）：柔美的样子。

面郎。鲖誓从今消旧宠,刀环约在要离冢。驮金纵许赎文姬,化玉何时见韩重?君不见,雪絮漫空飚作尘,沾衣拂幌总前因。柳枝逸去樊娘嫁,我亦情伤潦倒人。"《留须》云:"渐看郁郁复离离,忍遣芟除累剃师。潘鬓见来增老态,飞胡学得忆儿嬉。依稀草活抽芽日,仿佛花残露蒂时。犹自堪摩未堪捋,免教人把彦回嗤。属体风怀梦里春,羃羃羞忆啮妃唇。好陪觅句拈髭客,休对熏香薙面①人。青缕细含微见影,紫珍才展便伤神。从渠长到星星日,敢向中涓戏效颦?"《咏题名录》云:"倚棹向通津,红笺哄市尘。买时惭启齿,展处暗伤神。千佛名经录,三生慧业因。未看先郑重,回视更逡巡。几辈曾盟笠②,伊谁是积薪?名场惊绝迹,号舍记比邻。药铫相依切,风檐问讯频。独怜乂手客,未遇点头人。何敢轻余子,徒教怨不辰?穷通知有命,俯仰总嫌身。"《孙园剪牡丹归》云:"寻春闲访野人家,扶醉归来日未斜。买得扁舟小于叶,半容人坐半容花。"其他如:《落梅》云"驿使再来休问信,美人已嫁莫相思";《杏花》云"开当落日怜微倦,嫁与东风恐不甘";《偶成》云"误书因想得,微倦觉眠佳"。

介祉好作无题诗,如"衣上石华新唾迹,帐中霞采旧丰神""登墙不惜三年望,展画谁甘百日呼"。人诮其轻薄,则云:"毕竟闲情累何德?不言惟有息夫人!"

十一

常州李检讨英,字芋圃,余甲子科所得士。为人醇古淡泊,一望而知为君子。年老乞归,掌教六安州。过随园,宿十日去,竟永诀矣!卒无子。《归雁》云:"清秋雁声落屋檐,春早急去程期严。此邦之人非汝嫌,高飞

---

① 薙(tì)面:即剃面。
② 盟笠:出自车笠之盟。比喻不因为富贵而改变贫贱之交。

冥冥去且金。稻粱虽谋退亦恬，江湖暑湿难久淹。吁嗟物性尚避炎！"《春深》云："春深淹久客，门掩即山家。闷遣摊书坐，吟耽倚杖斜。晚风敲径竹，微雨润窗花。不觉苍苔暗，深林已暮鸦。"《僻处》云："僻处无喧嚣，闲中耐寂寥。一卷味可耽，双屐懒不着。荏苒春将残，东风卷罗幕。庭前碧桃花，迟开亦迟落。"

十二

丙辰在都，诗人大会。有常州储君师轼字学坡者，年最长，为坐中祭酒。后三十年，会试出余门生李英名下，选作校官，监钟山书院。久不来见。余与庄君念农先往，大呼而入，曰："太老师来捉小门生矣！"彼此大笑。招饮随园。见赠云："廿年名姓达安昌，应许彭宣到后堂。问字久辞松径杳，传觞重嗅竹林香。楼台近水千层曲，草木连山一带长。只恐征书来北郭，未容老住白云乡。""高筑天风百尺楼，凭栏怀古意悠悠。声诗不堕开元后，法物还从宣政收。借箸风生磨盾鼻 读与某将军书，登山云起遂菟裘。中林猿鹤无猜忌，绕树银灯蜡屐游。"卒无子。诗多散失。

十三

杭州潘涵，字宇情，宰六合，以循吏称。两子早卒，家竟绝嗣。甚矣，天道之难知也！仅录其《随园小集》云："安住林亭远放舟，境随人转水随鸥。好山刚近长江口，老屋深藏大树头。叱驭[①]原同招隐别，买园先为种花愁。解还墨绶铜章贵，换得繁英与素秋。""香名弱冠饮都城，壮志空山跨

[①] 叱驭：不再为仕途奔波。

蹐行。陶令获田偿酒债，敬姜操绩伴书声。渔童歌好垂丝听，长者车来拂袖迎。一片仓山梅影水，回头还比玉堂清。""西亭北榭斗阑干，阁引天风猎猎寒。旧约飞鱼传去杳，新诗走马借来看。风生咳吐追唐调，礼失威仪谢汉官。笑我热中心未死，偷闲来弄钓鱼竿。"

十四

同年许朝，字光庭，常熟人。诗似放翁，殁后家无继起者。录其佳句云："泉碍石流无意曲，草经霜陨不须芟。""倚床爱就肱边枕，揽镜贪看背后山。""得月便佳还值望，是山都好不须名。""预思煮雪炉先办，不会裁花谱借抄。"五言如：《病骡》云"眠沙深有印，啮草懒无声"；《山村》云"峰乱向人涌，泉分界石流"。又"舟隔堤撑半露篙"七字，亦佳。

十五

苏州周钰，字其相，相遇于江雨峰家，蒙一见倾心。每过苏州，必主①其家。家道甚丰，而性啬且傲，卒无子。以葬亲故，坠水死。见赠云："零乱花飞又一年，思君时问北来船。随园清夜三更月，应照幽人独自眠。""空吟场藿《白驹》诗，往事伤心不可思。南国至今悲贾谊，为他偏值圣明时。"《咏落花》云："莺从此日空啼树，人到明朝懒上楼。"

---

① 主：暂住。

十六

张长民秉政,予表侄也。父灏,官侍读学士。长民十五举京兆,三十夭亡。送余出都云:"芙蓉双阙①致君身,误逐飘风落九旻②。丹穴有天翔凤鸟,金羁何术扰麒麟?关前候舰青犊,江介行舟荡白蘋。此去未须怜左授,下方欲识谪仙人。"

十七

史梧冈进士,名震林,湛深禅理,半世长斋。知余不喜佛,而爱与余谈,以为颇得佛家奥旨。余亦终不解也。记其《观荷》云:"露折朱霞裹旭开,凄凉心付蓼花猜。银河正晒天孙锦,风雨欺香禁早来。""蕊绽华峰斗锦年,序班宜在牡丹先。携琴笑坐如船藕,去访蓬莱海外天。"梧冈言:"修行无他慕,只求免入轮回,少认世间无数爷娘耳。"

十八

闽人刘南庐,名芳,貌若枯僧,以布衣云游,所到必栖深山古刹,受群僧供养。问何不还乡,笑而不答。晚年,卒于通州之狼山。群僧为葬于骆右丞墓侧,置石碣焉。丁丑九月,宿随园,见赠七律,仅记中二联云:"安仁尚有栽花兴,孟博全无揽辔心。水影到窗知月上,松风搅枕信秋深。"《焦

---

① 芙蓉双阙:指中国古代皇宫门前的两座供瞭望的楼台,也称"观阙"。
② 九旻:一指秋天,一指九天。

山避暑》云："千丈洪涛一小舠，乘危逃暑到僧寮。衣沾湿翠晴犹滴，榻拂凉云午不消。压槛有天连水阁，开门无路入尘嚣。浊醪我欲酬高隐，千古幽魂未可招。"《瓦官寺》云："瓦官瓦破佛庐荒，三绝空怀旧讲堂。曲径云深僧笠重，闲门花落客鞋香。行经河畔闻箫鼓，坐近台边想凤凰。吊古一尊沽未至，烟钟风磬立斜阳。"《军山夜坐》云："星辰夜影窗间落，江海秋潮枕上生。"

十九

汤西崖少宰，幼有美人之称。其幼子名学显，戊寅见访，长身玉立，想见少宰风仪。有《慧山》二首云："九峰郁云根，蜿蜒罗青苍。夤缘①入幽磴，长史旧草堂。只今法象空，宝幡驯鸽翔。叶落拂床尘，花放见佛光。癯僧不谈禅，哦诗草木香。孤意与俱永，随在如坐忘。""飒洒林风生，寒空弄清樾。山禽隔叶鸣，好音闻不绝。访碣剔烟萝，钗脚半磨灭。蝶老抱秋花，松疏漏凉月。际此孰含毫，秀采芙蓉发。"

二十

李啸村最长绝句，人有薄其尖新者②，不知温子昇云："文章易作，逋峭难为。"若啸村者，不愧逋峭矣！其《泰州舟次》云："烟汀月晕影微微，办得宵衣草上飞。垂发女儿知荡桨，不辞风露送人归。"《夜泛红桥》云："天高月上玉绳低，酒碧灯红夹两堤。一串歌喉风动水，轻舟围住画桥

---

① 夤缘：攀缘上升。
② 人有薄其尖新者：有人批评他的诗标新立异。

西。"《废园》云:"谁家亭院自成春?窗有莓苔案有尘。偏是关心邻舍犬,隔墙犹吠折花人。"《青溪》云:"粉墙经扫落花尘,一带楼台树影昏。雨细风斜帘未卷,纵无人在亦消魂。"《却人写真》云:"有影正嫌无处匿,不才尚觉此身多。"此是啸村最佳诗。而归愚《别裁集》只选《上巳忆白门》一首,云:"杨柳晚风深巷酒,桃花春水隔帘人。"不过排凑好看字面,最为下乘。舍性灵而讲风格者,往往舍彼取此。

二十一

白太傅云:"有唐衢者爱其诗,亡何,唐死;有邓访者爱其诗,亡何,邓死。"吾于金陵,得二人焉:一金光国,一高步瀛。诗笔超隽,受业未及三年,俱死。金之诗,惟存《祝寿》数章。高有《未灰稿》二编。《晚春》云:"百花开落草芊芊,杰阁层楼白石边。埋没春光全是雨,初长天气却如年。客来未惯惊雏燕,人到无愁爱杜鹃。椠几一灯三径晚,垂帘影里是茶烟。"七绝云:"风刀瘦剪绿杨丝,一路芳菲落日时。山曲不妨随径转,隔云早见酒家旗。""静里消磨墨数升,封书远问作诗僧。寻君曾到闻钟后,流水村桥照蟹灯。"佳句云:"不是近霜偏爱菊,要需时日始看梅""灯非报喜花争结,人惯离家梦转无""同人催上马,临水废观鱼""名每输王后,嫌终避周前"。皆有精心结撰,不入平浅一流。

二十二

绍兴布衣俞楚江,名瀚,久客京师。金少司农辉荐与望山相公,公称其诗有新意,卒无所遇,卖药虎丘而亡。《登九龙山遇雨》云:"浮生徒碌碌，冒雨渡寒津。策马山头过，云横不让人。"《偶成》云："安贫求自寡，书剑漫相从。且筑数椽屋，将为一老农。亭空云可贮，院小树还容。居近开元寺，卧听清夜钟。""戒饮原因病，村旗莫浪招。忙酬花事毕，闲养睡魔骄。霜色归蓬鬓，秋声上柳条。竹炉茶未熟，一缕细烟飘。"他如"谁与吾来往？西山一片云""柳倦欲眠风劝舞，鸟歌未和雨催归"，俱有意趣。

二十三

仪真诸生张日恒，受知梁瑶峰学使，写诗一册，属尤贡父先容，将来见余。呼舟未行，以暴疾亡，年未三十。册书《山中早春》云："不知芳信转，但觉鸟声和。倚槛听溪水，纡行绕竹坡。池香生草细，树暖着花多。雅意春风惬，还应倒白醝。"《青山守风》云："野戍依沙岸，孤帆守客途。劳心虚怅望，终夜恋菰芦。江影时明灭，星光乍有无。晓风狂不定，神女弄波珠。"《江令宅》云："南都多旧第，江令最知名。长板双桥合，青溪一水迎。仙台回骑杳，高树晚鸠鸣。怅望城东路，年年春草生。"

二十四

杭州宋笠田明府，名树谷，宰芜湖，有贤声；罢官再起，补陕西两当县，过随园，一宿而别。闻为甘肃案谪戍黑龙江，年近七旬，恐今生未必再见。幸抄存其诗。《立秋柬顾孝廉》云："前宵白雨昨清风，烁石炎威转眼空。万窍商声先蟋蟀，一年落叶又梧桐。花开凉夜香偏久，吟入秋来句易工。为报湖头二三子，好修游屐理诗筒。"《独步净业湖》云："风吹堤柳绿斜斜，净业湖波乱似麻。京国清明初断雪，故园二月已飞花。青帝易买三升酒，白乳空思七碗茶。日暮一行飞雁落，知渠曾否过吾家。"《山村小步》云："如此春光不自持，宽鞋短策步来迟。得时花柳有矜色，入画云山无定姿。佳节放闲村学散，丰年预兆老农知。日斜碧水桥头坐，何处饧箫①向客吹？"《出京留别》云："六年燕市聚游踪，酒席歌场处处同。一夕西风人去远，便从天上望诸公。"《对月》云："桂花庭院晚风轻，帘卷西窗看月生。只费一钩悬树杪，已教秋思满江城。"《盆梅》云："数枝也复影横斜，惹得羁人乡梦赊。抛却西溪千树雪，瓦盆三尺看梅花。"《山塘闲步》云："疏狂犹记少年时，几处歌场斗雪诗。今日旧游零落尽，酒痕只有故衫知。似此风光绝可怜，相携朋好踏春烟。怪他杨柳舒青眼，只向长街看少年。"《红花埠题壁》云："六年京国梦江城，此是江南第一程。为算还家多少事，昨宵枕上听三更。"《林处士墓》云："岩居尚恨云常出，世事惟余诗未删。"《僧舍》云："新花倚石俨相待，古佛候门如欲迎。"《近郊小饮》云："风吹池水干何事？人映桃花忆此门。"

笠田诗甚多，子又年幼，虑其散失，故再录其《咏屋上草》云："秋雨积我檐，秋草繁我屋。分行随瓦沟，踞胜等山麓。得天虽有余，资地苦不足。践踏幸免加，滋蔓遂逞欲。率尔占万间，偶然余一角。下止骇飞鸟，仰望馋奔犊。垂垂映垣衣，密密成翠幄。高先偃疾风，柔能格响雹。惯被炊烟遮，不受樵采辱。鸱吻日以藏，龙鳞日以驳。省牵萝补苴，代索绹约束。宁肯事剪除，留作百花褥。"

二十五

孤甥陆建与香亭弟同受诗于余，而建早亡。余已梓《湄君集》行世矣。

---

① 饧（xíng）箫：卖饴糖的人所吹的箫。

其弟炘，年未及冠而夭。《咏小沧浪》云："十里横塘路，船摇明月春。鸳鸯相识否？前度采莲人。"《春暮》云："吟窗昼静独徘徊，绿上疏帘认翠苔。忽见飞花三两片，回风舞过小溪来。"《落花》云："伤春无奈落花红，夹在《离骚》一卷中。葬汝自怜非玉匣，开书到底见春风。"

二十六

湖州进士沈澜，字惟涓，诗近皮、陆，人多轻之，然典雅处，不可磨灭。《寄怀杭堇浦》云："休向江潭怅独醒，青山偃蹇称闲庭。枕函自秘《嫏嬛记》，农社还修《耒耜经》。小艇瓜皮乘月泛，清歌菱角隔帘听。朝衫抛却饶幽兴，好伴维摩著素屏。""步屧经过屡结跌，同床各梦一悲吁谓与阳马事。篷窗听雨都元敬，酒郡移官张藐姑。琴作家资空送别，鹤分俸料耐偿逋。耦耕他日期相访，稳卧瓜牛号野夫。"

二十七

丹徒朱竹楼《怀人》云："何处飞来残笛声？西窗月落鸟争鸣。谁言夏夜夜偏短？万里梦回天未明。"

二十八

苏州汪缙，诗学七子。《游穹隆》云："星满天坛河泻影，月离海峤树生烟。"《栖霞》云："云埋大壑封秦树，雷劈阴崖见禹碑。"乙酉秋闱，遗才不录,遽登舟归。余闻之,急往见学使彭公芸楣。公谦云:"某在此衡文三年,得毋有人怨我乎?"答曰:"有。"彭骇然变色。余笑曰:"公毋惊也。诗人汪大绅,公不许其入场,何也?"彭更骇云:"此某所拔岁考案首也,岂有遗才不取之理?"余云:"渠已买舟归矣。"乃手书其名,补付提调,而遣人追之。时已八月初七日矣。傍晚,汪到。见谢诗云:"业已湛庐归越国,忽蒙追骑唤王孙。"

二十九

考据家不可与论诗。或訾余《马嵬》诗曰:"'石壕村里夫妻别,泪比长生殿上多。'当日,贵妃不死于长生殿。"余笑曰:"白香山《长恨歌》'峨嵋山下少人行',明皇幸蜀,何曾路过峨嵋耶?"其人语塞。然太不知考据者,亦不可与论诗。余《钱塘江怀古》云:"劝王妙选三千弩,不射江潮射汴河。"或訾之曰:"宋室都汴,不可射也。"余笑曰:"钱镠射潮时,宋太祖未知生否。其时都汴者何人,何不一考?"

三十

唐相陆宬云:"士不饮酒,已成半士。"余谓诗题洁、用韵响,便是半个诗人。

三十一

芜湖洪进士銮,以"江山好处浑如梦,一塔秋灯影六朝"句驰名。沈归愚爱其"夕阳无近色,飞鸟有高心"二句,余道不如"窗边落微雪,竹外有斜阳"之自然也。七言云:"人居客馆眠常早,家寄空书写最难。"

三十二

壬戌秋,余补官江宁,途逢豫长卿,以弟子礼见。其人修洁自好,以《咏帘波》为戴雪村先生所赏。诗宗温、李。其《秦淮曲》云:"灯船歌吹酒船迟,天鼓声闲唱《柘枝》。石上暗潮鸣咽语,无人解拜侍中祠。"可谓曲终奏雅矣。《咏竹床》云:"微吟留枕席,残梦入潇湘。"

三十三

癸未四月,京口程君梦湘同游焦山,一路论诗。渠最心折于吾乡樊榭先生,心摹手追,几可抗手。有绝句云:"昨宵忘记下帘钩,吹得梅花满竹楼。五夜兰衾清似水,梦凉酒醒雪盈头。"《在随园赏海棠》云:"隔着紫玻璃一片,夕阳红得可怜生。"又曰:"朦胧月色温馨酒,错认钗钿列两行。"呜呼!有才如此,宰湘阴未二年,以事罢官。口号云:"舌在犹生路,诗多即宦囊。"甫四十岁而死,惜哉!然《松寥山房集》四卷,颇足不朽。君字荆南,天资绝高,好吟诗,畏作时文。壬午乡试,向家人诡云入闱,乃私匿随园数日,为余斟酌诗集,颇受其益。

三十四

尹似村诗，虽经付梓，而非其全集也。集外佳句云："鹊非报喜何妨少，雨纵浇花也怕多。""欲穿竹笋泥先破，才放春花蝶便忙。""水去砚池防夜冻，春生布被借炉温。""买将花种分儿女，试验谁栽出最多。"《接尚方伯书》云："惹得妻孥来笑我，柴门那说没人敲？"数联，可谓专写性情，独近剑南矣。

三十五

甲午二月，予过真州，南监掣张东皋招观并头牡丹。一时作诗者，无不以二乔为比，独杨鲲举二句云："似承周召桃夭化，绝胜渔阳麦两歧。"

三十六

古名士半从幕府出，而今则读书不成，始习幕，此道渐衰。犹之古称秀才，杨素以为惟周、孔可以当之。非若今之读时文诸生也。康熙、雍正间，督抚俱以千金重礼，厚聘名流。一时如张西清、范履渊、潘荆山、岳水轩等，皆名重一时。范诗最清，无从访觅。只记西清《过浔阳》云："浔阳江上客，一岁两经过。去日梅花好，归时枫叶多。橹声摇夜月，帆影落晴波。为向山僧问，尘容添几何？"

三十七

　　杨蓉裳金陵乡试，偕舅氏顾公斗光来。顾长不满四尺，而诗笔特佳。仿铁崖《咏史乐府》，《伏生女》云："坑不得阃内儒，烧不得腹中书。伏生父女皆口授，典谟训诰如其初。呼嗟伏生女，强记人不如。"《漂母》云："哀王孙，在淮阴，一饭之恩如海深。哀王孙，不求报，千金之赠不可少。千金容易一饭难，沛公家有韩釜嫂。"

三十八

　　吾乡王麟徵秀才，名曾祥，工古文，不甚作诗，而五言独工，如"星芒林际大，雪滴晚来疏"。慰某落第云："曾说捐金能市马，俄闻买椟竟还珠。"

三十九

　　山右王峨园先生名师，为江苏方伯，为巡抚安公所劾，夺职归。余时宰江宁，赋诗送行云："他日终为黄阁老，此时权作白云夫。"公见答云："期君远作中流柱，愧我曾为上大夫。"尝题书舍云："曲院回廊留月久，中庭老树阅人多。"

四十

苏州刘潢,字企山,有清才,与顾景岳齐名。尝因召试来随园。貌瘦而弱,旋以瘵亡。仅记其《晚步》云:"缺月依桥断,孤云背郭流。"

四十一

明铁崖孝廉,性肮脏不羁①,年四十早亡。其兄竹岩为诵其《落花》云:"薄命谁怜倾国色?受风偏是最高枝。"《赠友》云:"空肠得酒生芒角②,交友因人判浅深。"

四十二

己未年,余乞假归娶,见吕观察守曾于完颜臬使署中。读其《松坪集》,乐府最佳,如云:"雨雪思见睍③,观去泪如霰。来时笑相迎,睎时欢不见。夏日冬之夜,犹有旦暮时。与郎情难满,如醏醅漏卮。"《登云山》云:"石径巉岩花气纷,偶乘余兴送斜曛。不知绝壑何人啸,遥带钟声入暮云。"未二年,署布政使,以卢案受内臣周内,愤而雉经,非其罪也。

---

① 性肮脏不羁:生性不爱干净,放荡不羁。
② 空肠得酒生芒角:空腹喝酒肚子里就像生出芒刺一样难受。
③ 见睍(xiàn):天晴日暖。

四十三

洞庭山人蒋愚谷喜吟诗，致贫其家，以瘵疾亡。其《成仁庵》云："心安静看闲云过，地僻浑忘夏日长。"《虎丘》云："鸟栖深树斜阳影，风过虚堂贝叶声。"愚谷每来随园，往往有匆遽之色。死后，予挽联云："生为谁忙，学业未成家已破；死亏君忍，高堂垂老子初啼。"

四十四

余知江宁，过观象台，见有题壁者云："草色荒台过雨迟，短墙古柏暮云垂。桃花红引游人去，独自斜阳读断碑。"问之僧人，乃嘉兴夏培叔名复森者所题。因聘修志书。耳聋兴豪。一日，从嘉兴还金陵，告余曰："家中手植老梅一本，去冬为僮所伐，乃吊之云：'老梅移种廿余载，客里归看已作薪。无复横斜旧时影，负他多少后来春。'"《秦淮夏集》云："傍晚纷纷载酒卮，有筝琶处过船迟。一河风月无人管，都付桥南杨柳枝。"亡何，归里卒。相隔三十余年，闻其子鼎，中庚子副车。余感诗人有后，为之狂喜。

四十五

沈归愚选本朝诗，不知杭州王百朋，几有遗珠之叹。余告之曰："百朋，诸生，名锡，毛西河高弟子也。有《啸竹轩集》。"《无题》云："灯暗频疑虚室响，衾多不敌半床寒。金针入处心俱痛，素线添时限共牵。"皆余幼时所熟诵句。其子厚斋与余邻居交好,和余《落花》云:"乍惊彼美从天降,直觉斯文扫地来。"余觉不祥,果一第而卒。厚斋名风淳。

四十六

人但知商宝意先生以诗名海内,而不知其弟名书字响意者,亦诗人也。作贵州吏目。有《消夏吟》云:"雨后壑全响,日中崖半阴。坏檐蛛网结,嘉树雀巢深。永日无公事,闲居有道心。短衣随意着,凉意满衣襟。"又"六月无三伏,一朝有四时""蜂巢当午闹,蚓壤趁凉歌",真能写黔中风景。

四十七

唐人诗中,往往用方言。杜诗:"一昨陪锡杖。""一昨"者,犹言昨日也。王逸少帖:"一昨得安西六日书。"晋人已用之矣。太白诗:"遮莫枝根长百尺。""遮莫"者,犹言尽教也。干宝《搜神记》:"张华以猎犬试狐。狐曰:'遮莫千试万虑,其能为患乎?'"晋人亦用之矣。孟浩然诗:"更道明朝不当作,相期共斗管弦来。""不当作"者,犹言先道个不该也。元稹诗:"隔是身如梦,频来不为名。""隔是"者,犹云已如此也。杜牧诗:"至竟薛亡为底事?""至竟"者,犹云究竟也。

四十八

《古乐府》:"碧玉破瓜时。"或解以为月事初来,如瓜破则见红潮者，非也。盖将瓜纵横破之，成二"八"字，作十六岁解也。段成式诗："犹怜最小分瓜日。"李群玉诗："碧玉初分瓜字年。"此其证矣。又诗中用"所由"者，盖本《南史·沈炯传》。文帝留炯曰："当救所由，相迎尊累①。"一解以为州县官，一解以为里保。又和凝诗："蜻蜓领上诃梨子。"人多不解。朱竹垞曰："诃梨，妇女之云肩②也。"吕种玉《言鲭》云："禄山爪伤杨妃乳，乃为金诃子以掩之。或云即今之抹胸。"

四十九

偶读冯益都相公集，有《吊明季杨左二公》诗，云："忠魂莫再伤冤抑，今日犹能廑圣衷③。"下注："面奉圣祖云：'二臣死于廷杖，非死于狱也。'"

五十

相传世有空青④，人无瞽目。其真者，余未之见也。惟南兰张天池家藏一颗，石巅趾仅寸许，面带波痕，光采空灵，中伏一兔。兔腹下藏银母浆，摇荡有声。据云：其先人得自海上，传家已三世矣。同年储梅夫太史题七古云："白云缥缈太素舍，波光隐现细浪礋。入水能教霞采生，舟行怕有馋龙逐。"《博物志》：龙嗜空青、燕肉。

---

① 相迎尊累：迎接你和随从。
② 云肩：披肩。
③ 今日犹能廑（jǐn）圣衷：今天你们还稍稍引发圣上的内心感动。廑，同"仅"。
④ 空青：指治眼仙草名。

五十一

海盐马世荣，字焕如，墨林观察之祖，与陆稼书先生交好。所著诗集，有《白生歌》云："白生者，蛇精也，化美男子，为钱千秋孝廉所狎。孝廉谪戍出塞，白与偕行，情好绸缪。后遇赦归。钱官司李，白以手帕托钱求张真人用印，事破受诛。乃乞钱以玉瓶装其骨，道百年后，可仍还原身。"事甚诡诞。而马乃理学人，非诳语者；惜诗有百韵，不能备录。

五十二

苏州老红豆惠周迪先生有句云："花浮小盏三投酒，乳拨深炉七品茶。"人疑"七品"当是"七碗"之误。余曰：非也。金人七品官才许饮茶，事见《金史》。惟"三投酒"未详所出，或是"三辰酒"之讹。先生有《香城驿》一绝云："缦田乘雨破春耕，落日柴车带犊行。绕屋马通高一尺，地名还自号香城。"

五十三

桐城二诗人，方扶南与方南塘齐名。鱼门爱扶南。余独爱南塘。何也？以其诗骨清故也。扶南苦学玉溪、少陵两家，反为所累，夭于性灵。南塘如"风定孤烟直，天遥独鸟沉""因潮通估客，隔苇见渔灯""闰年入夏花犹在，积雨逢晴草怒生"，皆扶南所不能。至于"无意怀人偏入梦，未报恩门羞再入"，其妙在真。又"清风时一来，悠然复徐歇"，真陶诗之佳者。

五十四

顾侠君先生选《元百家诗》，梦有古衣冠者数百人，拜而谢焉。杭州严曙声烺赠云："但见三吴书板盛，不知十载选楼忙。"王介眉撰《通鉴》，成而未梓。储梅夫赠云："二十一史加前明，王郎镂板胸中行。"

五十五

凡咏险峻山川，不宜近体。余游黄山，携曹震亭、江鹤亭两诗本作印证。以为江乃巨商，曹故宿学，以故置江而观曹。读之，不甚惬意，乃撷江诗，大为叹赏。如《雨行许村》云："昨朝方戒途，雨阻欲无路。今晨思启行，开门满晴煦。雨若拒客来，晴若招客赴。山灵本无心，招拒讵有故？"又曰："非是山行刚遇雨，实因自入雨中来。"皆有妙境。《云海》云："白云倒海忽平铺，三十六峰遭吞屠。风帆烟艇虽不见，点点螺髻时有无。一笑尘中局缩辕下驹，曷不来此登斯须？垣遮瓦压胡为乎？"《云谷》云："领妙如悟禅，搜秘等居仇。看山得是法，善刃无全牛。"其心胸笔力，迥异寻常。宜其隐于禺荚，而能势倾公侯，晋爵方伯也。卒无子，年逾六十而终。呜呼！非余与交四十年，又谁知其能诗哉？

五十六

正喻夹写之诗，前已载数条矣。兹又得黄莘山《骤冷》云："今日蒙茸昨绤绤①，炎凉只在一宵中。"阐乘僧《园上》云："纵教吹出桃花去，

---

① 今日蒙茸昨绤（chī）绤（xì）：今天套上了毛衣而昨日还穿着单薄的葛衣。

自有山风吹送回。"王云上《山行》云:"敢云阅历多艰苦,最好峰峦最不平。"

五十七

闽中郑兰州太守《无题》云:"此身愿化催归鸟,到处逢人苦劝归。"余仿其意,《贺人致仕》云:"我是嘉宾慕高隐,喜人归胜自家归。"郑有骈体自序云:"羊叔子不如铜雀妓,虽近于谐;卓文君得嫁马相如,尚嫌其晚。"

五十八

合肥才女许燕珍《元夜竹枝》云:"鳌山烟火照楼台,都把临街格子开。椒眼①竹篮呼卖藕,金钱抛出绣帘来。"题余三妹素文遗稿云:"采凤随鸦已自惭,终风且暴更何堪?不须更道参军好②,得嫁王郎死亦甘。"呜呼!班氏《人物表》,原有九等。王凝之不过庸才中下之资,若妹所适高某者,真下下也。燕珍此诗,可谓实获我心。

五十九

同年钱文敏公维城,在都时,所居绿云书屋,陈乾斋相国之故宅也。公女浣青,有诗才,与婿崔君龙见、弟维乔、戚里庄君炘、管君世铭五人倡

---

① 椒眼:像椒实大小的洞。
② 参军:指鲍照,因曾任参军,被称鲍参军。

和。宅有古桑，绿阴毵毵①，映②一亩许，视其影将逾屋，则公必退朝，各呈诗请政③。公欣然为甲乙之。有《鸣秋合籁集》两卷，真公卿佳话也。余尝戏之曰："唐、虞之际，于斯为盛；有妇人焉，四人而已。"诸君诗不能备录，惟摘浣青《通天台》云："当途代汉逾百年，铜人之泪流作铅。移经灞水亦伤别，回头立尽东关烟。"《华清宫故址》云："新台之水古所耻，老奴遂为良娣死。盛衰转眼五十年，始知李峤真才子。"

六十

余甲子科从沭阳就聘南闱，过燕子矶，见秦秀才大士题诗壁上，有"渔火真疑星倒出，钟声欲共水争流"之句，心甚异之。次年，奉调江宁，秦以弟子礼见。见赠一律，中二联云："门生半为论文至，大吏都邀作赋还。玉麈清谈时善谑，乌纱习气已全删。"予月课多士，拔其尤者，如车研、宁楷、沈石麟、龚孙枝、朱本楫、陈制锦及秦君等，共二十人，征歌选胜，大会于徐园。有伶人康某为余所赏，秦即席赋诗云："秋云羃历午阴长④，舞袖风回桂芷香。忘是将军门下客，公然子细看康郎。"一坐为之解颐。余尤爱其《游秦淮》云："金粉飘零野草新，女墙⑤日夜枕寒津。兴亡莫漫悲前事，淮水而今尚姓秦。"后中状元，官学士。

---

① 毵毵：枝条细长垂拂、纷披散乱的样子。
② 映：覆盖。
③ 各呈诗请政：各自呈上诗请钱公指正。
④ 秋云羃历午阴长：秋日的云朵给正午带来了长时间的阴影。羃，覆盖遮挡。
⑤ 女墙：城墙。

六十一

徐园高会①时，余首唱一绝，诸生和者十九人。龚孙枝绘图以记其胜②。挂冠③后，诗画俱遗失，园亦荒圮。越四十年，有邢秀才作主人，葺而新之，求亭上对联。余题曰："旧地怕重经，记当年丝竹宴诸生，回头似梦；名园须得主，看此日楼台逢哲匠，著手成春。"

六十二

庚申在京，余与裘叔度同年同车遇雨，裘诵其师梁仙来太史一联云："飞雨不到地，轻烟吹若尘。"太史名机，雍正癸卯翰林，外出为令，高安相公荐鸿博，入都，与余相遇于琉璃厂书肆中。《咏桃花》云："浑疑人面隐，下马误题门。"《赠妓》云："欲作歌声畏花落，选词先唱《锁南枝》。"《觱篥④》云："老去还嗟耳力退，自吹羌管不闻声。"《沙丘》云："荆卿匕首渐离筑，可惜不逢祖龙三十六。"

六十三

扬州江宾谷白首名场。余每过邗江，宾谷必呼子侄出见，曰："余少时得见前辈某某，至今夸说于人。汝等不可与随园先生当面错过。"余感其

---

① 高会：盛大的宴会。
② 胜：盛况。
③ 挂冠：辞官。
④ 觱（bì）篥（lì）：也写作"筚篥"，中国古代的一种管乐器。

意,录其《与弟蔗畦夜坐》云:"宵中更警严城柝,暑退人亲小室灯。"《冬晴》云:"剩菊尚支苔径赏,冻蝇微触纸窗闻。"《咏古梅》云:"乍见根疑石,旋惊雪作香。"

蔗畦名恂。《咏穹庐雪》云:"穹庐雪,嚼复咽。毡毛已尽雪不歇,雪能冷骨不冷心,十九年来觉长热。风沙大地惨无春,只有手中之节冻不折。君节臣执臣不辞,臣节君戬君不知。泪零红雪吞不得,洒在茂陵松柏枝。"蔗畦刺亳州,守徽州,俱有善政。所藏金石文字最多。

六十四

余作《春寒》诗,黄星岩和云:"寒深疑历误,春久没花知。"何士颙和云:"流细水初活,花迟春转宽。"

六十五

常州徐太史昂发,《上韩慕庐尚书》云:"佳士姓名常在口,好官阶级不关心。"孔雩谷《赠龙明府雨樵》云:"有意怜寒士,无心媚长官。"呜呼!古之人欤。

六十六

丙戌三月,余过京口,宿茅耕亭秀才家。庭宇幽邃,膳饮精妙,灯下出诗稿见示。余为加墨,记其佳句云:"邻船通客语,虚枕纳潮声。""千里月明天不夜,五更风急海初潮。"《官亭道上》一绝云:"细道绕平畴,时听农歌起。回头不见人,声在禾麻里。"未数年,秀才入词林。丁酉乡试,作吾乡副主考。

六十七

淮宁诗人黄浩浩《秋柳》云:"小驿孤城风一笛,断桥流水路三叉。"余曰:"佳则佳矣,惜其似梅花诗。"有某公《咏梅》云:"五尺短墙低有月,一村流水寂无人。"或笑曰:"此似偷儿诗。"

六十八

许竹人侍御《题路上去思碑》云:"君看去思官道石,深镌镌不到人心。"足补白太傅《咏碑》之所未及。

六十九

壬寅春,余游西湖,寓漱石居;闲步断桥,遇一少年问路,愁容可掬。扣其故,曰:"我平湖秀才,来游湖上,进钱塘门,行李被窃,无处投宿。"予疑不实。问:"既是秀才,可能诗乎?"曰:"能。"命咏落花。操笔立就,有句云:"入宫自诧连城价,失路偏多绝代人。"余大惊,留宿赠金而别。但记姓郁,忘其名。

七十

余苦春寒不已。中州吕柏岩诗云:"朔风烈烈知何意?不许江春入得来。"张自南云:"春寒不遂早已去,今日又从何处来?"两押"来"字,俱妙。

七十一

王中丞恕,四川人,号楼山。《过潮州感旧》诗曰:"金山遥对凤凰洲,策马崆峒忆旧游。二十七年如昨日,八千里外是并州。空余大树翻斜日,尚有遗丁说故侯。路过西州秋欲老,旧参军也雪盈头。"通首唐音。许竹素先生为余诵之。

七十二

余尝谓鱼门云:"世人所以不如古人者,为其胸中书太少。我辈所以不如古人者,为其胸中书太多。昌黎云:'非三代、两汉之书不敢观。'亦即此意。东坡云:'孟襄阳诗非不佳,可惜作料少。'施愚山驳之云:'东坡诗非不佳,可惜作料多。诗如人之眸子,一道灵光,此中着不得金屑,作料岂可在诗中求乎?'予颇是其言[①]。或问:'诗不贵典,何以少陵有读破万卷之说?'不知'破'字与'有神'三字,全是教人读书作文之法。盖破其

---

① 予颇是其言:我很赞同他的话。

卷，取其神，非刚囵用其糟粕也。蚕食桑而所吐者丝，非桑也；蜂采花而所酿者蜜，非花也。读书如吃饭，善吃者长精神，不善吃者生痰瘤。"

七十三

严冬友曰："凡诗文妙处，全在于空。譬如一室内，人之所游焉息焉者，皆空处也。若窒而塞之，虽金玉满堂，而无安放此身处，又安见富贵之乐耶？钟不空则哑矣，耳不空则聋矣。"范景文《对床录》云："李义山《人日》诗，填砌太多，嚼蜡无味。若其他怀古诸作，排空融化，自出精神。一可以为戒，一可以为法。"

七十四

保励堂侍郎《送人纳妾》七律，后四句云："席上偶然教进酒，灯前何敢遽呼郎。只因未识夫人性，试问明朝那样妆？"

七十五

明季用兵时，有女子刘素素者被掠，题诗店壁云："天明吹角数声残，将士传呼上玉鞍。恰忆当时闺阁里，晓妆犹怯露桃寒。"

七十六

宛平袁明府增,字保侯,宰江宁时,与余通谱①。有句云:"天远望穷飞去鸟,春寒误尽早开花。"《咏瓶》云:"饮水自知胸最冷,衔花应觉口常香。"

七十七

先慈九十生日,祝寿诗无虑百余首,予独爱龚旭开秀才五律一结云:"为有称觞客②,今朝户不扃③。"淡而有味。

七十八

杭州风俗:人家作酱,瓮上镇压,必书"姜太公在此"五字。余尝疑之。孙文和秀才笑曰:"君岂不知太公不能将兵,而善将将乎?"又过张息侯家,见其奴携灯笼来,上题"赖有此耳"四字。两用史书语,令人莞然。

---

① 通谱:同姓的人互认为同族。
② 为有称觞客:为了让客人喝得称心开怀。
③ 扃:关闭。

七十九

蒋戟门观察招饮，珍羞罗列，忽问余："曾吃我手制豆腐乎？"曰："未也。"公即着犊鼻裙①，亲赴厨下。良久，擎出，果一切盘餐尽废。因求公赐烹饪法。公命向上三揖，如其言，始口授方。归家试作，宾客咸夸。毛俟园广文调余云："珍味群推郇令庖，黎祁尤似易牙调。谁知解组陶元亮，为此曾经三折腰。"

八十

南宋末年，士大夫簠簋不饬②。有郑熏者，素作贼，以军功得主簿，众不礼焉。郑乃献诗云："郑熏素行本非端，熏有狂言上众官。众官作官还作贼，郑熏作贼还作官。"

八十一

方亨咸《论画》云："神品如孙、吴。能品是刁斗森严③之程不识④。逸品则解鞍纵卧之李将军。"又曰："厚不因多，薄不因少。"余爱其言可通于诗，故录之。

---

① 着犊鼻裙：穿上牛鼻似的围裙。
② 簠（fǔ）簋（guǐ）不饬：借指贪污，旧时弹劾贪吏常用此语。簠簋，古代的两种食器，也用作放祭品。
③ 刁斗森严：形容军队的营地戒备森严。
④ 程不识：汉武帝时的名将，别称"不败将军"。

八十二

唐太宗云:"泥龙竹马,儿童之乐也;翠羽明珠,妇女之乐也。"余亦云:"急流勇退,后起有人,士大夫之乐也。"今之人,惟扬州秦西岩先生以观察致仕,子又继入翰林,宜其诗之自然骀宕①也。《南庄题壁》云:"郭绕村烟水绕堤,数椽屋可托卑栖②。百年老树留花坞,二顷荒田杂菜畦。庾信小园枝下上,王珣别墅涧东西。谁云巢许买山隐,家在城南认旧溪。""策杖登楼眼界宽,邗沟一水迅奔湍。天边漕运梯云上,江外山光带雾看。南北塔高双鹄立,东西桥锁九龙蟠。往来多少风帆急,孤櫂何如斗室安?"

---

① 骀(dài)宕:也写作"骀荡",形容舒缓荡漾的样子。
② 卑栖:意思是居于低下的地位,此处为隐居的谦辞。

卷十四

一

嘉兴江浩然幕游江西,于市上得一银光笺①楷书云:"妾年十五许嫁君,闻说君情若不闻。十七于归见君面,春风乍拂心长恋。为欢半载奈离何,千里江山渺绿波。未成锦字肠先断,零落胭脂泪更多。西江浙江隔一水,天上银河亦如此。银河犹有渡桥时,奈妾奄奄病将死。伤心未见宁馨②育,仰负高堂愆莫赎。倘蒙垂念旧时情,有妹长成弦可续。君年喜得正英英,莫更蹉跎无所成。无成岂特违亲意,泉下亡人亦不平。要知世事皆前定,明珠一粒遥相赠。非求见物便思人,结缡来世于今定。"后书"政可夫君。康熙癸酉仲夏,垂死妾颜玉敛衽"。玩此诗,盖有才女子也。第所谓政可者,不知何人。

---

① 银光笺:一说是撒上银色或者有银色花纹的纸;一说是素雅的白纸。
② 宁馨:语助词,有"如此""那样"的意思。此处意同"宁馨儿",意思是这样的孩子,多用来赞美孩子。

二

选家选近人之诗，有七病焉：其借此射利①通声气者，无论矣。凡人全集，各有精神，必通观之，方可定去取。倘捃摭一二，并非其人应选之诗，管窥蠡测②：一病也。"三百篇"中，贞淫正变，无所不包。今就一人见解之小，而欲该③群才之大，于各家门户源流，并未探讨，以己履为式，而削他人之足以就之：二病也。分唐界宋，抱杜尊韩，附会大家门面，而不能判别真伪，采撷精华：三病也。动称纲常名教，箴刺褒讥，以为非有关系者不录；不知赠芍采兰，有何关系而圣人不删。宋儒责蔡文姬不应登《列女传》，然则"十七史"列传，尽皆龙逄、比干乎？学究条规，令人欲呕：四病也。贪选部头之大，以为每省每郡，必选数人，遂至勉强搜寻，从宽滥录：五病也。或其人才力与作者相隔甚远，而妄为改窜，遂至点金成铁：六病也。徇一己之交情，听他人之求请：七病也。末一条，余作诗话，亦不能免。

三

冬友侍读昵伶人登元，将之陕西，未能携去；路上见笼中卖相思鸟者，戏题云："同眠复同食，何处号相思？"

---

① 射利：追逐钱财。
② 管窥蠡测：指竹孔中观天，所见有限；用葫芦瓢测量海水，所得无几。比喻见识浅薄，对事物的观察和了解很片面。
③ 该：具备，包括。

四

山右冯康斋观察,名廷丞,学颇渊博,居官以廉闻。其夫人为吾乡周叔大太史之女,亦好客。观察诗云:"谈经客过频搜字,脱珥[1]妻贤解治厨。"

五

丙辰召试,有康熙癸巳编修云南张月槎先生,名汉,年七十余,重入词馆。先生以前辈自居,而丙辰翰林欲以同年视之:彼此抵牾[2]。后五十年,余游粤东,饮封川邑宰彭公竹林署中。西席张旭出见,询知为先生嫡孙,急问先生遗稿,渠仅记《秋夜回文》一首云:"烟深卧阁草凝愁,冷梦惊回几树秋。悬壁四山云上下,隔帘一水月沉浮。翩翩影落飞鸿雁,皎皎光寒静斗牛。前路客归萤点点,边城夜火似星流。"余按:回文诗相传始于苏若兰,其实非也。《文心雕龙》云:"回文所兴,道原为始。"傅咸有回文反复诗,温太真亦有回文诗:俱在窦滔之前。

六

真州张啸门游鸠江,遇邻舟一女子,倚篷窗而哦,与语,凄绝不言。但见其《题青罗带寄人》云:"扁舟一夜灯如雪,无限深情羞不说。东风何苦又天明,抵死催人江上别。"

---

① 珥:指耳环等装饰。
② 彼此抵牾:彼此产生矛盾。

七

咏史有三体：一借古人往事，抒自己之怀抱，左太冲之《咏史》是也；一为隐括①其事，而以咏叹出之，张景阳之《咏二疏》、卢子谅之《咏蔺生》是也；一取对仗之巧，义山之"牵牛"对"驻马"、韦庄之"无忌"对"莫愁"是也。

八

周月东游海潮庵，得谢文节公小方砚，额镌"桥亭卜卦砚"五字，背有元人程文海铭。周珍重之，抱砚以寝；临死，乃赠查恂叔。一时题者如云。钱辛楣云："眼中只有石丈人，江南更无厮养卒。"纪心斋云："远过一片韩陵石，留伴千秋玉带生。"

尤贡甫在真州市得东坡石铫，容水升许，以铜为提，铸茨菰叶一瓣，上篆"元祐"二字：盖即周穜所馈坡公物也。郑炳也题云："炼石天留云气古，煎茶人去水云干。"谢登隽云："毋矜酒户大，独许石文深。"未几，有人买献上方矣。一砚一铫，主人俱绘形作册，传播艺林。余在扬州汪鲁佩家，见桓圭②，长七寸，葵首垂缫，质粹沁红，真三代物也。惜无人题咏，终年蕴椟而藏。物亦有幸有不幸焉。

---

① 隐括：亦写作"隐栝"，矫正斜曲的器具，后引申为矫正、修正之意。
② 桓圭：中国古代帝王与公、侯、伯、子、男五等诸侯于朝聘时各执玉圭为信符，桓圭为公爵所执。

九

前明万历五年，常熟赵文毅公劾张江陵，廷杖谪戍，其友庶子许国铭觥觥为赠。盖取神羊一角触邪之义。后流传数易其主。五世孙王槐探知在山左颜衡斋家，乃制玉觥银船，托宫詹翁覃溪先生作诗，请易之，竟得返璧。一时题咏如云。覃溪作七古一篇，后八句云："颜公奉觥向君笑，赵叟倾心誓相报。觥喜多年逢故人，叟泣还乡告家庙。昔人赠觥事偶然，今日还觥世更传。谱出咒觥新乐府，压倒米家虹玉船。"

十

安庆徐兰坡，少年好学，得余断章零句，必手抄之。余游黄山，来舟中诵所作。《夏夜》云："萤火绕篱飞，风轻荷气微。几竿斜竹影，随月上人衣。"《偶成》云："屋边松树经春长，栖鸟不知巢渐高。"《大观亭宴集》云："新旧痕留衣上酒，往来影乱席前船。"又"绿杨深护倚楼人"，七字亦佳。

十一

平湖张香谷与其兄敉坡最友爱。敉坡殁后，香谷逾年亦病，临终，有"清魂同到梅花下"之句。敉坡之子熙河孝廉，继先人之志，墓旁种梅三百树，题云："卜兆经营亲负土，栽花爱护当承欢。"可谓孝矣。熙河爱游山，作《梅花诗话》一百卷。至随园，一宿去。《登峨嵋绝顶见怀》云：

"峨嵋高绝天,八月雪浩浩。我持谪仙笻,飘然上秋昊。众星向檐低,群峰入望小。佛光日中明,圣灯夜半皎。五色兜罗绵,叠叠岩前绕。苍茫四顾间,忽忆随园老。奇景不共赏,何以惬幽抱?焉得缩地方,与公立云表?"熙河在峨嵋,见神灯佛光,又到净土山下,观小龙在池中,长四寸,五爪,携过雷洞坪便死。佛光飞至台上,掬之,乃木叶一片。

十二

余知江宁时,胡秀才某招饮,席间出乃祖《甲戌胪唱图》属题,系邗江王云所画。卷首何义门云:"鸿胪三唱名姓香,一龙骧首群龙翔。金吾仗引从天下,长安门外人如堵。方山神秀信有钟,焦夫子后生胡公。江左周星推首冠,意气肯输渴睡汉?"胡公名任舆,字芝山,康熙甲戌状元,未十年而卒。同年高章之哭云:"十年不分君终此,累月犹疑死未真。"卷中题者如彭定求、陈恂、杨仲讷,大半追挽之章。余题云:"九阙天门荡荡开,先皇亲手策群才。南宫莫讶祥云见,臣自白门江上来。""我亦曾追香案踪,卅科前辈企高风。人间春梦醒何速,未了浮云一梦中。""名园晚到夕阳斜,老树无声覆落花。赢得儿童齐拍手,县官还醉状元家。"此乙丑冬月事也。诗不留稿,丙午闰七夕,重展此卷,为之怃然。

十三

叶书山侍讲常为余夸陶京山同年之孙,名涣悦者,英异不群,时才八九岁。稍长,好吟诗,尤好余诗,大半成诵。《偶成》云:"午课初完卧短床,立春节过昼微长。高檐向日难留雪,小室藏花易贮香。阶下绿初浮远草,路旁青未上垂杨。呼僮添贮炉中火,午后温馨薄暮凉。"又"人因待月窗常启，书是传诗口不封"。贺余生子云："公有未全天必补，老犹得见子非迟。"俱有剑南风味。惜侍讲先亡，未之见也！

十四

中州吕公滋，字树村，宰介休归，因从子仲笃宰上元，来游白下，见赠云："地兼白下三山胜，诗比黄初七子工。"读三妹集云："鸳鸟飞来因绣好，蠹鱼仙去为香多。"年未老而乞病。有劝其再出者，乃作《老女嫁》云："自制罗纨五色裳，晶帘低卷绣鸳鸯。不如小妹于归日，阿母殷勤为理妆。检点新妆转自思，于今花样不相宜。嫁衣肥瘦凭谁剪，羞问邻家小女儿。"《戏仲笃》云："怜余增马齿，看尔奏牛刀。"《潼关》云："三峰天外立，一骑雨中行。"

十五

唐李揆自负才望，嘲人云："龙章凤姿士不见用，獐头鼠目乃欲求官耶？"或反其意，赠相士云："相法于今大不伦，我将秘诀告诸君。要看世上公侯相，先取獐头鼠目人。"

十六

余游武夷，过浦城，遇钮明府之弟阆圃，有诗三册求阅。《七夕》云："黄昏无伴说牵牛，独对江山半壁愁。今夕卢家楼上月，莫愁未必不知愁。"又句云："星沉残月鱼吞饵，月上空廊犬吠花。"皆可诵也。余按：

宋曾三异云，"莫愁乃古男子，神仙隐逸者流，非女子也。楚石城有莫愁石像，男子衣冠。见刘向《列仙传》。"语虽不经，亦可存此一说。犹之龙阳君、郑樱桃，古皆以为女妃，一见《国策》鲍注，一见《十六国春秋》。

十七

锡山钱秀才泳，字立群，居梅里。丙午腊月七日，张止原居士招游灵岩，与秀才两宿舟中，谈古文金石之学，极渊博。《游西湖》云："十年不识钱唐路，今到翻疑是梦中。峦翠难分南北寺，舟轻易飏往来风。数湾碧水通仙宅，一带苍烟没宋宫。何处吾家表忠观？几回搔首问渔翁。跃马登山松四围，梵王宫殿郁崔巍。老僧迎客来幽径，少女焚香上翠微。鹫岭楼高沧海阔，冷泉水急湿云飞。何当端坐三生石，说破游人去路非？"是日，舟泊木渎鹭飞桥。秀才往访其友孙镜川。俄而同至舟中，见余即拜，背小仓山房古文，琅琅上口，亦奇士也。

十八

新安王氏，一家能诗。蓟亭《李夫人歌》曰："生能一顾留君心，死不肯一顾留君忆。乃知结君自有术，擅宠非徒在颜色。君不见，生长门，死钩弋！"其兄于庭比部，不轻作诗，而多佳句。《病起》云："修竹似怜人病起，青青垂叶不摇风。"《示儿》云："寸阴劝汝须知惜，到底秋花总让春。"其子名养中者，《醉归》云："不是老奴扶住好，模糊几打别人门。"《咏虾》云："须髯似戟双睛瞪，失水蛟龙见亦惊。"其弟孔祥，年十七，亦有句云："见月忙将蒲扇掩，怕教花影上身来。"

十九

《荆楚岁时记》以七月八日雨为"洒泪雨",说本荒唐。然赋诗非失之笨,便失之迂,将错就错,以伪为真,方有风味;一说煞,味又索然。余与香亭同作,忽王甥健庵有句云:"不解女牛分别意,一年有泪一年无。"两人叹其超绝。

二十

马相如有《渔父》诗,云:"自把长竿后,生涯即水涯。尺鳞堪易酒,一叶便为家。晒网炊烟起,停舟月影斜。不争鱼得失,只爱傍桃花。"真王、孟也。有人传其"月影分明三李白,水光荡漾百东坡",则弄巧而反拙矣。

二十一

福建布政使张廷枚,有《瓶花》绝句云:"垂帘莫放西风人,留取寒香在草堂。"吾乡诗人沈方舟主于其家,遗稿在焉。张三使高丽,杭堇浦赠云:"一参羽猎长杨乘,三绘《宣和奉使图》。"

二十二

咏始皇者：朱排山先生云"诗书何苦遭焚劫，刘、项都非识字人"；崔念陵进士云"刘、项生长长城里，枉用民膏筑万里"。

二十三

刘介石请仙，忽乩盘大书云："眼如鱼目彻宵悬，心似柳条终日挂。月明风紧十三楼，独自上来独自下。"众人惊曰："此缢鬼诗也！"至夜，果有红妆女子犯之。乃急毁其盘而迁寓焉。

二十四

写怀，假托闺情最蕴藉。仲烛亭在杭州，余屡为荐馆。最后将荐往芜湖，札问需修金若干。仲不答，但寄《古乐府》云："托买吴绫束，何须问短长。妾身君惯抱，尺寸细思量。"宋笠田宰鸠江，官罢，想捐复，余劝其不必再出山。已而宰两当，以事谪戍，悔不听余言，亦札外寄前人《别妓》诗云："昨日笙歌宴画楼，今宵挥泪送行舟。当时嫁作商人妇，无此天涯一段愁。"某明府欲聘陈楚南，以路远不决。陈寄《商妇怨》云："泪滴门前江水满，眼穿天际孤帆断。只在郎心归不归，不在郎行远不远。"

二十五

鲍步江有赠云:"双烟已换博山香,正对金荷卸晚妆。手剔兰煤须仔细,好留半焰解衣裳。"

二十六

安庆鲁凤藻有赠云:"携得芳枝返故村,悔将玉貌共花论。低声还向小姑嘱,阿母跟前莫要言。"陈梦湘嘲某云:"画鸾衫子褪轻红,料峭春寒豆蔻风。双鬟乱云堆未稳,日高犹是背人拢。"商宝意《喜环娘到》云:"药饵急须调病后,佩环亲自解灯前。"金台衡《赠妓》云:"春葱欲送玫瑰酒,冷暖先教樱口尝。"皆善言儿女之情。

二十七

写景有句同而意不同者,元人云"石压笋斜出",宋人云"断桥斜取路",近人刘春池云"鸟喧晴树乐于人",鲁星村云"炎天几席热于人",啸村云"雪中无陋巷",星村云"远岸无高树",皆句同而意不同也。亦有句不同而意同者,如"岸阔树难高""远树浪头生"与"远岸无高树"意思相同,皆不害其为佳也。

二十八

余有句云:"人无风趣官多贵。"一时不得对。周青原对:"案有琴书家必贫。"吴元礼对:"花太娇红子必稀。"

二十九

雍正乙卯春,余年二十,与周兰坡先生同试博学鸿词于杭州制府。其时主试者总督程公元章,学使帅公念祖;诗题是《春雪十二韵》,因试日下雪故也。先生有句云:"堆从梨蕊销难辨,进入梅花认亦稀。"今乾隆戊申矣,其孙云翮为上海令,招余入署,谋刻先生诗集,因得重读一过。追忆五十四年前同试光景,宛然在目。

三十

余方送鲁星村出门,而雨势将下。鲁吟云:"雨声犹在云,风色已到树。"余为击节,命司阍者录登门簿中。鲁曰:"我不料公之爱诗若此也。"大笑去。

三十一

余泊舟滕王阁下,有扬州孙生名湘者见访,自言相慕垂三十年。见示《蕉窗八咏》。《蝇》云:"飞扬莫入幽人室,一种芬芳不称君。"《蝶》

云：" 偶因误堕金钱劫，耻逐青蚨①一处飞。"孙故庠生，工吟咏，为人司禺筴事，既而悔之，故寄托如此。

三十二

余在南昌，谢蕴山太守招饮，以诗见示。题其妾姚秀英小照云："宜男花小最宜春，故故相偎意态真。并作一身形与影，不应仅号比肩人。"太守有《升官图》五排最佳，警句云："森森罗众宿，粲粲列周庐。考制遵三百，登贤占一隅。凭陵争入局，将相遂分途。唾手功名得，推班气象殊。握拳矜后获，制胜在中枢。偶尔观成败，从何论智愚？云泥区尺幅，升降在须臾。"

三十三

余七十以后，遇宴饮太饱，夜辄不适。读黄莘田诗曰："老似婴儿防饮食，贫如禁体作文章。"叹其立言之妙。然不老亦不能知。古渔有句云："老似名山到始知。"

三十四

讥刺语，用比兴体②，便不露。英梦堂云："桃花嗜笑非无故，燕子矜

---

① 青蚨：传说中的虫名，借指铜钱。
② 用比兴体：使用比喻和衬托的手法。

飞太自轻。"陈古渔云："无名草长非关雨,得暖虫飞不待春。"皆有所指也。

三十五

余游天台,诗人张雨村外出,其子秀墀,极尽东道之谊。雨村寄诗,有"千山结翠延词客,一杖挑云过石梁"之句。余读其《天台游稿》,一路访求,如得导师焉。

三十六

李竹溪守广东惠州,归赠云："此行曾向贪泉过,留得冰心见故人。"呜呼!竹溪真能不愧此言,故记之。

三十七

严冬友尝诵厉太鸿《感旧》云："'朱栏今已朽,何况倚栏人?'可谓情深。"余曰："此有所本也。欧阳詹《怀妓》云:'高城不可见,何况城中人?'"或称东坡"冻合玉楼寒起粟,光摇银海炫生花"。余曰："此亦有所本也。晚唐裴说诗:'瘦肌寒起粟,病眼馁生花。'"

三十八

钱竹初《题豫让桥》云："爱士须爱彻，畜马尽马力。长刍数束豆数升，纵有骅骝气先塞。"余亦题《养马图》云："一挑刍草三升豆，莫想神龙轻死生。"

三十九

近人怀古诗，有绝佳者，不能全录。如光禄沈子大《赤壁》云："漫讶东风烧北岸，可知赤帝①在南军。"太史杜紫纶《戏马台》云："尽教宿土归刘氏，剩有斯台与项王。"王麟照侍郎《平原村》云："八王兵甲无臣主，两晋文章有弟兄。晚节不堪思鹤唳，旧交闻已赋蓴②羹。"姜西溟《乌江诗》云："《虞歌》曲尽怨天亡，潮落沙平旧战场。千里江东羞不渡，六朝曾此作金汤。"

四十

汉军刘观察廷玑，号葛庄，康熙间诗人。或嫌其诗过轻俏，然一片性灵，不可磨灭。《渔家》云："一家一个打鱼舟，结得姻盟水上浮。有女十三郎十五，朝朝相见只低头。"《偶成》云："闲花只好闲中看，一折归来便不鲜。"

---

① 赤帝：火神祝融。
② 蓴（pò）：苴蓴，一种多年生草本植物，花穗和嫩芽可食，根状茎入药。

四十一

沈椒园太史所居烂面胡同,接叶亭汤西崖少宰之故居也。丁巳,余主其家,记其《秋夜》云:"薄病闲身坐小厅,乡心三度见流萤。水云凉到庭前树,一夜秋声带雨听。"

四十二

布衣史青溪诗云:"多情自古空余恨,好梦由来最易醒。"余反其意云:"只求无好梦,转觉醒时安。"唐人《咏梦》云:"乍觉犹言是,沉思始觉空。"

四十三

宋牧仲抚苏州,为唐六如修墓。韩宗伯慕庐题云:"在昔唐衢常恸哭,只今宋玉与招魂。"俗传太白捉月而死。李孚青《题太白楼》云:"脱身依旧归仙去,撒手还将月放回。"余按:《宋史》有唐寅,名伯虎,亦在《文苑传》。

四十四

蒲城雷国楫,字松舟,撰《龙山诗话》二卷,官松江丞,有"云行花荡水，风动草浮山"之句。彭芝亭先生赠以诗云："官阁哦诗思不群，一编风雅抗吾军。情亲吴会山间友，身带函关马上云。吊古频怀杨伯起，论诗应继杜司勋。箧中剑气双龙跃，那向江头看夕曛。"

四十五

凡诗带桀骜之气，其人必非良士。张元《咏雪》云："战罢玉龙三百万，败鳞残甲满天飞。"《咏鹰》云："有心待捉月中兔，更向白云高处飞。"韩、范为经略，嫌其投诗自媒①，弃而不用。张乃投元昊，为中国患。后岳武穆驻兵之所，江禁甚严②。有毛国英者，投诗云："铁锁沉沉截碧江，风旗猎猎驻危樯。禹门纵使高千尺，放过蛟龙也不妨。"岳公笑曰："此张元辈也。速召见，以礼接之。"

四十六

咏雪佳句，缪雪庄云"卷帘半树带花落，吹烛一窗如月明"，章智千云"伏枕旅人惊看月，扫阶童子学为山"，陈明卿云"填平世上嵌崎③路，冷到人间富贵家"，皆昔人所未有。

---

① 自媒：自吹自擂。
② 江禁甚严：对江面严加封锁。
③ 嵌崎：险峻。

四十七

　　游山诗贵写得出①。陶庭珍《盘豆驿》云："丛山如破衣，人似虱缘缝②。盘旋一线中，欲速不得纵。"沈石田《天平山》云："登临风扶身，谈笑云入口。直上忽左旋，方塞复旁剖。"洪稚存《林屋洞》云："盘涡既深入，覆釜不获仰。微白怵来踪，扪黑撼虚象。凭湍同矢注，转径识蛇枉。不惜口耳濡，惊此腹背响。"梅岑《极乐峰》云："碎石随足动，危径不容步。支筇愁孤撑，扪葛等悬度。欲止势难留，将前意终怖。"万柘坡《盘山》云："青山喜客来，马首相拱揖。中峰极云深，旁岭俨鱼立。行人踏树梢，飞鸟触屐齿。后来用尾衔，先到试足揣。"宗介馴《磨盘山》云："分明寻丈恰隔里，指点平夷偏落陡。东西俄转望若失，呼应已逼待还久。中央簇簇攒牛宫③，四角层层布鱼笱④。更疑去路即来处，几讶迷途欲退走。入世敢云肱折三，立峰顿觉肠回九。"沈树本《磨盘山》云："回顾不见入山处，此身已在盘中住。百千旋折眼生花，三五回环神失据。才思左往复右行，正欲仰登先俯注。坡平幸获寻丈宽，径仄只留分寸度。鞭丝帽影蚁悬窗，马足车轮蛇绕树。乍阴乍阳日向背，在前在后风来去。山远不逾三十里，山高不越万余步。从卯到酉历未穷，自壮至老陟犹误。"

四十八

　　余常劝作诗者，莫轻作七古。何也？恐力小而任重，如秦武王举鼎，有

---

① 游山诗贵写得出：写游玩山景的诗作，贵在写出身临其境的感受。
② 人似虱缘缝：人们就像虱子一样沿着衣缝向上爬。
③ 牛宫：中国古代国家饲养禽畜的处所。
④ 笱（gǒu）：竹制的捕鱼器具，口小，鱼进去出不来。

绝脰之患，故也。七古中，长短句尤不可轻作。何也？古乐府音节无定而恰有定，恐康昆仑弹琴，三分琵琶，七分筝弦，全无琴韵，故也。初学诗，当先学古风，次学近体，则其势易。倘先学近体，再学古风，则其势难。犹之学字者，先学楷书，后学行草，亦是一定之法。杭堇浦先生教人多作五排，曰："五排要对仗，不得不用心思。要典雅，不得不观书史。但专作五言八韵之赋得体，则终身无进境矣。"

四十九

汤扩祖《春雨》云："一夜声喧客梦摇，春风送雨夜潇潇。不知新水添多少，渔艇都撑进板桥。"庄廷延《听雨》云："梅花风里雨霏霏，人卧空堂静掩扉。一夜沧浪亭畔水，料应陡没钓鱼矶。"二诗相似，均有天趣。

五十

有中丞某，自称平生不好名。余戏之曰："人之所以异于禽兽者，以其好名也。孔子曰：'君子去仁，恶乎成名？'又曰：'君子疾没世而名不称焉。'大圣人尚且重名如此，后世人不好名而别有所好，则鄙夫事君，无所不至矣。"屈悔翁云："才子多贪色，神仙不好名。"不如司空表圣曰："名能不朽轻仙骨，理到忘机近佛心。"高东井《赠方子云》曰："从来贫士贪留客，未有庸人解好名。"

五十一

王次回诗,往往入人心脾。余年衰无子,宾朋来者,动以此事相询,貌为关切,余深厌之,有诗云:"厌听人询得子无,些些小事不关渠。逍遥公有儿孙累,未必云烟得自如。"后见次回句云:"最是厌人当面问,凤凰何日却将雏?"余评女以肤如凝脂为主。次回亦有句曰:"从来国色玉光寒,昼视常疑月下看。"

五十二

《爱日斋丛谈》云:"《琵琶记》为明初王四弃妻而作。太祖恶之,谪戍海外,致伯喈贤者蒙此恶声。"不知南宋时,有诗刺高宗云:"陌头盲女无愁恨,犹抱琵琶说赵家。"放翁亦云:"身后是非谁管得?沿村听唱蔡中郎。"似乎《琵琶记》宋时已有。

五十三

厉太鸿《宋诗纪事》,采取最博。余阅《北盟会编》,为补所未采者。如徽宗在五国城诗曰"噬脐有愧平燕日,尝胆无忘在莒时";李若水曰"五鼓可回千里梦,一官妨尽百年身";宇文虚中云"传闻已筑西河馆,自许能肥北地羊":皆佳句也。金主亮《中秋无月》词云"恨剑锋不快,一一挥断紫云根,要见嫦娥体态",亦颇豪气逼人。

五十四

作诗能速不能迟，亦是才人一病。心馀《贺熊涤斋重赴琼林》云："昔着官袍夸美秀，今披鹤氅见精神。"余曰："熊公美秀时，君未生，何由知之？赴琼林不披鹤氅也。"心馀曰："我明知率笔，然不能再构思。先生何不作以示我？"余唯唯。迟半月，成七绝句，心馀以为佳。余乃出簏中废纸示之，曰："已七易稿矣。"心馀叹曰："吾今日方知先生吟诗刻苦如是。果然第七回稿胜五、六次之稿也。"余因有句云："事从知悔方征学，诗到能迟转是才。"

五十五

黄莘田《重赴鹿鸣》云："得染新香本旧栽，桂花重为故人开。月宫不是玄都观，也学刘郎去又来。云阶月地事如何？谁共《霓裳》咏大罗？未免被他猿鹤怨，小山连日有笙歌。"

五十六

《全唐诗》凡和尚、道士、仙人都无好诗，不如才鬼、山魈却有佳句。

五十七

诗人笔太豪健，往往短于言情；好征典者，病亦相同。即如悼亡诗，必缠绵婉转，方称合作。东坡之哭朝云，味同嚼蜡，笔能刚而不能柔故也。阮亭之《悼亡妻》，浮言满纸，词太文而意转隐故也。近时杭堇浦太史《悼亡妾》诗，远不如樊榭先生。今摘数首为比例。厉《哭月上》云："一场短梦七年过，往事分明触绪多。搦管自称诗弟子，散花相伴病维摩。半屏凉影颓低髻，三径春风曳薄罗。今日书堂觅行迹，不禁双鬓为伊皤。无端风信到梅边，谁道蛾眉不复全。双桨来时人似玉，一衾去后月如烟。第三自比清溪妹，最小相逢白石仙。十二碧栏重倚遍，那堪肠断数华年！病来倚枕坐秋宵，听彻江城漏点遥。薄命已知因药误，残妆不惜带愁描。闷凭盲女弹词话，危托尼姑祝梦妖。几度气丝先诀别，泪痕兼雨洒芭蕉。郎主年年耐薄游，片帆望尽海西头。将归预想迎门笑，欲别俄成满镜愁。消渴频烦供茗碗，怕寒重与理薰篝。春来憔悴看如此，一卧枫根尚忆否？"廖古檀《悼亡》云："合欢花瓣委轻尘，风雨边城不见春。若忆小窗扶病起，脂残粉褪写遗真。"商宝意《哭环娘》云："待年略住娉婷市，却聘曾嫌富贵家。还余清净三生体，欠汝滂沱泪数行。"宝山黄燮鼎《悼亡》云："无多奠酒谙卿量，未就埋香谅我贫。"皆言情绝调。堇浦先生诗，以《岭南集》为生平极盛之作。《题陈元孝遗像》云："南村晋处士，汐社宋遗民。湖海归来客，乾坤定后身。竹堂吟暮雨，山鬼哭萧晨。莫向崖门去，霜风正扑人。秋井苔花渍，荒庐蜃气蒸。飞潜两难问，忧患况相仍。拄策非关老，裁衣只学僧。凄凉怀古意，岂是屈梁能？巢覆仍完卵，皇天本至公。《蓼莪》篇久废，薇蕨采应空。劫已归龙汉，家犹祭鬼雄。等身遗著在，泉下告而翁。袁粲能无传？嵇康亦有儿。古人谁汝匹，信史岂吾欺？寂寞徒看画，苍凉只益诗。怀贤兼论世，凄绝卷还时。"此种诗，悲凉雄壮，恐又非樊榭、宝意所能矣。

五十八

金陵何南园、陈古渔俱能诗而贫,余不能资助,常诵唐人句云:"相知惟我独,无补与人同。"又《自讼》云:"兰草同心多半弱,海棠自恨不能香。"

五十九

诗者,人之精神也;人老则精神衰葸[①],往往多颓唐浮泛之词。香山、放翁尚且不免,而况后人乎?故余有句云:"莺老莫调舌,人老莫作诗。"

六十

劝人知足者:杭州汪积山先生有句云"盈虚物理都如许,那有东餐宿又西",楚中戴喻让孝廉有句云"天地犹憾尧舜病,人生何必为其尽"。二意相同,而俱足以醒世。戴屡赴礼闱,不第,归颜其室曰"佳士轩"。人问:"君自命为佳士乎?"曰:"非也。'佳'字不成'进'字,为欠一'走'耳。"

---

① 衰葸:懈怠畏惧。

六十一

本朝高文良公,诗为勋业所掩,不知一代作手,直驾新城而上。如《值夜》云:"一蓦新寒雨后生,宫槐黄叶下重城。意中故国偏无梦,风里银河似有声。万马夜嘶秋待猎,一封宵奏远论兵。杞人孤坐听残角,落月光中太白明。"其他佳句,雄壮则"宴罢白沉千帐月,猎回红上六街灯""自在骑牛今竖子,苦辛逐鹿昔英雄",奇警则"风铎闲同山魅语,鬼灯红出寺门游""万点城乌惊曙鼓,一垆村酒闪风灯",绵丽则"白蘋风细鱼苗长,红杏花深燕子低""老树无花三月半,旧游如梦六年余",委婉则"白月无声秋漏永,红灯有影夜楼深""天涯日日思归日,觉有归期日倍长",淡宕则"长河暂伏潜仍出,高岭遥看到恰平""才穿云过扪衣润,欲觅诗行任马迟"。至于"东南生意偕谁计,数仰江云掉白头",则又大臣报国忧民,深情若揭矣。

本朝赏花翎、黄马褂,最难着笔。公诗云:"冠飘孔翠天风细,衣染鹅黄御气浓。"庄雅独绝。

六十二

望海诗:朱草衣云"地影全无着,天形转不高";沈子大云"天水无边孤月在,鱼龙欲起大风生";王次岳云"晓传鼍吼占风起,夕闪鱼睛讶日生";江舟次云"万里全凭针作路,六时只见浪摇天"。

六十三

诗文之道，全关天分，聪颖之人，一指便悟。霞裳初见余时，呈诗十余首。余不忍拂其意，尽粘壁上。渠亦色喜。遂同游天台，一路唱和，恰无一言及其前所呈诗也。往反两月，霞裳归家，急奔园中，取壁上诗，撕毁摧烧之，对余大笑。余亦戏作桓宣武语曰："可儿①！可儿！"

六十四

苏州汪端揆秀才，与婢小珠有情。《咏秋海棠》云："海棠花嫩不禁秋，小朵含烟月下愁。记得旧时庭院里，凭人看杀只垂头。"

六十五

陈鲁斋太守梦人赠句云："梦回碧落三千里，笔泻银河十二时。"醒后不解。后守端州，卒于亥年。"十二时"，亥也；碧落山，在端州。

六十六

余幼《咏怀》云："每饭不忘惟竹帛，立名最小是文章。"先师嘉其有志。中年见查他山《赠田间先生》云："语杂诙谐皆典故，老传著述岂初

---

① 可儿：可爱的人，能人。

心？"近见赵云松《和钱玙沙先生》云："前程云海双蓬鬓，末路英雄一卷书。"皆同此意。

六十七

洪素人朴，性冷，官京师，独与陈梅岑最厚。督学楚中，寄诗云："三十六湖湖水清，使君鉴此自分明。琉璃砚匣生花笔，诗为怀人倍有情。"洪在部时，某相国问："汝向人说我刚愎自用。有之乎？"曰："然。"相国怒曰："汝是我门生，乃谤我？"洪谢曰："老师只有一'愎'字，何曾有'刚'字？门生因师生故，妄加一'刚'字耳。"

六十八

尹氏昆季皆能诗，而推三郎两峰为最。一日，文端公退朝，召两峰曰："今日我惫矣。皇上命和《春雨诗》，我不及作，汝速拟一稿，我明早要带去。"两峰构成送上，公已酣寝。黎明，公盛服将朝，诸公子侍立阶下，两峰惴惴，虑有嗔喝。忽见公向之拱手，曰："拜服！拜服！不料汝诗大好。"回头呼婢曰："速煨我所吃莲子，与三哥儿吃。"两峰大喜过望。四公子树斋笑曰："我今日却又得一诗题。"诸公子问何题。曰："见人喫莲子有感。"两峰名庆玉。

六十九

如皋布衣江干，字黄竹，貌陋家寒。《咏疲驴》云："落叶踏不碎，四蹄今可知。"《咏巢》云:"草穷一生力,风碎五更心。圆影月中堕,冻痕霜外深。"《登大观台》云:"残夜海明知月上,隔江风远送钟来。"又"飘零何地托孤踪,古佛门空或见容"。俱有孟郊风味。

七十

余游天台诸寺,僧多撞钟鼓,请余礼佛。余不耐烦,书扇示之云:"逢僧我必揖,见佛我不拜。拜佛佛无知,揖僧僧现在。"王梦楼见之,笑曰:"君不好佛,而所言往往有佛意。"陈梅岑《赠朱竹君》云:"游山灵运常携客,辟佛昌黎也爱僧。"

七十一

杭州应仔传秀才《过弋阳》云:"沙清鱼上晚,春冷燕来稀。"《郊外》云:"断崖残照晚将入,隔岸野风波欲秋。"

七十二

余赴广东,过鸠江,适梅岑官其地。与之别,扬帆二十里矣,梅岑遣人追送肴烝①,剪江②而至。余诗谢云:"远寄荒江酒一尊,一帆穿破水云奔。蛟龙知是先生馔,白浪如山不敢吞。"霞裳亦谢云:"羹调金屋里,香入浪花中。"

---

① 肴烝:酒肉菜肴。
② 剪江:船破浪行于江面。

七十三

唐荆川云："诗文带富贵气者，便不佳。"余道不然。金桧门总宪《郊西柳枝》云："西直门边柳万枝，含烟带露拂旌旗。长是至尊临幸地，世间离别不曾知。"程午桥太史《菊屏》云："低枝芬馥当书幌，细蕊离披近笔床。六曲屏风花万叠，人间何处五更霜？"两绝句俱富贵，何尝不佳？又记宋人富贵诗曰："踏青驸马未还家，公主传宣赐早茶。十二阑干春似海，隔窗闲杀碧桃花。""画烛烧阑暖复迷，殿帷深锁下银泥。开门欲作侵晨散，已是明朝日向西。""千官已醉犹教坐，百戏皆呈未放休。共看拜恩侵晓出，金吾①不敢问来由。"

七十四

赵云松观察谓余曰："我本欲占人间第一流，而无如总作第三人。"盖云松辛巳探花，而于诗只推服心馀与随园故也。云松才气，横绝一代，独王梦楼不以为然。尝谓余云："佛家重正法眼藏②，不重神通③。心馀、云松诗，专显神通，非正法眼藏。惟随园能兼二义，故我独头低，而彼二公亦心折也。"余有愧其言。然吾乡钱玙沙前辈读《瓯北集》而奇赏之，寄以诗云："忽堕文星下斗台，声华藉藉冠蓬莱。探花春看长安遍，投笔身从绝域回。风雅名谁争后世，乾坤我欲妒斯才。登坛老将推袁久，不道重逢大敌来。"

---

① 金吾：即金乌。相传日中有三足乌，为神鸟。
② 正法眼藏：指释尊所说的无上正法，是佛祖相传的心印，而不是外道的其他法。朗照宇宙谓眼，包含万有谓藏。
③ 神通：佛教中指神佛具有的神奇的能力。

七十五

常州杨青望《南涧晚归》云:"岳寺风声起暮钟,残阳归去兴尤浓。停车欲认登临处,忘却西南第几峰。"陈郁庭《造假山》云:"历尽嶙峋兴愈浓,归来犹自忆芙蓉。阶前叠石呼僮问,认是曾游第几峰?"两首相似,俱有"羚羊挂角"之意。

七十六

癸未,圣驾南巡。尹太保欲觅任书记者,庄念农太守荐其族弟炘。尹公甚重之。亡何,试京兆,不第。赵云松《送行》云:"科因一士关轻重,迹有群公问去留。"想见在都文名之盛。其子伯鸿,有父风,《咏帘钩》云:"待引春云入槛不,高悬画阁结青楼。心通恨隔玲珑望,腕弱怜将窈窕收。多宛转时能约束,未团圆处好勾留。漫言眼底除牵挂,放下依然万缕愁。"

七十七

郭秀才麟《彭城中秋》云:"西风联袂鹿城秋,旧侣偕行话旧游。罗袜双钩人半臂,夜深谁立板桥头?"诗非不幽艳,而觉有鬼气。吴竹桥《法源寺》云:"街头日仄渐风沙,步屧①闲寻古寺花。一树绿阴两黄鸟,春深门巷是谁家?"同一风调,恰是人间光景。

---

① 步屧(xiè):行走,漫步。

七十八

名士气习多傲兀①，惟锡山之顾立方进士、嘉定之李书田孝廉，恂恂讷讷②，虑以下人。顾《不雨叹》云："外河水浅今成沟，内河水涸今成丘。螺蚌纷纷杂瓦石，童稚踏歌桥下游。大船抽却舵，小船沙上过。长年袖手篙师饿，估客篷窗三月坐。清晨妇子喜，浓云在天雨至矣。雨不来，风飔飔③，先讹作乌尾，后涣作鱼鳞，六龙跃出光陆离。朝不雨，夕不雨，老农低头泪如雨，浮云闲闲自来去。安得侬家稻，多于原上草，有雨固佳晴亦好。安得侬家田，生近沧海边，朝潮暮汐高于天。无水不可车，有稻不可割。路逢一士大笑乐，先世薄田今卖却。"李见赠云："一百八十八征士，只有先生最少年。风雅偏能兼乐寿，聪明直欲傲神仙。官如抱朴怀勾漏，人指栖霞作洞天。若使悬车须此岁，转因簪笏④误林泉。"

七十九

某画《折兰小照》，求题七古。余晓之曰："兰为幽静之花，七古乃沉雄之作；考钟鼓以享幽人，与题不称。若必以多为贵，则须知米豆千甊⑤，不若明珠一粒也。刀枪杂弄，不如老僧之寸铁杀人也。世充万言，何如阮咸三语？成王冠，周公使祝雍作祝词曰：'达而勿多也。'此贵少之证也。若夫谢艾虽繁不可删，王济虽少不能益，则各极其妙，亦在相题行事耳。唐人句

---

① 傲兀：傲岸，性情高傲，自高自大。
② 恂恂讷讷：为人恭敬，不善言辞。
③ 飔飔：风吹迅疾貌。
④ 簪笏：冠簪和手板，古代官员所用，喻指做官。
⑤ 甊：陶制成的形似坛子的容器。

云：'药灵丸不大，棋妙子无多。'"或问："如先生言，简固佳乎？"余曰："是又不可以有意为也。宋子京修《唐书》，有意为简，遂硬割字句，几于文理不通。顾宁人摘出数条。余摘百十余条，载《随笔》中。"

八十

人言黄鹤楼无佳对，惟鲁亮侪观察一联云："到来径欲凌风去，吟罢还思借笛吹。"差胜①。鲁星村云："'凌风'二字改'乘云'二字，更佳。"

八十一

文字之交，有无端而契合者，殆佛家之所谓缘耶？乙酉秋试，四方之士，来修士相见礼者甚多。予答拜章姓，误投刺于张秀才处。张大惊，次日来答。见其仪容秀整，遂招饮之。张赠诗云："傚得濒江小屋居，敢将踪迹混樵渔？平生不识金闺彦②，剥啄无端到敝庐③。""篮舆款款赴清凉，夹路松花闻稻香。一院青山人不见，飞来岚翠满衣裳。""折柬招邀酹旧醅，主人原是掞天才。两江月旦归名士，又报文星入座来 时梁阶平先生适至。""《霓裳》曲度广寒宫，鉴槛银灯照碧空。夜半酒阑星斗醉，天风吹堕小池中。"秀才名邦弼，苏州人。

---

① 差胜：大致不错，略胜一筹。
② 金闺彦：指朝廷杰出的才士。
③ 剥啄无端到敝庐：不料竟会无缘无故到我的寓所敲门拜访。剥啄，象声词，指敲门。

八十二

河东君藏一唐镜，背铭云："照日菱花出，临池满月生。官看巾帽整，妾映点妆成。"查他山《金陵杂咏》刺之云："宗伯佥清世莫知，菱花初照月临池。点妆巾帽俱新样，不用喧传镜背词。"

八十三

诗以进一步为佳①。杜门悬车，高尚也，而张宝臣《致仕》云："门为看山宁用杜？车还驾鹿不须悬。"别离，苦事也，而黄石牧《送别册子》云："一度送行传一画，人生那厌别离多。"《寄衣》，古曲也，而盛青崟《出门》云："检点箧中裘葛具，早知别后寄衣难。""打起黄莺儿"，惧惊梦也，而朱受新《春莺》云："任尔楼头啼晓雨，美人梦已到渔阳。"

八十四

春学士台常言其门人谢又绍侍郎乞病养母。人问："何不奏终养而奏病耶？"曰："为人子，养可也；闻'终'字，便伤心耳。"其《忆母》诗云："儿来前，自尧经今凡几年？儿可记，自尧经今凡几帝？儿时应对稍逡巡，母怒变色旋喝嗔。陈箧逊志学人责，稽古胡不如妇人？吁嗟！母言在耳，儿颜犹泚②，安得吾母常嗔儿常泚？于今劝学无闻矣！"呜呼！今士大夫

---

① 诗以进一步为佳：诗能写得深刻才好。
② 泚（cǐ）：出汗，形容羞愧。

溺于时文之学，谈及史鉴，褎如充耳①。读先生诗，能无怍乎？先生名道承，福建晋安人。

八十五

解中发秀才馆尹文端公家。一日，鲍雅堂来访，见十四公子庆保，问年几何，曰："十四岁。"鲍戏出对云："十四世兄年十四。"解应声曰："三千弟子路三千。"杭州沈既堂在高相公署中，公出对云："可能子面如吾面？"沈应声曰："未必他心即我心。"

八十六

永安寺壁上有梅田女史题诗云："灵妃齐驾玉龙回，留得清阴满绿苔。来岁春风一相待，囊琴便约懒仙来。"所云懒仙，不知何人。

八十七

金姬小妹凤龄，幼鬻②吴门作婢，余为赎归。年十四矣，明眸巧笑，其姊劝留为箧室，凤龄意亦欣然。余自伤年老，不欲为枯杨之稊③，因别嫁隋氏，为大妻所虐，雉经而亡。余哭以诗。一时和者甚多。新安巴隽堂中翰云："粉蛾贴幛尘沾幕，绰约佳人嗟命薄。恼鸦打凤海难填，桃叶离根泪珠落。

---

① 褎（yòu）如充耳：面带笑容，塞耳不闻。褎，常带笑容。
② 鬻（yù）：卖。
③ 稊（tí）：杨柳新长出的嫩芽。

往事泥中善说诗，吴音娇软含春姿。因情割爱反成悔，缔非其偶尤堪悲。驽材讵足亲仙骨，狮子何曾怜委发？风传柑果味全殊，雨暗合欢花不发。锄兰门内影竛竮①，伤哉逝水难归瓶。芳魂仍返仓山早，虚廊簌簌鸣幽筱②。"

杨蓉裳亦有《凤龄曲》云："汝南太史人中杰，文采风流世无敌。羊侃筵前舞袖围，马融帐外金钗列。我是彭宣到后庭，隔帏丝竹许同听。酒酣振触平生事，向我低徊说凤龄。凤龄本是苏台女，贫向豪家傍门户。牙郎那解惜娉婷，灶妾由来耐辛苦。携出淤泥一瓣莲，青衣乍脱便登仙。漫拈郭璞三升豆，判费初明十万钱。关情三五韶年纪，通发初齐试罗绮。碧玉娇痴未有夫，桃根宛转长依姊。爱惜盈盈掌上身，恐教辜负永丰春。谁言络秀堪同老？愿把西施别赠人。堂前文宴多宾从，隋郎风貌偏殊众。照影人夸城北徐，嬉春女爱东墙宋。珍偶相看已目成，许将红粉嫁书生。重重锦幄凭私语，叩叩香囊易定情。兰期初七银河度，啼痕满面登车去。从此茫茫万劫尘，回头迷却仙山路。铜街别馆贮娇姿，踪迹难教大妇知。绡帐香浓檀枕暖，一絇③丝络几多时。宜城郡主威名重，搜牢惊破巫云梦。浪说王家九锡文，短辕长柄成何用？架上抛残金缕衣，箧中夺去紫鸾篦。粉痕狼藉云鬟卸④，扶入车中不敢啼。檀郎隔绝无由见，秋雨秋风闭空院。九转柔肠对暗灯，千行愁泪吟团扇。绝粒非关爱细腰，典衣何计度寒宵？肤凝寒玉心还热，口嚼红霞怨不销。忍苦含辛经半载，九死穷泉更何悔？只是难忘旧主恩，留将一线残魂待。更念同根两地分，兰帏应亦痛离群。一朝噩梦花辞树，百种痴情泥忆云。谁知路比蓬山峻，更无青鸟通芳讯。绣幰⑤频迎那许还，黄柑遥赠知无分　二句用本事。絮果兰因去住难，弃将弱息自摧残。腰间三尺冰文练，百转千回掩泪看。黄昏人静重门闭，逡巡竟向南枝系。红蜡

---

① 竛竮：孤单的样子。
② 筱（xiǎo）：细小的竹子。
③ 絇（qú）：古代量词，丝五两为一絇。
④ 云鬟卸：乌发披散。
⑤ 绣幰（xiǎn）：指马车。

才灰辗转心，冰蚕永断缠绵意。郁郁埋香土一杯，长干①西去板桥头。空林鹃语三生恨，幽圹萤飞独夜愁。浮花浪蕊消弹指，毕竟韶颜为谁死？杀粉亲书堕泪碑，燃脂好续伤心史。只悔当初作鸩媒，生将珠玉委蒿莱。纵教采尽中州铁，铸错无成剧可哀。"洪稚存嫌蓉裳诗多肉少骨。余曰："张燕公评许景先丰肌腻理，惜乏风骨；李华文词绵丽，气少雄杰。宋子景亦云：'恃华者质少，好丽者壮违。'人各有性之所近也。"蓉裳年十六，即来受业，为余注四六文方半，而出宰甘肃矣。与陈梅岑皆翰林才，而困于风尘俗吏，亦奇！

八十八

断句入耳，有终身不能忘者：言情，则周兰坡《送别》云"临行一把相思泪，当作珍珠赠故人"；写景，则周起渭《西湖》云"若把西湖比明月，湖心亭是广寒宫"；寄托，则朱赞皇《咏牡丹》云"漫道此花真富贵，有谁来看未开时"；感慨，则徐方虎《赠冒辟疆》云"人逢沧海遗民少，语听开元旧事多"。

八十九

人必先有芬芳悱恻之怀，而后有沉郁顿挫之作。人但知杜少陵每饭不忘君，而不知其于友朋、弟妹、夫妻、儿女间，何在不一往情深耶？观其冒不韪以救房公，感一宿而颂孙宰，要郑虔于泉路，招李白于匡山：此种风义，

---

① 长干：古建康里巷名，借指南京。

可以兴,可以观矣。后人无杜之性情,学杜之风格,抑末也[1]!蒋心馀读陈梅岑诗,赠云:"一代高才有情者,继袁夫子是陈君。"

九十

何义门曰:"冯定远谓:'熟观义山诗,可免江西粗俗槎枒之病。'余谓熟观义山诗,兼悟西昆之失。西昆只是雕饰字句,无义山之高情远识;即文从字顺,犹有间也。"

九十一

彭尺木进士,为大司马芝亭先生之子。生长华腴,而湛深禅理,中年即茹素,与夫人别屋而居。每朔望,即相勖[2]曰:"大家努力修行。"彼此一见而已。后闭关西湖,恰不废吟咏。尝作《钱唐旅舍杂句》云:"处士当年百不营,偏于梅鹤剧多情。梅枯鹤去人何在?冷彻孤亭月四更。""结跌[3]终夕复终朝,眼底空华瞥地消。尚有闲情消不得,起寻松子当香烧。""酸韲薄粥少人陪,雪霁南窗昼懒开。不是一枝梅破萼,阿谁与我报春回?"《病起》云:"帘深蝇自进,花尽蝶无营。"皆见道之言,不着人间烟火。

---

[1] 抑末也:真是丢弃了最根本的东西。
[2] 相勖:互相勉励。
[3] 结跌:盘腿打坐。

九十二

龙铎，字震升，号雨樵，宛平己卯举人。十二岁时，杭州老宿朱桂亭先生命即席赋瓜子皮，应声曰："玉芽已褪空余壳，纤手初抛乍有声。莫道东陵无托意，中间黑白尽分明。"朱叹曰："此子将来必以诗名。"《观鱼》云："子不知鱼乐，君其问水滨。"《题画》云："乱泉寻石窦[1]，归雾断山腰。"《赠友》云："蓬转三年雨，兰言一夕秋。"皆少作也。后宰吴江。余扫墓杭州，必过其署。美膳横列，如入护世城中；豪气飞腾，胜坐元龙床上。洵风尘中一奇士也。

九十三

小伶凤珠，善歌，能解人意。雨樵即席赋《浣溪沙》，以"凤珠可儿"为韵。词云："彩云么梦，何处飞来红玉凤？笑倩人扶，一曲《梁州》一斛珠。眉欢目妥，教人坐立如何可？偏解相思，学语雏莺小意儿。"

九十四

康熙间，汪东山先生绎，精星学。桐城吴贡生某以女命与算。汪云："此一品夫人命也，但必须作妾。"吴愕然怒，以为轻己。汪曰："我早知君之必怒也。然君不信我言，请待我某科中状元时，君方信我。"及期，果中状元。吴再问汪。汪曰："勿急，待我再算郎君命中有一品者而后许

---

[1] 石窦：石穴。

之。"半年后，走告吴曰："桐城张相国之子名廷玉者，将来官一品；现在觅妾，君何不以女归之？"吴从之。遂生若霭、若澄，受两重诰封。汪题其灯笼曰："候中状元某。"人多笑之。在京师与方灵皋、蒋南沙、汤西崖齐名。三人皆疏放，而方独迂谨，时相抵牾。堂上挂沈石田芭蕉一幅，所狎二美伶来，错呼白菜，人因以"双白菜"呼之。方大加规谏。先生厌之，乃署其门曰："候中状元汪，谕灵皋，免赐光。庶几南蒋，或者西汤：晦明风雨时来往，又何妨。双双白菜，终日到书堂。"先生自知不寿，《自赠》云："生计未谋千亩竹，浮生只办十年官。"又尝望岱云："闲云莫恋山头住，四海苍生正望君。"

九十五

钱塘令曹江庐明府，有子名一熊，乳名顺生，聪颖异常，有李邺侯、晏元献之风。对客挥毫，赋《秋声》云："西风飒飒日相催，桐叶飘摇满绿苔。最爱秋霜添逸韵，树中传出一声来。"其时曹公方逐土娼。客问："娼应逐否？"笑曰："好事者为之也。"客又问："汝想作官否？"曰："要作，又不要作。"问："何也？"曰："学而优则仕，学而不优则不仕。"问："作官可要钱否？"曰："要钱，又不要钱。"问："何也？"曰："取之而燕民悦，则取之；取之而燕民不悦，则不取。"

九十六

宋元俊作四川提督，有恩威，苗人畏而爱之。王师征金川，颇立功。以性刚犯上，被劾。临讯时，苗民护从者千余人，挥之不散。宋公怒，取其头目杖四十，终不忍去。有参戎哈某，宋素轻之。哈画牡丹花于扇。宋戏题曰："已绾征西节，新吹幕府笳。如何贪富贵，又画牡丹花？"哈衔之刺骨，卒为所构。

九十七

扬州洪锡豫，字建侯，年甫弱冠，姿貌如玉，生长于华腴之家，而性耽风雅，以诗书为鼓吹，与名流相过从。昔人称谢览芳兰竟体①，知其得于天者异矣。为余梓尺牍六卷，寄诗请益。其《暮雨》云："衰柳拂西风，虫鸣乱叶中。片云将暮雨，吹送小楼东。萤火生寒碧，檐花坠小红。那堪终夜里，萧瑟傍梧桐。"《春日》云："青蓑白袷②了春耕，上冢人归月二更。灯影半残眠未稳，碧空吹落纸鸢声。"意思萧散，真清绝也。

九十八

苏州闺秀江铭玉，有《堂上视膳》诗云："明知温凊③时时缺，隐惧春秋渐渐高。"真能道人子之心。余读之，为泣下。

九十九

如皋张乾夫有《南坪集》八卷。其子竹轩太守托其宗人荷塘明府索序于余。余适撰《诗话》，为摘一二，以志吉光片羽之珍。其《荆溪》云："离

---

① 竟体：遍体，全身。
② 白袷：白色夹衣。也指无功名的士人。
③ 温凊（qìng）：意指子女四时侍奉父母，早晚请安，问寒问暖。凊，冷，凉。

墨山前路,千林望郁苍。人烟聚茶市,沙鸟绕渔梁。白雨江声急,孤舟水气凉。今宵高枕梦,不减在潇湘。"《不寐》云:"春更隐隐夜迢迢,愁不能祛酒易消。断送落花窗外雨,生憎一半在芭蕉。"《夜出南郊》云:"霜华散白满长堤,堤柳萧萧带月低。树上冻鸦栖不定,屡惊人影过桥西。"《慕园即事》云:"松影平分半窗月,漏声散作满城霜。"《癸酉除夕》云:"要问春从何处到,开元寺里一声钟。"皆可爱也。

一百

仁和高氏女,与其邻何某私通。女已许配某家,迎娶有日,乃诱何外出,而自悬于梁。何归,见之大恸,即以其绳自缢。两家父母恶其子女之不肖,不肯收殓。邑宰唐公柘田,风雅士也,为捐赀买棺而双瘗之;作四六判词,哀其越礼之无知,取其从一之可悯。城中绅士,均为赋诗。余按此题着笔,褒贬两难。独女弟子孙云鹤诗最佳,词曰:"由来情种是情痴,匪石坚心两不移。倘使化鱼应比目,就令成树也连枝。红绡已结千秋恨,青史难教后代知。赖有神君解怜惜,为营鸳冢播风诗。"后四句,八面俱到,尤为得体。钱谢莘枚,玙沙方伯第五子也,亦有句云:"解识巫山云雨意,始知唐勒是骚人。"亦佳。

一百一

近见作诗者,好作拗语以为古,好填浮词以为富,孟子所谓"终身由之而不知其道"者也。朱竹君学士督学皖江,来山中论诗,与余意合。因自述其序池州太守张芝亭之诗,曰:"'三百篇'专主性情。性情有厚薄之分,则诗亦有浅深之别。性情薄者,词深而转浅;性情厚者,词浅而转深。"余道:"学士腹笥[1]最富,而何以论诗之清妙若此?"竹君曰:"某所论,即诗家唐、宋之所由分也。"因诵芝亭《过望华亭》云:"昨夜望华亭,未睹九峰面。肩舆复匆匆,流光如掣电。当境不及探,过后心逾恋。九叠芙蓉万壑深,登临不到几沉吟。何当直上东峰宿,海月天风夜鼓琴。"又《江行》云:"犬吠人归处,灯移岸转时。"《端阳》云:"看人悬艾虎,到处戏龙舟。"《太白楼》云:"何时江上无明月,千古人间一谪仙。"《同人自齐山泛舟》云:"聊以公余偕旧友,须知兴到即新吾。"皆极浅语,而读之有余味。昔人称陆逊意思深长,信然。芝亭字仲谟,名士范,陕西人,今观察芜湖。其长君汝骧亦能继声继志。《题署中小园》云:"风吹花气香归砚,月过松心凉到书。"《将往邳州》云:"此去正过桃叶渡,归来不负菊花期。"又,《华盖寺》云:"曲径松遮洞,岩深寺隐山。"皆清雅可传。

---

[1] 腹笥(sì):腹中的学问。

卷十五

一

元相《连昌宫词》:"夜半月高弦索鸣,贺老琵琶定场屋。"因《隋书·音乐志》,每岁正月十五日,"于端门外、建国门内,绵亘八里,列为戏场。百官起棚夹路,从昏达旦以观之",谓之"场屋"故也。今误称场屋为试士之处。

二

今人动称"勾栏"为教坊。《甘泽谣》辨云:"汉有顾成庙,设勾栏以扶老人。非教坊也。"教坊之称,始于明皇,因女伎不可隶太常,故别立教坊。王建《宫词》、李长吉《馆娃歌》,俱用"勾栏"为宫禁华饰。自义山《倡家诗》有"帘轻幕重金勾栏"之词,而"勾栏"遂混入妓家。

三

今人以荷包为荷囊，盖取刘伟明诗曰"西清寓直荷为橐①，左蜀宣风绣作衣"之句。按：紫荷者，以紫为夹囊，服外加于左肩，是周公负成王之服。一名"契囊"，见张晏注《丙吉传》。《宋书·礼志》："朝服肩上有紫生袷囊，缀之朝服外，呼曰'紫荷'以盛奏章。"是紫荷非今之荷包明矣。惟《三国志》云："曹操好佩小鞶囊②。"似今之荷包。

四

柴钦之年少貌美，赋诗自夸云："即今叔宝神清少，敢坐羊车有几人？"余按《汉书》注："羊车，定张车也。非羊所牵之车也。"然晋武帝在宫中乘羊车游，宫人以竹叶洒盐以引羊。是牵车者羊也。犹之如淳注："《楚歌》，《鸡鸣歌》也，非楚人所歌也。"然高帝谓戚夫人曰："若为吾楚歌，吾为若楚舞。"又明是楚人之歌。

五

《魏书·礼志》曰："徒歌曰谣，徒吹曰和，比音而乐之及干戚羽毛谓之乐。"然则素琴以示终，笙歌以告哀，不可谓之乐也。宋王黼传遭钦圣之

---

① 橐（tuó）：口袋。
② 小鞶（pán）囊：系在鞶带上盛物的小荷包或小囊。鞶，古人佩玉的腰带。

丧,犹召乐妓,舞而不歌,号曰"哑乐"。余故题《息夫人庙》有"箫鼓还须哑乐迎"之句。

六

人疑东坡诗云:"龙钟三十九,劳生已强半。"三十九不得称"龙钟"。按苏鹗《演义》:"龙钟,谓不昌炽、不翘举之貌。"《广韵》:"龙钟,竹名。老人如竹摇曳,不能自持。"唐人《谈录》载:"裴晋公未第时,过洛中,有二老人言:'蔡州未平,须待此人为相。'仆闻,以告。公笑曰:'见我龙钟,故相戏耳。'"王忠嗣以女嫁元载,岁久,见轻,游学于秦,为诗曰:"年来谁不厌龙钟,虽在侯门似不容。"二人皆于少年未第时,自言龙钟。

七

张平子《归田赋》:"仲春令月,时和气清。"盖指二月也。小谢诗因之,故曰:"首夏犹清和,芳草亦未歇。"今人删去"犹"字,而竟以四月为"清和"。

八

今动以"苜宿""广文"称校官。余按非也。唐开元中,东宫官僚清淡,薛令之为左庶子,以诗自悼曰:"朝日上团团,照见先生盘。盘中何所有，苜蓿上阑干。"盖是东宫詹事等官，非今之学博①也。说见宋林洪《山家清供》。杜诗曰："诸公衮衮②登华省，广文先生官独冷。"按《唐书》："明皇爱郑虔之才，欲置左右，以不事事，更为置广文馆，以虔为博士。虔闻命，不知广文曹司何在，诉之宰相。宰相曰：'上增国学，置广文馆以居贤者。令后世言广文博士自君始，不亦美乎？'虔始就职。"是"广文"者，乃明皇为虔特设之馆，非今之学官也。

九

今人动以"金马玉堂"称翰林。余按宋玉《风赋》"徜徉中庭，北上玉堂"，《古乐府》"黄金为君门，白玉为君堂"，泛称富贵之家，非翰林也。汉武帝命文学之士，待诏金马门③。"金马"二字，与文臣微有干涉。至于谷永对成帝曰："抑损椒房玉堂之盛宠。"颜师古注："玉堂，嬖幸④之舍也。《三辅黄图》曰：'未央宫有殿阁三十二，椒房、玉堂在其中。'"是"玉堂"乃宫闱妃嫔之所，与翰林无干。宋太宗淳化中赐翰林"玉堂之署"四字，想从此遂专属翰林耶？

十

今称人迁官曰"莺迁"，本《诗经》"迁于乔木"之义。按《伐木》章："鸟鸣嘤嘤，出自幽谷，迁于乔木。"是"嘤"字不是"莺"字。

---

① 学博：唐代府郡置经学博士各一人，掌以五经教授学生。后泛称学官为学博，也即本则所提到的校官。
② 衮衮：连续不断，众多。
③ 金马门：汉代宫门名，是学士待诏处。
④ 嬖幸：受皇帝宠幸。

"嘤"乃鸟之鸣声耳。"绵蛮黄鸟",当是莺,而又无"迁乔"字样。然唐人有《莺出谷》诗题,《卢正道碑》有"鸿渐于磐,莺迁于木"之文,则以"嘤"为"莺",自唐已然。

十一

《生民》之诗曰:"诞弥厥月[①]。"《毛笺》:"诞,大也。弥,终也。"此诗下有八"诞"字:"诞置之隘巷""诞置之平林"……朱子以"诞"字为发语词。今以生日为诞日,可嗤也! 余又按:古人以宴享为礼,而以介寿为节文。故《诗》《书》所称,逐日可以为寿。今人以生日为礼,而以宴饮为节文,故介寿必生日。

十二

《珍珠船》言:"萱草,妓女也。人以比母,误矣。"此说盖本魏人吴普《本草》。按《毛诗》:"焉得萱草,言树之背。"注云:"背,北堂也。"人盖因"北堂"而傅会于母也。《风土记》云:"妇人有妊,佩萱则生男。故谓之宜男草。"《西溪丛语》言:"今人多用'北堂萱堂'于鳏居之人,以其花未尝双开故也。"似与比母之义尚远。

十三

戴氏《鼠璞》云:"《鲁颂》所称'泮宫'者,泮,鲁水也,非学宫

---

① 厥月:不圆的月。

也。若以泮水为半水，则下文'泮林'，岂是半林乎？况《鲁颂·泮宫》诗，乃是僖公献馘①演武之所，非尚文之地。《王制》：'天子曰辟雍，诸侯曰泮宫。'是汉儒误解《鲁颂》，而至今因之。"

十四

杜诗有"起居八座太夫人"之句。今遂以八人扛舆者为"八座"。按宋、齐所云"八座"者：五尚书、二仆射、一令。《唐六典》曰："后汉以令、仆射、六曹尚书为八座。今以二丞相、六尚书为八座。唐不置令。"考《宋书》《六典》之言，是"八座"者，八省之官，非八人舁之而行之谓也。南齐王融曰："车前无八驺，何得称丈夫？"是则有类今所称"八座"之说矣。

十五

"老泉"者，眉山苏氏茔有老人泉，子瞻取以自号，故子由《祭子瞻文》云："老泉之山，归骨其旁。"而今人多指为其父明允之称，盖误于梅都官有《老泉诗》故也。

十六

今人称伶人女妆者为"花旦"，误也。黄雪槎《青楼集》曰："凡妓以墨点面者号花旦。"盖是女妓之名，非今之伶人也。《盐铁论》有"胡虫奇

---

① 馘（guó）：古代战争时割取敌人左耳以献功。

姐"之语，方密之以"奇姐"为小旦。余按：《汉郊祀志》"乐人有饰女妓者"，此乃今之小旦、花旦。"奇姐"二字，亦未必作小旦解。

十七

程绵庄云："孔子庙有棂星门，其误已久，不可不知。《诗经·小序》云：'《丝衣》，绎宾尸也。'高子曰：'灵星之尸也。'汉高祖始令天下祀灵星。《后汉书》注云：'灵星，天田星也。欲祭天者，先祭灵星。'《风俗通》：'县令问主簿："灵星在城东南，何法？"曰："惟灵星所以在东南者，亦不知也。"'《宋史·礼志》云：'仁宗天圣六年，筑南郊坛，外壝①周以短垣，置灵星门。'夫以郊坛外垣为灵星门者，所以象天之体，用之于圣庙，盖以尊天者尊圣也。其移用之始，始于宋。《景定建康志》《金陵新志》并言：'圣庙立灵星门。'惟《元志》误以'灵'作'棂'，后人承而用之，则不知义之所在矣。《晋史·天文志》云：'东方角二星为天关，其间天门也。'与《后汉书》注正相印证。俗儒解'棂星'，以为养先于教，犹知'棂'之为'灵'也。今竟解作疏通之义，则大谬矣！"余戏题云："绎祭灵星有乐章，故将圣庙比天阊②。如何解作疏通义，钻入窗棂上讲堂。"

十八

刘孝威《结客少年场》云："少年李六郡。"李，使也。故《左氏》："不使一介行李告于寡君。"杜注："李，使人也。"凡言信者，亦使人

---

① 壝（wéi）：古代祭坛四周的矮墙。
② 天阊：天门。

也。《古乐府》:"有信数寄书,无信长相忆。"今误以"行李"为作客之衣装。

十九

今称夫妻为"结发",女拜曰"敛衽",皆误也。按《李广传》:"广自结发与匈奴战。"苏武诗:"结发为夫妻。"泛称自幼束发之意,非指称结两人之发也。成婚之夕,男左女右,合其髻曰"结发",始于刘岳《书仪》。《战国策》:"江乙谓安陵君曰:'国人见君,莫不敛衽而拜。'"《留侯世家》曰:"陛下南面称霸,楚君必敛衽而朝。"皆指男子也。今称女拜为"敛衽",不知始于何时。

二十

今人称诗题为"题目"。按二字始见于《世说》:"山司徒前后选百官,举无失才,凡所题目,皆如其言。"又"时人欲题目高坐上人而未能。桓公曰:'精神渊著①。'"是"题目"者,品题之意,非今之诗题、文题也。

二十一

余到南海,阅《粤峤志》:"景炎二年,端宗航海,有香山人马南宝献粟助饷,拜工部侍郎。帝幸沙浦,与丞相陈宜中、少傅张世杰即主其家。居

---

① 渊著:渊深博大。

数日,广州陷。南宝募乡兵千人扈送至香山岛。元兵追至硐州,陈宜中走占城求救。帝崩。卫王昺立,走崖山,以曾子渊充山陵使,奉梓宫①,殡于南宝家。宋亡,南宝泣不食。作诗曰:'目击崖门天地改,寸心不与夜潮消。'又曰:'众星耿耿沧波底,恨不同归一少微。'后卒殉节。"其诗其事,正史不传,故志之。

二十二

李太守棠《喜晤故人》云:"问年人是旧,见面老惊新。"储宗丞麟趾《落齿》云:"失辅悲新别,观颐念旧勋。"

二十三

江南俗例:登科报捷者,例用红绫书喜帖。方近雯方伯家本寒素,举京兆,报到,夫人仓猝无力买绫,不得已,截衫袖付之。家婢戏云:"留取一半,待明年中进士作赏。"先生闻之,在长安寄诗云:"朔风寒到柔荑手,忆杀麟衫两袖红。"次年,果宴琼林。先生又寄诗云:"榜下忆来常欲泣,朝中说去半能知。"

二十四

诗人能武艺,自命英雄,晚年有王处仲击唾壶②之意。许子逊《咏飞将》

---

① 梓宫:指皇帝、皇后或重臣的棺材。
② 唾壶:今日痰盂的前身,小口巨腹的吐痰器皿。

云:"垂老犹横槊①,穷愁未废诗。荐章终日上,不到傅修期。"沈子大《咏怀》云:"落笔一身胆,结交寸心血。"薛生白《咏马》云:"尔不嘶风吾老矣,可知俱享太平时。"

二十五

西林相公勋业巍巍,而赋诗时有感慨。《石桥扫墓》云:"石桥西下白杨堆,宿草初从暖气回。一陌②纸钱三滴酒,几家坟上子孙来?"

二十六

诗有无意相同者:徐太夫人《咏蝶》云:"试向青陵台上望,可曾飞上别家枝。"王次岳《咏蝶》云:"果是青陵旧魂魄,不应到处宿花房③。"

二十七

《封氏闻见录》曰:"切字始于周颙。颙好为体语④,因此切字,皆有纽,纽有平上去入之分。沈约遂因之而撰《四声谱》。"沈括、曾慥俱以切字始于西域佛家。汉人训字,止曰读如某字而已,无反切也。吴獬以为始于后魏校书令李启撰《声韵》十卷,夏侯咏撰《声韵略》十二卷。李涪《刊

---

① 槊:古代的一种兵器,即长杆矛,同"矟"。
② 一陌:旧时一百纸钱之称,也泛指一串纸钱。
③ 不应到处宿花房:不应该到处寻花吸蕊。
④ 体语:魏晋南北朝时的一种反切隐语。即以两个字先正切,再倒切,成为另外两个字。又称反语。

误》亦主其说。至于叶韵之说，古人所无。顾亭林以为始于颜师古、章怀太子二人。王伯厚以为始于隋陆法言撰《切韵》五卷。余按：汉末涿郡高诱解《淮南子》《吕氏春秋》，有"急气""缓气""闭口""笼口"之法。盖反切之学，实始于此，而孙叔然炎犹在其后。

二十八

诗赋为文人兴到之作，不可为典要。上林不产卢橘，而相如赋有之。甘泉不产玉树，而扬雄赋有之。简文《雁门太守行》而云"日逐康居与月氏"，萧子晖《陇头水》而云"北注黄河，东流白马"，皆非题中所有之地。苏武诗有"俯看江汉流"之句。其时武在长安，安得有江汉？《尔雅》："山有穴为岫。"谢玄晖诗"窗中列远岫"，徐浩文"孤岫龟形"，皆误指为山峦。刘琨《答卢谌》诗："宣尼悲获麟，西狩涕孔丘。"宣尼即孔丘也。谢朓《秋怀》诗："虽好相如色，不同长卿慢。"长卿即相如也。康乐："扬帆采石华，挂席拾海月。""扬帆"即"挂席"也。孟浩然："竹间残照入，池上夕阳微。""夕阳"即"残照"也。使后人为之，必有"关门闭户掩柴扉"之诮矣。杜少陵《寄贾司马》诗："诸生老伏虔。"东汉服虔并不老。所云伏虔者，伏生也，伏生不名虔。《示僚奴阿奴》云："曾惊陶侃胡奴异。"胡奴，侃之子，非奴仆也。"不闻夏殷兴，中自诛褒、妲。"褒、妲是殷周人，与夏无干。

杜诗："乘槎①消息近，无处问张骞。"此即世俗所传张骞乘槎事也。然宋之问诗云："还将织女支机石②，重访成都卖卜人。"是明用《荆楚岁时记》织女教问严君平事。独不知君平为王莽时人，张骞乃武帝时人，相去

---

① 槎（chá）：用竹木编成的筏。
② 机石：传说中天上织女支织机之石，也以代指织机。

远矣!

汪韩门云:"《檀弓》:'齐庄公袭杞,杞梁死焉,其妻迎其柩于路而哭之哀。'《孟子》:'杞梁妻善哭其夫,而变国俗。'《左传》但言杞妻辞齐侯之吊,而不言哭。《檀弓》《孟子》虽言哭,未言崩城事也。《说苑·立节篇》云:'其妻闻夫亡而哭,城为之陁。'《列女传》云:'枕其夫之尸于城下,哭十日而城崩。'亦未言长城也。长城筑于齐威王时,去[①]庄公百有余年;而齐之长城,又非秦始皇所筑长城。唐释贯休乃为诗曰:'秦人筑土一万里,杞梁贞妇啼呜呜。'则竟以杞梁为秦时筑长城之人,而其妻所哭崩,乃即秦之长城矣。"

俗传梁灏八十登科,有"龙头属老成"七言诗一首。《黄氏日抄》《朝野杂记》俱驳正之,以为灏中状元时,年才二十六耳。余按《宋史》灏本传:雍熙二年举进士,赐进士甲科,解褐,大名府观察推官。景德元年卒,年九十二。雍熙至景德相隔只十余年,而灏寿已九十二,则八十登科之说,未为无因。

二十九

班史称霍光不学无术,故不知伊尹放太甲之事。乃《西京杂记》载光《答孪生兄弟书》,先引殷王祖甲,再引许釐公一产二女,楚唐勒一产二子,事甚博雅。《蜀志》刘巴轻张飞云:"大丈夫何暇与兵子语?"似飞稚鲁无文。乃涪陵有飞所作《刁斗[②]铭》,流江县有飞所书题名石。前明张士环有诗云:"江上祠堂横剑佩,人间刁斗重银钩。"

---

① 去:距离。
② 刁斗:中国古代军队中用的一种器具,又名"金柝""焦斗",白天可供一人烧饭,夜间敲击以巡更。

三十

宋人多称曾子固不能诗。乃《上元祥符寺宴集》云:"红云灯火浮沧海,碧水瑶台浸远空。"又《享祀军山庙歌》:"土膏起兮,流泉驶兮。"凡二百余言,俱不减作者。

三十一

或问唐沈佺期诗云:"不如黄雀语,能免冶长灾。"余按皇侃《论语义疏》云:"冶长从卫还鲁,见老妪当道哭,问:'何为哭?'云:'儿出未归。'冶长曰:'顷闻乌相呼,往某村食肉。得毋儿已死耶?'妪往视,得儿尸,告村官。官曰:'冶长不杀人,何由知儿尸?'遂囚冶长。且曰:'汝言能通鸟言,试果验,裁放汝。'冶长在狱六十日,闻雀鸣而大笑。狱主问何笑。冶长曰:'雀鸣喷喷嗜嗜,白莲水边,有车翻黍粟,牡牛折角,收敛不尽。相呼往啄。'狱主往视,果然。乃白村官而释之。"余爱雀言,音节天然,有类古乐府。

三十二

萧子荣《日出东南隅》云:"三五前年暮,四五今年朝。"梁元帝《法宝联璧序》云:"相兼二八,将兼四七。"此等算博士语,最为可笑。其滥觞盖起于东汉《唐君颂》,曰"五六六七,训道若神",用曾点"冠者五六人,童子六七人"也。棠邑《费凤碑》曰"菲五五",言居丧菲食二十五月也。皆割裂太过,不成文理。

三十三

或问:"梅定九先生诗云:'乾道炎三伏,坤灵乐四游。'作何解?"余按《史记》秦德公二年"初伏"注:"三伏始于秦,周无伏也。"刘熙《释名》云:"金气伏藏也,故三伏皆庚。"王大可云:"三伏者,庚金伏于夏火之下。金畏火,故曰伏。"惟"四游"不得其解。后见《尚书考·灵耀》曰:"地体虽静,而终日旋转,如人坐舟中,舟自行动,人不能知。春星西游,夏星北游,秋星东游,冬星南游。一年之中,地有四游。"此定九先生之所本也。

三十四

毛西河以诗赋为试帖。按,唐"明经"先帖文,然后试帖经之法,以所习经帖其两端中留一行试之,非指诗赋也。然"明经"亦有试诗者,王贞白有《帖经日试宫中瑞莲诗》。

三十五

今举子于场前揣主司所命题而预作之,号曰"拟题"。按宋何承天私造《铙歌》十五篇,不沿旧曲,而以己意咏之,号曰"拟题",此二字之始。今遂以为士子揣摩之称。

三十六

俗传黄崇嘏为女状元。按《十国春秋》："崇嘏好男装，以失火系狱，邛州刺史周庠爱其丰采，欲妻以女。乃献诗云：'幕府若容为坦腹，愿天速变作男儿。'庠惊，召问，乃黄使君女也。幼失父母，与老妪同居。命摄司户参军，已而乞罢归，不知所终。"今世俗讹称女状元者，以其献诗时，自称"乡贡进士"故也。严冬友曰："徐文长《四声猿》剧，末一折为《女状元》，即崇嘏事。此俗称所始。"

三十七

孔毅夫《杂说》称退之晚年服金石药致死，引香山诗"退之服硫黄，一病讫不痊"为证。吕汲公辩之云："卫中立字退之，饵金石，求不死，反死。中立与香山交好，非韩退之也。韩公之痛诋金石，已见李虚中诸人墓志矣。岂有身反服之之理？"

三十八

近人新婚，贺者作催妆诗，其风颇古。按《毛诗》"间关车之牵兮"一章，申丰曰："宣王中兴，士得行亲迎之礼，其友贺之而作是诗。"北齐昏礼，设青庐，夫家领百余人，挟车子，呼新妇，催出来。唐因之有催妆诗。中宗守岁，以皇后乳媪配窦从一，诵《却扇诗》数首。天祐中，南平王钟女适江夏杜洪子，时已昏暝，令人走乞《障车文》于汤笃。笃命小吏四人执纸，倚马而成，即催妆也。

《芥隐笔记》《辍耕录》俱云：今新妇至门，则传席以入，弗令履地。唐人已然。白乐天《春深娶妇》诗云："青衣捧毡褥，锦绣一条斜。"

两新人宅堂参拜，谓之拜堂。唐人王建《失钗怨》："双杯行酒六亲喜，我家新妇宜拜堂。"

三十九

诗能令人笑者必佳。云松《咏眼镜》云："长绳双目系，横桥一鼻跨。"古渔《客邸》云："近来翻厌梦，夜夜到家乡。"张文端公云："姑作欺人语，报国在文章。"尹似村《咏贫》云："笥能有几衣频典，钱值无多画幸存。"刘春池《立春》云："门前久已无车马，尚有人来送土牛。"古渔《哭陈楚筠》云："才可闭门身便死，书生强健要饥寒。"蒋心馀《咏京师鸡毛炕》云："天明出街寒虫号，自恨不如鸡有毛。"

香亭和余《咏帐》云："垂处便宜人语细。"余乍读便笑。香亭问故。余曰："纵粗豪客，断无在帐中喊叫之理。"又《咏杖》曰："隔户声先步履来。"皆真得妙。

四十

曹震亭与史梧冈潜心仙佛，好为幽冷之诗。曹云："肃肃秋干风，萧旷野无已。桥孤朽柱摇，落日动野水。"史云："一峰两峰阴，三更五更雨。冷月破云来，白衣坐幽女。"皆阴气袭人。曹又有句云："秋阴连朔望，黯黯白云平。似听前村里，呼鸡有妇声。"此首便冷而不阴。

四十一

诗有听来甚雅,恰行不得者。金寿门云:"消受白莲花世界,风来四面卧中央。"诗佳矣,果有其人,必患痎疟。雪庵僧云:"半生客里无穷恨,告诉梅花说到明。"诗佳矣,果有其事,必染寒疾。

四十二

今人称曲之高者,曰"郢曲",此误也。宋玉曰:"客有歌于郢中者。"则歌者非郢人也。又曰:"《下里》《巴人》,国中属和者数千人。《阳春》《白雪》,和者不过数十人。引商刻羽,杂以流徵,则和者不过数人。"是郢之人能和下曲,而不能和妙曲也。以其所不能者名其俗,不亦讹乎?

四十三

《毛诗》"流离之子",《郑笺》"流离,鸟名",今讹以为离散之词。犹之"狼狈",兽名也,今讹以为困顿之词。"琐尾"二字,《笺》"美好也",今亦讹为琐碎之词。

四十四

谢位联《贺进士》云:"赴宴琼林早,题名雁塔高。"余有旧拓《雁塔题名记》十余张,皆缙绅大夫、僧流羽士之名,非止新进士也。唐进士于曲江宴赏之余,多有各题名姓者,今人遂以"雁塔题名"为称贺进士之言。

四十五

世传苏小妹之说,按《墨庄漫录》云:"延安夫人苏氏,有词行世,或以为东坡女弟适柳子玉者所作。"《菊坡丛话》云:"老苏之女幼而好学,嫁其母兄程濬之子之才先生。作诗曰:'汝母之兄汝伯舅,求以厥子来结姻。乡人婚嫁重母族,虽我不肯将安云。'"考二书所言,东坡止有二妹:一适柳,一适程也。今俗传为秦少游之妻,误矣!或云:"今所传苏小妹之诗句对语,见宋林坤《诚斋杂记》,原属不根之论,犹之世传甘罗为秦相。"按《国策》:"甘罗年十二,为少庶子,请张卿相燕。又事吕不韦,以说赵功,封上卿。"并无为秦相之说。然《仪礼疏》亦云:"甘罗十二相秦。"则以讹传讹久矣。

四十六

张翰诗"黄花若散金",菜花也。通首皆言春景,宋真宗出此题,举子误以为菊,乃被放黜。

四十七

外祖章师鹿诗云："高足多金紫，先生已白头。"人问"高足"出处。按《世说新语》："郑康成在马融门下，三年不得相见，高足弟子传授而已。"言融不能亲教，使高弟子传授之耳。然颜师古注《高祖本纪》云："凡乘传者，四马高足为置传，四马中足为驿传，四马下足为乘传。"是"高足"二字，在汉时以之名马；而《世说》竟以之称弟子，何也？师鹿先生年八十四，犹冒雨着屐，赴康熙庚子乡试。使遇今上，必受殊恩无疑也。《与及门游西湖》云："师弟同游兴不孤，呼僮挈榼更提壶。分明柳暗花明处，年少丛中一老夫。"

四十八

今人称女子加笄为"上头"。按《南史·孝义传》："华宝八岁，父成往长安，临别曰：'须我还，为汝上头。'长安陷，父不归。宝年至七十，犹不冠。"是"上头"者，男子之事。今专称女子，心颇疑之。读《晋乐府》云："窈窕上头欢，那得及破瓜？"则主女说亦可。

四十九

唐耿纬《长门怨》云："闻道昭阳宴。"杨衡云："望断昭阳信不来。"刘媛云："愁心和雨到昭阳。"按：昭阳为成帝时赵氏姊妹所居，与武帝之陈后长门无涉。

五十

　　章槐墅观察曰："泰山从古迄今，皆言自中干发脉。圣祖遣人从长白山，踪至旅顺山口，龙脉入海，从诸岛直接登州，起福山而达泰山，凿凿可据。"余虽未至旅顺福山，然山左往来，不惟岱岳位震面兑，即观汶、泗二水源流，亦皆自东而西：则泰山不从中干发脉，又一确证也。因纪以诗云："两条汶、泗朝西去，一座泰山渡海来。笑杀古今谈地脉，分明是梦未曾猜。"

五十一

　　乐府云："五马立踯躅。"香山诗云："五匹鸣珂马，双轮画戟车[①]。"注："五马者，不一其说。按《汉官仪》：四马载车。惟太守出，则增一马。故称太守曰五马。"此一说也。程氏《演繁露》以为始于《毛诗》："良马五之。"亦一说也。《南史·柳元筴传》："兄弟五人，同为太守，各乘一马出入，时人荣之，号柳氏门庭，五马委蛇。"则又一说矣。

五十二

　　《古乐府》："十五府小史，三十侍中郎。"似令史之年轻者名小史，即今之小书办也。张翰有《周小史诗》，曰："翩翩周生，婉娈[②]幼童。年甫

[①] 画戟（jǐ）车：古时帝王及重臣出行所乘的有仪仗跟随的马车。
[②] 婉娈：年少美貌。

十五，如日在东。"谢惠连有《赠小史杜德灵》诗，似乎亵狎。然吴祐举孝廉，乃越道，共雍丘小史黄真欢语移时，人以为荣。则小史又以人重矣。高俅为东坡小史，后见苏氏子孙，执礼犹恭。

五十三

唐人争取新进士衣裳以为吉利。张文昌诗曰："归去惟将新诰命，后来争取旧衣裳。"唐宣宗自称"乡贡进士李道隆"。进士之荣，至于天子慕之。宋时尤重出身，无出身者，不得入相。故欲相此人，必先赐同进士出身，而后许其入相。其重如此。然亦有时而贱。李赞皇不中进士，故不喜科目，曰："好骡马不入行。"金卫绍王喜吏员，不喜进士，曰："高廷玉人才非不佳，可惜出身不正。"嫌其中进士故也。

五十四

宋咸淳辛未，正言陈伯大议：考试士子，诸路运司牒州县，先置士籍，编排保伍，取各人户贯三代年甲，书明所习经书；年十五以上能文者，许其乡之贡士结状保送。一样四本，分送县、州、漕、部。临唱名时，重行编排保伍，各人亲书家状，以验笔迹。士人苦之，赋诗云："刘整惊天动地来，襄阳城下哭声哀。庙堂束手全无策，只把科场闹秀才。"

五十五

邵又房《赠友》云："《广陵散》里求知己，不特弹无听亦无。"余叹其意包括甚广。按《文苑英华》顾况序：弹琴者王女继之，名"日宫""月宫"；有《归云引》《华岳引》诸曲，皆《广陵散》之遗音。是叔夜所弹，未尝绝也。《唐书·韩皋传》，解《广陵散》为嵇康思魏之意。因毋丘俭、诸葛诞俱起兵于广陵，思兴复魏室，而兵皆散亡，故曰从此绝矣。非专指琴也。

五十六

或问："杨升庵有句云：'一桶水倾如佛语，两重纱夹起江波。'应作何解？"余按徐骑省不喜佛经，常云："《楞严》《法华》，不过以此一桶水，倾入彼一桶中。倾来倒去，还是此一桶水。识破毫无余味。"此升庵所本也。方空纱用一层糊窗，原无波纹；夹以两层，必有闪烁不定之波。恐升庵即事成诗，未必有本。余亦有句云："水痕泻地方圆少，雪片经风厚薄多。"一用《世说》，一用《东坡志林》。

五十七

熊蔗泉观察《听雪》云："一夜朔风急，重衾尚觉寒。料应阶下白，及早起来看。"童二树《盼月》云："佳绝娟娟月，秋窗逼晓开。卧看桐竹影，渐上卧床来。"两首格调相同。商宝意《顾曲》云："一曲明光三十段，自弹先要听人弹。"赵云松《论诗》云："背人恰向菱花照，还把看人眼自看。"两首用意相反。

五十八

诗文自须学力,然用笔构思,全凭天分。往往古今人持论,不谋而合。李太白《怀素草书歌》云:"古来万事贵天生,何必公孙大娘浑脱舞?"赵云松《论诗》云:"到老始知非力取,三分人事七分天。"

五十九

士大夫热中贪仕,原无足讳;而往往满口说归,竟成习气,可厌。黄莘田诗云:"常参班里说归休,都作寒暄好话头。恰似朱门歌舞地,屏风偏画白蘋洲。"

六十

近人佳句,常摘录之,以教子弟,过时一观,亦有吹竹弹丝之乐。明知收拾不尽,然捃摭一二,亦圣人"举尔所知"意也。毛琬云:"乍寒童子怯,将雨野人知。"童钰云:"病闻新事少,老别故人难。"张节云:"行善最为乐,观书动畜疑。"孔东堂云:"纤低时掠水,帆饱不依桅。"廖古檀云:"山风枯砚水,花雨慢琴弦。"王卿华云:"断香浮缺月,古佛守昏灯。"汪可舟云:"客久人多识,年高众病归。"吴飞池云:"凉风不管征衣薄,落日方知行路难。"李穆堂云:"云在岫无争出意,石当流有不平鸣。"何南园云:"闲愁早释非关酒,旧学重温为课孙。"杨次也云:"浅水戏鱼如可拾,密林藏鸟只闻声。"周青原云:"鸟自下山人自上,一齐穿破白云过。"刘果云:"花间看竹嫌逢主,梦里闻鸡似到家。"章智千《送春》云:"青山驻景如留客,绿树成阴已改妆。"姚念慈《哭孙虚船》云:"有泪直从知己落,无文可共别人论。"尹似村《送南园出京》云:"乍亲丰采归偏速,不惯风尘住自难。"袁蕙纕云:"功名何物催人老,车马无情送客多。"宝意《哭环娘》云:"乍分烟岛情犹恋,略享春风死未甘。"香亭《渡淮》云:"田家饭麦风仍北,游女拖裙俗渐南。"春池《顺风》云:"天上鸟争帆影速,岸边人恨马行迟。"又有五、七字单句亦妙者,鲁星村之"老怕送春归",杨守知之"随身只有影同来",王家骏之"园不栽梅觉负春",啸村之"讳老偏逢人叙齿",飞池之"孤鸿与客争沙宿",皆是也。

六十一

孔子曰:"刚毅木讷近仁。"余谓:人可以木,诗不可以木也。人学杜诗,不学其刚毅,而专学其木,则成不可雕之朽木矣。潘稼堂诗,不如黄唐堂:以一木而一灵也。余选钱文敏公诗甚少,家人误抄十余章。余读之,生气勃勃,悔知公未尽。居亡何,有人云:"此孙渊如诗也。"余自喜老眼之未昏。

六十二

余尝极赏健庵甥《咏落花》云:"看他已逐东流去,却又因风倒转来。"或大不服,曰:"此孩童能说之话,公何以如此奇赏?"余曰:"子不见张燕公争魏元忠事乎?燕公已受二张嘱托矣,因宋璟一言而止。一生名节,从此大定。在甥作诗时,未必果有此意;而读诗者,不可不会心独远也。不然,《诗》称'如切如磋',与'贫而无谄'何干?《诗》称'巧笑倩兮',与'绘事后素'何干?而圣人许子夏、子贡'可与言诗':正谓此也。"

六十三

高文良公巡抚江苏,为制府某所凌,势岌岌乎殆矣,而公声色不动,《咏天平山》云:"倚天峭壁无尘玉,堕地孤留不动云。"其时沈子大先生在幕府,和云:"白浪静教翻石下,碧云高不受风移。"

六十四

阐乘上人《对月吊以中》云:"共玩君何往?江头独怆神。难将一片月,分照九泉人。"余在小市,买一古镜,背有诗云:"宝匣初离水,寒光不染尘。光如一轮月,分照两边人。"毛西河《咏镜》云:"与余同下泪,惟有镜中人。"三押"人"字,俱佳。

六十五

高翰起司马《路上喜晴》云:"声传乾鹊喜,步觉蹇驴轻。"乔慕韩《舟中》云:"雨声篷背重,鸥影浪头轻。"

六十六

有人过刘智庙,见壁上题云:"明时如此拔幽沦,荐祢须看士贡身。敢拟石渠容散木,竟教尘海作劳薪。变名梅尉非无地,捧檄毛生尚有亲。异日《儒林》与《循吏》,一编位置听他人。"诗尾署"竹初"二字。自命如此,可想见其不凡。

六十七

王梦楼作云南太守,有纳楼夷民李鹤龄献诗云:"玉堂老凤留衣钵,沧海长虹卷钓丝。"梦楼喜,即用其二句为起句,绩①六句以赠别云:"旧事都随云变灭,新诗喜见锦纷披。殊方那易逢佳士,识面无如是别时。自负平生能说项,珊瑚几失网中枝。"

六十八

昌黎云:"横空盘硬语。"硬语能佳,在古人亦少。只爱杜牧之云"安得东召龙伯公,车干海水见底空",又云"鲸鱼横脊卧沧溟,海波分作两处生"。宋人句云:"金翅动身摩日月,银河翻浪洗乾坤。"本朝方问亭《卜魁杂诗》云:"龙来阴岭作游戏,雷电光中舞雪花。"赵秋谷《秋雨》云:"油云泼浓墨,天额持广帕。风过日欲来,艰难走云罅。"《大雨》云:

---

① 绩:把麻或其他纤维破开接续起来搓成线,喻接续作诗。

"日月皆归海,蛟龙乱上天。"赵云松《从李相国征台湾》云:"人膏作炬燃宵黑,鱼眼如星射水红。"赵鲁瞻云:"江星动鱼脊,山果落猿怀。"

六十九

丙辰召试鸿词,到丙申四十余年矣。申笏山在都中,与钱箨石、曹地山小集赋诗云:"尺五城南逐散仙,欢场一散似飞烟。多生那得离文字,后死何容卸仔肩?醉后吟声惊户外,雨余山色入窗前。百人尚有三人在,似得天怜亦自怜。"呜呼!笏山殁又十余年矣。今海内召试者,只余与箨石二人尚在。而近闻其年过八十,亦已中风。然则"天怜自怜",能无再三诵之乎?

七十

周青原《咏杨妃》云:"彩舆花下禄儿狂,此说终疑是渺茫。惟小刘郎曾爱惜,坐怀亲为画眉长。"用史事,补前人未有。将录寄秋帆中丞,镌杨妃墓上。

七十一

水仙花诗无佳者,惟杨次也先生七律,前半首云:"汀蘅洲草伴无多,以水为家奈冷何。生意不须沾寸土,通词直欲托微波。"余按《焦氏易林》云:"凫雁哑哑,以水为家。"杨暗用之,而使人不觉,可为用典者法。

七十二

赵云松太史入闱分校，作《杂咏》十余章，足以解颐①。《封门》云："官封恰似悬符禁，人望居然入海深。"《聘牌》云："金镕应识披沙苦，礼重真同纳采虔。"《供给单》云："日有双鸡公膳半，夜无斗酒客谈孤。"《分经》云："多士未遑谈虎观，考官恰似划鸿沟。"《荐条》云："品题未便无双士，遇合先成得半功。佛海渐登超渡筏，神山犹怕引回风。"《落卷》云："落花退笔全无艳，食叶春蚕尚有声。沉命法严难自诉，返魂香到或重生。"《拨房》云："未妨螺蠃艰生子，笑比琵琶别过船。"

七十三

余自幼闻"月华"之说，终未见也。同年王大司农秋瑞，梦月华而生，故小字华官。后见平湖陆陆堂先生云："康熙辛酉，八月十四夜，曾见月当正午，轮之西南角，忽吐白光一道。已而红黄绀②碧，约有二十余条，下垂至地，良久结轮三匝，见月不见天矣。"先生赋云："今宵才见月华圆，织女张机也失妍。五色流苏齐着地，三重轮廓欲弥天。"先生名奎勋，掌教桂林，作《礼经解义》，请序于金中丞。中丞命余代作，先生夸不已。中丞以实告之。先生曰："此古文老手，不似少年人所作也。"记先生有句云："檐低丝网蛛常断，沼浅莲房子半空。"

---

① 解颐：让人开颜欢笑。
② 绀：稍微带红的黑色。

先生祖名荻，字义山。当国初鼎革①时，马将军兵破平湖，掠其父，将杀之。荻才九岁，伏草中，跳出，抱将军膝，求代。将军爱其貌韶秀②，取手扇示之曰："儿能读扇上诗，即赦汝父。"荻朗诵曰："'收兵四解降王缚，教子三登上将台。'此宋人赠曹武惠王诗也。将军不杀人，即今之武惠王矣。"将军大喜，抱怀中，辟咡③曰："汝能随我去，为我子乎？"曰："将军赦吾父，即吾父也。"遂哭别其父而行。将军为之泪下。已而将军身故，荻得脱归。康熙己未，举鸿博，入词林。圣祖爱其才，一日七迁，从编修、赞善、庶子授内阁学士。才一年，先生引疾归；又十年，卒。自题华表云："一日七迁千古少，周年致政寸心安。"有病不治，吟曰："无药能延炎帝寿，有人曾哭老聃来。"

七十四

相传"天开眼"，余亦未之见也。平湖张敦坡晓步于庭，天无片云，忽闻有声𠲿然④，天开一缝，当中宽，两头狭，状类大船。宽处有圆睛，闪闪，光芒照耀，似电非电。眼旁碎芒⑤，如人之有睫毛。良久乃闭。敦坡赋诗曰："霹雳年年响，何曾殛恶来？今朝才省悟，天眼不轻开。"

---

① 鼎革：建立新的，革除旧的。
② 韶秀：长相秀美。
③ 辟咡：耳语。
④ 𠲿（huō）然：破裂声。
⑤ 碎芒：细小的光芒。

七十五

诗含两层意,不求其佳而自佳。或《咏太行山》云:"但有路可上,再高人也行。"《咏烛》云:"只缘心尚在,不免泪长流。"《咏相见坡》云:"劝君行路存余步,山水还留相见坡。"

七十六

余十二岁入学,廪生程郦渠云:"渠甥吴冠山,名华孙,亦以髫年入学。今已赋鹿鸣①,年才十五。"袖文一册示余。余读之,望若天人。及余登词馆,先生督学闽中,无由相见。五十年后,先生致仕在家,年八十矣。余游黄山,新安何素峰秀才招游仇树汪园,离先生所居,仅十里余,竟未走谒。别后,心悄悄如有所失。乃作诗寄之。先生见和云:"英才硕望是吾师,咫尺相逢愿又违。自昔直庐欣识面 己未科,收掌试卷,公所相识,于今花径少抠衣。无人不把神仙度,独我偏教遇合稀 屡想访随园未果。犹忆神交年尚幼,两株弱柳共依依。"

七十七

张仪封观察谓余曰:"李白《清平调》三章,非咏牡丹也。其时武惠妃薨,杨妃初宠,帝对花感旧,召李白赋诗。白知帝意,故有'巫山断

---

① 鹿鸣:此指科举考试。

肠'‘云想衣裳'之语。盖正喻夹写也。至于‘名花倾国',则指贵妃矣。"余按《唐书·李白传》称:"帝坐沉香亭,意有所感,乃召李白。"则观察此说,未为无因。张名裕谷,字怡庭。

七十八

曹子建《美女篇》押二"难"字。谢康乐《述祖德》诗押二"人"字。阮公《咏怀》押二"归"字。以故,杜甫《饮中八仙歌》、香山《渭村退居》、昌黎《寄孟郊》诗,皆沿袭之。

七十九

田实发云:"我偶一展卷,颇似穿窬入金谷,珍宝林立,眩夺目精;时既无多,力复有限,不知当取何物,而鸡声已唱矣。"此语甚隽。鱼门《晒书诗》云:"老饕对长筵,未啖空颐朵。"

八十

如皋布衣林铁箫有"老至识秋心"五字,余颇赏之。《与吴松崖看海棠》云:"万朵仙云轻欲滴,多情红向白头人。"松崖云:"娇来浑欲睡,愁杀倚阑人。"两押"人"字,俱妙。林名李,买得古铁箫,能吹变徵之音,因字铁箫,盖取王子渊"愿得谧为洞箫"之意云。

八十一

乩仙诗，都无佳者。惟盱眙许家有仙降坛，《咏燕》云："燕子衔泥认旧巢，飞来飞去暮连朝。哺儿不耐秋风老，回首空梁月正高。"读者云："诗虽佳，恐非吉兆。"果未十年，许零落殆尽。当许与仙倡和时，分咏"薛涛笺"，限"陵"字。诸客搁笔。仙云："便宜节度高千里，错过诗人杜少陵。"

八十二

余不解词曲。蒋心馀强余观所撰曲本，且曰："先生只算小病一场，宠赐披览。"余不得已，为览数阕。次日，心馀来问："其中可有得意语否？"余曰："只爱二句，云：'任汝忒聪明，猜不出天情性。'"心馀笑曰："先生毕竟是诗人，非曲客也。"余问何故。曰："商宝意《闻雷》诗云：'造物岂凭翻覆手，窥天难用揣摹心。'此我十一个字之蓝本也。"

八十三

余梓诗集十余年矣，偶尔翻撷，误字尚多。因记椒园先生《咏落叶》云："看月可知遮渐少，校书真觉扫犹多。"

八十四

王载扬接家信,知两子孪生,喜赋诗以寄云:"可无致语来清照,会有明妆避伯喈。"用典切而雅。

八十五

昆山城隍祠四宜轩有积土,道士将筑亭其上,阶石甫甃①,雷击之,三甃三击。掘地,乃是黄子澄墓。邑志载:公被戮,其门下士拾骨葬此。钱溉亭进士诗云:"昔时诛戮无遗婴,此日风雷护残骨。"

---

① 甃(zhòu):用砖砌。

卷十六

一

徐朗斋嵩曰："有数人论诗，争唐、宋为优劣者，几至攘臂①。乃授嵩以定其说。嵩乃仰天而叹，良久不言。众问何叹。曰：'吾恨李氏不及姬家耳！倘唐朝亦如周家八百年，则宋、元、明三朝诗，俱号称唐诗，诸公何用争哉？须知论诗只论工拙，不论朝代。譬如金玉，出于今之土中，不可谓非宝也。败石瓦砾，传自洪荒，不可谓之宝也。'众人闻之，乃闭口散。"余谓：诗称唐，犹称宋之斤、鲁之削也②，取其极工者而言，非谓宋外无斤、鲁外无削也。朗斋，癸卯科为主考谢金圃所赏，已定元矣，因三场策不到而罢。谢刊其荐卷，流传京师，故朗斋《咏唐寅画像》云："锦瑟华年廿五春，虎头金粟是前身。虚名丽六流传遍，下第江南第一人。""丽六"者，其场中坐号也。次科亦即登第。

---

① 几至攘臂：几乎到了卷袖动手的地步。
② 犹称宋之斤、鲁之削也：就好像推崇宋国的斧、鲁国的刀一样。

二

明季士大夫，学问空疏，见解迂浅，而好名特甚。今所传三大案，惟"移宫"略有关系。然拥护天启，童昏瞀乱①，遂致亡国，殊觉无谓。杨慎《大礼》一议，本朝毛西河、程绵庄两先生引经据古，驳之甚详。"梃击"一事，则汉、晋《五行志》中，此类狂人不一而足。焉有一妄男子，白日持棍，便可打杀一太子之理？蕲州顾黄公诗云："天伦关至性，张桂未全非。"又曰："深文论宫闱，习气恼书生。"议论深得大体。黄公与杜茶村齐名，而今人知有茶村不知有黄公。因《白茅堂诗集》贪多，稍近于杂，阅者寥寥，然较《变雅堂集》，已高倍蓰②矣。

黄蒙圣祖召见，宠问优渥，以老病乞归；再举鸿词，亦不赴试，有杨铁崖白衣宣至白衣还之风。《忆内》云："静夜停金剪，含情对玉釭。数声风起处，花雨上纱窗。"《观姬人睡》云："玉腕明香簟，罗帏奈汝何。不知梦何事，微笑启腮窝。"风韵独绝。余尝见小儿睡中，往往启颜而笑，讶其不知缘何事而喜。今读先生诗，方知眼前事，总被才人说过也。

三

同年杨大琛太史，在部以聋告归，专心攻诗，见示一册。有句云："金钏手摇春水影，玉楼帘卷卖花声。"风致嫣然。惜未录其全稿。今太史已亡，诗稿不知散落何处。太史字宝岩，苏州人。

---

① 瞀乱：昏乱，精神错乱。
② 蓰：五倍。

四

古人诗集之多，以香山、放翁为最。本朝则未有多如吾乡吴庆伯先生者。所著古今体诗一百三十四卷，他文称是，现藏吴氏瓶花斋。先生乳哺时，哑哑私语，皆建文逊国之事。年过十岁，方闭口不言。初为前朝马文忠公世奇所知，晚为本朝李文襄公之芳所知。康熙戊午，荐鸿词科，不遇而归。少时，在陈公函晖家作诗会，以《芙蓉露下落》为题，操笔立就，赠陈云："一辈少年争跋扈，明公从此愿躬耕。"陈大奇之。惜其集浩如烟海，不能细阅；欲梓而存之，非二千金不可。著述太多，转自累也。

五

余在广东新会县，见憨山大师塔院，闻其弟子道恒为人作佛事，诵诗不诵经。和王修微女子乐府云："剥去莲房莲子冷，一颗打过鸳鸯颈。鸳鸯颈是睡时交，一颗留待鸳鸯醒。"殊有古趣。圆寂后，顾赤方征士哭之云："已沉千日磬，犹满一床书。"

六

丹阳鲍氏女自称闻一道人，遭难流离，嫁竟陵陆蓑云，年二十四而夭。《咏溪钟》云："溪外声徐疾，心中意断连。是声来枕畔？抑耳到声边？"颇近禅理。昔朱子在南安闻钟声，矍然曰："便觉此心把握不住。"即此意也。

七

康熙时，吾乡女子卞梦珏有句云："夕阳交代笙歌月，曙色轻移灯火楼。"又曰："花谢六桥春色暗，雨来三竺远山无。"

八

吴文溥咏月云："清晖半边缺，似妾独眠时。"顾赤方咏月云："不分月宫人耐老，蛾眉一月一回新。"

九

国初说书人柳敬亭、歌者王紫稼，皆见名人歌咏。王以黯昧事，为李御史杖死，有烧琴煮鹤之惨。顾赤方哭之云："昆山腔管三弦鼓，谁唱新翻《赤凤儿》？说着苏州王紫稼，勾栏红粉泪齐垂。"王送公卿出塞，必唱骊歌，听者不忍即上马去，故又云："广柳纷纷出盛京，一声呜咽最伤情。行人怕听《阳关曲》，先拍冰轮上马行。"悼王郎诗，只宜如此，便与题相称。乃龚尚书竟用"坠楼""赋鹏"之典，拟人不伦，悖矣！御史名森先，字琳枝，性虽伉直，诗恰清婉。《过云间亭》云："空亭积水松阴乱，小阁张灯夜气清。"卒以忤众罢官。

十

龚芝麓尚书失节本朝，又娶顾横波夫人，物论轻之。顾黄公为昭雪云："天寿还陵寝，龙輀①葬大行。义声归御史，疏稿出先生。浮议千秋白，余生七尺轻。当年沟渎②死，苦志竟谁明？怜才到红粉，此意不难知。礼法憎多口，君恩许画眉。王戎终死孝，江令苦先衰。名教原潇洒，迂儒莫浪訾。"文士笔墨，能为人补过饰非，往往如是。

十一

余过于忠肃公墓，题诗甚多，惟山阳阮中翰紫坪五排最佳，警句云："汉统愁中绝，周京喜再昌。股肱知己竭，日月得重光。天意还思祸，星缠又告祥。遁荒非太伯，守节异曹臧。未睹遗弓剑，先闻缺斧斨。三章凭翕訑，一剑答忠良。象少祈连冢，歌怜石子冈。谁怜十世宥，难赎百夫防。"

十二

庚午春，苏州韩立方先生掌教钟山，以其姑名韫玉者《寸草轩诗集》见示，慕庐宗伯之季女也。诗只十一首，而风秀可诵。《病中》云："月落霜寒叶满墀，卧疴正及晚秋时。风檐网结长垂幌，砚匣尘封久废诗。瘦影怕从明镜见，泪痕空有枕函知。何因乞得青囊术，拟向《南华》叩静师。"又有顾颉亭之妻黄汝蕙字仙佩者，有《送春绝句》云："九十春光暗里催，花飞

---

① 龙輀（ér）：帝王的丧车。
② 沟渎：田间水道，比喻困厄之境。

红雨变芳埃。流莺日日枝头唤，底事东皇驾不回？""柳絮穿帘燕扑衣，林园红瘦绿偏肥。可怜花底多情蝶，犹恋残香绕树飞。"

十三

万华亭云："孔子'兴于诗'三字，抉诗之精蕴。无论贞淫正变，读之而令人不能兴者，非佳诗也。"华亭，进士，名应馨。

十四

毗陵黄仲则有《岁暮怀人诗》。《怀随园》云："近来词赋谐兼则，老去心情宜作家。建业临安通一水，年年来往看梅花。"

十五

"小姑嫁彭郎"，东坡谐语也。然坐实说，亦趣。胡书巢《过小姑山》云："小姑眉黛映秋空，衫影靴纹碧一弓。不识彭郎缘底事，凭他抛掷浪花中。"

十六

义山讥汉文，召贾生问鬼神，不问苍生。此言是也。然鬼神之理不明，亦是苍生之累。嗣后武帝巫蛊祸起，父子不保；其时无前席之间故耳。余故反其意题云:"不问苍生问鬼神,玉溪生笑汉文君。请看宣室无才子,巫蛊纷纷死万人。"

十七

丁未八月,余答客之便,见秦淮壁上题云:"一溪烟水露华凝,别院笙歌转玉绳。为待夜凉新月上,曲栏深处撤银灯。""飞盏香含豆蔻梢,冰桃雪藕绿荷包。榜人能唱湘江浪,画桨临风当板敲。""早潮退后晚潮催,潮去潮来日几回。潮去不能将妾去,潮来可肯送郎来?"三首深得竹枝①风趣,尾署"翠云道人"。访之,乃织造成公之子啸崖所作,名延福。有才如此,可与雪芹公子前后辉映。雪芹者,曹楝亭织造之嗣君也。相隔已百年矣。

十八

吴门张瘦铜中翰,少与蒋心馀齐名。蒋以排奡胜,张以清峭胜;家数绝不相同,而二人相得。心馀赠云:"道人有邻道不孤,友君无异黄友苏。"其心折可想。《过比干墓》云:"只因血脉同先祖,真以心肝奉独夫。"《新丰》云:"运至能为天下养,时衰拼作一杯羹。"读之,令人解颐。瘦铜自言,吟时刻苦,为钟、谭②家数所累。又工于词,故诗境琐碎,不入大家。然其新颖处,不可磨灭。《咏风筝美人》云:"只想为云应怕雨,不教到地便升天。"《借书》云:"事无可奈仍归赵,人恐相沿又发棠。"真巧

---

① 竹枝:即竹枝词,又称"竹枝子""竹枝曲",初源于古代巴蜀间的民歌,后被唐朝诗人刘禹锡据以改作新词。

② 钟、谭:明后期文学家钟惺、谭元春的并称。二人均为湖广竟陵(今湖北天门)人,是"竟陵派"的代表作家,倡导"幽深孤峭"的诗风。

绝也。至于"洒瓶在手六国印，花露上身一品衣"，则失之雕刻，无游行自在之意。

十九

近日十三省诗人佳句，余多采录《诗话》中。惟甘肃一省，路远朋稀，无从搜集。戊申春，忽江宁典史王柘崖光晟见访，贻五律四首，一气呵成，中无杂句。余洒然异之，问所由来。云："幼讲诗于吴信辰进士。"吴诗奇警。《咏蜡梅》云："阳春如开辟，盘古即梅花。牡丹僭称王，富贵何足夸？群芳诉天帝，鹅雁纷喧哗。乃呼罗浮仙，冒雪诣殿衙。帝曰咨尔梅，首出冠群葩。白袷与绛襦，何以惩奇邪？梅花未及对，黄袍已身加。"《榆钱曲》云："桃花笑老榆，汝是摇钱树。不解济王孙，飞来复飞去。"《午梦》云："竹径凉飙入，芸窗午梦迟。偶然高枕处，便是到家时。"《木兰女》云："绝塞春深草不青，女郎经久戍龙庭。军中万马如挝鼓，只当当窗促织听。"或訾其存诗太多，乃答云："诗自心源出，妍媸惑爱憎。譬如不才子，挞杀竟谁能？"或訾其存诗太少，又答云："诗似朱门宴，谁甘草具餐？三千随赵胜，选俊一毛难。"吴名镇，甘肃临洮人。

唐高骈节度西川，又调广陵。《咏风筝》云："依稀似曲才堪听，又被风移别调中。"吴官山左，又调楚江。《咏怀》云："阿婆经岁抚婴孩，饥饱寒暄总费猜。才识呱呱真痛痒，家人又报乳娘来。"两意相同。余雅不喜陈元礼逼死杨妃。《过马嵬》云："将军手把黄金钺，不管三军管六宫。"吴《过马嵬》云："桓桓枉说陈元礼，一矢何曾向禄山？"亦两意相同。吴又有《韩城行》云："良人远贾妾心哀，秋月春花眼倦开。忍死待郎三十载，归鞍驮得小妻来。"《咏虞美人花》云："怨粉愁香绕砌多，大风一起奈卿何？乌江夜雨天涯满，休向花前唱楚歌。"

柘崖《送客》云："握手才经岁，含情复送君。不堪秋色老，重使雁行分。岳麓山前月,崇台岭外云。都添孤客恨,回首念同群。"诗甚清老,不料衙官中乃有此人。

李义山诗云:"愿得化为红绶带,许教双凤一齐衔。"黄甘泉秀才《途中诗》云:"悃悃行百里,多情毋乃太。安得笼鹅生,全家口中带?"风趣殊佳。甘泉,名世垲,徽州人。

二十一

庐江孙啸壑工琴,有《琴余集》。《咏蔷薇》云:"半红半白袅风条,雨后春光未寂寥。自笑看花人渐老,让他一岁一回娇。"《夜吟》云:"有灯相对好吟诗,准拟今宵睡更迟。不道兴长油已没,从今打点未干时。"余爱其结句,颇近禅悟,故录之。又"得意水流壑,无心云出山",亦佳。

杭州秋闱榜发,仁、钱两县,往往中者五六十人。赴鹿鸣宴时,倾城士女,垂帘而观,见美少年,则啧啧叹羡。戊午科,年少尤多。有周孝廉名鼎者,年才三十,而满面于虺,尝谓余曰:"人以赴鹿鸣为乐,我以赴鹿鸣为惨。"余问:"何也?"曰:"余在路上揭帘坐,则儿童妇女嚄唶①曰:'大胡子,何必赴鹿鸣?'余下轿帘,则又簇簇然笑指曰:'此人不敢揭帘,定

---

① 嚄唶:震惊貌。

坐一白发翁矣。'岂非教我进退两难乎？"徐朗斋有句云："有酒休辞连夜饮，好花须及少年看。"真阅历语。又句云"幽榻琴书偏爱夜，异乡风月不宜秋""新凉半床月，残醉一帘花"，皆可爱也。

二十三

山左李呈祥少詹谪戍时，有李现田者赠云："洗耳自同高士洁，披襟不让大王雄。"及到辽东，押解者姓高名士洁。抵戍所，后至者为侍郎王舜。舜初名雄。归后偶话其事。尤展成曰："二句是余戏作'浴乎沂，风乎舞雩'诗也。"

二十四

胶州李世锡进士，字霞裳，《咏甘草》云："历事五朝长乐老，未曾独将汉留侯。"借人咏药，真甘草身份。又有人《咏菊枕》云："野人枕此增颜色，似有床头未尽金。"亦酷是菊枕。

二十五

冯益都相国溥，访高念东侍郎于松云僧舍，竟日留连。高赋绝句云："户倚双扉禅宇开，无人知是相公来。相看一笑忘尘市，风味依然两秀才。"冯答曰："隐几僧寮户不开，天亲无著忆从来。而今相对浑忘却，但识维摩是辩才。"相传公二十一岁，乡举报到，而公酣眠不醒。太夫人大惊，以水噀面①，乃张目，曰："梦登泰山，云气拥身而行，至一殿上，碧霞元君迎之，置锦幔，张乐饮酒。未终，见海日如车轮，大惊而醒。"醒时犹带酒气。

二十六

李杜，字云帆，山阴人，贫不能自存，流转燕、赵、吴、楚间，依僧而居。年三十余，卒于京师。性耽吟咏，尝有"黄河水阔秋飞雁，银汉风疏夜堕星"之句。友人某书之扇头，过查楼。有江南顾姓者，见而爱之，询姓名，往访，知其寒困，为赠金置裘而去，殊难得也。云帆又有《题伍大夫庙》诗云："入吴虽是成兄志，破楚终非望子心。"《客怀》云："一江凉月呼同载，到处名山恨独看。"皆有逸气。

二十七

元遗山惜义山诗无人笺注。渔洋先生亦有"一篇锦瑟解人难"之句。近时冯养吾太史注《玉溪集》，断定以为此悼亡之诗。"思华年"，原拟偕老也；"庄生晓梦"，用鼓盆事②；"蓝田日暖"，用吴宫事：皆指夫妇而言。曰"无端"、曰"不忆"者，云从何得此佳妇。曰"惘然"者，早知好物不坚牢。《湘素杂记》以"锦瑟"为令狐家青衣者，非也。又注《漫成》五章，专为李卫公雪冤而作。"代北"二句，为石雄发。"韩公""郭令"，推尊德裕也。以史证之，殊为确切。

---

① 以水噀面：含水喷脸上。
② 用鼓盆事：引用的是庄子鼓盆的典故。

二十八

寿光安致远诗曰:"试罢三雅与五经,密云小酌付樵青。""雅"字读平声,人以为疑。按刘表三雅之说,出于《典论》。一作"盌",《方言》曰:"盌,杯也。秦晋三郊谓之盌。"《周礼》"大胥、小胥",即《诗》之《大雅》《小雅》也。《诗》曰:"边豆有且,侯氏宴胥。"《太玄》曰:"不宴不雅。"宴胥,犹宴雅也。

二十九

孙子未先生襄幼孤贫,鬻某家为青衣,聪颖非凡。伴主人之子读书,代其作文。塾师大奇之,告知主人,养为己子。遂中康熙乙丑进士,官至通政司参议。以时文名重天下,诗亦清超,有《鹤侣斋集》。《次渔洋谢公村》云:"荒凉九龙口,寂寞谢公村。溪水空浮岸,风帆不到门。"马墨麟维翰与卢抱孙见曾未第时,出公门。公赠云:"卢仝、马异总能诗,韩、孟云龙意可师。交比芝兰投臭味,韵将丝竹叠参差。古人不作原无恨,此日齐名更勿疑。老去自怜才力尽,恰欣二妙正同时。"

三十

余幼时闻吾乡督学何公世璂之贤,和若春风,廉如秋月。世宗时总督直隶,赠尚书,谥端简。渔洋先生之高弟子也。有《畅春苑诗》云:"出郭逢新霁,垂鞭信马蹄。松林微见日,沙路净无泥。鸟语含风软,杨花扑水低。

不妨随意歇,流水小桥西。"《咏史》云:"丞相安知狱吏尊,将军争似外家亲。七诸侯破亚夫死,社稷臣非少主臣。"

余幼时府试,见杭州太守李慎修,长不满三尺,而判事明决,胆大于身,吏民畏之。与卢雅雨同年,一时有"两短人"之号。李喜步韵①。卢道"非古也",规以诗云:"每以歌行矜短李,笑将月旦诩前卢。"李初不以为然,后和"卢"字,屡押不妥,乃喟然服曰:"君言是也。"引见时,尝劝上勿以吟咏劳圣躬。上嘉纳之。出外,不言。后恭读《御制初集》,始知有此奏,其慎密如此。

徐公士林,巡抚苏州,凡谳决②,先摘定案大略,牌示于外,而后发缮文册,所以杜书吏之影射也。世宗谓曰:"尔风格凝重,当为名臣。"程中丞元章荐三人:一公,一卢雅雨,一陈文恭公也。后皆称职。卢赠云:"贤名久讶龙图近,异相应从麟阁看。"

李远敬太史以刚直将被劾,惠半农先生救之,得免。或谓曰:"何不劝

---

① 步韵:按照他人诗词的韵脚和顺序作诗词唱和。
② 凡谳决:总是在断案定罪时。

以和柔？"曰："渠尚不肯为朱考亭折腰，何能降心当道耶？"其《咏怀》云："临风一杯酒，对水一曲琴。嵇生禽鹿性，庄叟濠鱼心。"自成冲淡一家。注书与朱子不合。

三十四

王清范太守，观察浙江，月课诸生。余以童子受知。后落职再起，来守江宁，到园文宴，自诵其《海塘诗》云："沧桑直似争三岛，捍御时防溃六州。"公名敛福，与卢抱孙辛丑同年，时相过从。卢赠云："席当散后犹呼坐，马到门前总不行。"

三十五

余在李晴洲家，见高南阜山人小像，须眉奇伟，颇似先大夫。晴洲为言：山人宰歙县时，人诬以赃。卢抱孙转运两淮，营救甚力，有指为党者，并卢谪戍。故山人诗云："几曾连茹茅同拔，却为锄兰蕙并伤。"卢和云："不妨李固终成党，到底曾参未杀人。"山人诗才敏捷，制府尹文端公试以"雁"字，操笔立就，警句云："无意回波风错落，有时泼墨雨模糊。"又曰："落霞点出簪花格，骤雨催成急就章。"尹公喜，将欲荐拔之，而公调云贵矣。在狱中诗云："敢道案无三字定，终期心有一人知。"

山人《泰州题壁》曰："鸢堕无端逢腐鼠，角触那信有神羊？"按："触"字韵本无平声，惟毛西河引《西京赋》"百兽凌遽，骇瞿奔触。丧精忘魄，失归妄趋"，作平声押。其博览如此。《游孤山》云："寒香飞尽不成花，何处清风问水涯。石罅竹根残雪里，还留数点认林家。"山人落魄扬州,适卢守永平,贫不自聊,乃以书告急。卢尚未答,而山人化去矣。卢哭云:"巫咸不为刘蕡下,邑宰谁迎杜甫来?"

三十六

牛进士运震,字阶平,号真谷,学问渊雅,年五十有三,无疾而终。未死前一月,屡梦游金碧楼台,光华照耀。一日,谓家人曰:"昨夜我又游前庭,殆将复位。临去时,汝辈慎毋惊我。"次日,无疾而终。余得公文集,未得其诗,但见《题画》一绝云:"泼墨似云林,秋意森满幅。石气翻空青,古树寒如束。樵径寂无人,西风下丛竹。"

三十七

孙子未先生尝于其师秀水徐华隐座中,见一贫客,乃徐年家子也。先生仰体师意,留养家中,待之甚厚。忽谓孙公曰:"受恩未报,明年当生公家。"未几卒。公果生女。六岁时,戏抱之谓家人曰:"此华隐师客也,说来报恩。乃是女儿,恐报恩之说虚矣。"女勃然曰:"爷憎我女耶?当再生为男。"逾十日,以痘殇。明年,公果举子,顶有痘瘢。名于盅,字庄天,雍正乙卯举人。有《织锦词》一首,载《山左诗钞》;诗不佳,故不录。

三十八

功臣子孙封荫多袭武职,其中颇多文学之士,用违其才。然唐以前,文武原无分途,具韬略者,未尝不雅歌投壶也。吾所交好者,如威信公岳公之三子潋、昭武将军杨公之玄孙大壮,皆官参戎,宾宾好学。现任赣州总镇王午堂先生,世袭冠军侯,尤好吟诗。《登鸡母澳演炮》云:"小队来秋阅,穷崖出石陉。沙喧山雨白,龙过海天青。远舶千帆挂,苍溟一气停。自惭非锁钥,烽静仰皇灵①。"又《黄冈即事》云:"贾航风是路,蛋户水为家②。"俱有唐音。公讳集,正红旗人。杨《巡海》云:"欲回刁悍俗,将吏先和衷。多谢良守令,君子之德风。"其胸次可想。

三十九

吾乡高翰起司马,髫年入学,会稽王瞻山广文命赋《琢玉亭听雨》诗,有"未见草逾碧,先看花减红"之句。王大奇之,许以少女,未婚而卒,方知诗已成谶也。高同余举戊午乡试,而入学则后余一年。和余《重赴泮宫》诗云:"难老依然在泮身,飞腾逸乐两奇人 玙沙方伯与予才同入学。我嗟迟暮呼庚癸,岁到明年又戊申。蒲柳滋生空度日,莺鸠决起不离尘。只余往事堪追想,琢玉亭边雨后春。"

四十

余向读孙渊如诗,叹为奇才。后见近作,锋芒小颓,询其故,缘逃入考据之学故也。孙知余意,乃见赠云:"等身书卷著初成,绝地通天写性灵。我觉千秋难第一,避公才笔去研经。"

---

① 烽静仰皇灵:站在烽火台上仰望皇帝的旨意。
② 蛋户水为家:以养鸭生蛋为生的人家把水面作为自己的家。

四十一

投赠佳句，余摘录甚多，今又得常州钮牧村云："一语惯申寒士气，五云常护老人星。"年家子管粤秀云："刻鹄每为童稚喜，登龙还仗祖宗缘。"孙键云："比红得句寻花笑，飞白挥毫对雪书。"郭麟云："生尚见公休恨晚，天留此老亦多情。"

四十二

杭州钱进士圯，号北庭，过随园，余晨卧未起，乃题壁而去。亡何，患奇疾，一日夜饮三石水，犹道渴甚，遂卒。其诗云："三径亭台水一隈，萧萧落叶点莓苔。小舟隔岸穿花出，怪树当门揖客来。看竹何妨人竟入，题诗好是雨先催。袁安稳卧云深处，怕引西风户未开。"北庭乃玙沙方伯之族弟，在随园赏梅，一见陈梅岑，即妻以女。梅岑大父省斋，向作江宁司马，余旧长官也。梅岑年十五，即携至山中，命受业门下，曰："此儿聪明跳荡，非随园不能为之师。"果一见相得。为取名曰熙，其梅岑，则渠所自号也。性爱吟诗，不爱时文。余每见其诗必喜，见其文必嗔。尝规之曰："此事无关学问，而有系科名，奈何勿习耶？"卒以此屡困场屋。后受知于李香林河督，得官河厅司马，亦以诗也。

四十三

吴涵斋太史女惠姬，善琴工诗，嫁钱公子东，字袖海，伉俪笃甚。钱善丹青，为画《探梅小照》。亡何，钱入都应试，而惠姬亡，像亦遗失。钱归家，想像为之，终于不肖。忽得之于破簏中，喜不自胜，遂加潢治，遍求题咏，且载其《鸳鸯吟社笺诗稿》。《赠夫子》云："白云红叶青山里，双隐人间读道书。"后入梦云："已托生吴门赵氏。郎可以玉鱼为聘。"钱因自号玉鱼生，赋诗云："可怜女士已成尘，翻使萧郎近得名。听说只今吴下路，歌场人说玉鱼生。"

四十四

龚端毅公《定山堂集》，有《观袁凫公水部演西楼传奇》一首。所云"虞叔夜"者，即凫公之托名，盖康熙初年事也。王子坚先生曾亲见凫公短身赤鼻，长于词曲。莫素辉亦中人之姿，面微麻，貌不美，而性耽笔墨。故两人交好。为赵某所忌，故假赵伯将以刺之。龚诗云："词客幸随明月在，新声应逐彩云飞。"

四十五

常州钮牧村，天才纵逸，倜傥不羁。壬申岁，在苏州福仁山邑宰幕中，与余元旦登妓楼，遍召诸姬，评花张饮。今三十六年矣。历幕楚、粤、中州，为督抚上客，忽来见访。见赠云："才子神仙且莫论，襟期当代有谁伦？惊人眉宇光先照，传世文章笔有神。天下已无书可读，意中惟有物同春。香山蕴藉东坡达，知是前身是后身。""昔年吴下许从游，元日寻春上酒楼。桃叶娇持名士笔，梅花亲插美人头。板桥歌舞轻云散 庄令农席上，铃阁壶觞逝水流 谓望山相公署中。忽漫相逢怀旧侣，空余江上几沙鸥。"牧村名孝思，受业于李芋圃检讨。李故余本房弟子，牧村亦自称弟子。或訾之。

牧村曰："曾晳、曾参同事孔子，未闻有太老师之称。"人莫能难。余亦鄂文端公之小门生也，公命称师，曰："太老师尊而不亲，不必从俗。"

四十六

余尝谓："美人之光，可以养目；诗人之诗，可以养心。自格律严，而境界狭矣；议论多，而性情漓矣。"

四十七

吾乡王文庄公际华与余有总角之好①。余游粤西，借其手抄《韩昌黎集》，久假不归，诗学因之大进。同举戊午科，与罗在郊三人为车笠之会。后三十年，余乞养随园，而公官司农，典试江南，班荆道故②。今公委化已久，次子朝飚选江宁司马，来修通家之礼，与谈竟日，清远绝尘，真《孟子》所谓"无献子之家者也"。见赠云："梦想名园二十年，今朝花里识神仙。款门行处真如画，人胜浑疑别有天。槛外烟云饶供奉，榻前图史任丹铅。久知福慧双修到，赢得声名海内传。""先生风味爱林泉，循吏词林总偶然。杖履晚游天下半，文章早列古人前。三层楼阁居宏景，一卷《嫏嬛》记茂先　公著《子不语》。我劝上清姑少待，缓迎公返四禅天　今年二月八日，公梦有僧道二人，来请公复位。"

---

① 总角之好：指小时候很要好的朋友。
② 班荆道故：在地上铺上荆条，坐在上面叙旧。指朋友相遇，叙旧情。也作"班荆道旧"。

四十八

余读钱注杜诗，而知钱之为小人也。少陵《鄜州月》一首，所云"儿女"者，自己之儿女也。钱以为指肃宗与张后而言，则不特心术不端，而且与下文"双照泪痕干"之句，亦不连贯。善乎黄山谷之言曰："少陵之诗，所以独绝千古者，为其即景言情，存心忠厚故也。若寸寸节节，皆以为有所刺，则少陵之诗扫地矣！"

四十九

余幼时《赋古别离》云："无情生山川，无情造舟车。今日君与妾，遂至泪盈裾。"后五十年，见陈楚南有句云："天不欲人别，星辰分方隅。地不欲人别，山河界道涂。吁嗟古圣贤，乃造舟与车！"

五十

余每作诗，将草稿交阿通誊正①。通不识草书，往往误写。刘悔庵句云："诗稿儿童猜草字，书声病妇笑华颠。"叹其真实情实事。

---

① 誊正：抄写工整。

五十一

沭阳吕观察名昌际，字峄亭，出身非科目，而诗似香山，字写东坡，好谈史鉴：真豪杰之士也。乾隆癸亥，余宰沭阳。观察尊人又祥为功曹，有异才，相得甚欢；官至常德太守。其时，观察才四岁，今作冀宁道，养母家居，书来见招①。余欣然命驾。则须已斑白，相对怃然。主于其家，园亭轩敞，膳饮甘鲜，致足感也。因赋诗云："黄河水照白头颅，重到潼阳认故吾。竹马儿童三世换，琴堂书吏一人无。笑非丁令身为鹤，喜是王乔舄化凫②。四十六年如顷刻，沧桑何处问麻姑？""此邦赖有吕公贤，肯读淮南《招隐》篇。旧雨不忘云外客，官声久付晋阳烟。萧斋论史灯花落，子舍承欢彩服鲜。我奉慈云三十载，喜君追步到林泉。"一时和者如云。钱接三文学云："百姓讴歌随路有，使君城府一分无。"吴南畇中翰云："胸中武库③谁能测，天下名山历尽无？"余因近体易招人和，故草草赋此二章，而别作五古四首，存集中。

峄亭闻余到，以诗迎云："使回捧读五云笺，如获珍珠满百船。引领南天非一日，者番④望月月才圆。""膏泽流传五十年，甘棠蔽芾⑤已参天。忽闻召伯重来信，父老儿童喜欲颠。"又和余《留别》云："半月追陪兴正豪，平生饥渴一时消。相逢不敌相思久，忍听骊歌过野桥？""河桥送别满城悲，驻马临风怨落晖。人影却输原上草，江南江北傍征衣。"

---

① 书来见招：写信请我前去做客。
② 王乔舄（xì）化凫：出自王乔舄的典故。舄，鞋。
③ 武库：文韬武略。
④ 者番：这番，这次。
⑤ 甘棠蔽芾（fèi）：即蔽芾甘棠，出自《诗经·召南·甘棠》，形容幼小的样子。

五十二

沭阳教谕朱麟,字竹江,江阴诗人也。闻余至,朝夕过从,间一日不至,余与吕公必遣人促之。《咏落花》云:"名园酒散春何处?剩有归来屐齿香。"《春草》云:"萋萋那得不关情,画裙拂遍花时节。"皆清丽可爱。为余送别云:"世间皆小住,诗卷已长留。"和五古四章,尤佳,因太长,载《续同人集》中。

五十三

有礼房吏张朝魁者,年八十三矣,甲子科,因其工书,携入秋闱。此番献诗云:"南天旭日光同焘,灵鹊惊飞噪高树。恍似青牛紫气来,那知旧尹帽帷驻。三门初见城四围,黄童白叟未全非。汉南依依柳将落,东篱团团菊正肥。忆昔瀛洲推独步,殿前曾作《摩空赋》。让他老凤蹲池边,着我双凫下云路。蓬莱顶上飞朱霞,散作河阳一县花。仁风不负东山扇,甘雨真随百里车。尔时给役有小吏,簿书堆里常陪侍。眼看剖决速如流,直疑手口同游戏。药笼参苓得士赡,探珠几辈握灵蛇。争褰夫子扶风帐,不睬欧阳贡举纱。出宰郎官移列宿,叹息当年难借寇。岂料暌违[①]五十年,尚教胥吏瞻依旧。喜见商山采药行,敢随杖履话平生。仙人不弃凡鸡犬,许向云中作吠鸣。"

[①] 暌违:分离,别离。

五十四

又有吴廷贡秀才者,赠诗云:"五十年来迹已陈,新侯不及故侯亲。追思竹马欢迎日,一世人如两世人。"

五十五

金陵怀古诗,最难出色。皖江潘兰如瑛云:"《玉树庭花》唱已遥,金陵王气又重消。龙蟠不去怀双阙,牛首空回望六朝。故垒云低天漠漠,荒林秋尽雨潇潇。石头城畔多情月,夜夜来看江上潮。"通首音节清苍。又《宛转歌》云:"宛转松上萝,松枯萝色喜。同体不同心,安望同生死?"殊堪风世。又"船头山月落,人指海云生",活对亦佳。

五十六

新安方如川秀才,来金陵乡试,赠墨百螺,上镌"随园先生著书之墨"。余不觉惊喜,觉弟子束脩,未有雅如秀才者。录其《席间有赠》云:"烟笼明月月笼烟,十里湘帘卷画船。阿翠不知秋已老,调筝犹唱杏花天。"

五十七

曹剑亭侍御《胥江》云："市近人声杂，船多夜火明。"王廷取太守《沙河》云："危巢双燕宿，破屋一驴鸣。"汪守亨秀才《佛寺》云："塔影冲霄直，亭阴向午圆。"王麓台司农《题画》云："蛟龙疑有窟，风雨若闻声。"此数联皆闻人传诵，而余爱之，故摘记者也。曹又有《送梁阶平司农随驾木兰》云："猎猎旌旗拥玉珂，森森帐殿碧嵯峨。三秋月色临边早，万马风声出塞多。晨捧金泥随辇草，暮翻玉靶落天鹅。知君奏罢《长杨赋》，合有新诗寄薜萝。"通首唐音。

五十八

宋荔裳《赠犬》云："榻边饱饭垂头睡，也似英雄髀肉生。"高念东《过邯郸》云："愿作卢生不愿瘥，饱食黄粱追梦去。"皆读之令人欲笑。

五十九

余常谓收帆须在顺风时，急流勇退，是古今佳话；然必须嘿而不言，趁适意之际，毅然引疾，则人不相疑。若时时形诸口角，转觉落套；而上游闻之，以为饱则思飏，翻致挂碍矣。钱竹初擅郑虔三绝之才，抱梁敬叔州郡之叹，屡次书来，欲赋遂初。余寄声规其濡滞。今秋才得解组，余贺以诗。渠答云："海上秋风江上莼，尘颜久已怅迷津。窃公故智裁今日，劝我抽身有几人？世事楸枰留黑白，老怀齑臼杂酸辛。退闲自此陪裙屐，长作田间识字民。""劳生那复计年华,归识吾生本有涯。未定新巢同燕子,早营孤冢付梅花。千秋欲借先生笔,十亩从添处士家。他日并登皇甫传,始知真契在烟霞。"

六十

诗余之佳者,余已附载数首入《诗话》矣。兹检旧册,又得蒋用庵侍御送余出都《沁园春》二首,时侍御尚作秀才也。其词云:"聊作麄官①,萧然一琴,五月治装。正中朝元老,闻而扼腕 西林、铁崖两相公;一时学者,望辄沾裳。仆窃有言:先生此去,厚意还须识彼苍。江南好,舍惊才绝代,管领谁当。 江山东晋南唐,便雨打风吹未就荒。更画船七里,灯烘虎阜;珠帘二月,花绣雷塘。洗马愁乎,阿龙超矣,人物由来数过江。凭君到,把斜阳草树,收入春光。""一代词场,谁则如君,历落多姿。每奋衣而起,词都滚滚;酒酣以往,语更霏霏。随意判花,闲情顾曲,赢得三生杜牧之。今行矣,剩东涂西抹,付并州儿。 城南频岁栖迟,笑末坐偏容平子知。记绛纱剪烛,纵横商略;平台啜茗,次第敲推。依本阿蒙,君将南去,肯向缁尘恋染衣?须记取,待杏花春雨,予亦遄归。"

又周之桂作《金缕曲·送同刘郎游天台》云:"春是先生主,怎频年寻春不倦,又摇柔橹?家有梅花愁轻别,一半娇波不语。看瘦减云英如许,只有多情新桃李,逐春风、还共寻南浦。杨柳钱,《柘枝》舞。 谁知密意留行苦,似花神从天暗乞,者回风雨。烟水㺧人应难出,况是江流寒阻。唤不到吴娘六柱。我本冲泥遥相送,乍闻言,也觉宽离绪。歌《水调》,且延伫。"及余返棹,周喜,又赠《沁园春》云:"如此先生,老更清豪,行歌采芝。正西湖妆靓,重牵乡梦;天台花笑,易惹游思。足任生云,怀堪贮月,万壑千岩一杖携。掀髯处,每逢人夸健,涉险忘疲。 文章流播天涯,

---

① 麄(cū)官:中国古代重文轻武,呼武官为"麄官"(也作"麤官")。

听处处推袁事更奇。恁瓣香争奉，人间香祖；一经难质，旷代经师。忽拜灵光，都疑绛岁，苦向三生认鬓丝。归来笑，似还乡羽客，出梦希夷。"

六十一

先君子幕游楚南。旧主人高公名清者，在衡阳九年，亡后，以亏帑故，妻子下狱。先君子出全力援之，竟得归殡。有杨朗溪太史赠诗云："袁夫子，当今真义士。一双冷眼看世人，满腔热血酬知己。恨我相见今犹迟，湘江倾盖缔兰芝。"余时尚幼，读而记之，今忘其全首矣。太史名绪，武陵人，权奇倜傥，诗宗少陵，字写《争坐位》。雍正间，苗民蠢动，王师征之，未捷。公学郦生，单身入洞说之，群苗罗拜乞降。亦奇士也。

六十二

康熙间，山左名臣最多，如相国李文襄公之芳之功勋，湖广总督郭瑞卿琇之刚正，两江总督董公讷之经济，皆赫赫在人耳目，而皆能诗。世人不知者，为其名位所掩也。李《与施愚山陪祀郊坛》云："太乙瑶坛接露台，龙旌遥拂翠华来。仙韶细度《云门》奏，玉殿初明泰畤开。千尺炉烟天外转，九重环佩月中回。祠官解有登封意，独愧甘泉作赋才。"董《兴化道中》云："村从烟际出，草逼浪头生。"《沅州道中》云："云里诸峰堪入画，雨中无树不含秋。"郭撰太皇太后挽词云："抚孤三十载，两世际和丰。渭水开姬历，涂山助禹功。鸡鸣问曙切，乌哺报刘同。遥想含饴日，徽音宛在躬①。"又《偶成》云："去官人易懒，无累病常轻。"皆可诵也。相传郭公之劾纳兰太傅也，趁其庆寿日，列款奏之。旋带疏草，登门求见。太傅疑此

---

① 徽音宛在躬：美好的音容笑貌仿佛就在身边。徽音形容女子的美德。

人崛强，何以忽来称祝。延之入，长揖不拜，而屡引其袖。太傅喜曰："御史公亦有寿诗见赠乎？"曰："非也，弹章①也。"太傅读未毕，公从容曰："郭琇无礼，应罚！"自饮一巨觥，趋而出。满座愕然。少顷，太傅廷讯之旨下矣。一说：郭初宰吴江，簠簋不饬，闻汤潜庵来抚苏州，自陈改悔之意，请另择日到任，果声名大震。汤遂荐之。后汤为太傅所倾，郭故劾之报师恩，亦以申公论②也。

六十三

久闻广东珠娘之丽。余至广州，诸戚友招饮花船，所见绝无佳者，故有"青唇吹火拖鞋出，难近多如鬼手馨"之句。相传潮州六篷船人物殊胜，犹未信也。后见毗陵太守李宁圃《程江竹枝词》云："程江几曲接韩江，水腻风微荡小艭③。为恐晨曦惊晓梦，四围黄篾悄无窗。江上萧萧暮雨时，家家篷底理哀丝。怪他楚调兼潮调，半唱消魂绝妙词。"读之，方悔潮阳之未到也。太守尤多佳句，《潞河舟行》云"远能招客汀洲树，艳不求名野径花"，《姑苏怀古》云"松柏才封埋剑地，河山已付浣纱人"，皆古人所未有也。又《弋阳苦雨》云："水驿萧骚百感生，维舟野戍听鸡鸣。愁时最怯芭蕉雨，夜夜孤篷作此声。"《珠梅闸竹枝词》云："野花和露上钗头，贫女临风亦识愁。欲向舵楼行复止，似闻夫婿在邻舟。"

① 弹章：弹劾官吏的奏章。
② 申公论：伸张正义。
③ 艭（shuāng）：古书上说的一种小船。

中华传统文化国粹经典文库书目

第一辑

序号	书名	作者／编者	导读者
1	三国演义	[明] 罗贯中／著	郑铁生
2	水浒传	[明] 施耐庵／著	宁稼雨　石　麟
3	西游记	[明] 吴承恩／著	孟昭连
4	红楼梦	[清] 曹雪芹　高鹗／著	郑铁生
5	镜花缘	[清] 李汝珍／著	欧阳健
6	白话聊斋	[清] 蒲松龄／著	王晓华
7	阅微草堂笔记	[清] 纪昀／著	吴　波
8	西厢记	[元] 王实甫／著	周传家
9	世说新语	[南朝宋] 刘义庆／著	侯忠义
10	山海经	[汉] 刘歆／编	马文大
11	道德经	[春秋] 老子／著	王　蒙
12	四库全书	[清] 纪昀等／编	林　骅
13	唐诗三百首	立　人／编	徐　刚
14	元曲三百首	立　人／编	查洪德
15	宋词三百首	立　人／编	韩小蕙
16	中华成语典故	立　人／编	陈世旭
17	中华寓言故事	立　人／编	陈世旭
18	颜氏家训	[南北朝] 颜之推／著	孙钦善
19	治家格言	[清] 朱伯庐／著	李硕儒
20	了凡四训	[明] 袁了凡／著	俞　前
21	增广贤文	立　人／编	孙立仁
22	牡丹亭	[明] 汤显祖／著	周传家
23	随园诗话	[清] 袁枚／著	潘务正
24	人间词话	王国维／著	陈世旭
25	楚　辞	[战国] 屈原等／著	石　厉
26	吴越春秋	[东汉] 赵晔／著	田秉锷
27	菜根谭	[明] 洪应明／著	俞　前
28	小窗幽记	[明] 陈继儒等／著	陈喜儒
29	围炉夜话	[清] 王永彬／著	陈喜儒
30	浮生六记	[清] 沈复／著	王晓华
31	传习录	[明] 王阳明／著	王建新
32	说文解字	[东汉] 许慎／著	冯　蒸

第二辑

序号	书名	作者／编者	导读者
1	史　记	[西汉] 司马迁／著	关四平
2	资治通鉴	[北宋] 司马光／编	张秋升
3	春秋左传	[春秋] 左丘明／著	石定果
4	战国策	[西汉] 刘向／编	李瑞兰
5	汉　书	[东汉] 班固／著	关四平
6	三国志	[晋] 陈寿／著	郑铁生
7	古文观止	[清] 吴楚材　吴调侯／编	牛　倩
8	论　语	[春秋] 孔子等／著	石　厉
9	孟　子	[战国] 孟子／著	邵永海

中华传统文化国粹经典文库书目

序号	书名	作者/编者	导读者
10	庄子	[战国]庄子/著	尚学峰
11	荀子	[战国]荀子/著	尚学峰
12	管子	[春秋]管子等/著	官铎
13	墨子	[战国]墨子等/著	陈鹏程
14	韩非子	[战国]韩非/著	邵永海
15	列子	[战国]列子/著	陈鹏程
16	鬼谷子	[战国]鬼谷子/著	张世林
17	淮南子	[西汉]刘安等/著	张秋升
18	诸子百家	立人/编	张弦生
19	孔子家语	孔子门人/编	薄克礼
20	吕氏春秋	[战国]吕不韦等/编	田秉锷
21	礼记·尚书	[西汉]戴圣/著	冯蒸
22	三言二拍	[明]冯梦龙 凌濛初/著	宁宗一
23	隋唐演义	[清]褚人获/著	欧阳健
24	聊斋志异	[清]蒲松龄/著	林骅
25	儒林外史	[清]吴敬梓/著	吴波
26	东周列国志	[明]冯梦龙/著	侯忠义
27	弟子规·千家诗	[清]李毓秀/著 [南宋]谢枋得 王相/编	郑铁生
28	孙子兵法·三十六计	[春秋]孙武/著	李海涛
29	容斋随笔	[南宋]洪迈/著	李硕儒
30	纳兰词	[清]纳兰性德/著	李硕儒
31	豪放词·婉约词	立人/编	韩小蕙
32	唐宋散文八大家	立人/编	卓然

第三辑

序号	书名	作者/编者	导读者
1	中华上下五千年	立人/编	林海清
2	二十五史	立人/编	林海清
3	四书五经	立人/编	张弦生
4	智囊全集	[明]冯梦龙/编	周传家
5	贞观政要	[唐]吴兢/著	张弦生
6	诗经	[春秋]孔子/编	石厉
7	孝经	[春秋]孔子/著	田秉锷
8	挺经	[清]曾国藩/著	王建新
9	易经	立人/编	李树果
10	冰鉴	[清]曾国藩/著	陈喜儒
11	糊涂经	立人/编	周传家
12	周易全书	立人/编	郑铁生
13	黄帝内经	立人/编	廉玉麟
14	本草纲目	[明]李时珍/著	廉玉麟
15	三字经·百家姓·千字文	[南宋]王应麟 [南北朝]周兴嗣/著	乔卉林
16	大学·中庸	[春秋]曾子 [战国]子思/著	牛倩
17	曾国藩家书	[清]曾国藩/著	武道房
18	唐诗·宋词·元曲	立人/编	卓然
	未完待续……		

书香文雅